ELLE KENNEDY

Ever Since I Loved You

ELLE KENNEDY

EVER SINCE

I loved You

Roman

Ins Deutsche übertragen
von Silvia Gleißner

LYX

Die Bastei Lübbe AG verfolgt eine nachhaltige Buchproduktion. Wir verwenden Papiere aus nachhaltiger Forstwirtschaft und verzichten darauf, Bücher einzeln in Folie zu verpacken. Wir stellen unsere Bücher in Deutschland und Europa (EU) her und arbeiten mit den Druckereien kontinuierlich an einer positiven Ökobilanz.

NACHHALTIG PRODUZIERT

MIX
Papier | Fördert gute Waldnutzung
FSC® C014496

LYX in der Bastei Lübbe AG
Dieser Titel ist auch als E-Book und als Hörbuch erschienen.

Die Originalausgabe erschien 2022
unter dem Titel »Good Girl Complex«
bei St. Martin's Griffin, an imprint of St. Martin's Publishing Group

Textredaktion: Susanne George
Umschlaggestaltung: © Kristin Pang
Satz: Greiner & Reichel, Köln
Gesetzt aus der Adobe Caslon
Druck und Verarbeitung: GGP Media GmbH, Pößneck
Printed in Germany
ISBN 978-3-7363-1876-2

3 5 7 6 4 2

Sie finden uns im Internet unter lyx-verlag.de
Bitte beachten Sie auch: luebbe.de und lesejury.de

1

Cooper

Jägerbombs bis zum Abwinken. Gestern war ich quasi mit dem Cocktailshaker verheiratet und habe im Akkord Piña Coladas und Strawberry Daiquiris rausgehauen. Heute Abend sind es Wodka Red Bulls und Fireballs. Und den Rosé nicht zu vergessen. Diese Vollpfosten und ihr Rosé. Alle dicht gedrängt an der Bar, pastellfarbene Leinenhemden und Dreihundert-Dollar-Haarschnitte von einem Ende bis zum anderen, und schreien mir ihre Bestellungen entgegen. Es ist zu heiß für den Mist.

In Avalon Bay erkennt man die Jahreszeiten an einer steten Abfolge von Exodus und Invasion. Es ist wie der Rhythmus der Gezeiten: Der Sommer endet, und die Touristen ziehen in Scharen ab. Sonnenverbrannte Eltern beladen ihre Minivans, sammeln ihre eisverschmierten Kinder ein und fahren ins Inland, zurück in die Vorstädte und die Arbeitszellen in den Großraumbüros. Für sie kommen die künstlich gebräunten Collegeblagen – die Klon-Armeen, die zurückkehren zum Garnet College. Die von Geburt an einen Treuhandfonds besitzen und deren prachtvolle Häuser den Blick auf den Ozean für den Rest von uns versperren, während wir mit dem Kleingeld, das ihnen aus der Tasche fällt, gerade so über die Runden kommen.

»Hey, Bro, sechs Tequila!«, bellt mir einer der Klone zu und klatscht seine Kreditkarte auf den klebrig-nassen Tresen, als sollte mich das beeindrucken. Im Ernst, der Typ ist auch nur ein typischer Garnet-Trottel, geradewegs einem Sperry-Katalog entsprungen.

»Erinnere mich noch mal daran, wieso wir das hier machen«, sage ich zu Steph, während ich ihr ein paar Jackie Colas an der Servicestation fertig mache.

Sie greift an ihren BH und hebt ihre Brüste etwas an, damit sie höher und voller in dem schwarzen Tanktop mit dem Aufdruck *Joe's Beachfront Bar* sitzen. »Die Trinkgelder, Coop.«

Richtig. Nichts gibt sich leichter aus als das Geld von jemand anderem. Rich Kids, die um die Wette Scheine hinblättern, alles dank Daddys Kreditkarte.

Wochenenden an der Strandpromenade sind eine einzige große Party. Heute ist der letzte Freitag, bevor das Herbstsemester am Garnet beginnt, und das heißt drei Tage Halligalli bis in den Montagmorgen hinein, während die Bars aus allen Nähten platzen. Wir sind förmlich Gelddruckmaschinen. Nicht dass ich vorhätte, das hier ewig zu machen. Ich arbeite nebenbei an den Wochenenden hier, um mir ein bisschen Extrakohle zu verdienen, damit ich aufhören kann, für andere zu arbeiten, und anfangen kann, mein eigener Boss zu sein. Sobald ich genug gespart habe, schwinge ich meinen Hintern auf Nimmerwiedersehen aus dieser Bar raus.

»Pass auf dich auf«, warne ich Steph, als sie die Gläser auf ihr Tablett stellt. »Gib mir Bescheid, falls ich mit dem Baseballschläger kommen soll.«

Wäre nicht das erste Mal, dass ich jemanden aufmische, der kein Nein als Antwort akzeptieren will.

An Abenden wie diesem ist die Energie eine andere. Die salzige Luft ist dermaßen feucht, dass man sie sich fast wie

Sonnencreme auf die Haut schmieren könnte. Körper an Körper, null Hemmungen und tequilagesättigtes Testosteron voll mit üblen Absichten.

Zum Glück ist Steph ein toughes Mädchen. »Ich komme schon klar.« Mit einem Zwinkern nimmt sie die Drinks, setzt ein Lächeln auf und dreht sich schwungvoll um, sodass ihr langer schwarzer Pferdeschwanz schwingt.

Ich habe keine Ahnung, wie sie das aushält, diese Typen, die ständig ihre Flossen an ihr haben. Versteht mich nicht falsch, ich bekomme schon auch einen guten Teil an weiblicher Aufmerksamkeit ab. Manche werden ziemlich mutig, zu freundlich. Aber den Mädels kannst du ein Grinsen und einen Drink spendieren, und dann kichern sie mit ihren Freundinnen und lassen dich in Frieden. Bei den Kerlen läuft das nicht. Das sind ganze Mannschaften von Mistkerlen und Fuckboys aus Studentenverbindungen. Steph wird ständig angemacht, betatscht und bekommt über die irre laute Musik hinweg alle möglichen Obszönitäten ins Ohr gebrüllt. Man muss ihr hoch anrechnen, dass sie nur selten mal einem eine verpasst.

Es ist eine ständige Plackerei. Und das alles für die saisonalen Parasiten, diese invasive Spezies, die uns Einheimische aufzehrt, aussaugt und ihren Müll liegen lässt.

Und doch würde diese Stadt ohne sie kaum existieren.

»Yo! Lass mal die Drinks rüberwachsen!«, plärrt der Klon wieder.

Ich nicke, als wollte ich sagen: *Kommen sofort*, während ich wirklich meine: *So sieht es aus, wenn ich dich absichtlich ignoriere.* In dem Moment vernehme ich ein Pfeifen am anderen Ende der Bar.

Einheimische werden bevorzugt bedient. Ohne Ausnahme. Dann folgen Stammgäste, die gutes Trinkgeld geben, höfliche Gäste, heiße Frauen, kleine alte Damen und dann erst diese arroganten Blödmänner. Am Ende der Bar stelle ich Heidi einen Bourbon hin und schenke mir auch einen ein. Wir kippen sie runter, und ich fülle ihr Glas nach.

»Was machst du hier?«, frage ich, denn heute Abend kommt kein Einheimischer mit Selbstachtung zur Strandpromenade. Zu viele Klone ruinieren die Atmosphäre.

»Ich bringe Steph ihre Schlüssel wieder. Musste bei ihr vorbeischauen.« Heidi war in der ersten Klasse das hübscheste Mädchen, und seitdem hat sich nicht viel geändert. Selbst in schäbigen, abgeschnittenen Shorts und einem schlichten blauen, bauchfreien Top ist sie unbestreitbar die heißeste Frau in dieser Bar. »Wann macht ihr heute Schluss?«

»Tja, wahrscheinlich komme ich nicht vor drei Uhr hier raus.«

»Willst du danach vorbeikommen?« Heidi stellt sich auf die Zehenspitzen und beugt sich über den Tresen.

»Nein, ich habe morgen eine Doppelschicht. Da brauche ich ein wenig Schlaf.«

Sie macht einen Schmollmund. Erst scherzhaft, dann aber eher missbilligend, als ihr klar wird, dass ich heute Abend nicht an Sex interessiert bin. Kann ja sein, dass wir uns diesen Sommer eine Reihe Nächte mit Sex gegönnt haben, aber wenn das zur Gewohnheit mit einer meiner besten Freundinnen wird, fängt es an, wie eine Beziehung auszusehen, und da will ich nicht hin. Ich hoffe weiter darauf, dass ihr das noch klar wird und sie zu fragen aufhört.

»Hey. Hey!« Der ungeduldige flachsblonde Typ am anderen Ende der Bar versucht mich auf sich aufmerksam zu machen. »Ich schwöre bei Gott, Mann, du kriegst hundert Mäuse für einen verdammten Drink.«

»Du solltest wohl wieder an die Arbeit gehen«, meint Heidi mit sarkastischem Lächeln und wirft mir einen Luftkuss zu.

Ich lasse mir Zeit, als ich zu ihm hinübergehe. Er kommt direkt vom Klon-Fließband: Standardausgabe adretter Ken-Barbie mit Seitenscheitel und dem besten Lächeln, das für eine Zahnversicherung zu haben ist. Neben ihm stehen ein paar industriell gefertigte Kumpane, deren Vorstellung von Handarbeit wahrscheinlich darin besteht, dass sie sich den Hintern selbst abwischen müssen.

»Lass sehen«, fordere ich ihn heraus.

Der Klon wirft einen Benjamin Franklin auf den Tresen. So stolz auf sich. Ich schenke ihm einen Whiskey ein, weil ich nicht mehr weiß, was er haben wollte, und schiebe ihm das Glas hin. Er nimmt es, und ich greife mir den Schein und stecke ihn in meine Tasche.

»Ich habe sechs Drinks bestellt«, meint er blasiert.

»Leg noch fünf Hunderter hin, und ich schenke ein.«

Ich rechne damit, dass er rumheult und einen Wutanfall bekommt. Stattdessen lacht er und droht mir scherzhaft mit dem Finger. Für ihn gehört das zu dem charmanten Lokalkolorit, das sie hier zu finden erwarten. Rich Kids lieben es, aufs Kreuz gelegt zu werden.

Zu meinem absoluten Erstaunen zieht der Armleuchter fünf weitere Hunderter aus einem Geldbündel und blättert sie auf den Tresen. »Das Beste, was du hast«, meint er.

Das Beste, was diese Bar im Angebot hat, ist Johnnie Walker Blue und eine Tequilamarke, die ich nicht aussprechen kann. Bei keinem von beiden kostet die Flasche mehr als fünfhundert Dollar im Einzelhandel. Also tue ich beeindruckt und steige auf einen Hocker, um die angestaubte Tequilaflasche aus dem obersten Regal zu holen, denn okay, ich weiß noch genau, was er wollte, und schenke ihm die überteuerten Drinks ein.

Damit ist Richie Rich zufrieden und schlendert zu einem Tisch.

Mein Barkeeperkollege Lenny wirft mir einen Blick von der Seite zu. Ich weiß, ich sollte so ein Benehmen nicht auch noch fördern. Es bestätigt sie nur in dem Glauben, dass wir käuflich wären und dass ihnen diese Stadt gehört. Aber pfeif drauf, ich habe nicht vor, Drinks auszuschenken, bis ich tot bin. Ich habe größere Pläne.

»Wann kommst du heute hier raus?«, gurrt da eine weibliche Stimme links von mir.

Ich drehe mich langsam um und warte auf die Pointe. Traditionell folgt auf diese Frage eine von zwei Optionen:

»Weil ich will, dass du *mich* kommen lässt.«

Oder: »Weil ich heiß darauf bin, *dich* kommen zu lassen.«

Je nachdem, was kommt, weiß man, ob man es mit einer Frau zu tun hat, die egoistisch im Bett ist, oder einer, die gern Blowjobs erledigt.

Keins von beiden ist ein besonders origineller Anmachspruch, aber dass die Klone, die jedes Jahr die Bay überschwemmen, originell wären, hat auch niemand behauptet.

»Also?«, drängt die Blondine, und mir wird klar, dass da kein kitschiger Spruch auf mich zukommt.

»Die Bar schließt um zwei«, antworte ich lässig.

»Häng danach noch mit uns ab«, drängt sie. Sie und ihre Freundin haben beide glänzendes Haar, perfekte Körper und schimmernde Haut von einem Tag in der Sonne. Sie sind niedlich, aber ich bin nicht in Stimmung für das, was sie zu bieten haben.

»Tut mir leid. Geht nicht«, sage ich. »Aber ihr solltet Ausschau halten nach jemandem, der genauso aussieht wie ich. Mein Zwillingsbruder ist hier irgendwo.« Ich wedle mit der Hand in Richtung der Leute, die dicht gedrängt wie Sardinen in der Dose den Raum füllen. »Ich bin sicher, er würde euch liebend gern unterhalten.«

Ich sage das hauptsächlich, weil ich weiß, dass es Evan ärgern wird. Obwohl, vielleicht wird er mir auch dafür danken. Er mag die Klone ja verachten, aber gegen die reichen Prinzessinnen scheint er nichts zu haben, wenn sie nackt sind. Ich schwöre, der Junge versucht sich durch die ganze Stadt zu vögeln. Er behauptet, ihm sei »langweilig«. Ich lasse ihn in dem Glauben, dass ich ihm das abnehme.

»Oh mein Gott, es gibt zwei von euch?« Die Mädels bekommen fast auf der Stelle einen verträumten Blick.

Ich schnappe mir ein Glas und kippe Eiswürfel hinein. »Yup. Er heißt Evan«, füge ich noch hilfsbereit hinzu. »Wenn ihr ihn findet, sagt ihm, Cooper hat euch geschickt.«

Als sie endlich abhauen, fruchtige Cocktails in der Hand, atme ich erleichtert auf. Barkeeper ist ein Scheißjob.

Ich schiebe einen Whiskey on the rocks zu dem schmalen Typen hin, der ihn bestellt hat, und nehme das Geld, das er mir gibt. Ich fahre mir durchs Haar und atme durch, bevor ich den nächsten Kunden abfertige. Den größten Teil der Nacht können sich die betrunkenen Massen zusammenreißen. Daryl, der Türsteher, setzt jeden auf die Straße, den er im Verdacht hat, dass er gleich im Strahl kotzt, während Lenny und ich allen Idioten auf die Pfoten hauen, die auf die Idee kommen, hinter die Bar greifen zu wollen.

Ich habe ein Auge auf Steph und die anderen Kellnerinnen, während sie in dem Gedränge arbeiten. Steph hat einen ganzen Tisch mit Garnet-Typen, die bei ihrem Anblick zu sabbern anfangen. Sie lächelt, aber ich kenne diesen Blick. Als sie weiterwill, greift einer von denen sie um die Taille.

Ich mache schmale Augen. Derselbe Typ, dem ich sechs Hunderter abgeknöpft habe.

Ich bin verdammt nahe dran, über den Tresen zu hechten, als ihr Blick meinen kreuzt. Als wüsste sie, was gleich kommt, schüttelt sie den Kopf. Dann befreit sie sich routiniert von dem übergriffigen Trottel und kommt zurück zur Servicestation.

»Soll ich sie rauswerfen?«, frage ich sie.

»Nein. Ich hab's im Griff.«

»Ich weiß. Aber du musst nicht. Ich habe der Dumpfbacke sechs Hunderter abgeknöpft. Ich teile mit dir. Komm, ich sorge dafür, dass sie abhauen.«

»Ist alles gut. Gib mir nur drei Coronas und zwei Jäg…«

»Sag es nicht.« Mein ganzer Körper verkrampft sich bei dem Wort. Selbst wenn ich dieses üble schwarze Zeug nie wieder riechen müsste, ist das noch zu früh. »Ich muss mir Nasenstöpsel besorgen.«

»Du tust ja, als hättest du ein Kriegstrauma.« Sie lacht und sieht zu, wie ich unter Qualen die Drinks mache.

»Ich sollte eine Gefahrenzulage kriegen.« Ich schiebe ihr die Gläser hin. »Aber mal im Ernst, falls die Typen ihre Hände nicht bei sich behalten können, komme ich rüber.«

»Ich bin okay. Aber Mann, ich wünschte, die würden einfach gehen. Ich weiß nicht, wer heute Abend schlimmer ist – Mr Grabschhände oder dieser Letztsemester auf der Terrasse, der rumheult, weil sein Daddy sein Versprechen zurückgezogen hat, ihm zum Abschluss eine Yacht zu kaufen.«

Ich muss kichern.

Steph marschiert davon, mit einem Seufzen und einem Tablett voller Drinks.

Den größten Teil der nächsten Stunde blicke ich nicht mehr auf. Die Bar ist so voll, dass die Gesichter zu fleischfarbenen Flecken verschwimmen, und ich schenke nur noch aus und ziehe Kreditkarten durch, bis ich wie in Trance bin und alles, was ich tue, unbewusst abläuft.

Als ich das nächste Mal nach Steph schaue, sehe ich, wie Richie Rich sie dazu überreden will, dass sie mit ihm tanzt. Ich kann nicht hören, was sie sagt, aber das ist nicht schwer zu erraten: *Ich muss arbeiten, bitte lass mich weiterarbeiten, ich kann nicht mit dir tanzen, ich arbeite.*

Sie versucht höflich zu bleiben, aber ihre funkelnden Augen verraten mir, dass sie die Nase voll hat.

»Len«, ruf ich und nicke mit dem Kopf zu der Szene, die sich da abspielt. »Ich muss kurz was erledigen.«

Er antwortet mit einem Nicken. Wir kümmern uns um unsere Leute.

Ich marschiere hin und weiß, dass ich einen bedrohlichen Anblick biete. Ich bin einen Meter neunzig groß, habe mich seit Tagen nicht rasiert und könnte mal wieder einen Haarschnitt vertragen. Hoffentlich sehe ich bedrohlich genug aus, um diese Jungs davon abzuhalten, etwas Dummes zu tun.

»Alles okay hier?«, frage ich, als ich die Gruppe erreiche. Mein Tonfall sagt schon, dass es das nicht ist und dass er besser aufhören sollte, weil ich seinen Arsch sonst vor die Tür setze.

»Verpiss dich, du Proll!«, ruft einer von denen.

Die Beleidigung prallt an mir ab. Ich bin daran gewöhnt.

Ich ziehe eine Augenbraue hoch. »Ich gehe nicht, solange meine Kollegin nicht sagt, dass ich gehen soll.« Ich schaue demonstrativ auf die Hand von Richie Rich, die Stephs Arm umfasst. »Sie macht diesen Job hier nicht, um von reichen Jungs angegrabscht zu werden.«

Der Typ hat genug Verstand, um die Hand wegzunehmen. Steph nutzt die Gelegenheit und drückt sich an meine Seite.

»Siehst du? Alles gut.« Er schaut mich höhnisch an. »Keine Jungfrau in Nöten, die Rettung braucht.«

»Seht zu, dass es so bleibt.« Ich verleihe meiner Warnung mit einem spöttischen Blick meinerseits Nachdruck. »Und behaltet die Hände bei euch.«

Steph und ich wollen schon gehen, als ein Glas zerbricht.

Ganz egal, wie laut es in einem Raum ist, wie berstend voll er mit Körpern ist, die Geräusche dämpfen – ein Glas zerbricht auf dem Boden, und eine Sekunde später hört man das Summen einer Hummel zwei Kilometer entfernt.

Alle Köpfe drehen sich dorthin. Einer von Richie Richs Kumpels hat das Glas fallen lassen und blinzelt unschuldig, als ich seinem Blick begegne.

»Ups«, meint er.

Lachen und Applaus beenden die kurze Stille. Dann beginnen die Leute wieder zu reden, und die kollektive Aufmerksamkeit in der Bar wendet sich erneut den alkoholisierten Vergnügungen zu.

»Zum Teufel noch mal«, brummt Steph vor sich hin. »Geh zurück zur Bar, Coop. Ich komme klar.«

Mit einem verärgerten Stirnrunzeln marschiert sie davon, während sich die Truppe von Armleuchtern gnädigerweise von uns abwendet und wieder unter sich lautstark plaudert und lacht.

»Alles gut?«, fragt Lenny, als ich zurückkomme.

»Weiß nicht genau.«

Ich werfe einen Blick zurück zu den Typen und runzle die Stirn, als mir auffällt, dass ihr Anführer nicht mehr bei ihnen steht. Wo zur Hölle ist er hin?

»Nein«, sage ich langsam. »Ich glaube, es ist nicht alles gut. Gib mir noch mal eine Sekunde.«

Noch einmal lasse ich Lenny allein an der Kampfstation zurück, um Steph zu suchen. Ich marschiere nach hinten in der Annahme, dass sie einen Besen holen will, um das Glas aufzufegen.

Und da höre ich es: »Lass mich in Ruhe!«

Ich stürme um die Ecke, und mein Kiefer spannt sich an,

als ich Richie Rich in seinem pastelligen Poloshirt sehe. Er hat Steph am Ende des kurzen, schmalen Korridors an die Wand gedrängt. Als sie an ihm vorbeiwill, tritt er ihr in den Weg und packt sie am Handgelenk. Seine andere Hand gleitet nach unten, um ihr an den Hintern zu fassen.

Oh nein, vergiss es.

Ich stürme los, packe ihn am Kragen, und eine Sekunde später schicke ich ihn rücklings auf den klebrigen Boden. »Raus«, knurre ich.

»Cooper.« Steph packt mich, auch wenn Dankbarkeit in ihren Augen schimmert. Ich weiß, dass sie die Rettung zu schätzen weiß.

Ich schüttle sie ab, denn genug ist genug. »Steh auf und hau ab«, sage ich zu dem verblüfften Dreckskerl.

Er gibt lautstark Schimpfwörter von sich, während er sich hochrappelt.

Da die Toiletten nur etwa drei Meter weiter um die Ecke sind, dauert es nicht lange, bis sein wütendes Geschrei Publikum anzieht. Eine Gruppe kreischender Mädchen aus einer Studentinnenverbindung kommt angelaufen, gefolgt von anderen neugierigen Schaulustigen.

Plötzlich sind noch mehr Stimmen im Korridor zu hören.

»Pres! Bro, alles in Ordnung?«

Zwei seiner Freunde drängeln sich durch die Menge. Sie plustern sich neben ihm auf und flankieren ihren Champion, denn falls sie hier vor all diesen Leuten rausgeworfen werden, wird es ein langes Jahr, in dem sie allein zu Hause trinken müssen.

»Was zur Hölle hast du für ein Problem, Mann?«, spuckt der Grabscher aus und durchbohrt mich mit Blicken.

»Ich hab kein Problem«, antworte ich und verschränke die Arme. »Ich bringe nur den Müll raus.«

»Riechst du das, Preston?«, sagt ein Kumpel zu Richie Rich und grinst provozierend. »Irgendwas stinkt hier.«

»War das da draußen eine Mülltonne oder dein Wohnwagen?«, spottet der andere.

»Oh bitte, komm zwei Schritte näher und sag das noch mal«, fordere ich sie heraus, denn was solls, ich bin gelangweilt, und die Gesichter dieser Typen betteln förmlich darum, zermatscht zu werden.

Ich schätze meine Chancen ab. Es ist drei gegen einen, und sie sind nicht gerade Hänflinge – jeder von denen ist um die ein Meter achtzig, knapp meine Größe. Sie könnten ein halbes Wasserpoloteam sein, gesponsert von den Brooks Brothers. Aber ich muss tatsächlich arbeiten, um zu leben, und diese Muskeln sind nicht nur zur Zierde da. Von daher finde ich, dass meine Chancen ganz gut stehen.

»Coop, nicht.« Steph drängt mich zur Seite, um sich zwischen uns zu stellen. »Vergiss es. Ich komm jetzt allein klar. Geh zurück an die Bar.«

»Ja, *Coop*«, stichelt Preston und meint dann zu seinen Kumpels: »Kein Townie-Loser hier ist den Ärger wert.«

»Townie«, so nennen sie uns Einheimische. Ich sehe Steph an und zucke mit den Schultern. Der reiche Mistkerl hätte gehen sollen, als ich ihm noch die Chance gegeben habe.

Noch während er lacht, so selbstgefällig in seiner Überlegenheit, strecke ich die Hand aus, packe ihn an seinem Ralph-Lauren-Shirt und donnere ihm die Faust direkt ins Gesicht.

Er taumelt und fällt in seine Freunde, die ihn zu mir schubsen. Voller Blut holt er aus wie eine Kreatur in einem Horrorfilm und schlägt nach mir. Wir krachen mitten in die kreischenden Verbindungsmädels, bis wir an eine Wand prallen. Der alte Telefonapparat, der schon seit fünfzehn Jahren nicht mehr funktioniert, bohrt sich in meinen Rücken, was Preston die Chance bietet, einen Treffer an meinem Kinn zu landen. Daraufhin drehe ich uns beide herum und drücke ihn an die Wand. Ich will ihm gerade das verdammte Gesicht verunstalten, als Joe, der Besitzer der Bar, zusammen mit Daryl und Lenny kommt und sie mich wegzerren.

»Du dämlicher Townie-Arsch«, gurgelt mir der Typ entgegen. »Hast du eine Ahnung, wie tot du bist?«

»Das reicht!«, schreit Joe. Der alte Vietnamveteran mit grauem Hippiebart und Pferdeschwanz deutet mit einem fetten Finger auf Preston. »Raus hier. In meiner Bar wird sich nicht geprügelt.«

»Ich will, dass dieser Psycho gefeuert wird«, verlangt Preston.

»Leck mich.«

»Coop, Klappe«, befiehlt Joe. Er bedeutet Lenny und Daryl, mich loszulassen. »Ich zieh dir das vom Lohn ab.«

»Es war nicht Coops Schuld«, erklärt Steph unserem Boss. »Der Typ hat mich voll begrapscht. Und danach ist er mir gefolgt und hat mich im Korridor in die Enge getrieben. Cooper hat versucht, ihn rauszuwerfen.«

»Weißt du, wer mein Vater ist?«, schäumt Preston und drückt sich die blutende Nase zu. »Seiner Bank gehört die Hälfte aller Gebäude hier auf dieser dreckigen Promenade. Ein Wort von mir, und dein Leben wird echt kompliziert.«

Joe presst die Lippen aufeinander.

»Ihr Mitarbeiter hat mich angegriffen«, fährt Preston wütend fort. »Ich weiß ja nicht, wie Sie dieses Rattenloch hier führen, aber wenn das irgendwo anders passiert wäre, würde dieser Typ hier sofort rausfliegen.« Das Grinsen in seinem Gesicht lässt echt meine Fäuste jucken. Ich will ihn mit bloßen Händen erwürgen. »Also, entweder Sie klären das, oder ich rufe meinen Vater an, und er klärt das. Ich weiß, es ist spät, aber keine Sorge, er wird wach sein. Er ist eine Nachteule.« Sein Grinsen wird breiter. »So hat er seine Milliarden gemacht.«

Einen langen Moment herrscht Schweigen. Dann gibt Joe ein Seufzen von sich und dreht sich zu mir.

»Das kann nicht dein Ernst sein«, sage ich perplex.

Joe und ich kennen uns schon lange. Schon während der Highschool standen mein Bruder und ich hier hinter der Theke. Wir haben ihm zweimal nach einem Hurrikan beim Wiederaufbau geholfen. Himmel, ich habe seine Tochter zum Abschlussball begleitet.

Er sieht resigniert aus, als er sich über den Bart fährt.

»Joe. Im Ernst, Mann, du willst dir von einem von denen sagen lassen, wie du deine Bar zu führen hast?«

»Tut mir leid«, sagt Joe schließlich. Er schüttelt den Kopf. »Ich muss an mein Geschäft denken. An meine Familie. Diesmal bist du zu weit gegangen, Coop. Nimm dir aus der Kasse, was ich dir für heute Abend schulde. Morgen früh gebe ich dir einen Scheck.«

Zufrieden mit sich, grinst Richie Rich mich höhnisch an. »Siehst du, Townie? So läuft das in der wirklichen Welt.« Er wirft Steph ein Geldbündel zu und spuckt Blut und Schleim auf den Boden. »Hier, mach das sauber, Schätzchen.«

»Das ist noch nicht vorbei«, warne ich Preston, als er sich mit seinen Kumpels vom Acker macht.

»Es war schon vorbei, bevor es angefangen hat«, ruft er über die Schulter. »Du bist nur der Einzige, der das nicht gemerkt hat.«

Ich starre Joe an und sehe die Niedergeschlagenheit in seinem Blick. Er hat weder die Kraft noch den Wunsch, diese Schlachten weiter auszufechten. Genau so kriegen sie uns. Zoll für Zoll. Sie machen uns fertig, bis wir zu müde sind, um es länger auszuhalten. Und dann reißen sie uns unser Land, unsere Geschäfte und unsere Würde aus den sterbenden Händen.

»Du weißt schon«, sage ich zu Joe. »Jedes Mal, wenn einer von uns einem von denen nachgibt, machen wir es ihnen ein bisschen leichter, uns das nächste Mal fertigzumachen.«

Nur dass … nein. Scheiß auf »das nächste Mal«. Von mir kriegen die niemals ein nächstes Mal.

2

Mackenzie

Seit ich heute Morgen das Haus meiner Eltern in Charleston verlassen habe, verspüre ich einen Drang in mir, der immer stärker wird, je mehr wir uns dem College nähern. Den Drang, einfach umzukehren und mit dem weiterzumachen, was ich vor einem Jahr begonnen habe. Ich will einfach nicht, dass diese Auszeit, die ich mir vom College genommen habe, vorbei sein soll. Da kreist etwas in meinem Kopf, das immer beharrlicher wird und mir sagt, dass ich umkehren soll. Losstürmen. Wegrennen. Mich dem sprichwörtlichen Zirkus anschließen und *wütend sein, so wütend.*

Der Fahrer meines Wagens biegt ab auf die Eichenallee, die zum Campus des Garnet College führt. Als wir vor einem Backsteingebäude, das Tally Hall heißt, halten, steigt Panik in mir hoch.

Es passiert wirklich.

Entlang der weitläufigen Rasenfläche parken zahlreiche Autos. Überall sind Studenten und ihre Eltern, die Kartons in das vierstöckige Haus tragen. Die Fenster und das Dach sind mit weißen Zierleisten versehen, wie auch die anderen vier alten Gebäude auf dem historischen Campus.

»Ich komme gleich wieder, um die Kartons zu holen«, sage ich zum Fahrer. Ich hänge mir meine Reisetasche über die

Schulter und stelle den Rollkoffer auf den Boden. »Ich will nur schnell nachsehen, ob ich hier richtig bin.«

»Kein Problem. Lassen Sie sich Zeit.« Er bleibt gelassen, wahrscheinlich weil meine Eltern ihm eine Mordssumme bezahlt haben, damit er heute Chauffeur spielt.

Als ich vor der Eingangstür stehe, vor der an einem Balken eine Eisenlaterne hängt, fühle ich mich wie eine eingefangene Entflohene, die nach einem Jahr auf der Flucht zurückkehrt. Es war zu gut, als dass ich so hätte weitermachen können. Wie soll ich mich jetzt wieder mit Hausarbeiten und unangekündigten Tests rumschlagen? Mir mein Leben von Dozenten und Lehrplänen diktieren lassen, nachdem ich die letzten zwölf Monate mein eigener Boss war?

Eine Mutter hält mich auf der Treppe auf und fragt, ob ich die Betreuerin für das Wohnheim bin. Wundervoll. Ich fühle mich uralt. Sofort bin ich versucht, auf dem Absatz umzudrehen, und die Wunde in mir bricht auf, aber ich zwinge mich, es zu ignorieren.

Ich schleppe mich hoch in die vierte Etage, wo die Zimmer ein bisschen größer und ein bisschen netter sind. Kommt allerdings nur für Kinder von Eltern infrage, die bereit sind, das Bruttoinlandsprodukt eines kleinen Inselstaates hinzublättern. Laut der Mail auf meinem Handy habe ich Zimmer 402.

Wobei, Zimmer stimmt eigentlich nicht, es ist eher ein Apartment. Von einem kleinen Wohnzimmer mit Kitchenette gehen links und rechts die beiden Schlafzimmer ab. Im Zimmer links steht ein leeres Bett, außerdem ein Schreibtisch und eine Kommode aus demselben Holz. Rechts, hinter der weit offenen Tür, tanzt eine Blondine in abgeschnittenen Shorts oben ohne durch den Raum und hängt Kleider auf Bügel.

»Hallo?«, rufe ich, um ihre Aufmerksamkeit auf mich zu lenken. Ich lasse meine Tasche auf den Boden fallen. »Hi?«

Sie hört mich immer noch nicht. Vorsichtig gehe ich hinein und tippe ihr auf die Schulter. Sie springt förmlich aus ihren Sandalen und presst sich die Hand auf den Mund, um ein Kreischen zu unterdrücken.

»Oh, Mädel, hast du mich erschreckt!«, meint sie mit ausgeprägtem Südstaatenakzent. Schwer atmend nimmt sie die kabellosen Ohrstöpsel heraus und steckt sie in ihre Hosentasche. »Hätte mir fast in die Hose gemacht.«

Ihre Möpse sind genau vor mir in all ihrer nackten Pracht, und sie macht keinerlei Anstalten, sie zu bedecken. Ich versuche ihr in die Augen zu blicken, aber das gelingt mir nicht, also schaue ich hinüber zu den Fenstern.

»Tut mir leid, dass ich so hereinplatze. Ich hatte nicht erwartet …« *… meine Zimmergenossin in der ersten Szene eines Amateurpornos vorzufinden.*

Sie zuckt lächelnd mit den Schultern. »Kein Problem.«

»Ich kann, äh, in ein paar Minuten wiederkommen, falls …«

»Nein, alles gut«, beteuert sie.

Jetzt sehe ich sie doch an, wie sie dasteht, die Hände an den Hüften und ihre Brüste mir zugewandt. »Gab es auf dem Formular des Wohnheims ein Kästchen für Nudisten, das ich versehentlich angekreuzt habe?«

Sie lacht und greift dann endlich nach einem Tanktop. »Ich reinige gern die Energie eines Ortes. Ein Haus ist kein Zuhause, bevor man sich nackt darin aufgehalten hat, richtig?«

»Die Jalousien sind auf«, bemerke ich.

»Keine Bräunungsstreifen«, entgegnet sie mit einem Zwinkern. »Ich bin Bonnie May Beauchamp. Schätze, wir sind Zimmergenossinnen.«

»Mackenzie Cabot.«

Sie quetscht mich in eine feste Umarmung. Für gewöhnlich würde ich das als schwerwiegenden Übergriff werten. Aus irgendeinem Grund bringe ich es jedoch nicht fertig, mich von dem Mädchen abgeschreckt zu fühlen. Vielleicht ist sie ja eine Hexe, die mich mit ihren Hexentitten hypnotisiert. Aber trotzdem empfange ich positive Schwingungen von ihr.

Sie hat ein sanftes, rundes Gesicht und große braune Augen. Ein strahlendes Lächeln, das gleichermaßen harmlos gegenüber Frauen und zugewandt gegenüber Männern ist. Jedermanns kleine Schwester. Nur mit Möpsen.

»Wo sind denn deine Sachen?«, fragt sie, als sie mich loslässt.

»Mein Freund kommt später mit den meisten Kartons vorbei. Unten im Auto habe ich nur noch ein paar Sachen. Der Fahrer wartet auf mich.«

»Ich helfe dir beim Hochtragen.«

Es ist nicht viel, aber ich weiß das Angebot und die Gesellschaft zu schätzen. Wir holen die Kartons, stellen sie im Zimmer ab und wandern dann ein wenig auf den Gängen herum und schauen uns die Nachbarschaft an.

»Du kommst aus South Carolina?«, fragt Bonnie.

»Ja, Charleston. Und du?«

»Ich komme aus Georgia. Daddy wollte, dass ich auf die Georgia State gehe, aber meine Mom war damals am Garnet, also haben sie auf das Ergebnis eines Footballspiels gewettet, und hier bin ich.«

Unten im dritten Stock läuft ein Typ mit einer Kühltasche herum und bietet jeder von uns einen Becher an, im Tausch gegen unsere Telefonnummern. Auf seine Arme sind lauter Zahlen mit schwarzem Permanentmarker gekritzelt, aber den meisten Nummern fehlen ein oder zwei Ziffern. Natürlich alle gefakt.

Wir lehnen sein Angebot ab und grinsen uns zu, als wir ihn stehen lassen.

»Warst du vorher an einem anderen College?«, fragt Bonnie, während wir uns weiter durch den Basar der Mikrogemeinschaften arbeiten. »Ich meine, versteh mich nicht falsch oder so, aber du siehst nicht wie eine Studienanfängerin aus.«

Ich wusste, dass das passieren würde. Ich komme mir vor wie die Campusbetreuerin. Zwei Jahre älter als meine Mitstudierenden, weil ich ein Jahr ausgesetzt habe und weil ich ein Jahr später in den Kindergarten kam, als meine Eltern beschlossen, einen Segeltrip im Mittelmeer auszudehnen, statt mich rechtzeitig zur Vorschule nach Hause zu bringen.

»Ich habe mir ein Jahr Auszeit genommen und einen Deal mit meinen Eltern gemacht, dass ich auf jedes College gehe, das sie aussuchen, wenn sie mich zuerst an meiner Firma arbeiten lassen.« Obwohl, ginge es nach mir, hätte ich dieses Kapitel des Erwachsenwerdens komplett übersprungen.

»Du hast schon deine eigene Firma?«, will Bonnie wissen und macht große Augen. »Ich habe den ganzen Sommer mit Wiederholungen von *Vanderpump Rules* und Partys am See verbracht.«

»Ich habe eine Website und eine App aufgebaut«, erzähle ich. »Ich meine, es ist nichts Großes. Ist nicht so, als hätte ich Tesla gegründet.«

»Was für eine App denn?«

»Eine Seite, auf der Frauen lustige oder peinliche Geschichten über ihren Freund posten. Es hat als Scherz für ein paar meiner Freundinnen von der Highschool angefangen, aber dann ist das Ganze irgendwie durch die Decke gegangen. Letztes Jahr habe ich noch eine Website gestartet für Jungs, die etwas über ihre Freundin posten wollen.«

Was begann als »Nur ich und ein Blog«, hatte sich im vergangenen Jahr als voller Erfolg erwiesen, sodass ich ein Moderations- und ein Marketingteam anheuern musste. Ich zahle Löhne und Steuern und habe einen siebenstelligen Betrag auf meinem Geschäftskonto. Und jetzt soll ich mir zu alldem noch Gedanken um Aufsätze und Semesterprüfungen machen? Aber Deal ist Deal, und ich halte, was ich versprochen habe, auch wenn mir diese ganze Collegesache sinnlos vorkommt.

»Oh mein Gott, die Seite kenne ich.« Bonnie packt mich aufgeregt am Arm. Das Mädchen hat ja Finger aus Stahl. »*BoyfriendFails*! Holy Shit. Meine Mädchen und ich haben im letzten Jahr wahrscheinlich mehr Zeit damit verbracht als mit Hausaufgaben. Wie ging die eine Story noch mal? Über den Freund, der nach einem Date eine Lebensmittelvergiftung hatte, und der Vater des Mädchens hat die beiden nach Hause gefahren, und der Typ bekam heftigen Durchfall auf dem Rücksitz!«

Sie krümmt sich vor Lachen. Ich grinse, denn ich erinnere mich noch gut an diesen Post. Er erhielt mehr als dreihunderttausend Klicks, Tausende Kommentare und hat meine Werbeeinnahmen in dem Monat verdoppelt.

»Wow«, meint sie, nachdem sie sich wieder gefangen hat. »Du verdienst wirklich Geld mit solchen Sachen?«

»Ja, indem ich Werbung schalte. Das läuft ziemlich gut.« Ich zucke bescheiden mit den Schultern.

»Das ist so cool.« Bonnie macht einen Schmollmund. »Ich beneide dich. Ich habe keine Ahnung, was ich hier mache, Mac. Kann ich dich Mac nennen, oder ist dir Mackenzie lieber? Mackenzie klingt *so* förmlich.«

»Mac ist prima«, beteuere ich und versuche nicht zu lachen.

»Nach der Highschool soll man nun mal aufs College gehen. Nur dass ich echt keine Ahnung habe, was ich als Hauptfach nehmen oder was ich machen soll, wenn ich mal erwachsen bin.«

»Die Leute sagen immer, das College ist der Ort, an dem man sich selbst findet.«

»Ich dachte, das wäre Panama City.«

Ich kichere. Ich mag dieses Mädchen wirklich.

Etwa eine Stunde später taucht mein Freund mit den übrigen Kartons auf. Es ist Wochen her, seit wir uns zuletzt gesehen haben. Ich hatte irre viel Arbeit mit meinem Unternehmen, bevor ich alles an meine neuen Vollzeitkräfte übergeben konnte, daher hatte ich keine Zeit, um Preston zu besuchen. Abgesehen von dem Sommer, in dem er mit seiner Familie Urlaub in Italien am Comer See gemacht hat, waren wir noch nie so lange getrennt voneinander gewesen.

Ich hatte mal vorgeschlagen, dass wir uns ein gemeinsames Apartment abseits vom Campus suchen könnten, aber Preston hatte dafür rundheraus nur Verachtung übrig. Wozu in einer schlichten Unterkunft unter seinem Standard leben, wenn er zu Hause einen Pool, einen Koch und ein Hausmädchen hat? Darauf hatte ich keine gute Antwort, die nicht gemein geklungen hätte.

Wenn Unabhängigkeit von den Eltern nicht schon an sich ein guter Grund ist, um zusammenzuziehen, dann weiß ich es auch nicht.

Seit der Highschool hatte ich nur ein Ziel: unabhängig zu sein. Mit meiner Familie zu leben war, wie in Treibsand zu stecken – und darin wäre ich komplett versunken, wenn ich mich nicht am eigenen Zopf herausgezogen hätte. Ich bin nicht dazu gemacht, eingesperrt zu sein. Vielleicht ist das der Grund, warum ich nicht von tiefem Verlangen oder einem plötzlichen Ansturm von Erregung überwältigt werde, als der Freund, den ich seit über einem Monat nicht gesehen habe, mit der ersten Ladung Kartons in mein Zimmer kommt.

Nicht dass ich ihn nicht vermisst hätte oder nicht froh wäre, dass er hier ist. Es ist nur … Ich kann mich an Schwärmereien in der Mittelstufe erinnern, bei denen sich die Zeit zwischen der letzten Begegnung in der Mittagspause und Schulschluss wie eine Ewigkeit anfühlte, die mir das kleine, pubertierende Herz zerriss. Schätze, ich bin wohl erwachsen geworden. Preston und ich haben eine stabile Beziehung. Wir sind praktisch wie ein altes Ehepaar.

Stabil hat eine Menge für sich.

»Hey, Babe.« Leicht verschwitzt vom Treppensteigen, nimmt Pres mich in die Arme und gibt mir einen Kuss auf die Stirn. »Ich habe dich vermisst. Du siehst toll aus.«

»Du auch.« Anziehung ist ganz sicher nicht das Problem. Preston ist so bilderbuchmäßig gut aussehend, wie es nur geht. Er ist groß und schlank, aber athletisch gebaut. Umwerfend blaue Augen, die in der Sonne regelrecht leuchten. Ein klassisch kantiges Gesicht, das alle Blicke auf sich zieht. Er war beim Friseur, seit ich ihn zuletzt gesehen habe: Sein blondes Haar ist oben lang und an den Seiten kurz geschnitten.

In dem Moment dreht er den Kopf ein wenig, und ich bemerke Blutergüsse an seiner Nase und um das rechte Auge.

»Was ist dir denn passiert?«, frage ich entsetzt.

»Ach, nichts Schlimmes.« Er berührt sein Auge und zuckt mit den Schultern. »Die Jungs und ich haben neulich Basketball gespielt, und ich habe einen Ball ins Gesicht bekommen. Kein großes Ding.«

»Bist du sicher? Das sieht aus, als hätte es verdammt wehgetan.« Es sieht übel aus, ganz ehrlich.

»Mir geht's gut. Oh, bevor ich es vergesse. Ich hab noch was für dich.«

Er greift in die hintere Tasche seiner Kakihose und holt eine Plastikkarte hervor. Darauf steht *BIG JAVA*.

Ich nehme die Geschenkkarte entgegen. »Oh, danke, Babe. Ist die für den Kaffeeladen auf dem Campus?«

Er nickt. »Dachte mir, es wäre ein passendes ›Willkommen auf dem College‹-Geschenk für einen Kaffeefan wie dich. Ich habe ein paar Riesen draufgeladen, damit du nicht verdurstest.«

In der Küchennische schnappt eine lauschende Bonnie nach Luft. »Ein paar *Riesen*?«, quiekt sie.

Okay, zweitausend Dollar für Kaffee ist ein wenig extrem, aber eine der Eigenschaften, die ich an Preston liebe, ist seine Aufmerksamkeit. Er fährt allein drei Stunden zu meinen Eltern nach Hause, um meine Sachen zu holen, und dann den ganzen Weg zum Campus, und das alles mit einem Lächeln. Er beschwert sich nicht und betrachtet mich nie als Last. Er tut es, weil er nett ist.

Nett hat eine Menge für sich.

Ich schaue zu meiner Mitbewohnerin. »Bonnie, das ist mein Freund Preston. Pres, das ist Bonnie.«

»Freut mich, dich kennenzulernen«, sagt er mit einem aufrichtigen Lächeln. »Ich hole noch die restlichen Kartons von Mac – wie wäre es, wenn ich euch beide danach zum Lunch einlade?«

»Bin dabei«, antwortet Bonnie. »Ich bin am Verhungern.«

»Das wäre toll«, sage ich. »Danke dir.«

Als er weg ist, grinst Bonnie und streckt einen Daumen hoch. »Guter Job. Wie lange seid ihr schon zusammen?«

»Vier Jahre.« Ich folge ihr in das gemeinsame Badezimmer, wo wir uns zurechtmachen für den Lunch. »Wir waren auf derselben Schule. Ich war im zweiten Jahr, er im letzten.«

Ich kenne Preston schon seit der Kindheit, aber damals waren wir wegen des Altersunterschieds noch keine Freunde. Ich habe ihn immer im Country Club gesehen, wenn meine Eltern mich mitgeschleppt haben, bei Zusammenkünften in den Ferien, Benefizveranstaltungen und so was. Als ich in Spencer Hill in die Schule kam, war er so nett, mich auf den Fluren zur Kenntnis zu nehmen und bei Partys Hallo zu sagen – und hat mir damit geholfen, etwas von dem Ansehen zu gewinnen, das man braucht, um in den haiverseuchten Gewässern einer Schule zu überleben und zu gedeihen.

»Du bist sicher erleichtert, dass du jetzt mit ihm zusammen auf dem College bist. Ich an deiner Stelle würde den Verstand verlieren, wenn er woanders wäre, weil ich mich ständig fragen würde, was er allein so alles treibt.«

»So ist es bei uns nicht«, sage ich und bürste meine Haare. »Preston ist nicht der Typ, der fremdgeht. Er steht total auf Familie und den Plan, weißt du?«

»Plan?«

Bisher klang das noch nie seltsam, bis Bonnie mich mit hochgezogener Augenbraue im Spiegel ansieht.

»Na ja, unsere Eltern sind seit Jahren befreundet, also kam man sozusagen überein, dass wir unseren Abschluss machen und dann heiraten. Du weißt schon, der Plan.«

Sie sieht mich an und verzieht das Gesicht. »Und du bist … einverstanden mit diesem Plan?«

»Warum sollte ich es nicht sein?«

So sind auch meine Eltern zusammengekommen. Und ihre Eltern. Ich weiß, das klingt nach arrangierter Ehe, und um ehrlich zu sein, habe ich auch den Verdacht, dass Preston dazu überredet wurde, mich auszuführen. Er war im letzten Jahr und ich das ungeschickte Mädchen im zweiten, das noch nicht einmal mit einem Glätteisen umgehen konnte. Aber ob das so war oder nicht, spielt im Grunde keine Rolle, denn weder er noch ich fühlte sich zu einem Date gezwungen. Wir genossen die Gesellschaft des jeweils anderen und tun es immer noch.

»Ich an deiner Stelle wäre ziemlich deprimiert, wenn mein ganzes Leben schon verplant wäre, bevor ich überhaupt meinen ersten Tag am College habe. Das ist ja, als würde mir einer das Ende des Films verraten, während ich noch für Popcorn anstehe.« Bonnie zuckt mit den Schultern und trägt etwas Lipgloss auf. »Aber hey, solange du damit glücklich bist, ist ja alles okay, oder?«

3

Cooper

Seit wir dumme Kids waren, die sich gegenseitig die Dünen rauf- und runtergejagt und vor Millionen-Dollar-Villen das Meer durchpflügt haben und vor den Cops abgehauen sind, haben wir – die missratene Jugend von Avalon Bay – eine Tradition. Am letzten Sonntag des Sommers wird gefeiert, und das mit einem riesigen Lagerfeuer.

Einzige Regel: nur Einheimische.

Heute Abend richten mein Zwillingsbruder und ich die große Feier bei uns zu Hause aus. Das zweistöckige Strandhaus im typischen Cottagestil der Gegend gehört seit drei Generationen unserer Familie – und das sieht man. Es ist etwas runtergekommen und müsste dringendst renoviert werden, aber es macht seine raue Schale mit einem Haufen Charme wieder wett. Irgendwie so wie seine Bewohner, schätze ich. Wobei Evan eindeutig der Charmantere von uns beiden ist. Ich kann manchmal ein launischer Mistkerl sein.

Auf der hinteren Terrasse kuschelt sich Heidi an mich und stellt einen Flachmann auf das Holzgeländer.

»Wir haben Schnaps unten. Literweise«, sage ich ihr.

»Das ist nicht der Zweck eines Flachmanns.«

Sie lehnt sich mit dem Rücken ans Geländer und stützt die Ellbogen auf. Heidi ist irgendwie speziell. Nichts um sie herum scheint sie wirklich wahrzunehmen, so als wäre das wirklich Interessante für sie ganz woanders. Als wir noch Kids waren, war das eins der ersten Dinge, die mich zu ihr hinzogen. Heidis Blick ging immer in die Ferne. Ich wollte sehen, was sie sah.

»Was ist dann der Zweck?«, frage ich.

»Das Gefühl, ein bisschen ungezogen zu sein. Ein Flachmann ist wie ein Geheimnis.«

Sie schaut zu mir herüber und lächelt schelmisch. Sie hat sich aufgebrezelt heute Abend, zumindest so weit, wie man das hier draußen in der Bay macht. Das Haar in Locken. Dunkelroter Lippenstift. Sie trägt mein altes Rancid-T-Shirt, aus dem sie ein Tanktop gemacht hat, unter dem ein schwarzer Spitzen-BH hervorlugt. Sie hat sich eine Menge Mühe mit ihrem Aussehen gegeben, doch ich kann damit nichts anfangen.

»Nicht besonders in Stimmung, hm?«, meint sie, als ich den Köder nicht schlucke.

Ich zucke mit den Schultern. Stimmt, ich bin nicht in Partystimmung.

»Wir könnten woandershin.« Heidi richtet sich auf. »Wegfahren. Wie damals, als wir immer die Schlüssel deiner Mom geklaut haben. Weißt du noch, wie wir irgendwo in Tennessee gelandet sind und hinten auf der Ladefläche des Trucks geschlafen haben?«

»Und um vier Uhr früh von einem wütenden Ranger aus dem Nationalpark gejagt wurden.«

Sie lacht und knufft mich gegen den Arm. »Ich vermisse unsere Abenteuer.«

Ich trinke einen Schluck aus ihrem Flachmann. »Verliert irgendwie seinen Reiz, wenn man seine eigenen Autoschlüssel hat und Trinken legal ist.«

»Ich verspreche dir, wir können immer noch jede Menge Schwierigkeiten machen.«

Dieses flirtende Funkeln in ihren Augen macht mich traurig. Denn früher hatten wir Spaß zusammen, und heute fühlt es sich angestrengt an. Unangenehm.

»Coop!« Mein Bruder ruft von unten im Garten nach mir. »Das ist eine Party, Kumpel. Komm runter.«

Zwillingstelepathie funktioniert immer noch. Ich lasse Heidi auf der Terrasse zurück, gehe nach unten und schnappe mir ein Bier auf dem Weg zum Strand, wo ich Evan mit einigen unserer Freunde am Lagerfeuer treffe. Ich trinke, während sie die nächste Stunde damit verbringen, dieselben Geschichten zu erzählen, die wir uns seit zehn Jahren erzählen. Dann organisiert unser Kumpel Wyatt ein Fußballspiel im Mondschein, und die meisten gehen dorthin, sodass nur ein paar von uns am Feuer zurückbleiben. Evan fläzt sich auf einem Deck Chair neben mir und lacht über etwas, das Alana gerade gesagt hat, aber ich kann mich heute Abend anscheinend nicht amüsieren. Da ist ein Käfer unter meiner Haut, der mir Löcher ins Fleisch frisst und darin Eier aus Zorn und Verbitterung legt.

»Kumpel.« Evan stupst mich am Fuß an. »Was ist los mit dir?«

»Alles gut.«

»Oh ja«, meint er sarkastisch. »Das sehe ich.« Er nimmt mir die leere Bierflasche ab, holt eine neue aus der Kühlbox und wirft sie mir zu. »Du bist schon seit zwei Tagen mies gelaunt. Ich verstehe ja, dass du sauer bist, aber inzwischen macht das keinen Spaß mehr. Betrink dich, rauch ein bisschen Gras. Heidi ist hier irgendwo. Vielleicht legt sie dich noch mal flach, wenn du nett fragst.«

Ich unterdrücke ein Stöhnen. In dieser Clique gibt es keine Geheimnisse. Als Heidi und ich zum ersten Mal Sex miteinander hatten, wussten schon alle davon, noch bevor wir uns am nächsten Morgen den Sand aus den Augen gerieben hatten.

Was nur noch mehr beweist, dass es eine schlechte Idee war. Sex mit Freunden führt nur zu Problemen.

»Du kannst mich mal, Arschloch.« Heidi wirft von der anderen Seite des Lagerfeuers eine Handvoll Sand nach ihm und zeigt ihm einen Vogel.

»Ups. Sorry«, meint er. Wobei ich mir sicher bin, er wusste genau, dass sie da sitzt.

»Weißt du, es ist wirklich bemerkenswert«, meint Heidi in diesem gleichmütigen Tonfall, der immer eine grelle Warnung ist, dass sie drauf und dran ist, einem die Eier abzuschneiden. »Ihr seid identische Zwillinge, aber deinen Schwanz würde ich nie anrühren, Evan.«

»Volltreffer!«, ruft Alana und lacht mit Heidi und Steph. Die drei sind die absolute Folter für jeden Jungen in der Bay. Und das schon, seit wir in der dritten Klasse waren. Eine unheilige Dreifaltigkeit aus purer Erotik und Schrecken.

Evan antwortet mit einer anstößigen Geste, denn schlagfertige Antworten sind nicht gerade seine Stärke. Dann wendet er sich wieder mir zu. »Ich finde immer noch, dass wir warten sollten, bis dieser Klon aus seinem Haus kommt, und dann schnappen wir ihn uns. So was spricht sich rum, Coop. Die Leute hören, dass du diesen Mist auf sich beruhen lässt, und auf einmal denken sie, jeder kann sich mit uns anlegen.«

»Cooper hat Glück, dass der Idiot keine Anzeige erstattet hat«, wirft Steph ein. »Aber wenn du aus der Sache einen Krieg machst, könnte er seine Meinung noch ändern.«

Sie hat recht. Es gibt nur einen Grund dafür, wieso ich nicht die letzten zwei Tage in einer Gefängniszelle verbracht habe, nämlich dass dieser Preston sich damit zufriedengegeben hat, mich zu demütigen. Aber ich bin immer noch total sauer, weil ich gefeuert wurde. Evan hat recht – Hartleys können so etwas nicht auf sich sitzen lassen. Wir haben einen Ruf in dieser

Stadt. Sobald die Leute Schwäche riechen, kommen sie auf dumme Ideen. Selbst wenn du nichts hast, versucht immer irgendwer, es dir zu nehmen.

»Wer war der Typ überhaupt?«, fragt Heidi.

»Preston Kincaid«, sagt Steph. »Seiner Familie gehört dieses riesige Anwesen die Küste runter, wo sie letzten Monat diese zweihundert Jahre alten Eichen gefällt haben, um Platz für einen dritten Tennisplatz zu schaffen.«

»Uff, den Typen kenne ich«, meint Alana. Ihr leuchtend rotes Haar schimmert im Feuerschein. »Maddy war vor ein paar Wochen mit dem Parasailing-Boot ihres Vaters unterwegs und hat ihn zusammen mit einem Mädchen mitgenommen. Er hat Maddy angebaggert, während seine Freundin dabei war. Der Typ hat sie tatsächlich um ein Date gebeten. Und als sie ihm eine Ausrede aufgetischt hat, weil sie es sich nicht mit dem Trinkgeld verscherzen wollte, wollte er sie zu einem Dreier gleich auf dem Boot überreden. Maddy meinte, sie wäre kurz davor gewesen, ihn über Bord zu werfen.«

Steph verzieht das Gesicht. »Der Typ ist ein Widerling.«

»Du sagst es.« Evan öffnet eine neue Bierflasche und trinkt einen Schluck. »Er hat es verdient. Wir würden quasi gemeinnützige Arbeit machen, wenn wir ihm einen Denkzettel verpassen.«

Ich beäuge meinen Bruder.

»Rache, Mann. Er hat dir eins auf die Nase gegeben. Wir geben ihm zwei zurück.«

Ich muss zugeben, ich brenne auf Rache. Seit zwei Tagen liegt mir dieser Brocken aus heißem Zorn im Magen und brennt. Der Job als Barkeeper war nicht meine einzige Einkommensquelle, aber ich brauche dieses Geld. Alles, worauf ich hinarbeite, ist in sehr viel weitere Ferne gerückt, seit dieser Mistkerl dafür gesorgt hat, dass ich gefeuert wurde.

Ich denke darüber nach. »Ich kann ihm nicht das Gesicht zerschlagen, sonst lande ich im Knast. Seinen Job kann ich ihm auch nicht wegnehmen, denn der Typ hat garantiert keinen. Der wurde mit einem Silberlöffel im Arsch geboren. Also, was geht da sonst noch?«

»Ach, dieses arme, dumme Mädchen«, meint Alana plötzlich und kommt ums Feuer herum, um uns ihr Handy zu zeigen. »Ich habe gerade in Social Media nach ihm gestöbert. Er hat eine Freundin.«

Ich blicke mit schmalen Augen auf das Display. Interessant. Irgendwann heute hat Kincaid eine Story gepostet, dass seine Freundin in ihr Wohnheim beim Garnet eingezogen ist. Der Post ist voller Herzchenemojis und strotzt nur so vor zuckersüßem Mist. Ein verräterisches Zeichen dafür, dass hier ein Fremdgänger was kompensieren muss.

»Verdammt«, meint Evan und nimmt das Handy. Er scrollt durch Fotos von den beiden auf Kincaids widerlicher Yacht. »Das Mädchen ist ja echt heiß.«

Er hat recht. Das Foto, das Evan aufruft, zeigt ein hochgewachsenes Mädchen mit grünen Augen und gebräunter Haut. Sie trägt ein weißes, bauchfreies T-Shirt, das über eine Schulter fällt, sodass man den Träger eines blauen Badeanzugs sehen kann, und aus irgendeinem Grund ist dieser dünne Stoffstreifen erotischer als jedes pornografische Bild, das ich je gesehen habe. Es ist aufreizend. Eine Einladung.

Im finstersten Teil meines Gehirns nimmt eine schreckliche Idee Gestalt an.

»Hol sie dir«, sagte Evan, denn auch wenn wir in allem Möglichen völlig verschieden sind, sind wir doch genau gleich.

Alanas Augen leuchten boshaft auf. »Tu es.«

»Was, ihm die Freundin ausspannen?«, fragt Heidi ungläubig. »Sie ist doch kein Spielzeug. Das ist …«

»… eine tolle Idee«, fällt ihr Evan ins Wort. »Schieß das Mädchen des Klons ab, reib es ihm unter die Nase und schick ihren reichen Hintern dann in die Wüste.«

»Das ist widerlich, Evan.« Heidi steht auf und nimmt ihm Alanas Handy weg. »Sie ist ein Mensch, weißt du.«

»Nein, sie ist ein Klon.«

»Du willst, dass sie Kincaid den Laufpass gibt, richtig? Also, wieso können wir ihn nicht einfach dabei erwischen, wie er sie betrügt, und ihr den Beweis schicken, damit sie ihn zur Hölle jagt? Selbes Ergebnis«, erklärt Heidi.

»Nicht dasselbe«, widerspricht mein Bruder.

»Wieso nicht?«

»Weil es das nicht ist.« Evan deutet mit dem Flaschenhals auf Heidi. »Damit hat Kincaid nicht genug verloren. Er muss wissen, wer ihn geschlagen hat. Wir müssen dafür sorgen, dass es richtig wehtut.«

»Cooper muss sie ja nicht dazu bringen, dass sie sich in ihn verliebt«, erklärt Alana. »Er muss sie nur so weit verführen, dass sie ihrem Freund den Laufpass gibt. Ein paar Dates, höchstens.«

»Sie verführen? Also mit ihr schlafen, meinst du«, sagt Heidi und offenbart damit den wahren Grund, warum ihr der Plan nicht gefällt. »Noch einmal, das ist widerlich.«

Zu jedem anderen Zeitpunkt hätte ich ihr recht gegeben. Aber nicht heute. Heute Abend bin ich wütend, verbittert und will Blut sehen. Außerdem würde ich der Tussi einen Gefallen tun, wenn ich sie vor Kincaid rette. Ich würde ihr ein Leben in Elend ersparen, mit einem fremdgehenden Bastard, der sie nur so lange nett behandelt, bis er 2,5 Kinder von ihr hat, bevor er seine ganze Aufmerksamkeit seinen Geliebten zuwendet.

Typen wie Preston bin ich schon mein ganzes Leben lang immer wieder begegnet. Eine meiner frühesten Erinnerungen besteht darin, dass mein fünfjähriges Ich mit meinem Vater unten am Pier war und nicht verstand, warum all diese schick angezogenen Leute mit meinem Dad redeten, als wäre er Hundekacke unter ihren Bootsschuhen. Himmel, könnte durchaus sein, dass Kincaids Freundin noch schlimmer ist als er.

Steph fällt ein mögliches Hindernis ein. »Aber wenn er sie schon betrügt, wie wichtig ist ihm das Mädchen dann überhaupt? Vielleicht macht es ihm ja gar nichts aus, abserviert zu werden.«

Ich werfe Evan einen Blick zu. »Da hat sie nicht unrecht.«

»Ich weiß nicht …« Alana schaut nachdenklich über Heidis Schulter auf das Handy. »Wenn ich mir das so anschaue, denke ich, die beiden sind schon ein paar Jahre zusammen. Ich wette, dass die hier seine letzte Trophäe ist.«

Je länger mir die Idee durch den Kopf geht, umso mehr bin ich dafür. Hauptsächlich wegen des Ausdrucks in Kincaids Gesicht, wenn ihm klar wird, dass ich gewonnen habe. Aber abgesehen davon würde ich auch dann versuchen, sie zu daten, wenn ich nicht wüsste, dass sie Kincaids Freundin ist.

Steph wechselt einen Blick mit Alana. »Also, du darfst nicht lügen. Du darfst nicht so tun, als wärst du total in sie verliebt, oder mit ihr schlafen, es sei denn, es geht von ihr aus. Küssen ist erlaubt. Und du darfst ihr nicht sagen, dass sie sich von ihm trennen soll. Darauf muss sie selbst kommen. Wo wäre sonst der Sinn? Da könnten wir genauso gut Heidis Plan nehmen.«

»Abgemacht.« Es ist schon fast unfair, wie leicht das werden wird.

»Etwas zu verschweigen zählt als Lüge.« Heidi steht beleidigt auf. »Wie kommt ihr überhaupt darauf, dass so eine für Coop von ihrer Wolke runterkommen würde?« Sie wartet nicht auf eine Antwort, sondern marschiert zum Haus.

»Achte gar nicht auf sie«, meint Alana. »Ich liebe diesen Plan.«

Evan wirft mir derweil einen Blick zu und nickt dann in die Richtung, in die Heidi abgezogen ist. »Du musst was unternehmen.«

Ja, vielleicht. Nach ein paar Nächten mit Sex sind Heidi und ich wieder zum Platonisch-Modus zurückgekehrt, und den ganzen Sommer lang war es für uns beide cool. Aber dann hat sich irgendwas geändert, und seitdem gerät sie ständig aus der Fassung. Und offenbar ist das meine Schuld.

»Sie ist ein großes Mädchen«, sage ich zu Evan.

Vielleicht hat Heidi das Gefühl, ihr Revier behaupten zu müssen, aber sie wird darüber hinwegkommen. Wir sind Freunde seit der ersten Klasse. Sie kann nicht ewig wütend auf mich sein.

»Wie auch immer. Also, was den Klon angeht, dein letztes Wort?« Evan sieht mich erwartungsvoll an.

Ich hebe die Bierflasche an die Lippen und trinke einen schnellen Schluck. Dann zucke ich mit den Schultern und sage: »Bin dabei.«

4
Mackenzie

Am Samstagabend, nachdem wir die erste Woche unseres ersten Jahres hinter uns haben, schleppt Bonnie mich in die Stadt. *Um die Lage zu checken*, wie sie es nennt.

Bisher kommen wir großartig miteinander aus. Tatsächlich besser, als ich erwartet hatte. Ich bin Einzelkind und habe nie woanders als im Haus meiner Eltern gewohnt, daher stand ich dem Konzept, sich eine Unterkunft mit einer völlig Fremden zu teilen, etwas skeptisch gegenüber. Aber das Zusammenleben mit Bonnie ist unkompliziert. Sie räumt hinter sich auf und bringt mich mit ihrem typischen Südstaatenhumor zum Lachen. Sie ist wie die kleine Schwester, von der ich nie wusste, dass ich sie wollte.

In der ganzen letzten Stunde, seit wir den Campus verlassen haben, hat sie meine Theorie, dass sie eine Art Zauberin sein muss, nur bestärkt. Dieses Mädchen besitzt Mächte, von denen eine bloße Sterbliche nur träumen kann. Kaum kamen wir an den Tresen in diesem chaotischen Rattenloch, in dem Höschen an den Dachbalken und Nummernschilder an der Wand hängen, sind drei Jungs praktisch wie Bulldozer durch die Menge gewalzt, um uns Drinks zu spendieren. Alles nur, damit Bonnie ihnen ein Lächeln schenkt. Seitdem habe ich mit angesehen, wie sie einen Typen nach dem anderen verzaubert, ohne auch nur einen Finger zu rühren. Sie klimpert einfach nur mit den Wimpern, schenkt den Kerlen ein kleines Kichern, spielt mit ihrer Haarsträhne, und die sind bereit, ihre eigenen Mütter für eine Organspende auszuschlachten.

»Bist du neu in der Stadt?« Einer unserer Verehrer, ein sportlich aussehender Typ mit zu engem T-Shirt und zu viel Deo, schreit mir über die laute Musik ins Ohr. Noch während er mich volltextet, huscht sein Blick zu Bonnie, die sich gerade mit einem anderen angeregt unterhält. Ich kann mir nicht vorstellen, dass irgendeiner von denen sie hören kann, aber das spielt anscheinend keine Rolle.

»Ja«, antworte ich, ohne den Blick vom Handydisplay zu heben, während ich Pres eine Nachricht schreibe. Er ist heute Abend bei einem Freund zum Pokerspielen.

Während ich dem Typen, dessen Aufgabe darin besteht, die »Freundin« zu unterhalten, so wenig Aufmerksamkeit wie nur möglich schenke, fressen seine beiden Kumpels Bonnie den ganzen Weg zur Tanzfläche regelrecht aus der Hand. Gelegentlich nicke ich und blicke kurz von meinem Handy auf, während er tapfer eine Unterhaltung mit mir zu führen versucht, von der wir beide wissen, dass sie keine Chance gegen die dröhnende Musik der Band hat.

Etwa eine halbe Stunde nachdem der Typ sich getrollt hat, nimmt jemand meinen Arm. »Mir ist langweilig. Lassen wir diese Typen stehen«, sagt mir Bonnie ins Ohr.

»Ja.« Ich nicke nachdrücklich. »Bitte.«

Sie gibt den beiden Typen, die ihr immer noch wie Entenküken an den Fersen kleben, zu verstehen, dass wir noch etwas vorhaben, und wir nehmen unsere Drinks und bahnen uns einen Weg zur Treppe. Im Obergeschoss, wo man von einer Galerie aus auf die Bühne und die Band blicken kann, finden wir einen Tisch und holen erst mal tief Luft. Hier oben ist es ruhiger. Ruhig genug, dass wir uns unterhalten können, ohne schreien oder auf Zeichensprache zurückgreifen zu müssen.

»Waren die nicht nach deinem Geschmack?«, frage ich, auf ihre jüngsten Opfer bezogen.

»Solche Idioten wie die kann ich zu Hause wie Sand am Meer haben. Da kannst du keinen Stein werfen, ohne einen College-Footballspieler zu treffen.«

Ich grinse sie über den Rand meines Glases an. Der fruchtige Cocktail ist nicht gerade mein Ding, aber Bonnie hatte ihre Verehrer gebeten, genau die für uns zu besorgen. »Also, was ist dann so dein Typ?«

»Tattoos. Groß, finster und geschädigt. Je unnahbarer, desto besser.« Sie strahlt. »Wenn er dann noch ein Vorstrafenregister und ein Motorrad hat, könnte man ins Geschäft kommen.«

Ich muss so sehr lachen, dass ich mich fast verschlucke. Faszinierend, sie wirkt gar nicht wie diese Art Mädchen. »Vielleicht sollten wir uns eine Bar mit mehr Harleys davor suchen. Ich bin nicht sicher, ob wir hier das finden, was du suchst.«

Soweit ich sehen kann, ist die Auswahl dürftig. Hauptsächlich Garnet-Studenten, entweder Typ Country Club oder Typ Studentenverbindung, außerdem ein paar einheimische Strandboys in ärmellosen Shirts. Keiner von denen kommt auch nur in die Nähe von Bonnies Leder-und-Nieten-Traummann.

»Oh, ich habe schon nachgeforscht«, meint sie stolz. »Es geht das Gerücht, dass Avalon Bay genau das hat, was ich brauche. Die Hartley-Zwillinge.«

Ich ziehe eine Augenbraue hoch. »Zwillinge, hm?«

»Einheimische«, sagt sie und nickt. »Aber ich bin nicht gierig. Einer sollte reichen. Nur werden meine Chancen besser sein, wenn es zwei von ihnen gibt.«

»Und diese Hartley-Zwillinge erfüllen alle deine Kriterien für Bad Boys?«

»Oh ja. Ich habe von ein paar Mädchen auf dem Campus von ihren Eroberungen gehört.« Sie leckt sich über die Lippen. »Und heute Nacht will ich eine dieser Eroberungen sein.«

Mir steigt ein Lachen in die Kehle. Bonnie ist echt hart drauf. »Du kennst die Jungs nicht mal. Was, wenn sie widerlich sind?«

»Sind sie nicht. Sonst würden ihre Namen nicht über die Lippen jedes Mädchens kommen.« Sie seufzt glücklich. »Außerdem, dieses Mädchen auf unserem Flur – Nina? Dina? Egal, wie sie heißt. Sie hat mir ein Foto von ihnen gezeigt, und keine Sorge, Miss Mac, sie sind *gut*.«

»In Ordnung. Kapiert. Ich halte die Augen auf nach einem Paar Bad Boys«, sage ich lachend.

»Danke. Und, was ist mit dir?«

»Mit mir?«

»Ja, mit dir.«

»Ich bin nicht auf dem Markt für Bad Boys, nein.« Mein Display leuchtet auf. Die nächste Nachricht von Preston, der mir mitteilt, dass gleich sein nächstes Spiel anfängt.

Auch das schätze ich an Pres, Routine und Vorhersehbarkeit. Ich bin jemand, der gern plant. Organisiert. Ein Freund, der ständig unterwegs wäre, ohne dass ich weiß, wo er ist, würde nicht in mein Leben passen. Andererseits habe ich auch nicht den Eindruck, dass Bonnie es auf eine Langzeitinvestition abgesehen hat. Vielleicht eher auf so etwas wie eine Mikrotransaktion.

»Ich meine ja nur.« Bonnie zwinkert. »Du kannst mir vertrauen. Ich würde nie eine Mitbewohnerin verpfeifen, falls sie sich nebenher ein wenig vergnügen will.«

»Das weiß ich zu schätzen, aber ich bin zufrieden. Pres und ich sind uns treu.« Ich hätte das Ganze mit der Fernbeziehung nicht gemacht, wenn ich mir nicht ziemlich sicher gewesen wäre, dass wir treu sein können. Und nun, wo wir beide am Garnet sind, wäre Fremdgehen noch abwegiger.

Sie lächelt mich auf eine Art an, die ein wenig herablassend wirkt, aber ich weiß, dass sie es nicht so meint. »Dann bist du also wirklich der Beziehungstyp?«

»Ja.« Ich war bisher nur mit Preston zusammen, aber auch wenn es jemand anders wäre – Monogamie ist mein Ding. »Ich verstehe den Sinn vom Fremdgehen nicht. Wenn man mit anderen rummachen will, dann soll man Single bleiben, ohne gleichzeitig was Festes zu haben.«

»Tja, trinken wir darauf, dass wir wissen, was wir wollen, und es uns holen.« Bonnie hebt ihr Glas. Wir stoßen an und trinken unsere Cocktails aus. »Komm«, sagt sie, »lass uns von hier verschwinden. Ich bin auf der Jagd nach Zwillingen.«

Das war kein Witz. Die nächsten zwei Stunden renne ich hinter Bonnie her, als hätte ich einen Bluthund an der Leine, der nach Schwänzen schnüffelt. Sie schleppt mich von einer Bar zur nächsten, auf der Suche nach ihren schwer zu findenden Zwillingen, und lässt dabei zahllose bezauberte Opfer hinter sich. Ein armer Loser nach dem anderen, der sich ihr zu Füßen wirft, hingemetzelt von ihrem Lächeln. Ich hatte noch nie Probleme damit, die Aufmerksamkeit von Typen zu erregen, aber neben Bonnie May Beauchamp könnte ich auch ein kaputter Barhocker sein. Gut, dass ich einen Freund habe, sonst würde ich noch Komplexe kriegen.

Sosehr ich Bonnie dabei helfen will, ihre Bad Boys zu finden und zu zerstören, werde ich meine Rolle als Anhängsel doch allmählich leid. Wenn sie nicht bald von selbst müde wird, besteht durchaus die Chance, dass ich sie k.o. schlagen muss.

»Das ist die letzte«, warne ich sie, als wir vor der Tür der nächsten Bar an der Strandpromenade stehen. Die hier heißt

Rip Tide. »Wenn deine Zwillinge nicht hier sind, wirst du dich mit irgendeinem anderen Bad Boy begnügen müssen.«

»Okay, die letzte«, verspricht sie. Dann klimpert sie mit den Wimpern, und wie jeder Typ, dem wir heute Abend begegnet sind, erwische ich mich wieder dabei, dass ich in ihrer Gegenwart dahinschmelze. Es ist unmöglich, ihr lange böse zu sein.

Sie hakt sich bei mir unter und zieht mich mit ins Rip Tide. »Komm, wir schauen uns mal um. Ich habe ein gutes Gefühl hier.«

5

Cooper

Sie ist hier.

Das Schicksal muss wohl von meinem Plan gehört haben, denn da gehe ich am Samstagabend mit ein paar Freunden aus, um mir die Band eines Kumpels im Rip Tide anzusehen, und dann erblicke ich *sie*. Allein an einem Stehtisch, direkt in meinem Weg, als hätte eine höhere Macht sie dort platziert.

Ich habe sie sofort erkannt. Und Hölle noch eins, auf den Fotos sah sie ja schon gut aus, aber in echt ist sie die volle Bombe. Ein Mädchen, das aus der Menge hervorsticht. Atemberaubend, mit langem dunklem Haar und eindringlichen Augen, die unter den Lichtern der Bühne leuchten. Selbst aus der Ferne nehme ich ihre lässige Coolness wahr, eine Aura von Selbstsicherheit. In ihrem weißen, an der Taille geknoteten T-Shirt und Jeans fällt sie dadurch auf, dass sie nicht krampfhaft um ihr Outfit bemüht ist.

Das alles würde schon reichen, um mein Interesse zu wecken, auch wenn sie keinen Wahnsinnskörper hätte. Aber den hat sie auch – irre lange Beine, volle Oberweite, runder Hintern. Sie ist der Traum meiner Träume.

»Ist sie das?« Alana beugt sich vor, um meinem Blick dorthin zu folgen, wo Preston Kincaids Freundin sitzt. »In natura sieht sie besser aus.«

Ich weiß.

»Kurz eine rauchen, während die nächste Band aufbaut?«, schlägt unser Freund Tate vor. Er steht vom Tisch auf und fährt sich durch das wirre blonde Haar.

»Nein, wir bleiben hier«, antwortet Alana für uns beide.

Er sieht mich mit hochgezogener Augenbraue an. »Coop?«

Wieder übernimmt Alana das Reden für mich. »Cooper reduziert gerade seinen Zigarettenkonsum.« Sie wedelt mit der Hand. »Geht ihr Jungs ruhig nach draußen.«

Schulterzuckend geht Tate, gefolgt von Wyatt und dessen Freundin Ren. Kaum sind sie weg, schaut Alana mich an.

»Dann lass hören«, meint sie.

»Was denn?«

»Deine Masche. Lass uns ein paar Sprüche proben.« Sie wirft ihr Haar über die Schulter, stützt das Kinn auf die Hände und sieht mich mit herausforderndem Rehblick an.

»Vergiss es.« Ich brauche keinen Anmachcoach.

»Du brauchst einen Plan«, beharrt sie. Typisch Alana, wenn sie mal die Klauen in etwas geschlagen hat, neigt sie dazu, besitzergreifend zu werden. »Du kannst nicht einfach hingehen und deinen Schwanz in ihren Schoß fallen lassen.«

»Ja, vielen Dank, das weiß ich.« Ich trinke mein Bier aus und stehe auf.

Alana hält mich zurück, zieht die Ärmel meines schwarzen Henley-Shirts nach unten und fährt mit den Händen durch mein Haar.

»Was soll das?«, grummele ich.

»Zeig dich von deiner besten Seite«, meint sie. »Nur für den Fall, dass sie prüde ist. Tattoos schrecken prüde Mädchen ab.« Sie lehnt sich nach hinten und mustert mich mit einem letzten anerkennenden Blick, bevor sie mich mit einer Handbewegung losscheucht. »Du bist so weit. Geh und erobere.«

Das ist das Problem mit weiblichen Freunden.

Bevor ich mich meinem Ziel nähere, schaue ich mich kurz um, um sicherzugehen, dass Kincaid nicht irgendwo lauert. Nicht dass ich irgendwelche Bedenken wegen eines erneuten Aufeinandertreffens hätte. Aber in eine Barschlägerei zu geraten gehört nicht zum Plan. Das Ganze funktioniert am besten, wenn ich unentdeckt angreifen kann, bis es zu spät für ihn ist, einzuschreiten. Ich muss sie für mich gewinnen, bevor er überhaupt weiß, dass der Feind schon in der Burg ist.

Als ich an den Tisch trete, hat sie den Blick auf ihr Handy fixiert, sodass sie mich nicht bemerkt, bis ich ihr auf den Arm klopfe.

»Hey«, sage ich und neige den Kopf zu ihr, damit sie mich über die Musik aus dem Lautsprecher hinweg hören kann. »Ist der Hocker frei?«

»Ja.« Sie blickt nicht von ihrem Display auf. »Nimm nur.« Als ich mich setze, hebt sie ruckartig den Kopf. »Oh. Ich dachte, du willst den Hocker mit zu einem anderen Tisch nehmen. Aber okay.«

»Hilf mir, eine Wette zu gewinnen«, sage ich und beuge mich vor. Sie riecht gut, nach Vanille und Zitrus. So gut, dass ich fast vergesse, warum ich hier bin. Dass sie nicht zurückweicht oder mir ihren Drink ins Gesicht schüttet, ist ein guter Anfang.

»Äh … was für eine Wette?« In ihren Augen flackert kurz Argwohn auf, bevor ihre Miene sanfter wird. Als sie den Blick über mich schweifen lässt, weiß ich, dass ich ihr Interesse geweckt habe.

»Was, wenn ich dir sage, dass du in einer Stunde diese Bar mit mir verlassen wirst?«

»Ich würde sagen, ich bewundere deinen Ehrgeiz, aber den Pfeil solltest du besser auf ein anderes Ziel richten.«

»Dann haben wir jetzt also eine Wette.« Ich halte ihrem Blick stand und reiche ihr die Hand, damit sie einschlägt. Ich finde, der beste Weg, um jemanden wirklich kennenzulernen, besteht darin, ihn zu schubsen und zu sehen, ob er zurückschubst.

»Ich habe einen Freund«, sagt sie rundheraus und ignoriert meine Hand. »Du hast schon verloren.«

Ich sehe ihr in die Augen. Unverschämt. »Nach deinem Freund habe ich nicht gefragt.«

Einen Moment lang ist sie verblüfft. Natürlich ist sie das, denn niemand redet so mit ihr. Ganz sicher nicht ihr Trottel von Freund. Tussis wie sie sind es gewohnt, dass Eltern ihnen jeden Wunsch von den Augen ablesen und Bedienstete sie von vorn bis hinten bedienen. Und während sie langsam zu begreifen scheint, sehe ich den Moment, in dem sie entscheidet, dass ich interessanter bin als was auch immer auf ihrem Handy.

Sie macht es aus und steckt es weg.

So verdammt vorhersehbar. Jedes reiche Mädchen aus guter Familie fragt sich, wie es ist, mit dem Typen von der falschen Seite des goldenen Tors zusammen zu sein. Mehr Kick als das kriegen sie nie.

»Ist das ein Scherz?« Sie sieht sich um. »Hat Bonnie dich auf mich angesetzt?«

»Ich kenne keine Bonnie. Ich bin Cooper.«

»Mackenzie«, sagt sie stirnrunzelnd und grübelt immer noch darüber nach, wo der Haken sein könnte. »Aber ich habe wirklich einen Freund.«

»Du wiederholst dich.«

Als ich mich dieses Mal vorbeuge, weicht sie nicht zurück. Der Abstand zwischen uns schrumpft bis auf ein paar Zentimeter, und die Luft zwischen uns wird dünner.

»In den meisten Gegenden der zivilisierten Welt«, sagt sie langsam, »spielt das eine Rolle.«

»Und ich sehe mich hier um, sehe den Typen aber nicht, wegen dem du so besorgt bist.«

Sie blickt mich ungläubig, aber auch ein wenig belustigt an. Sie weiß genau, wie heiß sie ist, und sie ist es gewohnt, dass die Kerle hinter ihr her sind. Aber ich spüre ihr Unbehagen. Ich habe sie aus der Bahn geworfen. Was mir sagt, dass sie darüber nachdenkt. Ich habe unzählige Mädchen wie sie kennengelernt, mit ein paar von ihnen geschlafen, und genau jetzt gehen ihr die abgefahrensten Fantasien und Was-wäre-wenns durch ihren hübschen Kopf.

»Ich bin mit meiner Mitbewohnerin hier.« In ihrer Stimme liegt weiter Kampfgeist, die Entschlossenheit, sich zu behaupten oder wenigstens so zu wirken. »Ist ein Mädelsabend.«

»Oh ja, echt wilde Nacht habt ihr da«, meine ich lässig und deute auf ihr Glas Wasser. »Da hat wohl jemand einen Braves-Mädchen-Komplex, hm?«

»Ich bin unheimlich gespannt darauf, wie du diese Wette mit Beleidigungen gewinnen willst.«

»Bleib dran und finde es raus.«

Sie hält ihr Wasserglas hoch. »Das hier nennt man eine gute Freundin sein. Ich habe meine Quote von zwei Drinks schon erfüllt.«

»Wie du meinst, Prinzessin.«

Sie dreht an dem Strohhalm im Glas. »Ich versuche, heute Abend auf meine Mitbewohnerin aufzupassen.«

»Was, wenn ich dachte, dass du einsam aussiehst?«

Sie legt den Kopf schief und verengt die Augen. Ich kann sehen, wie sich die Rädchen in ihrem Kopf drehen, wie sie versucht, mich zu analysieren. »Warum sollte ich einsam sein?«

»Lass uns aufhören mit dem Quatsch.«

Sie nickt und grinst spöttisch. »Gut, machen wir das.«

»Du bist eine attraktive Frau allein in einer vollen Bar und schaust die ganze Zeit nur auf dein Handy, weil du eigentlich lieber woanders wärst. Und wo auch immer das ist, dort ist jemand, der ohne dich Spaß hat. Und doch sitzt du hier und trägst vor lauter Loyalität deine Langeweile zur Schau, und das in der irrigen Annahme, dass unglücklich zu sein beweist, was für ein guter Mensch du bist. Also ja, ich denke, du bist einsam. Ich denke, du sehnst dich so sehr nach ein wenig Spaß, dass du insgeheim heilfroh bist, dass ich dich angesprochen habe. Irgendwo tief in dir willst du, dass ich dir einen Grund gebe, ungezogen zu sein.«

Mackenzie antwortet nicht. Im Knistern der Energie, die sich in dem kurzen Abstand zwischen uns aufbaut, sehe ich die Unentschlossenheit in ihren Augen. Sie bedenkt alles, was ich gerade gesagt habe, und stochert mit dem Strohhalm in ihrem Wasserglas herum.

Wenn sie jetzt sagt, dass ich abhauen soll, dann war's das. Ich habe sie herausgefordert, und jede Reaktion außer der, dass sie mich abblitzen lässt, ist ein Eingeständnis, dass ich zumindest ein bisschen recht habe. Aber auch wenn sie mich jetzt nicht abblitzen lässt, dann weiß sie noch nicht, wie es weitergehen soll. Es gibt keine Regeln, und das ist gefährliches Terrain für jemanden, dessen Weg von Geburt an vorgezeichnet ist. Reich zu sein bedeutet, nie selbst denken zu müssen.

Wenn sie beschließt, mir zu folgen, würde es von hier an immer weniger vorhersehbar sein.

»In Ordnung«, sagt sie endlich. »Ich gehe auf die Wette ein.« Ich kann sehen, dass sie immer noch skeptisch ist, was meine Motivation angeht, aber sie ist interessiert. »Solltest du jedoch denken, das hier endet damit, dass du mich ins Bett kriegst, kannst du ebenso gut gleich den Wetteinsatz zahlen.«

»Richtig. Ich würde dich auch nicht nur damit ködern wollen, eine gute Zeit zu haben.«

Sie verdreht die Augen und versucht, ein Lächeln zu unterdrücken.

»Ich meine, ich konnte die negative Energie, die von dir ausgeht, schon von da drüben spüren«, sage ich und nicke zu dem Tisch hinüber, wo Alana und unsere Freunde vergeblich so tun, als würden sie uns nicht beobachten. »Ehrlich gesagt ist das hier auch nur ein Versuch der Schadensbegrenzung. Wenn deine Einstellung sich nicht ändert, müssen wir dich noch bitten zu gehen, bevor sich deine negative Energie ausbreitet.«

»Oh«, meint sie und macht ein gespielt ernstes Gesicht, »wenn es ein medizinischer Notfall ist, dann bitte unbedingt.«

Sie hat zumindest Sinn für Geplänkel. Ich hatte befürchtet, sie wäre auch so eine hochnäsige Zicke, die keinen zusammenhängenden Gedanken fassen kann, der nicht mit Klamotten oder Nagellack zu tun hat. Ich war davon ausgegangen, dass ich es mit einer typischen anspruchsvollen Klon-Zicke zu tun bekäme, aber die Tussi scheint größtenteils normal zu sein, ohne pompöse Ansprüche.

»Also, was hat denn *dich* heute Abend nach draußen getrieben?«, frage ich. Je mehr sie über sich selbst reden kann, umso mehr wird ihr Schutzwall bröckeln, und sie wird denken, sie hätte die Kontrolle.

»Meine Mitbewohnerin ist auf der Jagd nach einem Zwillingspaar«, teilt sie mir mit.

Ach wirklich. »Geht's um Sport, oder braucht sie Fleisch?«

»Ein bisschen von beidem.« Ihr Blick wandert durch den Raum, vermutlich auf der Suche nach dieser in der Menge schwer zu findenden Mitbewohnerin. »Sie hat ein Faible für sozial unproduktive Typen, die auf Tattoos stehen, und sie ist sich sicher, dass Zwillinge eine gute Chance bieten. Ich persönlich finde ja, dass ein Herpes-Ausbruch das Instagram-Selfie am Morgen danach nicht wert ist, aber was weiß ich schon?«

Ich muss mir echt Mühe geben, um ein neutrales Gesicht zu machen. Das ist zu perfekt. Fast habe ich Schuldgefühle, weil ich ihr das antun will, aber andererseits hat sie gerade behauptet, ich hätte Herpes, also hält sich mein schlechtes Gewissen in Grenzen.

»Kennst du diese Zwillinge?«, frage ich beiläufig.

»Nein, aber wenn sie so bekannt sind, dass ihr Ruf auf dem Campus schon in der ersten Woche bis zu den neuen Studentinnen durchgedrungen ist, dann müssen sie wirklich legendär sein.« Sie verzieht angewidert das Gesicht. Wenn es nicht so amüsant wäre, würde ich mich gekränkt fühlen. »Jeder Typ, der derart herumkommt, ist doch prädestiniert dafür, eine ganze Petrischale mit allen möglichen Geschlechtskrankheiten zu füllen.«

»Offensichtlich«, meine ich ernst. »Kennst du auch den Namen von diesen Zwillingspatienten?«

»Die Hartleys. Sie sind von hier.« Dann leuchtet ihr Gesicht auf. »Du kennst sie, oder? Ich meine, Bonnie wäre begeistert, wenn sie einen Hinweis bekäme, aber falls sie Freunde von dir sind oder so …«

Ich kann die Vorfreude kaum mehr aushalten.

»He, vergiss die Jungs.« Ich unterdrücke mühsam ein Grinsen. »Sind ein paar Drecksäcke, die zwei.«

»Mac! Ich brauche noch einen Drink, und dann können wir … Oh!« Eine kleine Blondine kommt zu uns und bleibt wie angewurzelt stehen, während sie mich anstarrt. Ihr Gesicht wird leuchtend pink, und ihr Blick huscht zu Mackenzie.

Zwischen den beiden Mädchen laufen wortlos ein paar Sekunden mentale Gymnastik ab, und dann packt Mackenzie mich am Handgelenk und zieht mit einem Ruck meinen Ärmel hoch, um meine Tattoos zu enthüllen.

»Oh, leck mich doch«, sagt sie und sieht mich mit finsterem Blick an. »Nein. Oh nein. Nicht fair.« Sie lehnt sich zurück und verschränkt trotzig die Arme. »Du wusstest, dass ich von dir spreche, und hast mich einfach weiterreden lassen?«

»Kostenlose Unterhaltung lasse ich mir nie entgehen«, meine ich und lasse meinem Grinsen freien Lauf.

Ihre Mitbewohnerin gleitet auf den Hocker neben Mackenzie und beobachtet uns. Plötzlich kommt mir der Gedanke, dass die Situation mit der Mitbewohnerin schwierig werden könnte. Entweder sie bringt meinen Plan zum Scheitern, indem sie Ansprüche anmeldet und Mackenzie vergrault, noch bevor ich eine Chance bekommen habe, oder aber sie ist mein Ass im Ärmel. Bring die Mitbewohnerin auf deine Seite und spazier mühelos zur Ziellinie. Zum Glück habe ich noch ein Ersatz-Ich, das ich auf sie ansetzen kann.

»Du hast mich reingelegt«, erklärt Mackenzie nachdrücklich. »Ein absichtlicher Akt der Täuschung. Das ist nicht erlaubt. Tatsächlich ist unsere gesamte Interaktion damit irrelevant. Wir sind uns nicht begegnet. Ich kenne dich nicht.«

»Wow!« Ich stoße mich vom Tisch ab und unterdrücke ein Lachen. »Da hast du mir ja eine Menge zum Nachdenken gegeben. Ich werde noch einen Drink brauchen, um das zu verdauen. Noch eine Runde?« Dieses Mal richte ich die Frage an die Mitbewohnerin, auf deren Gesicht der Ausdruck von Ehrfurcht nicht verschwunden ist.

»Ja, bitte«, antwortet sie. Als Mackenzie aussieht, als wollte sie ablehnen, wirft sie ihr einen Blick zu. »Danke.«

Ich gehe hinüber zur Theke und sehe, dass Alana vom Tisch mit unseren Freunden aufsteht, um mir zu folgen. Sie macht einen großen Bogen und geht langsam an Mackenzie und ihrer Mitbewohnerin vorbei, während ich drei Bier bestelle.

»Sieht aus, als wäre es gut gelaufen«, meint Alana, als sie schließlich neben mir steht. Der Auftritt der bisherigen Band endet, und es gibt eine kurze Ruhepause, bevor Musik aus der Konserve in den Saal dröhnt, während die nächste Band aufbaut.

»Sie ist cool«, sage ich schulterzuckend. »Hat eine große Klappe, aber wann hätte mich das je abgehalten?«

»Nun ja, werde nicht zu anhänglich.« Alana bestellt sich auch einen Drink.

»Ich bin ihr eben erst begegnet. Entspann dich.« Außerdem war Anhänglichkeit noch nie mein Problem. So wie ich aufgewachsen bin, habe ich schon vor langer Zeit gelernt, dass alles nur vorübergehend ist. Es hat keinen Sinn, zu viel von sich einzubringen. So ist es einfacher. Sauber. Erspart allen einen Haufen Kummer.

»Ich habe sie reden gehört.« Alana nimmt einen großen Schluck von ihrem Drink und zuckt zusammen, als er in ihrer Kehle brennt. »Die Blonde so: *Er gehört dir, wenn du ihn willst*, aber unser Mädchen war mehr so: *Nein, mach du nur*. Also …« Sie dreht sich um, um sich an die Bar zu lehnen, und blickt hinüber zum Tisch der Mädchen. »Du hast noch einen Haufen Arbeit vor dir.«

»Lange Geschichte, aber kann sein, dass ich Evan auf die Blonde ansetzen muss.«

»Wie will er das nur hinkriegen«, meint Alana und verdreht die Augen.

Die Mitbewohnerin ist heiß, zweifellos, aber nicht wirklich mein Typ. Jedenfalls ist sie ungefähr halb so groß wie ich, und ich hasse es, mir den Rücken zu verrenken, wenn ich mich bücken muss, um ein Mädchen zu küssen.

Der Barkeeper kommt mit den Biergläsern, und ich nehme sie und gehe zurück zu den Mädchen, während Alana mir etwas nachruft wie *Hol sie dir, Tiger*. Ich habe unterschätzt, wie widerlich es sein kann, wenn mein Sexleben unter der regen Anteilnahme von Zuschauern stattfindet.

Wieder am Tisch, stelle ich die Gläser hin und setze mich. Als Mackenzie ihr Wasser zur Seite schiebt, um das Bier zu nehmen, bin ich mir sicher, dass sie an Bord ist. Hätte sie kalte Füße bekommen, wäre sie abgehauen, bevor ich zurückkomme.

»Cooper Hartley.« Ich halte der Mitbewohnerin, die mich ganz und gar nicht diskret mustert, meine Hand hin.

Sie schüttelt mir die Hand und hält sie weiter fest mit ihren schmalen Fingern. »Bonnie May Beauchamp«, sagt sie mit schwerem Südstaatenakzent. »Ich nehme an, dass dein Bruder nicht hier ist?«

»Nein, wahrscheinlich bringt er sich gerade irgendwo in Schwierigkeiten.« Tatsächlich erleichtert er gerade in einem der Nebenräume am Billardtisch ein paar reiche Kids um ihr Treuhandfondsgeld. Das ist praktisch sein zweiter Job. »Den Kerl kann man nirgendwo mit hinnehmen.«

»Das ist aber schade.« Bonnie macht scherzhaft einen Schmollmund.

Es ist offensichtlich, dass diese Bonnie ein verdammt heißes Girl ist. Die platzt ja förmlich vor sexueller Energie.

»Wir hatten gehofft, du wüsstest was in Sachen Afterparty, oder, Mac? Irgendwo, wo es … gemütlicher ist.«

Mackenzie wirft ihrer Mitbewohnerin einen zweifelnden Blick zu. Ich unterdrücke ein Grinsen. Wenn sie jetzt Nein sagt, vermasselt sie ihrer Freundin die Tour. *Schwierige Lage, Mac.* Diese Mitbewohnerin und ich werden schnell Freunde. Das wird einfacher, als ich gehofft hatte.

»Gemütlich, hm?«, frage ich.

Mackenzie sieht mich an, und ihr wird klar, dass sie nie eine Chance hatte, unser kleines Spiel zu gewinnen. Ich hätte ein schlechtes Gewissen, wenn ich in der Lage wäre, mir darüber Gedanken zu machen. Die Braut ist heiß und kein totaler Albtraum, aber ich habe nicht vergessen, warum ich hier bin. Sie ist immer noch nur ein Mittel zum Zweck.

»Ich wüsste da was.« Es ist noch zu früh, um die beiden zu mir nach Hause einzuladen. Das käme zu direkt rüber, und ich weiß instinktiv, dass das bei ihr nicht die richtige Strategie wäre. Sie braucht die allmähliche Annäherung. Erst mal eine Beziehung aufbauen. Freunde werden. Ich kann geduldig sein, wenn es nötig ist, und warten, bis sie auf mich zukommt. Die Mission lautet, sie und Kincaid auseinanderzubringen. Damit das klappt, muss ich in sie investieren.

»Das klingt ja gar nicht ominös.« Mackenzie hat sich inzwischen eine gewisse Coolness zu eigen gemacht.

»Ich schreibe meinem Bruder und frage, ob er Lust hat, von hier abzuhauen und sich mit uns in Schwierigkeiten zu bringen. Okay?«

»Ich bin dabei.« Bonnie sieht Mackenzie mit einem Daddy-kann-ich-ein-Pony-haben-Blick an.

»Ich weiß nicht.« Hin- und hergerissen konsultiert sie ihr Handy. »Es ist fast ein Uhr. Wahrscheinlich ist mein Freund zu Hause und wartet darauf, dass ich ihn anrufe.«

»Er wird es überleben«, meint Bonnie knapp. Ihr flehender Tonfall wird drängender. »Bitte.«

»Komm schon, Prinzessin. Jetzt stürz dich mal ein bisschen ins Leben.«

Mackenzie kämpft mit sich, und für den Bruchteil einer Sekunde kommen mir selbst Zweifel. Ob ich sie vielleicht falsch eingeschätzt habe und sie nicht das gelangweilte reiche Mädchen ist, das nur mal die Sau rauslassen muss. Dass sie absolut in der Lage ist, aufzustehen und zu gehen, ohne noch einen zweiten Blick an mich zu verschwenden.

»Na gut«, gibt sie endlich nach. »Aber nur eine Stunde, höchstens.«

Nein, meine Zweifel sind überflüssig.

6

Mackenzie

Ich weiß gar nicht genau, wie wir hierhergekommen sind. Ich sitze mit Bonnie, Cooper und seinem Zwillingsbruder Evan um ein Lagerfeuer am Strand, wo das Rauschen der Wellen den Lärm auf der Promenade übertönt. Winzige Funken glühender Asche schweben durch die warme Ozeanluft. Lichter funkeln hinter den Sanddünen.

Ich muss den Verstand verloren haben. Mein Gehirn scheint gekidnappt worden zu sein, als ich zugestimmt habe, dass wir uns von diesem Fremden in die Dunkelheit verschleppen lassen. Während sich Bonnie an ihren Bad Boy heranmacht, wächst in mir das Unbehagen. Und das liegt an Cooper, dessen Silhouette ich auf der anderen Seite des Lagerfeuers sehe.

»Du redest doch nur Scheiß«, meint Bonnie skeptisch. Sie sitzt im Schneidersitz neben mir und lacht.

»Ohne Scheiß.« Evan hebt die Hände, um seine Unschuld zu demonstrieren. »Coop sitzt mit dieser verdammten Ziege hinten im Streifenwagen, und das Tier tritt total verängstigt um sich. Trifft ihn an der Stirn, und Coop fängt an, alles vollzubluten. Also versucht er die Ziege zu beruhigen, aber ohne Erfolg. Überall Blut, an ihm, an der Ziege, an den Fenstern. Und ich fahre diesen gestohlenen Polizeiwagen, mit heulenden Sirenen, Blaulicht und allem.«

Ich lache über seine verrückte Geschichte und seine lebhaften Gesten. Evan wirkt lustiger als Cooper, der ein bisschen ernst rüberkommt. Sie sehen ziemlich identisch aus, aber es ist leicht, sie auseinanderzuhalten. Evans dunkles Haar ist kürzer geschnitten, und er hat keine Tattoos an den Armen.

»Und wir können sie über Funk hören«, erzählt Cooper, und auf seinem viel zu attraktiven Gesicht tanzen Licht und Schatten. »Und sie so, ein paar verdammte dumme Kids haben eine Ziege und ein Auto geklaut. Baut Absperrungen auf. Sperrt die Brücke. Also denken wir uns, Mist, wohin mit dem Ding?«

Ich kann den Blick nicht von seinen Lippen losreißen. Seinen Händen. Diesen muskulösen Armen. Ich versuche, die Umrisse seiner Tattoos zu erkennen, als er gestikuliert. Es ist wie Psychofolter Ich bin an einen Stuhl gefesselt, meine Augen zwangsweise offen gehalten, und werde in den Wahnsinn getrieben vom Anblick seiner dunklen Augen und seines schiefen Lächelns. Und obwohl Evan buchstäblich dasselbe Gesicht hat, reagiere ich auf ihn aus irgendeinem Grund gar nicht. Nicht einmal entfernt. Nur auf Cooper.

»Wir sind dreizehn Jahre alt und werden quer durch die Stadt von den Bullen verfolgt«, fährt Evan fort. »Und das alles, weil Steph diese Ziege bei irgendwem im Hof angekettet sah und über den Zaun gestiegen ist, um sie zu befreien, und genau da kommt der Besitzer mit einer Knarre heraus. Und Coop und ich denken uns, oh Mann, der schießt uns noch in den Hintern wegen dieser Ziege.«

»Wir also hinter ihr her über den Zaun, und ich zerdeppere das Schloss mit einem Hammer …«

»Du hattest zufällig einen Hammer dabei?« Selbst meine Stimme klingt fremd für mich. Ich bin außer Atem, weil mein Herz so schnell schlägt, obwohl ich doch die ganze Zeit nur sitze. Vollkommen reglos. Gefangen in seinem Zauber.

»Ja.« Er sieht mich an, als wäre meine Frage total merkwürdig. »Es war ein billiges Schloss. Du haust ein paarmal kräftig von der Seite drauf, und dann zerbricht es. Also packt Evan die Ziege, und wir weichen den Schrotkugeln aus, weil der Besitzer hackevoll ist und kein bisschen zielen kann.«

»Aber wo kam der Polizeiwagen her?«, fragt Bonnie.

»Wir rennen weiter mit diesem Viech an einer Leine, und da kommt uns dieser Cop in die Quere.« Evan gestikuliert lebhaft mit der Bierflasche, die er mit an den Strand gebracht hat. »Er zieht seinen Teaser, aber wir sind zu dritt und dazu noch die Ziege, also weiß er nicht, auf wen er zielen soll. Er lässt die Tür offen, und ich so, pfeif drauf, und springe rein.«

»Und ich hechte hinterher«, fährt Cooper fort. »Steph rennt weg, um den Cop abzulenken. Auf jeden Fall kassiere ich höllisch Tritte von der Ziege und werde ganz benommen, als Evan sagt, Bro, wir müssen das Auto loswerden und abhauen.«

»Also, was ist aus der Ziege geworden?«, will ich wissen, jetzt aufrichtig interessiert am Schicksal des armen Tieres. Hoffentlich merkt nur keiner, wie sehr ich von der Rolle bin. Wie starr mein Blick ist.

»Evan fährt auf diesen Waldweg, der durch den State Park führt, und irgendwie kriegt er dieses Viech vom Rücksitz gezerrt und bringt es in den Wald. Mich lässt er neben dem Wagen ohnmächtig auf dem Boden liegen, sodass die Cops mich bewusstlos und voller Blut da liegen sehen, und sie flippen total aus. Sie verfrachten mich in einen Rettungswagen, und ich wache im Krankenhaus auf. In dem ganzen Durcheinander schleiche ich mich raus und gehe nach Hause, wo Evan sitzt, als wäre nichts geschehen.«

»Und sie haben euch nie erwischt?« Bonnie lacht laut.

»Hölle, nein«, antwortet Evan. »Wir sind so davongekommen.«

»Also habt ihr eine Ziege ganz allein im Wald zurückgelassen?« Ich starre die beiden an, belustigt und zugleich entsetzt.

»Was zur Hölle sollten wir denn sonst mit ihr machen?«, meint Cooper.

»Oh mein Gott! Die arme Ziege! Ich werde Albträume haben, das arme Ding allein im Wald, wie es von Luchsen oder so was gejagt wird.«

»Siehst du?« Evan gibt seinem Bruder einen Klaps auf den Arm. »Deshalb lassen wir uns nicht von Mädchen dazu bringen, den Helden zu spielen. Sie sind nie zufrieden.«

Ich muss trotz allem lachen. Die Vorstellung, wie die beiden durch die Stadt rasen, kaum über das Lenkrad blicken können, mit einer verängstigten Ziege, die um sich tritt und bockt, ist zu komisch.

Danach erzählen wir uns noch eine Weile alberne Geschichten. Wie Bonnie und ihre Cheerleadertruppe bei einem Wettbewerb in Florida eine Hoteltreppe in eine Rutschbahn verwandelt haben. Oder wie eine Freundin und ich beim Camping mit ihrer Familie ein paar Jungs trafen und mit Knallkörpern fast den ganzen Campingplatz abgefackelt hätten.

Und dann kommt er endlich: der Moment, auf den Bonnie schon den ganzen Abend sehnsüchtig gewartet hat.

Evan schnappt sich die Decke, die er aus dem Auto mitgenommen hat, und fragt Bonnie, ob sie spazieren gehen will. Seit wir hergekommen sind, himmeln sich die beiden die ganze Zeit an. Bevor sie gehen, wirft sie mir einen Blick über die Schulter zu, um sicherzugehen, dass es für mich okay ist, allein hierzubleiben, und ich nicke.

Denn auch wenn ich Angst habe, mit Cooper allein zu sein, ist es zugleich genau das, was ich will.

»Tja, dann war's das jetzt wohl für mich«, teile ich ihm mit und versuche, möglichst normal zu klingen.

Er dreht mit einem Stock die Holzscheite im Feuer um. »Keine Sorge, sie ist sicher bei ihm. Evan redet zwar wie ein Krimineller, aber er ist kein Fiesling oder so.«

»Ich mache mir keine Sorgen.« Ich stehe auf und setze mich neben Cooper in den Sand. Ich sollte das nicht tun, aber ich habe eine masochistische Ader. Und ich weiß nicht, ob es an ihm liegt oder an dem berauschenden Geruch des Holzfeuers, aber ich fühle mich betrunken, obwohl ich nur ein Bier hatte. »Ehrlich gesagt ist keiner von euch beiden das, was ich erwartet hatte. Das meine ich positiv.«

Oh-oh. Das klang jetzt nach Flirten, wird mir klar. Meine Wangen werden heiß, und ich hoffe, er wertet die Bemerkung nicht als Zeichen von Interesse.

»Tja«, meint er. »Irgendwie warte ich immer noch auf eine Entschuldigung für den Spruch mit dem Herpes.«

»Ich verweigere die Aussage.« Ich unterdrücke ein Grinsen und schaue ihn kurz von der Seite an.

»So ist das also, hm?« Er zieht herausfordernd eine Augenbraue hoch.

Ich zucke die Schultern. »Keine Ahnung, was du meinst.«

»In Ordnung. Verstehe. Vergiss das nicht, Mac. Den Moment, als du die Chance hattest, jemand Größeres zu sein.«

»Oh-oh«, sage ich spöttisch. »Dann ist jetzt also Krieg, hm? Erzfeinde bis in den Tod?«

»Ich fange keinen Mist an, ich beende ihn.« Er macht ein Gesicht wie ein harter Kerl und kickt etwas Sand auf meine Füße.

»Oh ja, echt reif.«

»Also, zu dieser Wette, Prinzessin.«

Das bringt mich zur Strecke. Dieser Spitzname. Ich muss blinzeln, und eine schreckliche Erkenntnis dringt zu mir durch.

Cooper ist heiß.

Irre heiß.

Und das liegt nicht nur an seinem kantigen Gesicht und den dunklen Augen, die von einer unendlichen Tiefe sind. Er hat auch eine gewisse Ist-mir-scheißegal-Haltung, für die ich überaus empfänglich zu sein scheine. Im Licht des Feuers hat er etwas fast Unheilvolles an sich. Ein Messer, auf dessen Klinge das Licht glitzert. Und doch hat er eine magnetische Anziehungskraft, die ich nicht leugnen kann.

Ich kann mich nicht erinnern, wann ich mich zuletzt so instinktiv zu einem Typen hingezogen gefühlt habe. Wenn überhaupt jemals.

Es gefällt mir nicht. Nicht nur weil ich einen Freund habe, sondern weil mein Puls rast und meine Wangen heiß sind. Und ich es hasse, mich zu fühlen, als hätte ich keine Kontrolle über meinen Körper.

»Wir haben nie die Einsätze festgelegt«, sinniert er.

»Was willst du denn?« Fair ist fair. Wenn sonst schon nichts, dann bin ich zumindest eine Frau, die zu ihrem Wort steht.

»Willst du rummachen?«

Ich spiele die Coole, aber mein Puls schaltet in eine ganz neue Gangart. »Was willst du sonst noch?«

»Ich meine, ich dachte mir schon, dass ein Blowjob ein Reinfall wäre, aber falls wir verhandeln …«

Unwillkürlich muss ich lächeln. »Du bist schamlos.«

Irgendwie schafft er es, dass dieser Moment die ganze Anspannung und seine Peinlichkeit verliert, und ich höre auf, übertrieben wachsam zu sein.

»In Ordnung«, meint er, und ein sexy Grinsen spielt um seine Lippen. »Du bist eine harte Verhandlungspartnerin. Ich mach's dir zuerst.«

»Oh, ich glaube, da landen wir in einer Sackgasse.«

»Ist das so?« Er mustert mich unter halb geschlossenen Lidern. Es ist unmöglich, nicht zu spüren, wie er mich im Geiste auszieht. »Na gut. Aber ich behalte deinen Schuldschein. Dann bist du mir ein Mal schuldig.«

Irgendwann fühle ich mein Handy in der Tasche vibrieren. Zu dem Zeitpunkt sind Cooper und ich mittendrin in einer Diskussion über die sozioökonomische Bedeutung von Gebäck. Ich werfe einen Blick auf mein Handy, um sicherzugehen, dass es nicht Bonnie ist, die gerettet werden will, aber es ist nur Preston, der mir mitteilt, dass er von seinem Pokerspiel zurück ist.

»Auf keinen Fall«, argumentiert Cooper. »Gebäck ist was für reiche Leute. Jemand, der nur den Mindestlohn verdient, geht niemals in eine Bäckerei, um sich verdammte Croissants zu besorgen. Wir haben Donuts und vielleicht einen Keks aus der Dose oder so, aber nicht so 'n Gebäckzeugs.«

»Ein Donut ist absolut ein Gebäck. Und ein Donutladen ist auch so etwas wie eine Bäckerei.«

»Pferdekacke. Es gibt fünf Bäckereien in dieser Stadt, und drei von denen haben nur im Sommer auf. Was sagt uns das?«

»Dass während der Touristensaison viel mehr Leute hier sind und dann mehr Läden aufmachen, um die Nachfrage zu decken. Das sagt nichts über die Demografie aus.«

Er schnaubt und wirft einen Stock ins Feuer. »Jetzt redest du Unsinn.«

Obwohl es sich anhört, als würden wir streiten, verrät mir sein leicht hochgezogener Mundwinkel, dass alles nur Spaß ist. Diskutieren ist bei uns zu Hause praktisch eine Freizeitbeschäftigung, also bin ich ziemlich gut darin. Keine Ahnung, woher Cooper das so gut kann, aber er hält mich eindeutig auf Trab. Und keiner von uns gibt gerne nach.

»Du bist nicht der nervigste Klon, den ich je getroffen habe«, meint er eine Weile später.

Bonnie und Evan sind immer noch nicht zurück. Auf der Promenade hinter uns ist es inzwischen ziemlich ruhig geworden, aber ich bin noch nicht müde. Im Gegenteil, ich fühle mich hellwach.

»Klon?«, wiederhole ich mit argwöhnischem Blick. Der Begriff ist mir neu.

»So nennen wir die reichen Leute. Weil ihr alle gleich seid.« Seine Augen glänzen nachdenklich im Mondlicht. »Aber du scheinst irgendwie anders zu sein.«

»Ich bin mir nicht sicher, ob das ein beleidigendes Kompliment oder eine schmeichelhafte Beleidigung ist.« Jetzt bin ich an der Reihe, ihn mit Sand zu bewerfen.

»Nein, ich meine, du bist nicht das, was ich erwartet hatte. Du bist cool. Wirklich.« Er mustert mich weiter, und in seinem Gesicht sehe ich nur Aufrichtigkeit. Den echten Cooper. »Keines von diesen arroganten Kids, die die ganze Zeit ihren Kopf im Arsch haben, weil sie den Geruch ihrer eigenen Kacke so toll finden.«

In seiner Stimme liegt etwas, das mehr ist als nur das oberflächliche Genervtsein von Yuppie-Touristen und reichen Schnöseln. Es klingt nach echtem Schmerz.

Ich knuffe ihn mit dem Ellbogen. »Verstehe ich. Ich bin mit diesen Leuten aufgewachsen. Man sollte meinen, irgendwann fällt es einem kaum noch auf, aber nein. Trotzdem, nicht alle sind schlecht.«

»Und dieser Freund von dir? Was ist mit ihm?«

»Preston«, sage ich. »Er kommt tatsächlich aus der Gegend – seine Familie wohnt an der Küste. Er geht aufs Garnet. Schwerpunkt Wirtschaftswissenschaften.«

»Was du nicht sagst.« Cooper wirft mir einen sarkastischen Blick zu.

»So übel ist er gar nicht. Ich glaube, er hat sogar noch nie

Squash gespielt«, meine ich lachend, aber der Witz kommt nicht an. »Er ist okay. Nicht der Typ, der einen Kellner von oben herab behandelt oder so was.«

Cooper lacht leise. »Und das findest du bezeichnend, dass er nett zum Kellner ist?«

Ich seufze. Ich schätze, ich habe keine Ahnung, wie ich mit einem Typen, den ich gerade erst kennengelernt habe, über meinen Freund reden soll. Vor allem, wenn Cooper unserer Herkunft gegenüber offensichtlich feindselig eingestellt ist.

»Weißt du, es könnte dich schockieren, aber wenn du ihm eine Chance geben würdest, könntet ihr tatsächlich miteinander auskommen. Wir sind nicht alle Arschlöcher«, bemerke ich.

»Nein.« Seine Miene hellt sich auf, und ich nehme das als gutes Zeichen. »Ich bin ziemlich sicher, dass du die einzige Ausnahme bist, die ich kennengelernt habe, und ich bin schon mein ganzes Leben hier in der Bay.«

»Dann bin ich froh, dass ich dir ein paar andere Eigenschaften demonstrieren konnte.«

Er zuckt lächelnd mit den Schultern. »Wir werden sehen.«

»Ach ja? Das klingt verdächtig nach einer Einladung. Aber du möchtest doch im Leben nicht dabei erwischt werden, dass du dich anfreundest mit …« Ich schnappe dramatisch nach Luft. »… einem Klon, oder?«

»Auf keinen Fall. Nenn es ein Experiment. Du kannst meine Versuchsperson sein.«

»Und was für eine Hypothese testen wir?«

»Ob ein Klon zu einem echten Menschen umprogrammiert werden kann.«

Ich muss lachen. Wie schon so oft heute Abend. Cooper hat vielleicht dieses düstere Aussehen eines Bad Boy, aber er ist witziger, als ich erwartet hatte. Ich mag ihn.

»Dann tun wir das also wirklich?«, frage ich.

Seine Zunge fährt über seine Unterlippe, auf eindeutig anzügliche Weise. »Uns gegenseitig einen blasen? Hölle, ja. Lass uns anfangen.«

Ich muss noch mehr lachen. »Freunde sein! Ich frage dich, ob wir Freunde sein wollen! Himmel, Hartley, du bist viel zu sehr auf Oralsex fixiert, hat dir das schon mal jemand gesagt?«

»Also, erstens, hast du eigentlich schon mal in den Spiegel geschaut? Himmel ...« Er stutzt und schaut mich an. »Wie ist dein Nachname?«

»Cabot«, antworte ich.

»Himmel, Cabot«, sagt er. »Wie kann ich nicht an Oralsex denken, wenn ich neben der heißesten Frau auf dem Planeten sitze?«

Röte schießt mir in die Wangen. Verdammt. Diese raue Ehrlichkeit ist echt sexy.

Ich schlucke und zwinge meinen Körper, nicht auf sein Kompliment zu reagieren. *Du hast einen Freund, Mackenzie.* Ich buchstabiere es noch mal, für mein Gehirn: F-R-E-U-N-D.

Ist es schlimm, dass ich mich heute Abend ausgesprochen oft daran erinnern musste?

»Zweitens«, fährt Cooper fort, »bist du sicher, dass wir nicht im Bett landen?«

»Positiv.«

Er verdreht die Augen. »Na gut, also drittens – ja, ich denke, ich entscheide mich für Freundschaft.«

»Wie nett von dir.«

»Nicht wahr?«

»Oh Gott. Ich denke jetzt schon noch mal darüber nach. Ich habe das Gefühl, du wirst ein ziemlich pflegebedürftiger Freund.«

»Quatsch«, widerspricht er. »Ich werde der beste Freund sein, den du je hattest. Ich übertreffe immer die Erwartungen, die an mich gestellt werden. Ich meine, für meine Freunde habe ich Ziegen befreit. Kannst du dasselbe von dir sagen?«

Ich kichere. »Ziegen? Im Plural? Du meinst, es war nicht nur die eine?«

»Nein, es war nur eine Ziege. Aber einmal habe ich tatsächlich einen Goldfisch für meine Freundin Alana gestohlen.«

»Wahnsinn. Ich bin mit einem Dieb befreundet.« Ich stupse ihn in die Seite. »Bitte, diese Goldfischgeschichte muss ich hören.«

Er zwinkert. »Oh, das ist eine gute.«

Wir reden so lange, am langsam erlöschenden Feuer sitzend, dass mir gar nicht auffällt, wie die schwarze Nacht zu grauem Frühmorgen wird, bis Evan und Bonnie zurückgeschlendert kommen und dabei recht zufrieden mit sich aussehen. Erst da bemerke ich, dass ich ein Dutzend Nachrichten von Preston habe, der sich fragt, was mir um Himmels willen passiert ist. Ups.

»Hier ist meine Nummer«, sagt Cooper mit rauer Stimme und reicht mir sein Handy. »Schreib mir, wenn du auf dem Campus bist, damit ich weiß, dass du sicher angekommen bist.«

Trotz der Warnglocken in meinem Kopf tippe ich seine Nummer in mein Handy.

Keine große Sache, beteuere ich der missbilligenden Seite in mir. Es ist nur eine Textnachricht, wenn ich nach Hause komme, und danach lösche ich die Nummer. Denn auch wenn es lustig war, über unsere bevorstehende Freundschaft zu quatschen, weiß ich doch, dass es keine gute Idee ist. Wenn ich aus romantischen Komödien eins gelernt habe, dann, dass man nicht befreundet sein kann mit jemandem, zu dem man sich hingezogen fühlt. Die Anziehung an sich ist harmlos. Wir sind Menschen, und das Leben kann Jahre dauern. Es ist normal, körperliche Anziehung zu jemand anderem als unserer besseren Hälfte zu empfinden. Aber wenn sich einer direkt in den Weg der Versuchung stellt, dann sind Probleme vorprogrammiert.

Als Bonnie und ich wenig später aus einem Uber stolpern und die Treppen zu unserem Zimmer hochsteigen, bin ich absolut bereit, Cooper Hartley aus meinem Handy zu tilgen. Ich schicke nur eine kurze Nachricht: *Sicher zu Hause!* Dann tippe ich auf seine Nummer, und mein Finger schwebt über dem Wort *LÖSCHEN*.

Bevor ich darauf drücken kann, kommt eine Nachricht von ihm.

Cooper: *Hat Spaß gemacht. Machen wir das mal wieder?*

Ich beiße mir auf die Lippe und starre auf die Einladung. Die Erinnerung an seine dunklen Augen, die im Feuerschein geleuchtet haben, an seine breiten Schultern und muskulösen Arme, bringt mein müdes Hirn auf Touren und lässt diese Stelle zwischen meinen Beinen prickeln.

Lösch ihn, befiehlt mir eine strenge Stimme.

Ich tippe auf den Chatverlauf. Vielleicht ist eine Freundschaft mit dem Typen ja eine schlechte Idee, aber ich kann nicht anders.

Ich: *Ich bringe Donuts mit.*

7

Mackenzie

Das Semester läuft erst seit zwei Wochen, und ich habe es jetzt schon satt. Es wäre ja nicht so übel, wenn ich mich auf Wirtschafts- und Finanzkurse stürzen könnte. Oder Marketing. Auch Grundlagen der Webprogrammierung wäre okay. Stattdessen sitze ich in einem Hörsaal und starre auf die Illustration irgendeines haarigen Affenmenschen, der sich, ehrlich gesagt, nur wenig von der aktuellen Ausgabe drei Reihen weiter unterscheidet.

Allgemeine Kurse im ersten Jahr sind Blödsinn. Psychologie oder Soziologie hätten ja noch einen gewissen Bezug zu meiner Arbeit haben können, aber diese Kurse waren voll. Also hocke ich in einem Anthropologiekurs, was heute bisher zehn Minuten Diashow mit Urmenschen und vierzig Minuten Diskussion über Evolution beinhaltete. Nichts davon hat irgendeinen Nutzen für mein Bankkonto. Meine Eltern haben mich dazu gedrängt, aufs College zu gehen, aber ich hatte gehofft, ich könnte wenigstens produktiv sein, während ich hier bin. Indem ich *BoyfriendFails* und ihre Schwesterseite optimiere, Schlüsselwörter vorgebe und mir Werbeanzeigen ansehe. Stattdessen mache ich Notizen, weil unser Professor einer von diesen Mistkerlen ist und die Ansicht vertritt: *Eine Eins bedeutet Perfektion, also bekommt niemand eine Eins in diesem Kurs*. Und wenn ich schon gezwungen bin, meine Zeit zu verschwenden, dann werde ich mich nicht mit einer mageren Drei zufriedengeben.

Erst als ich in den strahlenden Sonnenschein hinaustrete, merke ich, dass ich meine Fingerspitzen nicht spüre. Im Hörsaal war es eiskalt. Ich gehe auf einen Kaffee hinüber zur Studentenvereinigung und setze mich unter einem Magnolienbaum auf eine warme Betonbank, um wieder aufzutauen. In einer halben Stunde treffe ich Preston, also habe ich noch etwas Zeit.

Ich nippe an meinem Kaffee, scrolle durch ein paar geschäftliche Mails und versuche, nicht bei dem Gedanken zu verweilen, dass ich heute noch nichts von Cooper gehört habe.

Ich sage *noch*, denn seit Samstag Nacht hat er mir jeden Tag eine Nachricht geschickt. Daher weiß ich, dass ich irgendwann heute von ihm hören werde, die Frage ist nur, wann. Als er mir das erste Mal geschrieben hat, habe ich gezögert, die Nachricht zu öffnen, weil ich befürchtete, dass dann ein Foto von seinem Gehänge aufpoppen würde. Oder hatte ich vielleicht darauf gehofft? Ich war nie für Dickpics zu haben, aber …

Nichts da, aber!, ruft eine scharfe Stimme in meinem Kopf.

Richtig. Es gibt kein *Aber*. Ich will den Penis von Cooper Hartley nicht sehen. Punkt, aus. Ich meine, warum sollte ich den Penis des heißen, tätowierten Bad Boy sehen wollen, mit dem ich die ganze Nacht geredet habe? Das ist doch lächerlich.

Puh, jetzt ist mir nicht mehr kalt. Jetzt schwitze ich.

Ich brauche eine Ablenkung. Schnellstmöglich.

Als die Nummer meiner Mom auf dem Display aufleuchtet, überlege ich kurz, nicht ranzugehen, denn das ist definitiv nicht die Ablenkung, auf die ich gehofft hatte. Aber die Erfahrung hat mich gelehrt, wenn ich sie ignoriere, veranlasst sie das nur dazu, mir zunehmend forderndere Nachrichten zu schicken, dass ich ihr antworten soll. Und dann ruft sie beim FBI an und sagt, sie sei sich sicher, dass ich entführt wurde, um Lösegeld zu erpressen.

»Hi, Mom«, melde ich mich und hoffe, dass sie meine mangelnde Begeisterung nicht hört.

»Mackenzie, Liebes, hallo.«

Darauf folgt eine lange Pause, wobei ich nicht sagen kann, ob sie abgelenkt ist oder darauf wartet, dass ich etwas sage. *Du hast mich angerufen, Mom.*

»Was gibt's?«, frage ich, um den Ball ins Rollen zu bringen.

»Ich wollte nur mal hören, wie es dir geht. Du hast versprochen, anzurufen, nachdem du dich eingerichtet hast, aber wir haben noch nichts von dir gehört.«

Uff. Das macht sie immer. Redet einem immer Schuldgefühle ein. »Ich habe letztes Wochenende bei euch angerufen, aber Stacey sagte, ihr seid aus oder beschäftigt oder so was.«

Ich verbringe mit der persönlichen Assistentin meiner Mutter mehr Zeit am Handy als mit irgendwem in der Familie.

»Nun ja, ich habe im Moment eine Menge zu tun. Die historische Gesellschaft sponsert eine neue Ausstellung im Parlamentsgebäude, und wir planen schon die Benefizveranstaltung für das Kinderkrankenhaus im Herbst. Trotzdem, Beharrlichkeit ist alles, Mackenzie. Das weißt du. Du hättest später am Tag noch mal anrufen sollen.«

Na klar. Meine Mutter hat Angestellte und schafft es trotzdem nicht, ihr einziges Kind zurückzurufen, aber das ist natürlich meine Schuld. Nun ja. Es ist etwas, womit ich zu leben gelernt habe. Annabeth Cabot kann sich einfach nie bei irgendetwas irren. Diesen Wesenszug habe ich von ihr geerbt, zumindest wenn es um unsinnige Diskussionen über Donuts oder Ähnliches geht. Solche muss ich immer gewinnen. Aber anders als meine Mom bin ich absolut in der Lage, zuzugeben, wenn ich einen Fehler gemacht habe.

»Wie ist das College?«, fragt sie. »Magst du deine Professoren? Hast du interessante Kurse?«

»Das College ist toll.«

Lüge.

»Meine Professoren sind wirklich super, und die Kurse sind bisher richtig interessant.«

Lüge. Lüge.

»Ich liebe es hier.«

Lüge.

Aber es bringt nichts, ihr die Wahrheit zu sagen. Dass die eine Hälfte der Professoren das Unterrichten von Studienanfängern als einen Akt der Bosheit zu betrachten scheint und die andere Hälfte nur auftaucht, um ihrem Assistenten einen USB-Stick mit PowerPoint-Folien zu geben. Dass meine Zeit anderswo besser investiert wäre, vor allem in meiner prosperierenden Firma. Sie will es nicht hören.

Die Wahrheit ist: Meine Eltern waren nie interessiert daran, was ich zu sagen habe, es sei denn, ich lese aus dem Drehbuch vor, das sie geschrieben haben. Im Falle meines Vaters wird das Tochter-Drehbuch typischerweise bei öffentlichen Anlässen vorgetragen, mit falschem strahlendem Lächeln, gerichtet an seine Wähler.

»Ich will, dass du dich einbringst, Mackenzie. Eine Dame sollte weltgewandt und gebildet sein.«

Zum äußeren Anschein ist der unausgesprochene Teil. Nicht zu irgendwelchen praktischen Zwecken, sondern damit die Dame auf Cocktailpartys Konversation machen kann.

»Vergiss nicht, dich auch zu amüsieren. Das College ist eine zukunftsträchtige Zeit im Leben einer jungen Frau. Dort triffst du die Menschen, die auf Jahre hinaus dein Netzwerk bilden werden. Es ist wichtig, diese Beziehungen jetzt aufzubauen.«

Was Mom angeht, so möchte sie, dass ich in ihre Fußstapfen trete. Ich soll eine bessere Hausfrau werden, die in allen richtigen Wohltätigkeitsorganisationen sitzt und Partys gibt, um das berufliche Streben ihres Mannes zu unterstützen. Ich habe den Versuch aufgegeben, mit ihr über den Sinn zu diskutieren, denn das ist nicht das Leben, das ich will, und am Ende werde ich hoffentlich auf ein anderes Gleis springen, und es wird zu spät für meine Eltern sein, um mich aufzuhalten.

Aber im Moment spiele ich mit.

»Ich weiß, Mom.«

»Was ist mit deiner Mitbewohnerin? Wie heißt sie?«

»Bonnie. Sie kommt aus Georgia.«

»Wie ist ihr Nachname? Was macht ihre Familie?«

Denn genau darauf läuft es immer hinaus. Sind sie *jemand*?

»Beauchamp. Sie besitzen Autohäuser.«

»Oh.« Eine lange, enttäuschte Pause. »Ich nehme an, sie sind erfolgreich.«

Soll heißen, wenn sie es sich leisten können, ihre Tochter mit mir im selben Studentenzimmer unterzubringen, können sie nicht bettelarm sein.

Ich unterdrücke ein Seufzen. »Ich muss los, Mom. In ein paar Minuten habe ich Vorlesung«, lüge ich.

»In Ordnung. Wir hören bald wieder voneinander, Liebes.«

Ich lege auf und stoße den angehaltenen Atem aus. Mom ist manchmal echt schwer auszuhalten. Schon mein ganzes Leben lang überhäuft sie mich mit Erwartungen und projiziert sich selbst auf mich. Ja, wir haben Ähnlichkeiten – unser Aussehen, den Hang zu Ungeduld, die Tatkraft, die sie in der Arbeit für ihre Wohltätigkeitsorganisationen zeigt und ich in der für mein Unternehmen und mein Studium. Aber bei aller Ähnlichkeit sind wir dennoch zwei verschiedene Menschen mit völlig verschiedenen Prioritäten. Und sie hat noch nicht begriffen, dass sie mich nicht nach ihrem Ebenbild formen kann.

»Hey, Schönheit.« Preston taucht mit einem Lächeln auf. Er scheint sich vollständig von seiner Basketballverletzung erholt zu haben und hat einen kleinen Strauß aus pinken Löwenmäulchen dabei, die jetzt vermutlich in irgendeinem Beet auf dem Campus fehlen.

»Du hast aber gute Laune«, sage ich, als er mich von der Bank hochzieht.

Preston küsst mich und nimmt mich in die Arme. »Es gefällt mir, dich öfter zu sehen, seit du hier bist.«

Seine Lippen wandern an meinen Hals, und er drückt einen sanften Kuss darauf, bevor er an meinem Ohrläppchen knabbert.

Ich versuche, nicht fragend die Augenbraue hochzuziehen, denn normalerweise scheut er Zärtlichkeiten in der Öffentlichkeit. Ich kann schon von Glück reden, wenn er mal meine Hand hält. Aber das ist etwas, das ich an ihm zu akzeptieren gelernt habe. Wenn, dann ist der Mangel an öffentlichen Liebesbekundungen ein Plus, vor allem in Gegenwart unserer Familien. Mir wurde schon in jungen Jahren klar, dass das Verbergen von Emotionen und die Unterdrückung meiner gelegentlichen wilden Seite nötig ist, um in unserer Welt zu überleben.

»Sollen wir los?«, fragt er.

»Ja, auf geht's.«

Es ist ein schöner Tag, vielleicht etwas zu warm, während Preston mit mir eine Tour über den Campus macht. Unsere erste Station ist natürlich Kincaid Hall, in der sich die Wirtschaftsfakultät befindet. Sie ist schon vor Generationen nach Prestons Familie benannt worden.

Pres verschränkt seine Finger mit meinen, als wir das Gebäude wieder verlassen. Während wir durch eine Allee zur Kunsthochschule schlendern, bewundere ich die Umgebung. Der Campus ist wirklich schön. Alte Backsteingebäude. Ein großer Uhrenturm über der Bibliothek. Ausgedehnte grüne Rasenflächen und majestätische Eichen. Ich mag nicht begeistert sein vom Collegeleben, aber wenigstens ist alles nett anzusehen.

»Wie findest du den Unterricht bisher?«

Bei Preston kann ich ehrlich sein, also seufze ich. »Sterbenslangweilig.«

Er lacht. »So ging es mir am Anfang auch, weißt du noch? Die ersten Semester sind wirklich nicht sehr interessant.«

»Wenigstens hast du ein Ziel.« Wir gehen an einem Parkplatz vorbei, wo Studenten an einer Theaterkulisse arbeiten, die wie eine Straße aus alter Zeit aussieht. »Du brauchst eine spezielle Ausbildung, um in der Bank deines Vaters zu arbeiten. Es gibt Erwartungen und Anforderungen. Aber ich habe schon mein eigenes Unternehmen. Ich bin mein eigener Boss, und ich brauche kein Diplom, um irgendwem irgendwas zu beweisen.«

Pres drückt lächelnd meine Hand. »Das liebe ich an dir, Babe. Du wartest nicht auf eine Erlaubnis. Du hast nicht gewartet, bis du erwachsen bist, um Geschäftsfrau zu werden.«

»Siehst du?«, meine ich strahlend. »Du verstehst es.«

»Aber schau, wenn du auf dem College wirklich weiter an deinem kleinen Techdings arbeiten willst, dann stell dir Garnet als dein Gründerzentrum vor. Hier wird es jede Menge Möglichkeiten für dich geben, deine Marke auszubauen.«

Hm. So hatte ich es noch gar nicht gesehen. Obwohl ich seine Bezeichnung nicht gerade toll finde – *mein kleines Techdings?* –, wird mir klar, dass er recht hat.

»Sie bringen da ein gutes Argument vor, Mr Kincaid.« Ich stelle mich auf die Zehenspitzen und küsse ihn auf die glatt rasierte Wange, bevor wir weitergehen.

Noch ein Grund, warum Pres und ich so gut zusammenpassen: Wir sind beide Menschen mit Geschäftssinn. Keiner von uns ist verzaubert vom Idealismus eines Künstlers oder abgelenkt von romantischen Vorstellungen einer Rucksacktour durch Europa oder per Anhalter nach Machu Picchu. Wir sind Produkte unserer Erziehung, und unser kaltes Blut ist blau. Zwei beeindruckende künftige Anführer von Imperien.

Kompatibilität hat eine Menge für sich.

Danach erkunden wir die Kunsthochschule und das kleine Museum, in dem Arbeiten von Studenten ausgestellt sind, wandern zwischen den Skulpturen in den botanischen Gärten umher und schauen uns das Gewächshaus und den Gemüsegarten an, bevor Preston mich zu seinem Auto bringt.

»Komm, ich will dir noch etwas anderes zeigen.« Er hält mir die Tür auf, und ich nehme auf dem ledernen Beifahrersitz Platz. Er öffnet das Dach des silbernen Porsche-Cabrios, bevor wir losfahren.

Es ist eine kurze Strecke. Wir verlassen den Campus, fahren vorbei am Sportkomplex und einen Hügel hoch, bevor wir schließlich ein hohes, rundes Gebäude mit einer Kuppel erreichen. Das Teleskop der Astronomie-Abteilung. Preston geht mit mir zur Seite des Gebäudes, zu einer Tür, die mit einem kleinen Holzklotz offen gehalten wurde.

»Hast du uns angekündigt?«, frage ich, als wir in einen schmalen Flur treten.

»Ich kenne da jemanden.« Dann legt Preston den Zeigefinger an die Lippen. »Aber nein, nicht wirklich.«

Wir folgen dem Flur zu einer Metalltreppe. Im ersten Stock betreten wir einen Raum mit Computern an den Wänden und einem riesigen Teleskop in der Mitte, das durch eine breite Öffnung im Dach gen Himmel ragt.

»Oh, cool«, sage ich und gehe auf das Teleskop zu.

Preston hält mich zurück. »Deshalb sind wir nicht hier.«

Stattdessen geht er mit mir zu einer Tür, und dann klettern wir eine Leiter hoch, die zum Dach führt. Wir treten hinaus auf eine Plattform. Von hier aus können wir den gesamten Campus sehen. Sanfte grüne Hügel und Gebäude mit weißen Dächern. Praktisch die ganze Stadt, bis zum blauen Horizont von Avalon Bay.

»Es ist unglaublich«, sage ich lächelnd. Und das hat er sich extra für mich einfallen lassen.

»Es wäre keine richtige VIP-Tour ohne diesen sagenhaften Panoramablick.« Preston steht hinter mir und legt die Arme um meine Taille. Er drückt mir einen Kuss auf die Wange, während wir gemeinsam die Aussicht genießen. »Ich bin wirklich froh, dass du hier bist«, sagt er leise.

»Ich auch.«

Zugegeben, die letzten paar Jahre war es etwas angespannt zwischen uns, während er auf dem College war und ich noch zur Highschool ging. Auch wenn wir uns an den Wochenenden sehen konnten, war diese Fernbeziehung ziemlich stressig gewesen. Aber jetzt erinnere ich mich daran, wie es war, als wir anfingen, uns zu verabreden. Wie fasziniert ich von ihm gewesen war und dass ich mich gefühlt hatte, als hätte ich einen Preis gewonnen, weil ein Student aus einem höheren Jahr mich auserwählt hatte.

Und doch, als Pres mich umarmt und an meinem Nacken knabbert, drängt sich ein Gedanke in meinen Hinterkopf.

Ein sehr verräterischer Gedanke.

An Coopers kantiges Kinn und seine unergründlichen Augen. Daran, wie mein Puls schneller wurde, als er neben mir saß und mich mit diesem überheblichen Grinsen angeschaut hat. Ich bekomme keine weichen Knie, wenn Preston den Raum betritt. Meine Haut prickelt nicht, wenn er mich berührt. Meine Oberschenkel pressen sich nicht zusammen, und mein Mund wird nicht trocken.

Andererseits können solche Reaktionen auch überbewertet sein. Zu viele ungezügelte Hormone können das Urteilsvermögen trüben. Ich meine, sieh sich doch mal einer die Statistiken an – all die Leute, die in einer dysfunktionalen Beziehung enden, weil sie sie auf Sex gründen und nicht auf Kompatibilität. Pres und ich dagegen, wir passen zueinander. Wir kommen gut miteinander aus. Wir sind auf derselben Linie. Auch unsere Eltern haben unsere Beziehung abgesegnet, und alle sind damit glücklich. Ich könnte eine Beziehung nach der anderen mit einem Dutzend Coopers haben und mir von jedem Einzelnen das Herz brechen lassen. Wieso sollte ich mir das antun?

Etwas Gutes zu erkennen, wenn man es hat, hat eine Menge für sich.

»Danke«, sage ich zu Pres und drehe mich in seinen Armen um, um ihn zu küssen. »Dieser Tag war perfekt.«

Aber später, am Abend, als ich in meinem Zimmer mit halbem Auge Netflix gucke und zugleich ein Buch für den Literaturkurs lese, schwappt eine Welle der Erregung durch meinen Körper, als Coopers Name auf dem Handy aufleuchtet. Sofort ermahne ich mich, um Himmels willen ruhiger zu werden.

Cooper: *Lust auf Abendessen?*
Ich: *Ich habe schon gegessen.*
Cooper: *Ich auch.*
Ich: *Wieso fragst du dann?*
Cooper: *Um zu sehen, was du sagst.*
Ich: *Wie raffiniert.*

Cooper: *Was machst du gerade?*
Ich: *Netflix und Hausaufgaben.*
Cooper: *Ist das ein Code für irgendwas?*
Ich: *Erwischt.*
Cooper: *Ich kann mir nicht mal vorstellen, wie Porno reicher Leute so ist.*

Als ich diese Worte auf dem Display lese, presse ich die Beine zusammen und komme plötzlich auf schlimme Ideen. Die ich auf der Stelle in eine Kiste verbanne mit dem Etikett *Wage es ja nicht.*

Ich: *Na ja, man isst Teegebäck und liest dabei das Wall Street Journal.*
Cooper: *Ihr seid echt verdorben.*

Ich breche in Gelächter aus, lege aber schnell die Hand auf den Mund, bevor Bonnie mich noch hört und herbeieilt, um zu sehen, was denn so lustig ist. Sie ist echt lieb, aber sie weiß nichts von Grenzen.

Ich: *Was machst du so?*
Cooper: *Mit einem Mädchen flirten, das mir kürzlich begegnet ist.*

Gut gemacht, Mackenzie.

Ich: *Ich habe immer noch einen Freund.*
Cooper: *Vorerst.*
Ich: *Gute Nacht, Townie.*
Cooper: *Nacht, Prinzessin.*

Ich weiß, dass er mich nur provoziert. Cooper mag es, mich zu einer Reaktion herauszufordern. Ich kann nicht gerade sagen, dass ich das hasse. Es ist erfrischend, einen Freund zu haben, der diesen Teil meiner Persönlichkeit anspricht. Und okay, rein technisch ist das Flirten, was rein technisch zu missbilligen ist, aber im Grunde ist das alles nur Spaß.

Egal wie viele Hormonreaktionen Cooper in mir auslöst, ich habe nicht vor, Preston für den ersten tätowierten Bad Boy zu verlassen, der mir hier begegnet.

8

Mackenzie

Am Nachmittag des nächsten Tages beschließe ich, die Stadt auf eigene Faust zu erkunden, da ich keine Kurse oder Vorlesungen habe. Preston hat mich dazu inspiriert, meine Zeit am Garnet zu nutzen, statt sie wie eine Gefängnisstrafe zu sehen. Mit dem Gedanken im Hinterkopf werfe ich mich in ein geblümtes Sommerkleid und rufe ein Taxi.

Avalon Bay ist eine Küstenstadt voller Widersprüche, bevölkert von wettergegerbten Fischern und Multimillionären. Auf der einen Seite der Main Street gibt es Edelboutiquen, die handgemachte Seifen verkaufen, auf der anderen Seite Pfandleihhäuser und Tattoostudios. Da es ein Wochentag ist, sind auf der Strandpromenade kaum Leute. In den Bars sitzen nur ein paar verschwitzte Einheimische herum, die mit ihren Kumpels einen Sportsender schauen.

Ich spaziere weiter als beim letzten Mal, als ich hier war, und komme in eine Gegend, in der man die Spuren des Hurrikans vor einigen Jahren noch sieht. An mehreren Häusern wird gebaut. Ich komme an einem Restaurant vorbei, an dessen Fassade eine Truppe Handwerker auf einem Gerüst zugange ist. Es gibt Läden, deren Schaufenster mit Sperrholz verrammelt sind. Seit der Sturm ihre Dächer abgedeckt und die Räume überflutet hat, scheint sie niemand mehr betreten zu haben.

Ich bleibe vor einem hübschen Hotel im spätviktorianischen Stil stehen. Die Sturmflut hat es förmlich ausgeweidet. Die Wände wurden herausgerissen und sein Inneres entblößt. Alte Möbel und zerknautschte Teppiche warten immer noch auf Gäste, die nicht kommen. Auf einem verwitterten, zerbrochenen Schild steht in goldenen Buchstaben *The Beacon Hotel.* Ich frage mich, was aus den Besitzern geworden ist und warum sie es nie wieder aufgebaut haben. Das hier ist immerhin eine Toplage.

Während ich weitergehe, summt mein Handy ein paarmal, weil Mails gekommen sind. Also bleibe ich an einer Eisdiele stehen und kaufe mir eine Kugel Vanille. Dann setze ich mich auf die Bank davor und öffne den Posteingang.

Die erste Mail ist ein Update von einer der Websitemoderatorinnen. Sie teilt mir mit, dass sie mehrere User blockieren musste, weil sie zu jedem Post auf *GirlfriendFails* rassistische oder sexistische Kommentare abgegeben haben. Ich öffne die angehängten Screenshots. Bei dem Ausmaß an Gift, das ich in diesen Kommentaren lese, fällt mir die Kinnlade runter.

Ich schicke eine kurze Mail: *Gute Entscheidung, die zu blockieren.*

Die nächste Mail ist ein SOS von dem Typen, den ich angeheuert habe, um *BoyfriendFails* zu managen. Offenbar droht ein User mit rechtlichen Schritten und behauptet, einer der Posts auf der Seite sei verleumderisch. Ich klicke auf den fraglichen Post. Die Schreiberin war mit einem Typen aus, den sie »Ted« nennt und der ihr nicht mitgeteilt hatte, dass er einen winzigen Penis hat, was sie dann bei ihrer ersten intimen Begegnung völlig unvorbereitet getroffen hat.

Ich kehre zum Posteingang zurück, um den Brief zu überfliegen, den mein Admin Alan von einer Anwaltskanzlei aus DC mit beängstigendem Briefkopf erhalten hat. Ich schätze, die Userin – butterflykisses44 – hat ein Alias gewählt, das dem echten Namen ihres Freundes zu ähnlich ist. Ted ist eigentlich Tad, der entsprechend wütend und gedemütigt ist und fordert, dass *BoyfriendFails* nicht nur den Post löscht, sondern ihm auch noch Schmerzensgeld zahlt für die erlittenen seelischen Qualen.

Da die Website eine Plattform ist und kein Publisher, können wir für die Inhalte unserer User nicht verklagt werden, aber ich schreibe Alan, dass er den Brief trotzdem an meinen eigenen Anwalt weiterleiten soll. Dann mache ich das Handy aus und schlürfe den Rest der inzwischen geschmolzenen Eiscreme. Nur ein weiterer Tag im Leben von CEO Mackenzie Cabot.

Aber wenn ich ehrlich zu mir selbst bin, spüre ich in letzter Zeit ein brennendes Verlangen nach … *mehr*. Ich liebe meine Apps, aber hier gibt es nicht mehr für mich zu tun, als Ja oder Nein zu sagen. Hier abzeichnen, da unterschreiben. Diese Mail lesen, jene Werbung genehmigen. Aufregend war es im Grunde nur am Anfang gewesen, als ich mit meinen Freundinnen zusammensaß und wir gemeinsam über die Gestaltung der Apps gebrainstormt haben. Dann die Treffen mit Programmierern, um meine Ideen zu verwirklichen. Die Marketingkampagne, um User anzulocken. Start der App.

Es war eine echte Herausforderung und der größte Spaß, den ich je hatte. *Das* war der Teil, den ich wirklich genossen habe, wird mir jetzt klar. Die Schöpfung, nicht das Am-laufen-Halten. Nicht dass ich die Seiten nicht mehr mag und am liebsten verkaufen würde. Das will ich nicht. Sie sind immer noch meine Kinder. Teil meines aufstrebenden Imperiums. Aber vielleicht ist es Zeit für ein Brainstorming zu neuen Geschäftsideen.

Als die Sonne immer tiefer sinkt, gehe ich an den Strand,

setze mich in den Sand, lausche den Wellen und sehe zu, wie die Möwen gegen den Wind segeln. Hinter mir, an dem Restaurant, macht der Trupp Bauarbeiter Feierabend. Der Lärm von Bohrern und Sägen hat aufgehört.

Völlig in Gedanken versunken, bemerke ich nicht, dass jemand zu mir kommt, bis er sich neben mir niederlässt.

»Was geht, Prinzessin?«

Ich schnelle herum und erblicke zu meiner Überraschung Cooper, der gerade sein Shirt und seine Arbeitshandschuhe auszieht.

Er wirkt so stark wie in der Nacht am Lagerfeuer, und sein Anblick fesselt mich. Haare und Jeans sind bedeckt von Sägespänen und Schmutz. Sein muskulöser Brustkorb und seine Bauchmuskeln glänzen von Schweiß. Zum ersten Mal sehe ich die gesamten Tattoos, die sich über beide Arme bis zur Brust hin erstrecken. Ich lecke mir über die Lippen und erschrecke fast im selben Moment über mich selbst. Über die Person, zu der ich in seiner Gegenwart werde. Lustvoll. Irrational. Ich nehme diese Gedanken und stopfe sie tief in eine Kiste, auf der steht *Lasst mich gefälligst in Ruhe*.

»Stalkst du mich jetzt?«, will ich wissen.

»He, du spazierst an meinem Arbeitsplatz vorbei in …« Er mustert mich eingehend. »… so einem albernen Rüschenkleidchen und mit diesen Beinen, und das in ›Oh, kümmert euch nicht um mich, Jungs, ich *hasse* Aufmerksamkeit‹-Manier.«

»Das klingt ja so absolut nach mir«, entgegne ich und verdrehe die Augen. »Und was ist falsch an meinem Kleid?« Ich streiche über den Saum des Sommerkleides.

»Da sind Blumen drauf. Du bist nicht der Blumentyp, Mac.«

»Nenn mich nicht Mac.«

»Wieso nicht?«

»Weil das ein Spitzname ist, der für Freunde reserviert ist.«

»Wir sind Freunde. Beste Freunde.« Er schenkt mir ein schiefes Lächeln. »Und du hast nicht abgestritten, ein Blumentyp zu sein.«

Er hat recht. Für gewöhnlich mag ich keine Mädchenmuster und rüschige Sommerkleider. Mein Stil geht mehr in Richtung weißes T-Shirt und verwaschene Jeans, oder Tanktop und abgeschnittene Shorts, wenn es heiß ist. Aber ab und zu fühle ich mich gerne mal hübsch. Wo ist das Problem? Auf jeden Fall steht es ihm nicht zu, so anmaßend über meinen Kleidergeschmack zu reden, also widerspreche ich einfach aus Prinzip.

»Zufällig liebe ich Blumen. Vor allem auf Kleidung. Je auffälliger, desto besser.«

Cooper verdreht die Augen, als wüsste er, dass ich gerade das Blaue vom Himmel lüge. »Du weißt schon, dass du dir nicht so viel Mühe geben musst.« Er zieht die Knie an den Brustkorb und legt die Arme darum. »Ich bin ziemlich einfach zu haben.«

»Tut mir leid, wie bitte? Wer gibt sich denn hier so viel Mühe? Du hast mein Handy mit deinem Porno-Gelaber geflutet.«

»Du bist abartig«, meint er schulterzuckend. »Verstehe schon. Ist nicht mein Ding, aber was immer dich anmacht.«

Ha. Wenn der wüsste. Preston und ich haben ein sehr erfülltes Sexleben, auch wenn ich mir nicht sicher bin, ob es auch genug Pepp hat. Am Anfang dachte ich, dass Sex vielleicht so sein sollte: funktionell, schnell und ein klein wenig langweilig. Ich war sechzehn, als ich meine Jungfräulichkeit an Pres verlor, und mehr als nur ein bisschen naiv in Bezug auf das Ganze. Erst als ich mit Freundinnen über meine lustlosen Bettgeschichten plauderte, wurde mir klar, dass Sex eigentlich – man stelle sich das mal vor – *Spaß* machen soll.

Als ich das Thema dann mit mulmigem Gefühl Pres gegenüber angesprochen habe, hat er mir gestanden, er habe mich nicht ängstigen wollen, indem er »zu leidenschaftlich« sei. Ich sagte ihm, er könne ruhig eine Schippe drauflegen, und danach machten unsere Schlafzimmeraktivitäten mehr Spaß. Aber wenn ich wirklich ehrlich bin, sind es inzwischen vier Jahre, und diese Leidenschaft, von der er gesprochen hatte, spüre ich immer noch nicht.

»Ich schaudere bei dem Gedanken, was auf deiner Liste bevorzugter Sexspielarten so stehen mag«, sage ich.

»Falls das ein Versuch sein sollte, mich ins Bett zu kriegen, kannst du auch einfach fragen.« Cooper stößt meinen Arm mit dem Ellbogen an. Er strahlt eine durch nichts erschütterbare Selbstsicherheit aus. Überheblich, aber charmant. Komplett selbstbewusst, aber nicht erdrückend. Es ist fast eine Schande, dass er seine Talente auf dem Bau verschwendet. Er würde einen verdammt guten CEO abgeben, wenn er auch nur einen Funken Geschäftssinn hätte.

»Diese dilettantische Psychomasche wird bei mir nichts nützen«, teile ich ihm mit. Denn ich habe meine erste Million nicht damit gemacht, dass ich mich leicht manipulieren lasse. »Ich werde nicht mit einem fremden Townie im Bett landen, nur weil er mich dazu herausgefordert hat.«

Trotzdem, sein amüsiertes Grinsen und sein schelmischer Blick bleiben mir nicht verborgen. Ich bin nicht immun gegen breite Schultern und steinharte Bauchmuskeln. Überdies ist er ein bisschen ein Rätsel. Ich frage mich, ob das, was er nach außen zeigt – die Tattoos, die Haltung –, nicht alles nur kluge Tarnung ist. Aber um was zu verbergen? Mein Gehirn liebt Rätsel.

»Ich würde im Leben nicht mit einem Garnet-Klon schlafen. Ich habe ein Image zu verteidigen.«

»Ach ja, richtig. Ich würde auch nicht wollen, dass jemand denken könnte, du wärst ein Mann mit Geschmack.«

Er unterdrückt ein Lächeln, und für einen kurzen Moment kommen mir alle möglichen verdorbenen Gedanken in den Kopf. Heiße Nächte und ungezügelte Leidenschaft. Schwere Atemzüge. Genug, um meinen Puls in die Höhe zu treiben.

Der Typ ist gefährlich.

»Coop!«, ruft da jemand von der Baustelle. »Kommst du jetzt mit in die Bar?«

Er wirft einen Blick über die Schulter. »Geht ruhig schon mal ohne mich.«

Coopers Kollegen lachen und machen anzügliche Bemerkungen. Ich bin froh, dass sie mein Gesicht nicht sehen können, denn ich bin mir ziemlich sicher, dass ich rot geworden bin.

»Wieso hast du das getan?«, grummele ich.

»Was? Ihnen sagen, dass ich nicht mit in die Bar gehe?«

»Ja. Jetzt werden sie denken, dass du hiergeblieben bist, um mich am Strand flachzulegen.«

Er gibt ein tiefes Lachen von sich. »Das denken sie garantiert nicht. Aber jetzt denke *ich* daran. Würdest du dich gern hier flachlegen lassen, oder sollten wir unter den Pier gehen?«

»Geh mit deinen Freunden in die Bar, *Coop*. Da hast du bessere Chancen, flachgelegt zu werden, als hier.«

»Ach nein. Ich fühle mich ganz gut da, wo ich jetzt bin.« Er hebt eine Hand und fährt sich durchs dunkle Haar, und ich kann nicht anders als auf seinen Bizeps zu starren.

»Also, ihr richtet dieses Restaurant wieder her?« Ich zwinge mich, nicht weiter auf seine überaus sexy Muskeln zu glotzen. »Sieht nach einer Menge Arbeit aus.«

»Ist es auch. Und wenn wir damit fertig sind, haben wir noch sechs, sieben andere Gebäude zu renovieren.« Er streckt diesen muskulösen Arm aus und zeigt zur Strandpromenade.

»Arbeitest du gern auf dem Bau?«

Er nickt langsam. »Ja. Evan und ich arbeiten in der Firma unseres Onkels, also müssen wir uns nicht mit einem idiotischen Boss herumschlagen, der uns übers Ohr hauen oder ständig die Kosten drücken will. Levi ist ein anständiger Kerl, fair. Und ich war schon immer gut darin, mit den Händen zu arbeiten.«

Ich schlucke. In seinem Tonfall liegt keine Anspielung, aber ich will verdammt sein, wenn mein Blick nicht zu seinen Händen huscht. Sie sind groß und kräftig. Kein Schmutz unter den Nägeln, obwohl er den ganzen Tag gearbeitet hat.

»Was ist mit dir, Prinzessin?« Er legt den Kopf schief und sieht mich an.

»Was soll mit mir sein?«

»Das ist das zweite Mal, dass ich auf dich zugegangen bin und du diesen Ausdruck im Gesicht hast.«

»Was für einen Ausdruck?« Offenbar wiederhole ich gerade einfach alles, was er sagt. Aber irgendwie löst sein erwartungsvoller Blick Angst in mir aus.

»Den Ausdruck, der sagt, dass du mehr willst.«

»Ich will mehr … Und was will ich mehr?«

Er mustert mich weiter. »Ich weiß nicht. Einfach *mehr*. Es ist wie … eine Mischung aus Langeweile, Unzufriedenheit, Frustration und Sehnsucht.«

»Das ist eine ganze Menge Mist auf einmal«, scherze ich, aber mein Herz schlägt schneller, denn er hat es so ziemlich auf den Punkt gebracht. Genau das empfinde ich, seit ich ans College gekommen bin. Nein, schon länger – ich wage zu behaupten, mein ganzes Leben lang.

»Liege ich falsch?«, fragt er.

Unsere Blicke treffen sich. Der Drang, mich ihm anzuvertrauen, ist so stark, dass ich mir auf die Zungenspitze beißen muss, um mich davon abzuhalten.

Plötzlich, mitten in den sich brechenden Wellen und kreischenden Möwen, höre ich ein schwaches Jaulen.

»Hast du das gehört?« Ich sehe mich um.

Cooper lacht leise. »Jetzt lenk nicht ab.«

»Tue ich gar nicht. Im Ernst, hörst du das nicht?«

»Was denn hören? Ich …«

»Pssst!«

Ich lausche angestrengt. Inzwischen ist es dunkel geworden, und auf der Strandpromenade sind die Laternen angegangen. Wieder ist ein Jaulen zu hören, diesmal lauter.

Ich springe auf.

»Da ist nichts«, meint Cooper, aber ich ignoriere ihn und folge dem Laut zum Pier. Er läuft mir nach, und seine Stimme klingt müde, als er mir versichert, dass ich mir nur etwas einbilde.

»Ich bilde mir das nicht ein«, beharre ich.

Und dann sehe ich ihn. Jenseits des Piers liegt er gestrandet auf den Felsen, während die Wellen über ihm brechen.

Mit hämmerndem Herzen wirble ich herum zu Cooper. »Das ist ein Hund!«

9

Cooper

Bevor ich blinzeln kann, reißt Mackenzie sich das Kleid vom Leib.

Im Sinne von: Das Mädchen macht sich tatsächlich nackig.

Nein, nicht nackig, BH und Höschen behält sie an. Die Tatsache, dass sie in BH und Höschen verdammt gut aussieht, hält jedoch meine Enttäuschung über das vorzeitige Ende der Stripshow in Grenzen.

Aber als sie in die Fluten rennt und schnell bis zum Hals darin versinkt, schaltet sich der rationale Teil meines Gehirns wieder ein.

»Mac!«, rufe ich ihr nach. »Komm zurück, verdammt!«

Aber sie schwimmt schon davon.

Na toll. Sie wird ertrinken beim Versuch, diesen räudigen Streuner zurück ans Ufer zu bringen.

Ich schimpfe leise vor mich hin, als ich Jeans und Schuhe ausziehe und hinter Mackenzie herjage, die inzwischen die Felsen erreicht hat und jetzt zu dem Hund hochklettert. Ich schwimme mit aller Kraft gegen die Strömung an, während die Wellen versuchen, mich gegen die Pylone des Piers zu treiben. Endlich kriege ich einen Felsblock zu fassen und ziehe mich aus dem Wasser.

»Du bist verrückt, weißt du das?«, knurre ich.

Der zitternde Hund sitzt ängstlich bei Mac, während sie ihn zu beruhigen versucht. »Wir müssen ihm helfen«, sagt sie zu mir.

Shit. Dieses triefende, armselige Ding da ist noch ein Welpe, aber Mackenzie kann auf keinen Fall mit ihm zurück ans Ufer schwimmen. Ich hatte selbst Schwierigkeiten, gegen die Strömung anzukommen, und ich wiege wahrscheinlich doppelt so viel wie Mac.

»Gib ihn mir«, sage ich seufzend. Als ich nach dem Hund greife, versteckt er sich hinter Mac und fällt beinahe ins Wasser. »Komm schon, verdammt. Entweder lässt du dich jetzt retten, oder du kannst hier versauern.«

»Ist schon okay, Kleiner, er ist nicht so furchterregend, wie er aussieht«, redet Mac beruhigend auf den Hund ein. Währenddessen stehe ich da und schaue beide finster an.

Der Hund zögert immer noch, also hebt Mac ihn schließlich hoch und legt das unglückliche, nasse Bündel in meine Hände. Das verängstigte Tier windet sich wie verrückt, um zu entkommen. Das wird ein verdammter Albtraum werden.

Mackenzie streichelt den Hund über das durchnässte Fell in dem vergeblichen Versuch, ihn zu beruhigen. »Bist du dir sicher?«, fragt sie mich. »Ich kann es versuchen …«

Keine Chance. Die Wellen würden ihr den Hund direkt aus den Armen reißen, und der verdammte Köter würde ersaufen, während ich Mac ans Ufer ziehe. Das wird nicht passieren.

»Du zuerst«, befehle ich. »Ich bin direkt hinter dir.«

Mit einem Nicken taucht sie ein und schwimmt zum Strand.

Ich stehe auf den Felsen und gebe dem Welpen noch ein paar aufmunternde Worte mit auf den Weg. »Ich versuche dir zu helfen, okay? Beiß mir nicht ins Gesicht. Die nächsten paar Minuten sollten wir miteinander klarkommen. Deal?«

Der Hund jault und winselt, und ich schätze, das ist das Beste, was ich kriegen werde.

So sachte, wie ich kann, klettere ich hinunter ins Wasser und halte den Hund wie einen Football über die Wellen, während ich mit einem Arm schwimme. Die ganze Zeit ist der Kleine schier am Durchdrehen. Denkt wahrscheinlich, ich will ihn umbringen oder so. Bellt und kratzt. Versucht sich zu befreien. Sobald wir den Strand erreichen, lasse ich den Hund los, der geradewegs zu Mac läuft und sich förmlich in ihre Arme stürzt. *Gern geschehen, Verräter.*

»Bist du okay?«, ruft Mac mir zu.

»Ja, alles gut.«

Wir atmen beide schwer nach unserem Kampf mit den Wellen. Inzwischen ist es ganz dunkel geworden, und nur von der Strandpromenade kommt noch Licht. Mackenzie ist nicht viel mehr als ein verschwommener Schemen vor mir.

Dann, als ich auf sie zugehe, geht mein Temperament mit mir durch. »Was zur *Hölle* war das denn für eine Aktion?«

Sie stemmt eine Hand in die nackte Hüfte. Die andere hält schützend den Hund. »Bist du jetzt im Ernst wütend, weil ich ein hilfloses Tier retten wollte?«, ruft sie. »Er hätte sterben können!«

»*Du* hättest sterben können! Hast du die Strömung gespürt, Schätzchen? Du hättest direkt raus ins Meer gezogen werden können. Hier ertrinkt jedes Jahr mindestens eine leichtsinnige Dumpfbacke.«

»Ich bin nicht dein *Schätzchen*«, grummelt sie. »Und hast du mich gerade echt Dumpfbacke genannt?«

»Dumpfbacke ist, wer sich wie eine Dumpfbacke verhält.« Ich schüttle mir Wasser aus dem Haar. Dabei entgeht mir nicht, dass der Hund dasselbe tut. Schätze, wir sind beide wilde Tiere.

Mackenzie hält ihr neues Haustier fester. »Ich werde mich *nicht* dafür entschuldigen, dass ich ein Herz habe. Ich kann nicht glauben, dass du bereit warst, diesen armen Welpen sterben zu lassen. Oh mein Gott. Ich bin befreundet mit einem Welpenmörder.«

Mir fällt die Kinnlade herunter.

Herrgott, die Braut entpuppt sich echt als anstrengend. Ich habe noch nie so hart daran gearbeitet, ein Mädchen für mich zu gewinnen. Und trotzdem, obwohl ich für sie halb zu Tode zerfleischt wurde und nun auch noch des versuchten Hundemordes beschuldigt werde, löst meine Wut sich in eine Woge aus Gelächter auf.

»Wieso lachst du?«, will sie wissen.

»Du hast mich Welpenmörder genannt«, bringe ich mühsam hervor. »Du bist irre.«

Nach einer Sekunde bricht auch sie in Gelächter aus. Der Hund schaut verunsichert zwischen uns hin und her, während wir dastehen und lachen wie die Idioten, triefnass und halb nackt.

»Na gut, das war wohl ein bisschen kopflos«, lenkt sie ein, nachdem sie sich ein wenig beruhigt hat. »Ich weiß, du hast dir Sorgen um mich gemacht. Und danke, dass du mir geholfen hast. Das weiß ich zu schätzen.«

»Gern geschehen.« Ich ziehe meine Jeans an. Die nassen Boxershorts kleben mir am Unterleib, weshalb ich Probleme habe, den Reißverschluss zuzuziehen. »Komm, lass uns unsere Sachen holen und zu mir gehen. Ich muss mich umziehen. Du kannst dort duschen, und dann fahre ich dich nach Hause.«

Sie sagt nichts, sondern sieht mich nur an.

»Ja«, seufze ich, »nimm den Hund mit.«

Das Haus ist dunkel, als wir ankommen. Weder Evans Motorrad noch sein Jeep stehen in der Auffahrt, und die Haustür ist verschlossen. Zum Glück herrscht drinnen nicht das reine

Chaos. Da unser Haus regelmäßig für Partys genutzt wird und unsere Freunde zwischen zwei Bars hier Pause machen, wird es oft ziemlich chaotisch. Evan und ich sind zwar nicht die perfekten Gastgeber, aber wir versuchen, unser Zuhause sauber zu halten. Wir sind ja keine Tiere.

»Du kannst dort duschen«, sage ich zu Mac und deute in Richtung meines Schlafzimmers im Erdgeschoss, nachdem ich das Licht angemacht und mir ein Bier aus dem Kühlschrank geholt habe. Nach meiner heroischen Anstrengung habe ich mir was zu trinken verdient. »Ich suche ein paar Klamotten raus, die ich dir leihen kann.«

»Danke.« Sie nimmt den Hund mit, der eingerollt und schläfrig in ihren Armen liegt. Ich habe ihr im Truck gesagt, falls sie den Hund hierlassen will, würde ich ihn morgen früh ins Tierheim bringen. Aber langsam frage ich mich, ob sie ihn überhaupt bei mir lassen würde.

Während Mac im Bad ist, krame ich ein sauberes T-Shirt und eine Jeans hervor, die Heidi vor Ewigkeiten mal hier liegen gelassen hat. Oder vielleicht ist sie auch von Steph. Die Mädchen lassen andauernd ihre Sachen nach einer Party oder einem Tag am Strand hier herumliegen, und ich habe den Versuch aufgegeben, sie ihnen zurückzugeben.

Ich lege die Klamotten ordentlich auf das Bett, ziehe dann meine nassen Sachen aus und schlüpfe in T-Shirt und Jogginghose. Der Dampf, der unter der Badezimmertür hervorquillt, ist unglaublich verlockend. Ich frage mich, wie Mac reagieren würde, wenn ich jetzt zu ihr unter die Dusche kommen, mich vorsichtig an sie drücken und mit beiden Händen um sie herumgreifen würde, um ihre Titten zu umfassen.

Ein Stöhnen steigt mir in die Kehle. Wahrscheinlich würde sie mir mit den Fingernägeln die Eier absäbeln, aber das könnte es wert sein, nur um sie einmal zu berühren.

»Hallo, hallo«, ruft mein Bruder da von der Haustür.

»Ich bin hier«, antworte ich und gehe zurück in die Küche.

Evan wirft seine Schlüssel auf den Holztresen, schnappt sich ein Bier und lehnt sich an den Kühlschrank. »Wonach riecht es hier?«

»Mackenzie und ich haben am Pier einen streunenden Welpen gerettet.« Das arme Ding hat tatsächlich irgendwie gestunken. Schätze, ich jetzt auch. Na toll.

»Sie ist hier?« Sein Mund verzieht sich zu einem breiten Grinsen, während er sich umsieht.

»Sie duscht gerade.«

»Das ging ja schnell. Ich bin fast enttäuscht, dass ich nicht früher gekommen bin, um das zu genießen.«

»Nicht das, was du denkst«, schnaube ich. »Der Hund saß draußen auf den Felsen fest, und wir mussten ins Wasser, um ihn zu retten. Ich habe Mackenzie gesagt, dass sie hier duschen kann und ich sie dann nach Hause bringe.«

»Du bringst sie nach Hause? Mann. Das ist die Chance. Mach den Deal klar.« Er schüttelt ungeduldig den Kopf. »Du hast ihr geholfen, einen Hund zu retten, meine Güte. Sie ist reif.«

»Sei kein Arsch.« Mir gefällt nicht, wie Evan darüber spricht. Diese ganze Sache ist sowieso ziemlich zweifelhaft, da müssen wir nicht auch noch schäbig sein.

»Was?« Evan kann seine Schadenfreude darüber, wie glatt der Plan läuft, nicht gut verbergen. »Ich meine ja nur.«

»Tja …« Ich trinke einen Schluck von meinem Bier. »Behalt es für dich.«

»Hey«, höre ich Mac vorsichtig rufen.

Sie kommt herein, und bei ihrem Anblick – in meinem Shirt, das dunkle, nasse Haar nach hinten gekämmt – kommen mir alle möglichen sündigen Gedanken in den Kopf. Sie hat die Jeans nicht angezogen, und so sehe ich ihre nackten, gebräunten und endlos langen Beine.

Fuck.

Ich will ihre Beine um meine Taille spüren.

»Hi, Evan«, grüßt sie meinen Bruder und nickt ihm zu, als wüsste sie irgendwie, dass er nichts Gutes im Schilde führt. Wie nicht anders zu erwarten, trägt sie den schlafenden Welpen immer noch mit sich herum.

»Ich verzieh mich.« Evan lächelt ihr zum Abschied zu, nimmt sein Bier und stößt sich vom Kühlschrank ab. »Bin total erledigt. Habt Spaß, ihr beide.«

Mein Bruder ist nicht gerade feinsinnig.

»Habe ich ihn vertrieben?«, fragt sie trocken.

»Nein. Er denkt, wir steigen in die Kiste miteinander.« Als ich den Arm hebe, um mir durchs feuchte Haar zu fahren, werden ihre Augen vor Schreck ganz groß. Ich runzle die Stirn. »Was ist?«

»Cooper. Du bist verletzt.«

Ich schaue an mir hinab. Ich habe fast vergessen, dass ihr kostbarer kleiner Welpe mich vor nicht einmal einer Stunde ordentlich malträtiert hat. Beide Arme sind voller roter Kratzer, und am Schlüsselbein habe ich eine Wunde, die besonders übel aussieht. »He, alles in Ordnung«, beteure ich. Wunden und Kratzer sind mir nicht fremd, und die hier sind definitiv nicht das Schlimmste, was ich bisher erlebt habe.

»Nein, ist es nicht. Wir müssen die Wunden säubern.«

Damit schiebt sie mich ins Badezimmer und zwingt mich trotz meines Protests, auf dem geschlossenen Deckel der Toilette Platz zu nehmen. Der Welpe wird kurzerhand in der Badewanne abgelegt, wo er sich zusammenrollt und sofort einschläft, während Mackenzie in meinen Schränken nach einem Erste-Hilfe-Kasten stöbert.

»Ich kann das selbst«, sage ich, als sie mit einer Flasche Alkohol und Baumwolltupfern vor mir steht.

»Willst du jetzt Schwierigkeiten machen?« Sie mustert mich mit hochgezogener Augenbraue. Die ernste Entschlossenheit in ihrem Gesicht ist niedlich, fehlt nur noch, dass sie sagt: *Halt die Klappe und nimm deine Medizin*.

»Na gut.«

»Dann zieh mal dein Shirt aus.«

Ein Grinsen spielt um meine Lippen. »Das war die ganze Zeit dein Plan? Mich nackt zu sehen?«

»Genau, Cooper. Ich bin in ein Tierheim eingebrochen, habe einen Welpen gestohlen und ihn auf einem Felsen ausgesetzt, bin raus ins Meer geschwommen, um ihn selbst zu retten, und habe dann dem Hund telepathisch befohlen, dich zu zerkratzen. Alles nur, damit ich deinen perfekten Waschbrettbauch sehen kann.« Sie schnaubt.

»Du hast wirklich keine Mühen gescheut«, stimme ich zu. »Aber ich verstehe es. Mein Waschbrettbauch ist perfekt. Er ist überragend.«

»So wie dein Ego.«

Ich mache eine Show daraus, betont langsam mein Shirt auszuziehen. Tatsächlich stockt ihr beim Anblick meines nackten Oberkörpers der Atem. Schnell wendet sie den Blick ab und tut so, als würde sie sich ganz darauf konzentrieren, die Alkoholflasche zu öffnen.

Ich unterdrücke ein Lächeln und lehne mich zurück, als sie die Wunden an meinem Arm zu säubern beginnt.

»Lebt ihr nur zu zweit hier?«, fragt sie neugierig.

»Ja. Evan und ich sind in diesem Haus aufgewachsen. Meine Urgroßeltern haben es nach ihrer Hochzeit gekauft. Danach wohnten meine Großeltern hier und so weiter.«

»Es ist schön.«

War es mal. Jetzt fällt es langsam auseinander. Das Dach müsste erneuert werden. Das Fundament hat Risse bekommen. Die Außenverkleidung hat einen Sturm zu viel gesehen, und die Fußbodendielen sind abgenutzt und verzogen. Nichts, was ich nicht reparieren könnte, wenn ich nur die Zeit und das Geld dafür hätte, aber ist es nicht immer dieselbe Geschichte? Die ganze verdammte Stadt ist voll von »wenn nur«. Und genau da fällt mir wieder ein, warum ich jetzt hier sitze und zulasse, dass die Freundin von so einem Klon ihre Hände an meinem nackten Körper hat.

»Bitte sehr«, sagt sie und berührt meinen Arm. »Alles versorgt.«

»Danke.« Meine Stimme klingt ein klein wenig rau.

»Kein Problem.« Ihre klingt ein klein wenig heiser.

Einen Moment lang finde ich mich gefangen im Blick ihrer leuchtend grünen Augen. Verspottet vom Aufblitzen ihrer nackten Haut, als der Saum meines Shirts ihre Oberschenkel hochgleitet. Ihre warmen Handflächen auf meiner Haut. Die pochende Ader an ihrem Hals, die mir verrät, dass ich ihr auch nicht gleichgültig bin.

Ich könnte es tun. Sie an den Hüften greifen und dazu verführen, sich rittlings auf mich zu setzen. Mit der Hand durch ihr Haar streichen und ihre Lippen zu einem heißen Kuss an meine drücken. Ich darf nicht mit ihr schlafen, es sei denn, die Initiative geht von ihr aus, aber wenn ich das Knistern zwischen uns richtig deute, würde sie es vermutlich nicht bei einem Kuss belassen. Es wäre ein Kuss, der zum Bett führt, was wiederum dazu führen würde, dass ich bis zum Anschlag in ihr wäre. Sie wird Kincaid schneller fallen lassen, als du *Game over* sagen kannst. Ich gewinne. Mission erfüllt.

Aber wo bleibt da der Spaß?

»Okay«, meine ich, »jetzt zu deinem kleinen Freund hier.«

Mackenzie blinzelt, als würde sie aus demselben Lustrausch auftauchen, in den ich auch versunken war.

Wir lassen ein warmes Schaumbad für den Welpen ein und setzen ihn rein. Und plötzlich ist er ein ganz anderes Tier. Nein, *sie*, denn nun sehen wir auch, dass es ein Weibchen ist. Aus der jämmerlichen Ratte wird ein kleiner Golden Retriever, der herumspritzt und mit der Shampooflasche spielt, die in die Wanne gefallen ist. Das arme Hündchen ist nur Haut und Knochen. Ob es sich verirrt hat oder von seiner Mutter verlassen wurde? Als wir es fanden, hatte es kein Halsband um. Das Tierheim wird herausfinden müssen, ob es gechipt ist oder nicht.

Nachdem wir die Kleine trocken gerubbelt haben, stelle ich eine Schale Wasser in die Küche und füttere sie mit ein paar Truthahnwürstchen. Nicht ideal, aber unter den gegebenen Umständen das Beste, was wir haben. Während der Welpe frisst, gehe ich hinaus auf die hintere Veranda. Es ist kühler geworden, und vom Meer weht eine Brise herüber. Draußen am Horizont blinken kurz die Buglichter eines vorbeifahrenden Bootes auf.

»Weißt du …« Mac kommt an meine Seite.

Ich spüre ihre Gegenwart mit jedem meiner Nerven. Dieses Mädchen schaut mich kaum mal an, und ich habe schon eine halbe Latte. Es ist echt nervig.

»Ich sollte nicht hier sein«, beendet sie ihren Satz.

»Und wieso?«

»Ich denke, du weißt, wieso.« Ihre Stimme klingt sanft und bedächtig. Sie stellt mich ebenso sehr auf die Probe wie sich selbst.

»Du scheinst mir nicht die Art Mädchen zu sein, das etwas tut, das es nicht tun will.« Ich drehe mich um, um ihr in die Augen zu sehen. Meiner begrenzten Erfahrung nach ist Mackenzie stur. Nicht der Typ, der sich herumkommandieren lässt.

Ich mache mir keinerlei Illusionen, sie ist nicht hier, weil ich so verdammt clever wäre.

»Du wärst überrascht«, meint sie ein wenig traurig.

»Erzähl es mir.«

Sie sieht mich zweifelnd an. Als würde sie sich fragen, ob mein Interesse auch aufrichtig ist.

Ich runzle die Stirn. »Wir sind doch Freunde, oder nicht?«

»Das möchte ich gern denken«, meint sie wachsam.

»Dann rede mit mir. Lass mich dich kennenlernen.«

Sie mustert mich weiter eindringlich. *Himmel.* Wenn sie mich so ansieht, kommt es mir vor, als würde sie mich in sämtliche Einzelteile zerlegen. Ich habe mich noch nie vor einem anderen Menschen derart entblößt gefühlt. Doch aus irgendeinem Grund macht mir das nicht so viel aus, wie es wahrscheinlich sollte.

»Ich dachte, ich sei frei und würde selbst meine Entscheidungen treffen«, bekennt sie schließlich. »Aber ich finde gerade heraus, dass das nicht ganz stimmt. Ich weiß, aus meinem Mund klingt das wahrscheinlich dumm, aber ich fühle mich gefangen. Von Erwartungen umzingelt. So, als wäre es meine Aufgabe, alle anderen glücklich zu machen. Ich wünschte, ich könnte ausnahmsweise einmal egoistisch sein. Tun, was ich will, und das, wann ich will und wie ich will.«

»Und wieso tust du es nicht?«

»Es ist nicht so einfach.«

»Klar ist es das.« Reiche Leute schwadronieren immer davon, dass Geld ja so eine Last sei. Das liegt nur daran, dass sie nicht wissen, was sie damit anfangen sollen. Sie stecken so sehr in ihrem eigenen Mist fest, dass sie vergessen, dass sie ihre bescheuerten Freunde und dämlichen Country Clubs gar nicht brauchen. »Vergiss das alles. Macht jemand dich unglücklich? Hält irgendwer dich zurück? Vergiss sie und mach weiter.«

Sie gräbt die Zähne in ihre Unterlippe. »Kann ich nicht.«

»Dann willst du es nicht wirklich.«

»Das ist nicht fair.«

»Natürlich nicht. Was ist denn schon fair? Menschen verbringen ihr ganzes Leben damit, sich über Dinge zu beschweren, die sie gar nicht ändern wollen. An einem gewissen Punkt muss man entweder mutig sein oder die Klappe halten.«

Sie bricht in Gelächter aus. »Willst du damit sagen, dass ich die Klappe halten soll?«

»Nein, ich will damit sagen, dass es eine Menge Dinge im Leben gibt, die sich unserer Kontrolle entziehen und auf die wir keinen Einfluss haben. Das Mindeste, was wir tun können, ist, uns nicht selbst im Weg zu stehen.«

»Wie ist es mit dir?« Sie dreht sich zu mir um. »Was willst du gerade, was du nicht haben kannst?«

»Dich küssen.«

Sie verengt die Augen.

Ich sollte es bedauern, das gesagt zu haben, aber ich tue es nicht. Ich meine, was hält mich davon ab, sie zu küssen, davon, ihr zu sagen, dass ich es will? Irgendwann muss ich in dieser Sache ja mal einen Anfang machen, richtig? Offensichtlich habe ich sie am Haken. Wenn ich mich jetzt nicht an den Plan halte, dann brauche ich auch nicht weiter Zeit damit zu verschwenden.

Also betrachte ich sie und versuche, hinter der glatten Fassade der Gleichgültigkeit eine Reaktion zu erkennen. Die Braut ist unerbittlich. Aber für den Bruchteil einer Sekunde sehe ich ein Aufflackern von Hitze in ihrem Blick, als sie darüber nachdenkt. Es durchspielt. Eine Tat, die zur nächsten führt, ein Dominoeffekt.

Sie leckt sich über die Lippen.

Ich beuge mich zu ihr hinüber. Nur ein wenig. Führe mich

selbst in Versuchung. Der Drang, sie zu berühren, ist fast unerträglich.

»Aber dann würde ich eine sehr gute Freundschaft in Gefahr bringen«, sage ich, denn ich habe jede Kontrolle über mein verdammtes Mundwerk verloren. »Also benehme ich mich.«

Was zur Hölle mache ich da? Ich weiß nicht, was mich abgeschreckt hat, aber plötzlich zeige ich ihr einen Ausweg, obwohl ich sie doch *einfangen* soll.

Mac dreht sich wieder zum Wasser und stützt die Arme auf das Geländer. »Ich bewundere deine Aufrichtigkeit.«

Frust steigt in mir hoch, als ich aus den Augenwinkeln ihr Profil betrachte. Die Frau ist umwerfend, sie trägt mein Shirt und sonst nichts, und statt sie in meine Arme zu ziehen und zu küssen, bis ihr Hören und Sehen vergeht, habe ich mich gerade selbst in die Kumpelzone geschossen.

Zum ersten Mal, seit wir diesen Plan ausgebrütet haben, fange ich an, mich zu fragen, ob ich der Sache vielleicht nicht gewachsen bin.

10

Mackenzie

Als ich am nächsten Morgen aufwache, habe ich eine Textnachricht von Cooper. Das Foto dazu muss Evan gemacht haben, denn es zeigt Cooper schlafend im Bett, und der Welpe liegt auf seiner Brust, das Gesicht unter Coopers Kinn vergraben. Es ist richtig süß. Gestern Nacht dachte ich, die zwei wären dem Untergang geweiht, aber anscheinend haben sie ihre Differenzen beigelegt.

Ich hoffe, er und Evan beschließen, ihn zu behalten. Ich weiß, es wäre das Richtige, den Hund ins Tierheim zu bringen – ich kann ihn ganz bestimmt nicht behalten –, aber bei dem Gedanken, ihn nie mehr wiederzusehen, bricht mir das Herz.

Ich schreibe Cooper sofort zurück, aber als ich die zweite Vorlesung hinter mir habe, ist noch immer keine Antwort da. Wahrscheinlich arbeitet er. Ich sage mir, dass der Stich der Enttäuschung, den ich fühle, nur von der Sorge um den Hund kommt. Aber wem mache ich etwas vor? Ich kann nicht ignorieren, was gestern Abend auf seiner Veranda gewesen ist. Die sexuelle Spannung, sein raues Bekenntnis, dass er mich küssen will. Wäre er nicht vorher zurückgewichen, hätte ich in einem Moment der Schwäche vielleicht nachgegeben.

Ich habe Coopers Anziehungskraft unterschätzt. Das ist meine Schuld – ich weiß es besser, als mich von gut aussehenden, halb nackten Typen verführen zu lassen, die herbeieilen, um Tiere in Not zu retten. Ich muss einfach nur vorsichtiger sein und mich immer wieder daran erinnern, dass wir Freunde sind. Das ist alles. Es hat keinen Sinn, das zu verflechten.

Als mein Handy summt, hole ich es erwartungsvoll aus der Tasche – nur um eine Nachricht von Preston zu sehen. Nicht Cooper.

Ich verdränge die neuerliche Enttäuschung und entsperre das Display per Daumenabdruck.

Preston: *Warte am Parkplatz auf dich.*

Richtig. Wir sind heute zum Lunch verabredet, irgendwo außerhalb des Campus. Ich bin froh, dass er mich daran erinnert hat, denn ich war kurz davor, einen Chicken Fiesta Wrap vom Sandwichladen neben der Wirtschaftsfakultät zu holen und hinunterzuschlingen.

Ich steige in Prestons Cabrio, und wir plaudern über unsere Kurse, während wir nach Avalon Bay fahren. Pres findet einen Parkplatz nahe der Strandpromenade. Mein Puls wird schneller, und ich zwinge mich, nicht in die Richtung des Restaurants zu schauen, das Cooper und sein Onkel gerade renovieren.

Ich halte etwa dreieinhalb Sekunden durch, bis ich doch einen Blick hinüberwerfe. Aber auf der Baustelle ist niemand zu sehen. Wahrscheinlich sind sie gerade in der Mittagspause. Oder vielleicht arbeiten sie heute woanders.

Und wieder tue ich so, als wäre ich nicht enttäuscht.

»Du hast mir gar nicht erzählt, was du gestern so gemacht hast.« Pres hält meine Hand, als wir zur Sportbar gehen, wo wir ein paar Freunde von ihm treffen wollen. »Warst du in der Stadt oder doch nicht?«

»Oh ja, war ich. Ich habe die Promenade erkundet und bin den Pier entlangspaziert, und dann habe ich mir am Strand den Sonnenuntergang angesehen. Es war wirklich nett.«

Ich entscheide spontan, die Sache mit dem Welpen zu verschweigen. Nicht dass Pres der eifersüchtige Typ wäre, aber ich will nicht eine ganze Diskussion daraus machen, nachdem ich gerade erst am Garnet angekommen bin und es so gut mit uns funktioniert. Es wird noch Gelegenheit geben, ihm von meiner Freundschaft mit Cooper zu erzählen. Irgendwann. Wenn der Zeitpunkt stimmt.

»Wie ist dein Pokerspiel gelaufen? Jetzt, da ich so darüber nachdenke, du hast mir auch nicht geschrieben.« Aber ich bin auch nicht der eifersüchtige Typ. Nachdem wir die Fernbeziehungsnummer hinter uns haben, passiert es gelegentlich, dass Pres oder ich vergessen, eine Nachricht zu schreiben oder zurückzurufen. Wenn wir uns jedes Mal aufregen würden, wenn einer von uns nicht bis zum Morgen geantwortet hat, hätten wir uns schon vor langer Zeit getrennt. Das nennt man Vertrauen.

»Ja, wie war denn das Pokerspiel?«, wiederholt Benji Stanton meine Frage, als Pres und ich zur Gruppe stoßen. Er kichert laut. »Du solltest besser auf deinen Mann aufpassen. Der Junge ist echt schlecht im Kartenspielen, und er weiß nicht, wann man aufhört.«

»Also … nicht gut?«, frage ich und schenke Pres ein neckendes Lächeln.

»Gar nicht gut«, bestätigt Benji. Er hat Betriebswirtschaft als Hauptfach, wie Pres. Sie haben sich letztes Jahr in einem der Kurse kennengelernt.

Benjis Eltern besitzen Immobilien in Hilton Head, und sein Vater ist Boss eines Hedgefonds. Alle Freunde von Preston haben einen ähnlichen Hintergrund. Im Sinne von unverschämt reich. Finanzen, Immobilien, Politik – ihre Eltern sind alle Mitglieder im Club der Milliardäre. Bisher waren alle freundlich zu mir. Ich hatte zuerst Sorge, dass sie mich vielleicht schief von der Seite ansehen, weil ich ein Neuling bin, aber von Prestons Garnet-Freunden empfange ich nur positive Schwingungen.

»Hör nicht auf ihn, Babe.« Pres küsst mich auf den Scheitel. »Ich habe einen langen Atem.«

Wenig später steigen wir die Treppe hinauf. Sharkey's Sports Bar hat zwei Etagen. Oben stehen Tische mit Blick aufs Meer, unten sind die Spieltische, zahllose Fernseher und die Bar. Ein Kellner bringt uns zu einem hohen Tisch am Geländer, und die Jungs hacken weiter auf Preston herum, weil er so schlecht Karten spielt.

»Schließ deinen teuren Schmuck weg, Mac«, rät mir Seb Marlow. Er kommt aus Florida, wo seine Familie ein Rüstungsunternehmen hat, zu dessen Kunden die Regierung zählt. Alles sehr verschwiegen. *Dann müsste ich dich töten, wenn ich dir was erzähle.* Zumindest ist das immer sein Spruch auf Partys. »Er war kurz davor, seine Rolex auf den Tisch zu werfen, um weiterspielen zu können.«

Ich lache und wende mich an Pres. »Bitte sag mir, dass er nur Witze macht.«

Er zuckt mit den Schultern, denn Geld bedeutet ihm nichts, und er hat so viele Armbanduhren, dass er gar nicht weiß, was er damit anfangen soll. »Wie wäre es mit einer Partie Poolbillard?«, fragt er seinen Freund. »Das ist das wahre Spiel der Gentlemen.«

Benji wirft Seb einen Blick zu und grinst. »Doppelt oder nichts?«

Preston, der nie einer Herausforderung aus dem Weg geht, ist nur zu gern dabei. »Die Wette gilt.«

Die Jungs stehen vom Tisch auf, und Preston gibt mir einen Kuss auf die Wange.

»Nur *ein* Spiel«, sagt er. »Bin gleich wieder da.«

»Verlier nicht deinen Wagen«, warne ich ihn. »Du musst mich noch zum Campus zurückfahren.«

»Keine Sorge«, ruft Benji über die Schulter. »Ich fahre dich.«

Pres verdreht nur die Augen und schlendert hinter seinen Freunden davon. Auch das schätze ich an ihm: Er ist kein Spielverderber. Ich habe nie erlebt, dass er wegen eines dummen Spiels ausgeflippt ist, selbst wenn seine Geldbörse am Ende des Abends beträchtlich leichter ist. Zugegeben, Verlieren ist einfach zu verkraften, wenn es einen scheinbar endlosen Vorrat an anderer Leute Geld gibt, mit dem man spielen kann.

»Jetzt, wo die Jungs weg sind …« Benjis Freundin Melissa schiebt die Wassergläser beiseite und beugt sich zu mir und Sebs Freundin Chrissy.

Ich weiß nichts über Melissa, außer dass sie segelt, und über Chrissy weiß ich noch weniger. Ich wünschte, ich hätte mehr mit diesen Mädchen gemeinsam als nur die dicken Bankkonten unserer Eltern.

Um ehrlich zu sein, habe ich nicht allzu viele Freundinnen. Und die letzten Wochen haben mir bestätigt, dass ich immer noch schlecht darin bin, Beziehungen zu Frauen aufzubauen. Ich habe Bonnie wirklich gern, aber sie ist für mich mehr wie eine jüngere Schwester als wie eine Freundin. Ich hatte Freundinnen in der Highschool, aber keine, mit der ich durch dick und dünn gegangen wäre. Die Einzige, die ich als »beste Freundin« bezeichnen würde, ist Sara, mit der ich jedes Jahr im Ferienlager abgehangen habe, bis ich achtzehn wurde. Wir schreiben uns noch immer regelmäßig, aber sie lebt in Oregon, und es ist ein paar Jahre her, seit ich sie zuletzt gesehen habe.

Jetzt besteht meine Hauptbezugsgruppe aus meiner Mitbewohnerin, meinem Freund und den Freunden meines Freundes, die keine Zeit verlieren, die Köpfe zusammenzustecken, um zu tratschen.

»Also, was hast du über dieses Snapchat-Mädchen herausgefunden?«, will Melissa wissen.

Chrissy holt tief Luft, als wollte sie gleich bis auf den Grund eines Pools tauchen, um ein Paar Jimmy Choos heraufzuholen. »Ist irgendeine Tussi im zweiten Studienjahr, die mit einem Stipendium am Garnet ist. Ich habe die beste Freundin ihrer Mitbewohnerin auf Instagram gefunden und ihr eine private Nachricht geschickt. Sie sagte, ihre Freundin habe ihr erzählt, dass ihre Mitbewohnerin gesagt hat, sie seien sich auf einer Bootsparty begegnet und hätten miteinander geknutscht.«

»Also haben sie sich nur geküsst?«, fragt Melissa enttäuscht.

Chrissy zuckt mit den Schultern. »Angeblich hat jemand auf der Bootsparty jemanden bei einem Blowjob überrascht. Vielleicht war es Seb, vielleicht auch nicht. Spielt nicht wirklich eine Rolle.«

Wenn ich mir meine Mutter vorstelle, als sie noch aufs College gegangen ist, bin ich mir sicher, dass sie Chrissy ganz ähnlich gewesen wäre. Affektiert, beherrscht und durch nichts aus der Fassung zu bringen. Kein Härchen und keine Wimper am falschen Platz. Daher kommt es mir überaus seltsam vor, dass sie etwas wie Untreue überhaupt in Betracht zieht.

»Moment«, mische ich mich ein, »dein Freund betrügt dich, und es ist dir egal?«

Beide Mädchen starren mich an, als hätte ich nicht aufgepasst.

»Bei seiner Geburtstagsparty auf den Seychellen letztes Jahr waren zwei ehemalige Präsidenten der Vereinigten Staaten und der Kronprinz von Saudi-Arabien«, antwortet Chrissy rundheraus. »Man macht nicht Schluss mit einem Typen wie Sebastian wegen etwas so Unbedeutendem wie Untreue. Er ist der Mann, den man heiratet.«

Ich sehe sie stirnrunzelnd an. »Du würdest jemanden heiraten, von dem du weißt, dass er dich betrügt?«

Sie antwortet nicht, sondern sieht mich nur blinzelnd an. Ist es denn so altmodisch, Monogamie zu erwarten? Ich dachte, ich wäre einigermaßen aufgeschlossen, aber offenbar sind meine Vorstellungen von Liebe und Romantik skandalös.

»Das kann man doch kaum Untreue nennen«, schnaubt Melissa und macht eine wegwerfende Handbewegung. »Seb hat also mit einer Stipendium-Tussi herumgemacht. Wen interessiert es? Wäre sie ein Frauchen, dann wäre das eine ganz andere Geschichte. Ein echter Grund, sich Sorgen zu machen.«

»Ein Frauchen?«, wiederhole ich.

Chrissy wirft mir einen herablassenden Blick zu. »Für Männer wie Seb, Benji und Preston gibt es zwei Arten von Frauen, Frauchen und Marilyn. Die eine heiratet man, die andere legt man flach.«

Kann man denn nicht die flachlegen, die man heiratet? Oder die heiraten, die man flachlegt? Ich schlucke die Fragen hinunter. Denn, wozu?

»Keine Sorge«, meint Melissa. Sie greift über den Tisch und legt ihre Hand auf meine, als wollte sie mich trösten. »Du bist definitiv Heiratskandidatin. Preston weiß das. Alles, worum du dich kümmern musst, ist, das klarzumachen und den Ring zu kriegen. Alles andere ist …« Sie wirft Chrissy einen Blick zu auf der Suche nach dem Wort. »Freizeitgestaltung.«

Das ist der deprimierendste Beziehungsratschlag, den ich je gehört habe. Diese Frauen haben dank ihrer Familien ihr eigenes Geld – sie brauchen keine strategischen Heiratsbündnisse. Wieso also begnügen sie sich mit lieblosen Arrangements?

Wenn ich Preston eines Tages heirate, dann nicht wegen des Geldes oder der familiären Beziehungen. Unsere Gelübde werden keine Klausel enthalten, dass Fremdgehen geduldet wird, solange die Aktien gut stehen.

»Ich würde so nicht leben wollen«, sage ich. »Wenn eine Beziehung nicht auf Liebe und gegenseitigem Respekt aufgebaut ist, wozu ist sie dann gut?«

Melissa bedenkt mich mit einem herablassenden Lächeln. »Oh, Liebes, so denken alle am Anfang. Aber irgendwann müssen wir anfangen, realistisch zu sein.«

Chrissy sagt nichts, aber ihr kalter, ungerührter Gesichtsausdruck berührt etwas in mir. Ich kann nicht genau sagen, was, aber mein Magen beginnt zu rebellieren.

Ich weiß nur, dass ich niemals an den Punkt kommen will, an dem ich Fremdgehen als »Freizeitgestaltung« betrachte.

Später, als Preston mich zurück zum Campus fährt, spreche ich das Thema an. Da Melissa und Chrissy mich keine Geheimhaltung haben schwören lassen, habe ich kein schlechtes Gewissen, ihn zu fragen: »Wusstest du, dass Melissa und Chrissy denken, dass Seb Chrissy betrügt?«

Er zuckt nicht mit der Wimper und wechselt den Gang, während er den Wagen über eine kurvenreiche Straße steuert. »Ich hatte so eine Ahnung.«

Ich unterdrücke ein Stirnrunzeln. »Ist es wirklich wahr?«

»Ich habe nicht gefragt«, meint er. Dann, nach ein paar Sekunden: »Jedenfalls würde es mich nicht überraschen.«

Ob Preston auf der Bootsparty war oder von diesem Vorfall weiß, ist irrelevant. Er würde seinen Freund nicht den Wölfen zum Fraß vorwerfen, wenn er es auch nur für möglich hielte. Was mir alles sagt, was ich wissen muss.

»Sie ist nicht einmal wütend deswegen.« Ich schüttle ungläubig den Kopf. »Keine von beiden tatsächlich. Fällt für sie unter Geschäftskosten.«

»Kann ich mir denken.« Pres parkt den Wagen vor meinem Wohnheim. Er nimmt seine Sonnenbrille ab und blickt mir in die Augen. »Es gibt Getuschel seit einigen Wochen. Seb und Chrissy haben beschlossen, es zu ignorieren, was meiner Meinung nach auch das Beste ist. Um ehrlich zu sein, es ist nichts Ungewöhnliches.«

»Untreue ist nichts Ungewöhnliches?« Für mich ist Untreue etwas total Beleidigendes. Es sagt deinem Partner: Ich liebe dich nicht genug, um treu zu sein, und ich respektiere dich nicht genug, um dich freizugeben. Es ist die schlimmste Art von Falle.

Er zuckt mit den Schultern. »Für manche Menschen.«

»Lass uns nicht solche Menschen sein«, flehe ich ihn an.

»Sind wir auch nicht.« Preston beugt sich über die Mittelkonsole, legt die Hand an meine Wange und küsst mich sanft. Als er sich wieder löst, leuchtet Zuversicht in seinen hellblauen Augen. »Ich wäre ein völliger Trottel, wenn ich unsere Beziehung riskieren würde, Babe. Ich erkenne eine Heiratskandidatin, wenn ich sie sehe.«

Ich denke, er meint es als Kompliment, aber da er exakt denselben Ausdruck benutzt wie Melissa, kriege ich ein mulmiges Gefühl im Bauch. Wenn ich das Frauchen bin, heißt das dann, dass er eine Marilyn hat? Oder mehrere Marilyns?

Frust steigt in mir hoch. Ich hasse es, dass Melissa und Chrissy dieses hässliche Misstrauen in mir geweckt haben.

»Ich bin also eine Heiratskandidatin, hm?«, sage ich und versuche mein Unbehagen zu verdrängen. »Wieso?«

»Hmmm, nun ja …« Seine Lippen wandern über meine Wange an mein Ohr, wo er neckend an meinem Ohrläppchen knabbert. »Weil du heiß bist. Und klug. Guter Kopf da auf deinen Schultern. Heiß, natürlich. Du bist loyal. Du bist heiß. Nervig, wie viel du manchmal diskutierst …«

»Hey«, protestiere ich.

»... aber bei den wichtigen Dingen sind wir einer Meinung«, beendet er den Satz. »Wir haben ähnliche Ziele im Leben. Oh, und habe ich schon erwähnt, dass du heiß bist?«

Seine Lippen berühren meine. Ich erwidere den Kuss, wenn auch ein wenig abgelenkt. Die Liste, die er da aufgezählt hat, ist wirklich süß. So süß, dass ich jetzt Schuldgefühle bekomme, wenn ich an die ganze Cooper-Sache denke.

Freundschaft ist keine Untreue, auch wenn der andere überaus attraktiv ist. Aber vielleicht kommt sie Untreue sehr nahe?

Nein. Natürlich nicht. Textnachrichten sind kein Seitensprung. Es ist ja nicht so, als würden wir einander Nacktfotos schicken und von unseren sexuellen Fantasien erzählen. Und nach gestern Abend haben Cooper und ich beide eine deutliche Vorstellung davon, wo die Grenze liegt. Und ich weiß, dass ich sie nicht überschreiten werde.

Auf dem Weg zum Wohnheim poppt eine Textnachricht vom Teufel höchstpersönlich auf, dazu ein Foto, auf dem Evan und der Welpe am Strand spielen.

Cooper: *Planänderung. Sie bleibt bei uns.*

11

Cooper

»Wer ist das hübscheste Mädchen der Welt? Bist du das? Ja, das bist du. Schau dich an, du hübscher kleiner Engel. Ich könnte dich auffressen, so perfekt bist du, du hübsches Mädchen.«

Der Schwall an Babysprache, die aus dem Mund meines erwachsenen Zwillingsbruders dringt, ist hochnotpeinlich.

Aber das scheint das Objekt seiner Verehrung nicht zu stören. Das neueste Mitglied der Familie Hartley spaziert in der Küche herum, als wäre es soeben zum obersten Rudelführer ernannt worden. Was sie im Grunde genommen auch ist. Sie hat Evan um ihre kleine Pfote gewickelt. Was mich angeht, ich verliebe mich nicht gleich in das erstbeste niedliche Gesicht, das ich sehe.

»Kumpel«, warne ich, »fahr einen Gang runter. Du blamierst dich.«

»Ach was. Schau doch nur, wie hübsch sie ist.« Er hebt den Welpen vom Boden auf und hält ihn mir entgegen. »Streichel sie mal. Fühl nur, wie weich und seidig.«

Ich streichle pflichtschuldig ihr goldenes Fell, das für die fünfzig Mäuse, die das Bürsten gestern gekostet hat, besser auch weich sein sollte. Dann nehme ich ihm die Hündin aus den Händen und setze sie zurück auf den Boden.

Auf den sie prompt pinkelt.

»Mist«, knurre ich.

Evan wird auf der Stelle zur Glucke, schnappt sich Papiertücher und säuselt seiner neuen Freundin zu, während er ihre Pipilache aufwischt. »Ist schon okay, meine Hübsche. So ein Malheur passiert uns allen mal.«

Wir arbeiten noch an dieser Hundetrainingssache und eignen uns das nötige Wissen mithilfe von Tierarztblogs und Haustierwebsites an. Ich weiß nur, dass ich in den letzten sieben Tagen mehr Hundekacke und -pipi weggemacht habe, als ich mir je im Leben hätte vorstellen können. Das Ding hat Glück, dass es so niedlich ist. Letzte Woche, nachdem der Tierarzt im Tierheim bestätigt hatte, dass der Hund keinen Chip hat und wahrscheinlich schon eine ganze Weile herrenlos war, habe ich es nicht übers Herz gebracht, ihn in einen Käfig zu stecken oder wieder auszusetzen. Ich mag ja ein Bastard sein, aber ich bin nicht gefühllos. Also hat uns der Tierarzt etwas Spezialfutter mitgegeben, um ihn aufzupäppeln, und uns dann alles Gute gewünscht, und jetzt haben wir einen Hund.

Und einen Haufen Arbeit vor uns, wenn Evan mal aufhören würde, um sein hübsches Mädchen herumzuscharwenzeln.

Heute Morgen bin ich mit dem Gedanken aufgewacht, dass wir unbedingt einige Dinge erledigen müssen. Evan und ich haben den Tag frei, und da es nie einen richtigen Zeitpunkt geben wird, um das Haus in einen besseren Zustand zu bringen, habe ich beschlossen, dass wir sofort damit anfangen. Es ist das einzige lausige Erbe, das unsere Familie noch hat. Also habe ich Evan früh aus dem Bett geworfen, und wir sind zum Baumarkt gefahren.

Erster Job auf der Renovierungsliste: das Dach erneuern. Das wird nicht billig. Frisst einen Gutteil meiner Ersparnisse auf, aber Evan hat sich bereit erklärt, die Hälfte beizusteuern.

Wenigstens sparen wir uns ein paar Riesen, indem wir die Arbeit selbst machen.

»Komm schon, wir sollten anfangen«, sage ich zu meinem Bruder. Wir haben vor, den Rest des Tages damit zu verbringen, das alte Dach abzudecken, und dann morgen mit dem Verlegen des neuen Materials zu beginnen. Wenn wir schnell arbeiten, sollten wir nicht mehr als ein paar Tage dafür brauchen.

»Lass uns erst noch kurz einen Spaziergang machen. Ich will sie müde machen, damit sie schläft, während wir arbeiten.«

Ohne meine Antwort abzuwarten, hebt er den Welpen hoch und geht zur Hintertür, wo an einem Haken die Leine hängt.

»Ich schwöre bei Gott, wenn ihr nicht in zehn Minuten zurück seid, bringe ich sie ins Tierheim.«

»Ach, leck mich doch. Sie bleibt hier.«

Seufzend sehe ich zu, wie er und der Hund die Stufen der Veranda hinunterspringen und zum Strand laufen. Leider lässt Evans Arbeitsmoral zu wünschen übrig. Mein Bruder findet immer eine Ausrede, um sich zu drücken.

Ich stütze die Unterarme auf das Geländer und muss grinsen, als ich den Golden Retriever schnurstracks zum Wasser laufen sehe. Da geht ihr flauschiges, weiches Fell dahin. Geschieht Evan recht.

Während ich warte, hole ich mein Handy heraus und schreibe eine Nachricht an Mac.

Ich: *Wie wäre es mit Potato?*

Ihre Antwort kommt fast sofort. Lässt mein Ego ein wenig anschwellen, zu wissen, dass ich auf ihrer Kontaktliste ganz oben stehe.

Mackenzie: *Auf keinen Fall.*
Ich: *Mary Pawpins?*
Mackenzie: *Schon besser. Ich schlage Daisy vor.*
Ich: *Geht's noch langweiliger?*
Mackenzie: *Du bist langweilig.*
Ich: *Nein, Babe. Ich bin einzigartig.*
Mackenzie: *Nicht Babe.*
Ich: *Was machst du gerade?*
Mackenzie: *Bin in einer Vorlesung.*

Dazu ein Pistolenemoji neben dem Emoji eines Mädchenkopfes. Ich muss lachen, als ich es sehe.

Ich: *So schlimm?*
Mackenzie: *Schlimmer. Habe dummerweise Biologie als Naturwissenschaftsfach gewählt. Lauter lateinische Namen!!! Und ich hatte ganz vergessen, wie sehr ich Zellenlehre hasse! Wusstest du, dass die Zelle der Grundbaustein des Lebens ist?*
Ich: *Ich dachte, das wäre Sex.*

Darauf schickt Mackenzie ein augenrollendes Emoji und meint dann, sie muss aufhören, weil ihr Professor anfängt, den Studenten Fragen zu stellen. Ich beneide sie nicht.

Obwohl das Garnet auch für Einheimische Stipendien anbietet, hatte ich nie den Wunsch, aufs College zu gehen. Ich sehe keinen Sinn darin. Alles, was ich über Bauwesen oder Holzverarbeitung wissen muss, kann ich bei meinem Onkel, online oder aus Büchern lernen, die ich mir in der Bibliothek leihe. Letztes Jahr habe ich im Bürgerzentrum der Stadt einen Kurs in Buchhaltung besucht, um zu lernen, wie ich unsere Finanzen besser managen kann (so mager die auch sind). Das hat mich nur hundert Mäuse gekostet. Wieso in aller Welt sollte ich fünfundzwanzig Riesen pro *Semester* hinlegen, um erzählt zu bekommen, dass Zellen wichtig sind und wir vom Affen abstammen?

Vor dem Haus ertönt ein Hupen. Unsere Bestellung ist da.

Draußen begrüße ich Billy und Jay West mit Faustcheck und Schulterklopfen. Sie gehören zur alten Clique und sind in der Bay aufgewachsen. Inzwischen sehen wir uns aber nicht mehr so oft.

»Das sollte alles sein, was ihr braucht«, sagt Billy und öffnet die Ladeklappe des Pick-ups. Wir mussten ein paar spezielle Werkzeuge kaufen und ausleihen, dazu einen Druckluftkompressor und noch ein paar Sachen. Die neuen Dachziegel, auf Paletten gestapelt, sind ebenfalls dabei.

»Sieht gut aus«, sage ich und helfe ihm beim Abladen.

»Dad meinte, der Kompressor kostet euch nichts, wenn ihr ihn bis Montag zurückbringt. Und er gibt euch das Isolationsmaterial und die Kehlbleche zum Einkaufspreis.«

»Sag ihm vielen Dank, Billy«, sage ich und schüttle ihm die Hand.

Hier an der Bay sind wir füreinander da. Wir haben unser eigenes Tauschsystem – *Tust du mir heute einen Gefallen, helfe ich dir morgen aus*. Nur so haben die meisten von uns die Stürme der letzten Jahre überstanden. Man muss sich auf seine Nachbarn verlassen können, sich gegenseitig unterstützen. Andernfalls geht diese ganze Stadt zum Teufel.

Billy, Jay und ich entladen den Anhänger in der sengenden Hitze. Als wir die letzte Palette heruntergehoben haben, sind wir alle drei schweißgebadet. Wir haben sie gerade auf den Boden gestellt, als Billys Handy klingelt. Er wendet sich ab, um den Anruf anzunehmen.

»Hey, Coop.« Jay wischt sich mit dem Ärmel seines Shirts über die Stirn. »Hast du eine Sekunde?«

»Klar. Komm, lass uns was trinken.« Wir gehen auf die vordere Veranda, wo eine Kühlbox steht, aus der wir zwei Flaschen Wasser holen. Es ist höllisch heiß hier draußen. Ein Sommer, der einfach nicht enden will. »Was gibt's denn?«

Jay tritt unbehaglich von einem großen Fuß auf den anderen. Er ist der größte der fünf West-Jungs – ein Meter fünfundneunzig und über neunzig Kilo, in der Hauptsache Muskeln. Steph nennt ihn den »sanften Riesen« – eine passende Beschreibung. Jay ist ein netter Kerl, der Erste, der zur Stelle ist, wenn jemand Hilfe braucht. Er hat nicht eine Faser Bosheit im Leib.

»Ich wollte dich etwas fragen.« Seine Wangen werden rot, und das liegt nicht an der Hitze. »Du und Heidi …«

Ich runzle die Stirn. Eindeutig nicht das, was ich erwartet hatte.

»Ich habe ein paar Gerüchte über euch gehört diesen Sommer, und äh …« Er zuckt mit den Schultern. »War mir nicht sicher, ob da was ist oder nicht.«

»Da ist nichts.«

»Oh. Okay. Cool.« Er trinkt die halbe Flasche aus, bevor er weiterredet. »Ich bin ihr neulich in Joes Bar über den Weg gelaufen.«

Ich versuche, nicht über sein verlegenes Gesicht zu schmunzeln. Inzwischen ahne ich, worauf er hinauswill, aber er nimmt den langen Weg, um dorthin zu kommen.

»Und, wie ist es gelaufen?«, frage ich. Ich habe Heidi und die anderen Mädchen seit einigen Tagen nicht gesehen.

»Lustig. Es war lustig.« Er trinkt noch einen Schluck Wasser. »Es macht dir doch nichts aus, wenn ich sie um ein Date bitte, oder? Wenn da zwischen euch beiden nichts ist?«

Jay West ist die Verkörperung des netten Jungen von nebenan, und Heidi wird ihn in null Komma nichts fertigmachen. Wenn sie ihm überhaupt eine Chance gibt, was ich bezweifle, da ich ziemlich sicher bin, dass ich der einzige Typ in der Stadt bin, mit dem sie geschlafen hat. In der Highschool hat sie ein Jahr lang einen Typen gedatet, aber der wohnte nicht hier in der Bay. Heidi will sowieso schon seit Langem weg von hier. Ich bin ehrlich überrascht, dass sie der Stadt noch nicht den Rücken gekehrt hat.

Ich bringe es nicht übers Herz, Jay zu sagen, dass sie ihm wahrscheinlich einen Korb geben wird, also klopfe ich ihm einfach auf die Schulter und sage: »Natürlich macht es mir nichts aus. Sie ist ein tolles Mädchen – sieh zu, dass du sie gut behandelst.«

»Pfadfinderehrenwort«, verspricht er und hält in der Geste der Pfadfinder eine Hand hoch. Natürlich war er mal Pfadfinder. Hat sich wahrscheinlich auch sämtliche Abzeichen verdient. Während Evan und ich schon aus unserer Truppe geworfen wurden, als wir acht waren, weil wir versucht hatten, die Ausrüstung unseres Leiters abzufackeln.

»Hey, habe gar nicht mitbekommen, dass ihr hier seid.« Evan kommt mit dem Welpen an der Leine auf die Veranda und wirft einen reuevollen Blick auf das Material, das wir ohne ihn abgeladen haben. »Sonst hätte ich euch geholfen.«

Ich schnaube. Ja, klar.

»Wann habt ihr euch denn einen Hund geholt?«, fragt ein entzückter Jay. Prompt kniet er sich hin und fängt mit dem Welpen zu spielen an, der wiederum versucht, an seinen Fingern zu knabbern. »Wie heißt er?«

»Sie«, korrigiere ich. »Und sie hat noch keinen Namen.«

»Ich wäre ja für Kitty, aber Coop hat keinen Sinn für Ironie«, wirft Evan ein.

»Wir überlegen noch«, sage ich.

Billy beendet sein Telefonat und kommt zu uns. Er nickt Evan zu, der ebenfalls nickt. »Billy. Wie geht's?«

»Gut.«

Die beiden wechseln einen kurzen Blick, während ich dastehe und mich unwohl fühle. Der sanfte Riese Jay merkt nichts von der Anspannung, denn er ist ganz und gar mit dem Welpen beschäftigt. Das ist der Grund, warum wir uns nicht mehr mit Billy und seinen Brüdern treffen. Es wäre einfach zu peinlich.

Aber Evan kann nicht anders. Er muss immer noch einen draufsetzen. »Wie geht es Gen?«

Billy schnaubt ein kurzes »Gut« und kann die Ladeklappe seines Pick-ups gar nicht schnell genug zukriegen, bevor er und Jay praktisch mit quietschenden Reifen aus unserer Einfahrt verschwinden.

»Was zur Hölle war das denn?«, frage ich Evan.

»Was war was?« Er sagt das so, als wüsste ich nicht genau, was in seinem verdammten Kopf vorgeht.

»Dachte, du wärst nicht von Genevieve besessen.«

»Bin ich auch nicht«, fertigt er mich ab und geht zur Kühlbox, um sich ein Wasser zu holen.

»Sie ist bei Nacht und Nebel aus der Stadt abgehauen, so gut wie ohne Vorwarnung«, erinnere ich ihn. »Glaub mir, die sitzt nicht irgendwo und macht sich Gedanken über dich.«

»Ich hab doch gesagt, dass sie mir egal ist«, beharrt Evan. »Ich habe nur Konversation gemacht.«

»Mit ihren Brüdern? Ich wäre nicht überrascht, wenn Billy dir die Schuld daran gibt, dass sie bis nach Charleston abgehauen ist. Soweit ich weiß, hat er nur auf eine Gelegenheit gewartet, dir in den Arsch zu treten.«

Evans Ex war der wahre Teufelsbraten in unserer Clique. Wir haben alle hier und da mal mit verbotenen Substanzen experimentiert, ein paar Gesetze gebrochen – aber Gen war wesentlich härter drauf. Wenn etwas bescheuert war und die

Chance bot, sie ins Grab zu bringen, wollte sie mehr davon. Und Evan war dabei. Angeblich ist sie abgehauen, um ihr Leben auf die Reihe zu bekommen. Neue Stadt, neues Leben. Wer weiß, ob das stimmt. Falls eins der Mädchen noch Kontakt zu ihr hat, redet sie jedenfalls nicht darüber. Evan bräuchte keinen Beweis, um zu wissen, dass es Genevieve West scheißegal ist, dass sie ihm das Herz herausgerissen hat.

»Du bist immer noch in sie verliebt?«, frage ich ihn.

Er zieht sein Shirt aus, um sich den Schweiß vom Gesicht zu wischen. Dann sieht er mir in die Augen. »Ich denke nicht mal an sie.«

Ja, klar. Den Gesichtsausdruck kenne ich. Ich hatte denselben drauf, jeden Tag, an dem unser Dad nicht da war. Jedes Mal, wenn unsere Mom uns für Wochen oder Monate allein ließ. Manchmal vergisst er, dass ich der einzige Mensch auf der Welt bin, den er nicht belügen kann.

Mein Handy vibriert und lenkt mich von dem Mist meines Bruders ab. Ich schaue aufs Display und sehe eine Nachricht von Mac.

Mackenzie: *Der Bioprof hat uns gerade erzählt, dass er einen Hund hat, der Mrs Puddles heißt. Ich schlage vor, wir klauen den Namen und machen uns aus dem Staub.*

Ich kann ein Lachen nicht unterdrücken, woraufhin Evan mich über seine Wasserflasche hinweg beäugt.

»Was ist mit dir?« In seiner Stimme liegt ein harscher Unterton.

»Was soll mit mir sein?«

»Jedes Mal, wenn ich dich sehe, schreibst du mit dem Klon. Das wird allmählich ziemlich innig mit euch beiden.«

»Dachte, das wäre die Idee, du Genie. Sie wird ihren

Freund nicht fallen lassen für einen Arsch, den sie nicht leiden kann.«

»Worüber schreibt ihr denn?«, will er wissen.

»Nichts Wichtiges.« Das ist keine Lüge. Zurzeit diskutieren wir hauptsächlich über Namen und darüber, wie wir *unseren* Hund erziehen. Mac hat sich selbst ein anteiliges Sorgerecht und Besuchsrecht eingeräumt. Ich sage ihr, dass sie gerne was für Futter und Hundespielzeug beisteuern darf. Sie verlangt mehr Fotos.

»Oh-oh.« Er mustert mich mit schmalen Augen. »Du entwickelst aber keine Gefühle für die reiche Zicke, oder?«

»Hey.« Evan kann mir jeden Mist an den Kopf werfen, den er will, aber er darf seine Wut nicht an Mac auslassen. »Sie hat dir nichts getan. Und bislang ist sie total nett. Also, wie wäre es, wenn du aufpasst, was du sagst?«

»Seit wann interessiert dich das?« Er kommt auf mich zu und bleibt dicht vor mir stehen. »Hast du etwa vergessen, dass sie eine von den Klonen ist? Ihr privilegierter Scheißkerl von Freund hat dafür gesorgt, dass dir gekündigt wurde. Denk immer daran, auf welcher Seite du stehst.«

»Ich stehe auf unserer Seite«, erinnere ich ihn. »Immer.«

Es gibt nichts Stärkeres als die Bindung zu meinem Bruder. Basta. Ein Mädchen kann daran niemals etwas ändern. Für Evan sind nur alle, die aufs Garnet gehen, Feinde. Das gilt für die meisten, die hier aufgewachsen sind, und ich nehme es keinem übel. Ich kann mich nicht erinnern, wann zuletzt ein Klon etwas anderes getan hätte, als uns zu benutzen und zu drangsalieren.

Letzten Endes ist Mac ein Produkt ihrer Herkunft, ebenso wie ich. Das heißt nicht, wenn wir andere Menschen wären – wenn wir einen ähnlichen Hintergrund hätten und ein ähnliches Leben führen würden –, dass ich mir dann nicht vorstellen könnte, sie zu mögen. Sie ist klug, witzig und höllisch sexy. Ich wäre ein Idiot, wenn ich das nicht zugeben würde.

Aber wir sind keine anderen Menschen, und dies ist kein anderes Leben.

Hier in der Bay spielen wir mit den Karten, die wir ausgeteilt bekommen haben.

12

Mackenzie

Ich sitze ganze zwanzig Minuten lang im Biologiekurs, bis mir klar wird, dass nicht Mittwoch, sondern Freitag ist und ich im Medienkurs sitze. Jetzt ergeben diese Clips von *The Real Housewives* auf der Projektionswand auch viel mehr Sinn. Ich dachte schon, ich hätte vielleicht Halluzinationen.

Die Wahrheit ist, dass ich die letzten Tage nicht ganz bei mir war. Das College langweilt mich, und was mein Unternehmen angeht, werde ich immer unzufriedener. Es ist frustrierend, wie wenig Arbeit es an den Apps zu erledigen gibt, seit ich die meisten Aufgaben an andere delegiert habe. Ich brauche ein neues Projekt, etwas Großes, Herausforderndes, in das ich mich hineinstürzen kann.

Um es noch schlimmer zu machen, kämpfe ich auch noch gegen dieses ständige Gefühl an, dass mir jemand über die Schulter blickt. Es kommt mir vor, als würde ich auf Messers Schneide balancieren. Jedes Mal, wenn mein Handy summt, fühle ich einen Ansturm von Endorphinen, gefolgt von einem Adrenalinrausch, dann kommen Schuldgefühle und ich verspüre Übelkeit. Ich bin eine Süchtige, die scharf auf den Schuss ist, obwohl ich weiß, dass er mich umbringen wird.

Cooper: *Wie wäre es mit Moxie Crimefighter?*
Ich: *Mir gefällt Jimmy Chew.*
Cooper: *Sie ist ein Weibchen!*
Ich: *Ich bin immer noch für Daisy.*
Cooper: *Muttley Crue.*

Es ist wie eine Art abgedrehtes Vorspiel. Zanken um Hundenamen als Form von Flirten, und es geht immer weiter, als würde man beim Strippoker den anderen herausfordern, das nächste Kleidungsstück auszuziehen. Es ist schon viel zu weit gegangen. Aber ich kann nicht aufhören. Jedes Mal, wenn er mir schreibt, sage ich mir, dass es jetzt das letzte Mal ist, halte dann den Atem an, tippe eine Antwort, drücke auf Senden und warte auf meinen nächsten Schuss.

Wieso tue ich mir das an?

Cooper: *Was hast du noch vor?*
Ich: *Vorlesung.*
Cooper: *Kommst du danach zu uns rüber? Wir gehen mit Moon Zappa am Strand spazieren.*

Wieso tue ich das? Weil Cooper mein Innerstes nach außen kehrt und meinen Kopf ins Chaos stürzt. Ich wache in kalten Schweiß gebadet auf, nachdem ich ungewollt von seinem gut gebauten Körper und seinen seelenvollen Augen geträumt habe. Sosehr ich es auch leugnen will, fange ich doch an, ihn zu mögen. Was mich zu einem schrecklichen Menschen macht. Zu einer verdorbenen, furchtbaren Freundin. Trotzdem, ich habe noch nichts Schlimmes getan. Ich bin in der Lage, mich zu beherrschen. Willensstärke und das alles.

Ich: *Bin in einer Stunde da.*

Für unseren Hund, rede ich mir ein. *Um mich zu vergewissern, dass er sich gut um sie kümmert.*

Uh-huh.

Beherrschung, du meine Güte.

Eine Stunde später stehe ich vor seiner Haustür, und Mist, ist das peinlich. Ich weiß nicht, ob es an mir liegt, an ihm oder an uns beiden, aber zum Glück sorgt unser Welpe für die dringend nötige Ablenkung. Er springt an meinen Beinen hoch, und ich verbringe die nächsten Minuten ganz konzentriert damit, ihn zu streicheln, hinterm Ohr zu kraulen und ihn auf die niedliche Nase zu küssen.

Erst als wir ein gutes Stück den Strand entlanggegangen sind, weg von seinem Haus, stupst Cooper mich am Arm.

Ich werfe ihm einen Blick zu. »Hm, was ist?«

»Irgendwas los?«, fragt er. Der Strand ist leer, also lässt Cooper den Hund von der Leine und wirft ein Stück Treibholz, das er holen kann.

Es ist nicht fair. Er hat gerade sein Shirt ausgezogen, und jetzt bin ich gezwungen, ihm dabei zuzusehen, wie er oben ohne herumläuft, mit ausgeblichenen Jeans, die ihm tief auf den Hüften sitzen. Egal, wohin ich den Blick sonst richten will, sie landen immer wieder auf dem appetitlichen V, das in seinem Hosenbund verschwindet. Mir wird doch tatsächlich der Mund wässrig wie bei einem von Pawlows bescheuerten Hunden.

»Tut mir leid«, sage ich. Ich nehme der Hündin das Stöckchen ab, als sie es mir bringt, und werfe es erneut für sie. »Ich musste an den ganzen Collegemist denken.«

Wir brauchen nicht lange, um den Welpen müde zu machen, und kehren zurück zu Coopers Haus. Er zieht sein Shirt an, ein verwaschenes Teil, das so dünn ist, dass es sich an jeden Muskel seines perfekten Oberkörpers schmiegt. Es wird immer schwerer, keine nicht freundschaftlichen Gedanken zu haben. Was bedeutet, dass es für mich definitiv Zeit ist zu gehen.

Als er fragt, ob er mich zum Wohnheim zurückfahren soll, finde ich einen Weg, abzulehnen, ohne dabei direkt Nein zu sagen. Stattdessen landen wir in seiner Werkstatt, einer freistehenden Garage auf einer Seite des Grundstücks, in der Tischsägen und eine Reihe anderer Maschinen sind. An den Wänden stehen Holzregale. Der Boden ist bedeckt mit Sägespänen. Und dann fällt mein Blick auf mehrere Möbelstücke aus Holz.

»Hast du die gemacht?« Ich fahre mit der Hand über einen Couchtisch, einen Stuhl, ein schmales Bücherregal. Ich entdecke eine Kommode, noch mehr Stühle und ein paar Beistelltische. Jedes Möbelstück ist ein Unikat, aber alle sind im typischen Seaside-Style gefertigt. Modern, schlicht, schnörkellos.

»Eine Art Nebengeschäft von mir«, erklärt er mit offensichtlichem Stolz. »Alles ist recycelt. Aus alten Möbeln, die ich irgendwo gefunden habe. Ich zerlege sie und mache etwas Neues daraus.«

»Ich bin beeindruckt.«

Er zuckt mit den Schultern und schüttelt das Kompliment ab, aber das habe ich nicht aus Höflichkeit gesagt.

»Nein, das meine ich ernst. Cooper, du hast echt Talent. Du könntest bestimmt damit Geld verdienen. Ich kenne einen Haufen Freundinnen meiner Mom, die hier einfallen würden wie zu einer Verkaufsshow bei Saks Fifth Avenue und dir das Geld förmlich nachwerfen würden.«

»Nun ja.« Er dreht mir den Rücken zu und beginnt Werkzeuge wegzuräumen. »Ich habe nicht genug Kapital, um meinen Job kündigen zu können, und deshalb fehlt mir die Zeit, um so viele Möbel zu bauen, wie ich müsste, um ein einigermaßen tragfähiges Geschäft daraus zu machen. Hier und da verkaufe ich ein paar Stücke und verdiene etwas Extrageld, mit dem wir das Haus reparieren können. Es ist nur ein Hobby.«

Ich stemme eine Hand in die Hüfte. »Du musst mir etwas verkaufen.«

Bevor ich blinzeln kann, geht er hinüber und wirft eine Abdeckplane über die Möbel. Er sieht mir nicht in die Augen, als er warnend sagt: »Nein.«

»Nein was?«, frage ich verständnislos.

»Tu das nicht. In dem Moment, wo du anfängst, mich als Projekt zu betrachten, wird das hier«, er zeigt von sich zu mir, »nicht mehr funktionieren. Ich brauche deine Hilfe nicht. Ich habe dir das hier nicht gezeigt, um Geld von dir zu bekommen.«

»Ich weiß.« Ich halte ihn am Arm fest und zwinge ihn, mich anzusehen. »Hier geht es auch nicht um Wohltätigkeit. Du bist kein Fall von Mitleid, Cooper. Ich betrachte das als Investition in ein unentdecktes Talent.«

Er schnaubt leise.

»Im Ernst. Wenn die Sache hier erst mal größer wird, erzähle ich allen, dass ich zuerst hier war. Reiche Mädchen lieben es, Trendsetter zu sein.«

Er mustert mich mit forschenden dunklen Augen. Er hat eine Intensität an sich, eine natürliche Aura, die magnetisch und gefährlich zugleich ist. Je mehr ich mich selbst mahne, auf Abstand zu bleiben, umso mehr zieht sie mich an.

Endlich tritt ein widerstrebendes Lächeln in sein Gesicht. »Verdammte Klone.«

»Gut. Du denkst über einen vernünftigen Preis für einen der Beistelltische und zwei Stühle nach. Die Möbel, die wir im Wohnheim haben, sind nämlich scheußlich. Bonnie und ich wollten uns was Neues anschaffen, aber wir hatten bislang nie Zeit.«

Ich stemme mich auf die Werkbank hoch und lasse die Beine baumeln. Ich weiß, ich sollte gehen, aber ich genieße die Gesellschaft dieses Kerls viel zu sehr.

Langsam wird das ein echtes Problem.

Cooper mustert mich immer noch, und seine Miene ist unlesbar. In dem Moment summt sein Handy. Er holt es heraus, und was immer er dort liest, bringt ihn dazu, vor sich hin zu lachen.

»Was ist so lustig?«

»Nichts. Meine Freundin Steph hat gerade einen lustigen Post in unseren Gruppenchat geschickt. Hier, schau.« Er setzt sich neben mich auf die Bank. Es kostet ihn absolut keine Anstrengung, seinen großen Körper da hinaufzuwuchten.

Ich beuge mich zu ihm, um auf sein Handy zu schauen, und versuche dabei tapfer, nicht zu registrieren, wie gut er riecht. Eine Kombination aus herben Gewürzen, Sägespänen und Ozean – nicht gerade ein Duft, der einem in den Sinn kommt, wenn man an Aphrodisiakum und Pheromone denkt, aber dennoch berauscht er mich.

Zu meiner Überraschung sehe ich einen Screenshot von genau meiner Website. Dieser Post ist von *GirlFriendFails*, eine Geschichte über ein Mädchen, das spätnachts mit einem Typen nach Hause geht, den sie in einer Bar kennengelernt hat. Sie haben Sex miteinander, dann schläft er ein, und sie bemerkt, dass sie gerade ihre Periode bekommt, aber weder Tampon noch Binde dabeihat. Also steht sie auf, um zu sehen, ob es in seinem Badezimmer welche gibt. Sie findet nichts, also bleibt ihr keine Wahl, als sich in das zweite Schlafzimmer und das dazugehörige Badezimmer zu schleichen. Dort entdeckt sie eine Schachtel Tampons unter dem Waschbecken – und genau da kommt jemand herein. Es ist die Mutter des Typen, mit einer Lampe als Waffe, weil sie glaubt, sie würde gerade ausgeraubt. Sie kreischt wie eine Banshee und will wissen, wieso dieses fast nackte Mädchen in T-Shirt und Unterwäsche um vier Uhr früh ihr Badezimmer durchwühlt.

»Das muss man sich mal vorstellen!« Cooper grinst. »Da bin ich doch froh, dass meine Mom nicht da ist.«

Jetzt könnte ich ihm erzählen, dass ich die Chefin dieser Website bin, über die er da lacht. Aber ich bringe es nicht übers Herz zu sagen: *Die Website gehört übrigens mir. Ich habe sie auf den Markt gebracht und meine erste Million damit verdient. Und da war ich noch auf der Highschool. Aber erzähl mir mehr von deinen Möbeln und den Problemen, damit Geld zu verdienen.* Das wäre doch echt gemein von mir.

Ich gebe sowieso nicht mit meinen Erfolgen an, aber jetzt fühlt es sich besonders falsch an, etwas zu sagen. Also greife ich die Bemerkung über seine Mom auf und frage: »Wo ist sie denn?«

»Keine Ahnung.« In seiner Stimme schwingen Schmerz und Zorn mit.

Mir wird klar, dass ich da einen wunden Punkt berührt habe, also suche ich fieberhaft nach einem anderen Thema. Aber er holt kurz Luft und spricht weiter.

»Sie war kaum da, als Evan und ich noch Kinder waren. Kam und ging alle paar Monate mit einem anderen Typen. Sie ist immer wieder abgehauen und irgendwann wieder aufgetaucht, weil sie Geld brauchte.« Er zuckt mit den Schultern. »Shelley Hartley war nie so etwas wie eine Mutter.«

Man sieht ihm die Last, die er getragen hat – und immer noch trägt –, an, als sich seine breiten Schultern senken und er die Stirn runzelt, während er an Fransen seiner Jeans zupft.

»Tut mir leid«, sage ich ernst. »Und was ist mit deinem Dad?«

»Tot. Er ist betrunken Auto gefahren und bei einem Unfall gestorben, als wir zwölf waren. Aber nicht ohne uns einen

Haufen Schulden zu hinterlassen, die dann irgendwie zu unserem Problem wurden.« Cooper hebt einen Meißel auf, hält ihn einen Moment lang in der Hand und schrammt dann abwesend über die Platte der Werkbank. »Das Einzige, was unsere Eltern uns je gegeben haben, waren Schulden.« Und dann, in einem plötzlichen Ausbruch, rammt er den Meißel direkt in das Holz. »Aber ich will verdammt sein, wenn ich ende wie sie. Eher springe ich von einer Brücke.«

Ich schlucke. Manchmal ist er ein wenig beängstigend. Nicht bedrohlich, nein. Eher unberechenbar, wenn die Dämonen, die seinen Geist quälen, zum Vorschein kommen. Cooper Hartley besitzt finstere Tiefen, und wenn ich leichtsinnig wäre, würde ich meinem Impuls folgen und darin eintauchen und sie erforschen.

Nur ein Grund mehr, warum ich merke, dass ich der Sache nicht gewachsen bin.

Ich lege meine Hand auf seine. »Wenn du mich fragst«, sage ich, denn in diesem Augenblick braucht er einen Freund, der ihm sagt, dass er zuhört und ihn versteht, »ich denke nicht, dass du so bist wie sie. Du bist fleißig, talentiert und klug. Du hast Ehrgeiz. Glaub mir, das ist mehr, als die meisten von sich sagen können. Ein Typ mit ein bisschen Glück und viel Unternehmungsgeist kann aus seinem Leben alles machen, was er will.«

»Du hast leicht reden. Wie oft hast du von deinen Eltern ein Pony zum Geburtstag bekommen?« Er richtet den Zeigefinger auf mich, aber es ist ja auch sonst niemand im Raum.

Ich schenke ihm ein schwaches Lächeln. »Ich habe Glück, wenn ich zu Hause anrufe und meine Mutter drangeht und nicht ihre Assistentin. Meine Geburtstagskarten sind von den persönlichen Assistenten meiner Eltern verfasst. Meine Zeugnisse und Entschuldigungsschreiben haben immer ihre Angestellten unterschrieben.«

»Fairer Tausch dafür, dass du alles bekommst, was du willst, wenn du nur mit den Fingern schnippst.«

»Denkst du das wirklich?« Ich schüttle den Kopf. »Ja, ich habe extremes Glück, aus einer reichen Familie zu kommen. Aber Geld wird zur Ausrede für alles. Es wird zu einer Mauer zwischen uns allen. Denn eins hast du richtig erkannt – wir *sind* Klone. Vom Tag meiner Geburt an haben meine Eltern mich dazu erzogen, so zu sein wie sie. Sie sehen mich nicht als einen Menschen, der eigene Gedanken und Meinungen hat. Ich bin nur Staffage. Ich schwöre dir, manchmal frage ich mich, ob ich nur dazu geboren wurde, um die politischen Ambitionen meines Vaters zu unterstützen.«

Cooper wirft mir einen fragenden Blick zu.

»Mein Vater ist Kongressabgeordneter«, erkläre ich. »Und Wähler bevorzugen nun mal Kandidaten mit Familie. Sagen zumindest die Meinungsumfragen. Also, *puff*, da bin ich. Geboren für Fotoshootings während des Wahlkampfs. Dazu erzogen, hübsch in die Kamera zu lächeln und auf irgendwelchen Veranstaltungen nette Dinge über Daddy zu sagen. Und ich habe es gemacht, alles, ohne Fragen oder Klagen. Weil ich gehofft habe, dass es sie eines Tages dazu bringen würde, mich zu lieben.« Ich stoße ein bitteres Lachen aus. »Aber ganz ehrlich, ich glaube, sie würden es nicht einmal merken, wenn ich durch eine vollkommen andere Tochter ersetzt würde. An mir als Person haben sie null Interesse.«

Es ist das erste Mal, dass ich das alles laut ausgesprochen habe. Das erste Mal, dass ich irgendwem diesen Teil von mir offenbare. Ich meine, ja, ich habe schon oft mit Preston darüber gesprochen, aber nie so ungefiltert. Wir kommen beide aus derselben Sphäre. Für ihn ist es normal, er klagt nicht über seine Bürde im Leben. Und warum auch? Er ist ein Mann. Er wird eines Tages das Familienunternehmen leiten. Aber ich?

Ich muss meine Ambitionen geheim halten, damit meine Eltern nicht merken, dass ich nicht die Absicht habe, eine brave Ehegattin zu werden, wenn ich mir erst mal »die Flausen aus dem Kopf geschlagen habe«.

Sie halten meine Websites für komplette Zeitverschwendung. »Ein vorübergehender Spleen«, wie meine Mutter es immer wieder nannte, während des Brückenjahrs, um das ich mit Zähnen und Klauen hatte kämpfen müssen. Als ich meinem Dad stolz erzählte, dass die Summe auf meinem Bankkonto siebenstellig geworden war, schnaubte er nur. Sagte, eine Million Dollar wäre ein Tropfen auf den heißen Stein. Verglichen mit den Hunderten von Millionen, die seine Firma jedes Quartal macht, sind meine Einkünfte armselig, schätze ich. Aber er hätte ja wenigstens so tun können, als wäre er stolz auf mich.

Cooper betrachtet mich einen Moment lang schweigend und in Gedanken versunken. Dann, als würde er plötzlich aufwachen, schaut er mich eindringlich an. »In Ordnung. Ich räume ein, dass emotional abwesende Eltern nicht viel besser sind als physisch abwesende.«

Ich lache. »Also, wer hat jetzt mehr Punkte im Wettbewerb der Kindheitstraumata?«

»Tja, ich schlage dich um Längen, aber du bist immer noch im Spiel.«

»Fair.«

Wir grinsen uns an, als wüssten wir beide, wie sinnlos solche Auseinandersetzungen sind. Es war nicht meine Absicht, unser Gespräch zu einem Wettbewerb zu machen – ich würde den Schmerz, den Cooper erlitten hat, nie abwiegeln – aber wahrscheinlich hatte ich mehr Frust in mich hineingefressen, als mir klar war. Irgendwie ist das alles aus mir herausgesprudelt.

»Hey, hast du heute Abend schon was vor?«, fragt er und steht auf.

Ich zögere. Ich sollte mich bei Preston melden und ihn fragen, ob er heute etwas mit seinen Freunden unternimmt. Stattdessen sage ich: »Nein.«

Denn wenn es um Cooper geht, ist mir alles andere egal.

Sein Blick gleitet über mich, auf eine Weise, die mir einen heißen Schauer über den Rücken jagt. »Gut. Dann gehen wir beide aus.«

13

Cooper

»In so eins wollte ich schon immer mal«, sagt Mac, nimmt meinen Arm und zieht mich mit zu einer sich drehenden Monstrosität, die dreißig Meter in die Luft ragt.

Meint sie das ernst? Ich sehe sie an und verdrehe die Augen. »Wenn ich einen Drehwurm kriegen und an meiner eigenen Kotze ersticken will, kann ich das auch auf dem Boden tun.«

Sie dreht sich schwungvoll zu mir um, und ihre großen Augen schimmern im bunten Licht. »Du kneifst doch nicht, oder, Hartley?«

»Niemals«, sage ich, denn die Unfähigkeit, eine Herausforderung nicht anzunehmen, gehört zu meinen persönlichen Schwächen.

»Dann lass den Worten mal Taten folgen, Schisser.«

»Das wirst du bereuen«, warne ich sie und bedeute ihr voranzugehen.

Das jährliche Fest an der Strandpromenade ist ein Highlight der Herbstsaison in Avalon Bay. Man feiert die Gründung der Stadt, aber in Wahrheit ist das nur noch Anlass dafür, eine wilde Party zu schmeißen. Vor den Restaurants stehen Food-Trucks und Verkaufsstände, Bars mixen am Fließband Cocktails für die Gäste, und mittendrin gibt es jede Menge Kirmesattraktionen.

Früher haben Evan und ich eine Pfeife Hasch mit unseren Freunden geraucht, uns volllaufen lassen und sind von einem Fahrgeschäft aufs nächste gesprungen, um zu sehen, wer als Erster sein Mittagessen von sich gibt. Aber in den letzten paar Jahren hatten wir keine Lust mehr darauf.

Aus irgendeinem Grund fühle ich mich genötigt, derjenige zu sein, der Mac das Festival zeigt.

Die Strandpromenade ist voller Leute. Kirmeslärm wetteifert mit den Bands, die auf drei Bühnen in der Altstadt spielen. Der Duft von gerösteten Maiskolben und Zuckerwatte, Schmalzgebäck und Chicken Wings liegt in der Luft. Nach einer Fahrt auf dem »Wave Flinger« und dem »Moon Shot« stürzen wir uns die fünfzehn Meter lange »Avalanche Slide« hinunter und nehmen dann die »Gravity Well« in Angriff. Die ganze Zeit hüpft Mac mit einem breiten Grinsen im Gesicht herum. Keine Spur von Beklommenheit. Sie ist eine Abenteurerin. Gefällt mir.

»Was als Nächstes?«, fragt sie, als wir uns noch von der letzten Fahrt erholen. Ich würde mich nicht als Schwächling bezeichnen, aber die Teufelsbraut neben mir liefert mir definitiv einen harten Wettkampf.

»Können wir irgendwas Ruhigeres machen?«, grummle ich. »Zum Beispiel mir fünf Sekunden geben, um mich wieder an die Schwerkraft zu gewöhnen?«

Sie grinst. »Was Ruhigeres? Puh, Opa, was denn? Sollen wir uns ins Riesenrad setzen oder in diesen kleinen Zug, der im Schneckentempo durch den Tunnel der Liebe fährt?«

»Wenn du mit deinem Opa in den Tunnel der Liebe fährst, dann hast du einen ganzen Haufen neue Probleme, über die wir reden müssen.«

Sie zeigt mir den Mittelfinger. »Wie wäre es dann mit einer Zuckerwattepause?«

»Klar.« Als wir zu einem der Stände gehen, meine ich im Plauderton: »In dem Tunnel habe ich mal einen BJ bekommen.«

Statt Abscheu glitzert Entzücken in ihren grünen Augen. »Wirklich? Erzähl mir alles darüber.«

Wir stehen in der Warteschlange hinter einer Frau, die versucht, drei Kinder unter fünf Jahren zu bändigen. Sie sind wie ein Rudel Welpen, unfähig stillzustehen, und hüpfen ständig herum. Klarer Fall von Zuckerrausch.

Ich lecke mir mit der Zunge über die Unterlippe und zwinkere Mac zu. »Erzähle ich dir später. Wenn wir ungestört sind.«

Endlich sind wir dran, und ich bestelle zweimal Zuckerwatte. Mac schnappt sich begierig eine, zupft ein riesiges fluffiges Stück ab und stopft sich das pinke Zeug in den Mund. »Soooo gut.« Ihre Worte kommen nur undeutlich heraus.

Und mir schwirren nicht jugendfreie Bilder durchs Hirn, als ich zusehe, wie sie an dem Zuckerzeug saugt und knabbert.

Mein Schwanz wird hart, drückt gegen den Reißverschluss und macht es mir schwer, mich darauf zu konzentrieren, wovon sie gerade redet.

»Wusstest du, dass Zuckerwatte von einem Zahnarzt erfunden wurde?«

Ich kehre blinzelnd zurück in die Realität. »Im Ernst? Na, das nenne ich mal eine vorausschauende Art, sich seinen Patientenstamm zu sichern.«

»Ja, wirklich genial«, pflichtet sie bei.

Ich zupfe mir ebenfalls ein Stück ab. Die Zuckerwatte schmilzt auf der Stelle auf meiner Zunge, und der süße Geschmack weckt nostalgische Gefühle in mir. Ich fühle mich wieder wie ein kleiner Junge. Damals, als meine Eltern noch beide da und noch irgendwie verliebt waren. Sie gingen immer mit Evan und mir zur Strandpromenade, stopften uns voll mit

Junkfood und Zuckerzeug und ließen uns herumtoben. Danach fuhren wir lachend und aufgedreht nach Hause und fühlten uns wie eine echte Familie.

Doch als Evan und ich sechs Jahre alt waren, bestand ihre Beziehung nur noch aus Streit. Dad trank immer mehr. Mom suchte Aufmerksamkeit und Bestätigung bei anderen Männern. Sie trennten sich, und Evan und ich spielten neben Alkohol und Sex nur noch eine untergeordnete Rolle.

»Nein«, sagt Mac energisch.

Ich blinzle erneut. »Nein was?«

»Du hast gerade wieder diesen Gesichtsausdruck. Du grübelst.«

»Ich grüble nicht.«

»Oh doch, tust du. Ich sehe genau, was du gerade denkst: *Ich bin in meinen grübelnden Gedanken verloren, weil ich ja SO ein gequälter Bad Boy bin.*« Sie sieht mich streng an. »Komm da raus, Hartley. Wir waren gerade dabei, über ein paar ziemlich aufschlussreiche Dinge zu reden.«

»Wir haben über Zuckerwatte geredet«, sage ich trocken.

»Ja, und? Das kann aufschlussreich sein.« Sie zieht selbstsicher eine Augenbraue hoch. »Wusstest du, dass Wissenschaftler versuchen, aus Zuckerwatte künstliche Blutgefäße zu machen?«

»Das klingt nach totalem Blödsinn«, meine ich fröhlich.

»Ist es aber nicht. Ich habe mal was gelesen darüber«, beharrt sie. »Zuckerwattefasern haben dieselbe Größe wie unsere Blutgefäße. Ich erinnere mich nicht an den genauen Prozess, aber in dem Artikel stand ganz klar: Zuckerwatte ist gleich medizinischer Durchbruch.«

»Schrottwissenschaft.«

»Ich schwöre.«

»Nenn deine Quellen.«

»Eine Zeitschrift.«

»Oh, na klar! Eine Zeitschrift – die seriöseste aller Publikationen.«

Sie sieht mich finster an. »Wieso kannst du nicht einfach akzeptieren, dass ich recht habe?«

»Wieso kannst du nicht akzeptieren, dass du dich vielleicht irrst?«

»Ich irre mich nie.«

Ich fange zu lachen an, woraufhin sie mich noch finsterer anschaut. »Ich bin überzeugt, dass du nur um des Widersprechens willen widersprichst«, sage ich.

»Tue ich nicht.«

Ich lache noch mehr. »Siehst du? Du bist echt stur.«

»Stimmt nicht!«

Eine große Blondine mit einem kleinen Jungen an der Hand runzelt die Stirn, als sie an uns vorbeigeht. Ihr Blick schaut besorgt aus, was wohl an Macs lauter Stimme liegt.

»Ist schon okay«, beteuert Mac ihr. »Wir sind beste Freunde.«

»Wir sind bittere Rivalen«, korrigiere ich. »Sie schreit mich ständig an, Ma'am. Bitte helfen Sie mir aus dieser toxischen Beziehung.«

Die Frau bedenkt uns mit einem dieser Blicke, die sagen *Euch ist auch nicht zu helfen* und die jeder Mensch über vierzig parat hat, wenn er es mit unreifen Kindern zu tun bekommt. Aber da liegt sie falsch. Wir sind beide über zwanzig.

Wir spazieren weiter die Strandpromenade entlang und bleiben an einem Stand stehen, wo irgendein Trottel Darts auf eine Wand mit Luftballons wirft, um ein riesiges Plüschtier für seine Freundin zu gewinnen. Vierzig Dollar später hat er den Panda immer noch nicht ergattert, und inzwischen verbringt seine Freundin mehr Zeit damit, mich zu beäugen, als ihn anzufeuern.

»Ist dieses Mädchen nicht unglaublich?«, meint Mac, als wir weitergehen. »Ich schwöre, sie hat sich dich nackt vorgestellt, während ihr armer Freund einen Haufen Geld für sie ausgibt.«

»Eifersüchtig?« Ich sehe sie grinsend an.

»Nein. Ich bin nur beeindruckt. Du bist heiß, Hartley. Ich glaube, wir sind heute an keinem einzigen Mädchen vorbeigekommen, das nicht bei dir ins Sabbern geraten ist.«

»Was soll ich sagen? Frauen mögen mich.« Ich versuche, nicht arrogant zu klingen. Es ist eben eine Tatsache. Mein Zwillingsbruder und ich sehen gut aus, und gut aussehende Typen kommen bei Frauen gut an. Wer etwas anderes sagt, ist verdammt naiv. Wenn es um unsere animalischen Instinkte geht, darum, von wem wir uns sexuell angezogen fühlen, dann spielt die äußere Erscheinung eine Rolle.

»Wieso hast du keine Freundin?«, fragt Mac.

»Will keine.«

»Ah, verstehe. Beziehungsphobiker.«

»Nein.« Ich zucke mit den Schultern. »Ich bin nur gerade nicht auf dem Markt. Meine Prioritäten liegen anderswo.«

»Interessant.«

Einen flüchtigen Moment lang begegnen sich unsere Blicke. Ich bin nur Sekunden davon entfernt, eben erwähnte Prioritäten noch mal zu hinterfragen, als Mac sichtbar schluckt und das Thema wechselt.

»In Ordnung, Zeit für die nächste Fahrt«, verkündet sie. »Wir haben lange genug herumgetrödelt.«

»Bitte sei gnädig mit mir«, sage ich.

Ihre Antwort ist nur ein Schnauben, und dann macht sie sich auf die Suche nach unserem nächsten höllischen Abenteuer.

Ich blicke ihr amüsiert nach. Und auch ein wenig verunsichert. Dieses Mädchen ist so ganz anders. Gar nicht wie all die langweiligen Klone am Garnet. Ihr ist egal, wie sie aussieht –

zerzaustes Haar, verlaufenes Make-up. Sie ist spontan und frei, weshalb ich mich umso mehr frage, wieso sie mit diesem Mistkerl Kincaid zusammen ist. Was zur Hölle hat der Typ, das ihn so verdammt toll macht?

»Erkläre mir etwas«, sage ich, als wir zu einem riesigen Bungeeding kommen, das gerade einen kleinen Korb mit zwei schreienden Opfern fast sechzig Meter hoch in die Luft schleudert.

»Wenn du damit Zeit schinden willst, wird das aber nicht funktionieren.« Sie marschiert geradewegs zu dem Schausteller und gibt ihm unsere Tickets.

»Dein Freund«, fange ich an und gehe an ihr vorbei, um als Erster in den Korb zu steigen.

Der Mann schnallt mich an und spult seinen Text ab, der in etwa lautet: *Hände und Füße im Korb behalten, und falls du dabei zu Tode kommst, sind wir nicht haftbar.*

Zum ersten Mal an diesem Abend sieht Mac nervös aus, als sie neben mir einsteigt. »Was ist mit ihm?«

Ich wähle meine Worte sorgfältig. »Ich meine, ich höre so Dinge über ihn. Und nichts davon ist gut. Und bei einem Mädchen, das darauf besteht, dass es nicht Mamis und Papis kleine Prinzessin sein will, frage ich mich, wieso du das tust, was man von dir erwartet, und dich für einen Garnet-Klon entschieden hast.«

Die dicken Taue, die uns gleich hoch in den Nachthimmel schleudern werden, werden langsam angezogen.

»Das geht dich nicht wirklich etwas an.« Ihre Miene wird ausdruckslos und ihr Tonfall feindlich. Ich habe einen wunden Punkt getroffen.

»Komm schon, wenn ihr zwei irre guten Sex habt oder so, dann kannst du das doch einfach sagen. Das verstehe ich. Auf seine Kosten kommen, weißt du?«

Sie schaut stur geradeaus, als hätte sie in diesem ein Meter zwanzig breiten Korb irgendeine Chance, mich zu ignorieren. »Ich werde diese Unterhaltung nicht mit dir führen.«

»Ich weiß, dass es nicht wegen des Geldes ist«, sage ich. »Und die Tatsache, dass du nie von ihm erzählst, sagt mir, dass dein Herz nicht dabei ist.«

»Da liegst du aber ganz schön falsch.« Mac wirft mir einen Blick zu und hebt trotzig das Kinn. Und jetzt ficht sie alle möglichen inneren Kämpfe aus. »Ganz ehrlich, ich schäme mich für dich.«

»Oh, ist das so, Prinzessin?« Ich kann nicht anders. Sie zu einer Reaktion zu provozieren, macht mich irgendwie scharf. »Wann hast du dich zum letzten Mal selbst berührt und dabei an ihn gedacht?«

»Leck mich.« Ihre Wangen werden rot. Ich kann sehen, wie sie die Zähne zusammenbeißt, während sie genervt die Augen verdreht.

»Sag mir, dass ich falschliege. Sag mir, dass er dich ganz heiß und nervös macht, wenn er nur den Raum betritt.«

Ihr Puls pocht sichtbar an ihrem Hals. Mac rutscht auf ihrem Sitz herum und verschränkt die Knöchel. Als ihr Blick kurz zu mir huscht, leckt sie sich über die Lippen, und ich weiß, dass sie dasselbe denkt wie ich.

»Es gibt wichtigere Dinge als die Chemie zwischen zwei Leuten«, sagt sie, und ich höre die Unsicherheit in ihrer Stimme.

»Ich wette, das redest du dir schon lange ein.« Ich lege den Kopf schief. »Aber vielleicht bist du dir nicht mehr so sicher, wie du mal warst.«

»Und wieso das?«

»Okay«, verkündet der Schausteller, »haltet euch fest. Der Countdown beginnt. Bereit?«

Oh, Scheiß drauf.

»Ich fordere deinen Wetteinsatz ein«, sage ich ihr.

»Meinen was?«

»*Acht. Sieben.*« Der Schausteller zählt runter.

»Unsere Wette, weißt du noch? An dem Abend, als wir uns begegnet sind? Nun, ich habe gewonnen, und ich weiß, was ich als Gewinn haben will.«

»*Sechs. Fünf.*«

»Cooper …«

»*Vier. Drei.*«

»Küss mich«, sage ich rau. »Oder sag mir, dass du mich auch weiterhin nicht willst.«

»*Zwei.*«

»Entscheide dich, Mackenzie.«

»*Eins.*«

14

Cooper

Wir werden in die Luft geschleudert, und einen Moment lang, in dem einem das Herz stehen bleibt und sich der Magen umdreht, sind wir irgendwie in der Zeit eingefroren. Festgenagelt von der Kraft der Bewegung, als der Boden unter uns verschwindet. Ein kurzer, aufregender Moment der Schwerelosigkeit hebt uns aus den Sitzen, und dann lässt die Spannung der Taue ein wenig nach, und wir fliegen zweimal über den höchsten Punkt hinaus. Ich drehe den Kopf – und genau da finden Macs Lippen meine.

Es ist wie ein Elektroschock, eine knisternde Hitze, die von ihren Lippen direkt in meinen Unterleib schießt.

Sie packt mich, krallt die Finger in mein Haar und küsst mich ungestüm. Sie schmeckt nach Zucker und endlosen Sommernächten. Ich bin hungrig auf beides, als meine Zunge über ihre leckt und wir so hoch schweben, dass es sich anfühlt, als würden wir nie wieder nach unten kommen.

Ihr Aufkeuchen erhitzt meine Lippen.

Ich küsse sie heftiger und schlucke ihr leises Stöhnen.

Der Korb macht noch einen letzten Satz und kehrt dann langsam zur Erde zurück. Wir lösen uns nur voneinander, um erschrocken Luft zu holen, und ich muss mich daran erinnern, wo wir sind, damit ich ihr nicht die Kleider vom Leib reiße.

»Das hätten wir nicht tun sollen.« Mac richtet die Träger ihres Tanktops und wischt sich den verschmierten Lippenstift vom Mund.

»Mir tut es nicht leid«, sage ich. Denn es ist so. Das wollte ich schon seit Wochen tun. Nun liegen die Karten auf dem Tisch. Wir haben die Masken fallen gelassen, und jetzt kann es nur noch vorwärtsgehen.

Sie ist still, als wir aus dem Korb steigen. Vielleicht bin ich zu sehr rangegangen und habe sie verschreckt.

Als mir klar wird, dass sie zum Ausgang marschiert, schlucke ich ein Seufzen hinunter.

Oh ja.

Sie ist definitiv in Panik.

»Ich bringe dich nach Hause, wenn du willst«, biete ich an, während wir zu meinem Truck gehen.

»Vorher will ich Daisy noch Gute Nacht sagen.«

Diesmal mache ich mir nicht die Mühe, sie zu korrigieren. Schätze, die Schlacht hat sie gewonnen.

»Von dir aus nehme ich dann ein Taxi«, sagt sie.

Während der ganzen Fahrt zu mir nach Hause bin ich überzeugt, dass ich sie nie wiedersehen werde und den ganzen Plan vermasselt habe. Ich zerbreche mir den Kopf, was ich sagen kann, irgendetwas, um das Blatt noch zu wenden. Aber mir kommen nur lauter Ideen, wie ich ihr das Hirn aus dem Kopf vögeln könnte. Nicht gerade hilfreich.

»Er erdet mich.«

Sie hat mit leiser Stimme gesprochen, und ich schaue sie überrascht an. »Was?«

»Preston. Es gibt viele Gründe, warum ich mit ihm zusammen bin, aber das ist einer der wichtigsten. Er sorgt dafür, dass ich nicht abhebe.« Aus den Augenwinkeln sehe ich, wie sie die Hände ringt. »Er erinnert mich daran, mich zu zügeln.«

»Wieso musst du dich zügeln?« Meine Stimme klingt schroff.

»Zum einen, weil mein Dad in der Öffentlichkeit steht.«

»Ja und? Diese Entscheidung hat dein Vater getroffen. Deshalb musst du dich nicht zu einem künstlichen Menschen machen.« Ich sehe sie stirnrunzelnd an. »Und du brauchst keinen Freund, der dich an der Leine hält.«

Ihre Augen blitzen auf. »Ich bin nicht an der Leine.«

»Was denkst du denn, was zügeln bedeutet?«, frage ich.

»Ich sagte, er erinnert mich daran, mich *selbst* zu zügeln. Es ist nicht er, der mich zügelt. Aber egal. Das verstehst du sowieso nicht.« Sie macht schmale Lippen und starrt aus dem Beifahrerfenster.

»Du hast recht, ich verstehe es nicht. Ich habe nur die letzten Stunden damit verbracht, dir dabei zuzusehen, wie du dich auf der Kirmes von einem Abenteuer ins nächste stürzt. Der Nervenkitzel gibt dir den Kick. Das Leben gibt dir den Kick. Du hast Feuer in dir, Mac.«

»Feuer«, wiederholt sie zweifelnd.

»Hölle, ja. Feuer. Und du hast dich entschieden, mit jemandem zusammen zu sein, der das Feuer austritt? Scheiß da drauf. Du brauchst einen Mann, der es schürt.«

»Und dieser Mann bist wohl du?« In ihrer Stimme liegt ein scharfer Unterton.

»Habe ich nicht gesagt. Ich will nur sagen, deine aktuelle Wahl hat ernste Mängel.«

Das Haus ist dunkel, als wir ankommen. Evan sagte, er würde sich bei uns mit unseren Freunden treffen, aber vielleicht sind sie auch alle zusammen zum Festival gegangen. Mac und ich gehen schweigend ins Haus.

Ich schalte das Licht an. »Sieh mal«, fange ich an. »Ich bereue den Kuss nicht – wir wollten ihn beide, und das weißt du. Aber falls diese Freundschaftssache jetzt komisch für dich wird …«

Ich drehe mich um und sehe sie an den Türrahmen gelehnt dastehen, und sie schaut einfach nur zum Anbeißen aus. Sie sagt nichts, sondern greift nach meinem Shirt, um mich an sich zu ziehen. Bevor ich blinzeln kann, geht sie auf die Zehenspitzen, um mich zu küssen.

»Fuck«, keuche ich an ihrem gierigen Mund.

Als Antwort legt sie das Bein um meine Taille und knabbert an meiner Lippe.

Mein Verstand setzt einen Moment lang aus, bevor ich aufwache und mitmache. Ich packe ihren Oberschenkel, presse mich zwischen ihre Beine und küsse sie heftiger. Ihre Finger finden ihren Weg unter mein Shirt.

»Gott, all diese Muskeln. Ich fass es nicht.« Ihre Hände wandern an meinen Brustkorb, streichen darüber, dann gleiten sie nach hinten, und ihre Fingernägel kratzen sachte über meinen Rücken.

Ihre begierige Berührung lässt alles Blut in meinen Unterleib rauschen. Ich bin geliefert. Hart. Keuche nur noch. Ich will sie so unbedingt, dass ich kaum atmen kann.

Hinter meinen geschlossenen Lidern sehe ich schon, wie ich sie auf mein Bett lege und mich über sie beuge. Ich bin kurz davor, sie hochzuheben und über die Schulter zu werfen, als ich höre, wie die Glastür in der Küche laut zugeschoben wird.

Unsere Lippen lösen sich voneinander.

»Oh, tut mir leid, ich wollte nicht stören.« Heidi steht in der Küchentür und mustert uns mit einem abfälligen Lächeln. »Ich wusste nicht, dass ihr hier seid.«

Ich atme immer noch schwer.

Sie geht zum Kühlschrank und holt ein paar Bierflaschen heraus. »Bitte, lasst euch von mir nicht stören.«

Heidi zwinkert mir zu, bevor sie die Schiebetür wieder öffnet und hinausgeht.

Na großartig.

»Ich sollte besser gehen.« Auf der Stelle löst Mac sich von mir und geht auf Abstand. Der Hund ist auch noch nicht angerannt gekommen, was bedeutet, dass Evan sie mit zum Strand genommen hat, wo er mit Heidi und dem Rest der Clique abhängt.

»Das ist meine Freundin Heidi«, beeile ich mich zu erklären, denn ich will nicht, dass Mac geht. »Tut mir leid wegen eben. Ich dachte, es wäre niemand hier.«

»Ist alles gut. Ich muss jetzt gehen.«

»Bleib. Wahrscheinlich sind sie alle unten am Strand. Ich hole schnell Daisy.«

»Nein, lass mal. Ich rufe mir ein Taxi.«

»Gegenvorschlag. Ich fahre dich.«

Noch bevor ich sie aufhalten kann, ist sie zur Tür hinaus.

Verdammt. »Dann will ich wenigstens mit dir warten.«

So viel lässt sie zu, aber der Moment ist vorbei. Einmal mehr ist da ein riesiger Krater zwischen uns, während wir schweigend warten, und als sie davonfährt, kriege ich nicht mehr als ein Winken zum Abschied.

Ich fahre mir durchs Haar und trabe ins Haus. Verdammte Hölle. Ein Schritt vor, zwei zurück.

Wie immer in meinem Leben.

In der Küche hole ich mir ein Bier, drehe den Verschluss ab und nehme einen tiefen Schluck, bevor ich hinaus auf die Veranda gehe. Auf der Heidi steht. Sie hat keine Flaschen mehr in den Händen, also muss sie sie am Strand abgeliefert haben und dann zurückgekommen sein, um auf mich zu warten.

»Hey«, grüße ich sie knapp.

»Hey.« Sie lehnt sich an das Geländer und spielt mit einer

Hand am ausgefransten Saum ihres Jeansrocks. »Also hast du den Klon jetzt am Haken.«

»Glaube schon.« Ich trinke hastig einen Schluck Bier. Um ehrlich zu sein, der Plan, die Wette … das war das Letzte, woran ich vorhin gedacht habe. Meine ganze Welt war reduziert auf Mackenzie und darauf, wie gut sie sich so an mich gedrückt anfühlte.

»Du glaubst? Die Kleine hat dich mit glänzenden Augen angesehen. Sie steht auf dich.«

Ich sage dazu nichts, sondern weiche aus. »Apropos Leute, die auf andere Leute stehen – Jay West hat nach dir gefragt.«

Sie verengt die Augen. »Wann?«

»Vor ein paar Tagen. Er meinte, er hätte dich in einer Bar getroffen.«

»Ach ja. Wir sind ihm und Kellan in Joe's Bar begegnet.«

Ich ziehe eine Augenbraue hoch. »Er würde sich gerne mit dir verabreden.«

Sie sagt nichts darauf, sondern mustert mich nur argwöhnisch.

»Willst du ihm einen Korb geben?«

»Sollte ich?«

Mir steckt ein Seufzen in der Kehle. Ich weiß, sie will, dass ich jetzt meine Ansprüche anmelde, mich ihr zu Füßen werfe und sie anflehe, mit keinem anderen als mir auszugehen. Aber das werde ich nicht tun. Als wir das erste Mal Sex hatten, habe ich ihr gesagt, dass ich keine Beziehung will. Ich hatte gehofft, es wäre nur ein One-Night-Stand, zur gegenseitigen Befriedigung, und danach sind wir wieder Freunde. Aber da war ich naiv. Eine Nacht führte zu einigen mehr, und jetzt ist unsere Freundschaft belasteter denn je.

»Tu, was immer du willst, Heidi«, sage ich schließlich.

»Verstehe. Danke für den Rat, Coop.« Der Sarkasmus trieft

aus jedem Wort. Und mit einem frustrierten Kopfschütteln stampft sie die Stufen hinunter.

Ich stoße den angehaltenen Atem aus. Trinke mein Bier aus. Der Geschmack von Mackenzie liegt noch immer auf meiner Zunge. Zucker und Sex, eine süchtig machende Kombi. Ich gehe ins Haus, um mir noch eine Flasche zu holen in der Hoffnung, dass der Alkohol vielleicht hilft, den Geschmack der Frau loszuwerden, die ich unbedingt wieder küssen will.

Dann gehe ich zu den anderen an den Strand. Ich bin erleichtert – und dann beschämt über meine Erleichterung –, als ich Heidi etwa drei Meter weiter am Wasser stehen sehe, wo sie etwas in ihr Handy tippt. Vielleicht schreibt sie gerade Jay? Wahrscheinlich eher nicht. Sie fühlte sich noch nie von den netten Typen angezogen. Nur von Idioten wie mir.

Am Feuer sitzen Steph und Alana, die Evan wegen eines Mädchens aufziehen, das er gestern flachgelegt hat, nachdem er einen Streit mit ihrem Freund hatte. Ich höre das erste Mal von dieser Sache, aber Evan ist nicht gerade mitteilsam, wenn es um seine Bettgeschichten geht. Offenbar hat er sich mit ein paar Garnet-Klonen angelegt, die nicht zahlen wollten, nachdem er sie beim Billard geschlagen hatte.

»Sie kam heute Abend an, mit großen Augen, und wollte wissen, wo sie dich finden kann«, erzählt ihm Alana.

Er wird blass. »Du hast ihr aber nicht meine Nummer gegeben, oder?«

Alana lässt ihn ein paar Sekunden lang schwitzen, bevor sie und Steph grinsen. »Natürlich nicht. Das würde gegen den Freundschaftskodex verstoßen.«

»Apropos Freundschaftskodex, wie ist das eigentlich, wenn man seine Freunde zu Zuschauern in der ersten Reihe bei seiner sabberigen Knutschsession macht?«, mischt sich Steph ein und deutet auf den fraglichen Schuldigen.

Auf der anderen Seite des Lagerfeuers liegt unser Kumpel Tate auf einem unserer alten Liegestühle mit einer kurvigen Dunkelhaarigen, die sich wie eine Decke über ihm ausgebreitet hat. Er hat eine Hand in ihrem Haar und seine Zunge in ihrem Mund, während sie sich an ihm reibt wie eine rollige Katze. Unsere Anwesenheit nehmen die zwei gar nicht wahr.

»Schamlos«, ruft Evan dem Pärchen in gespielter Empörung zu. Dann grinst er, denn mein Bruder ist selber ein Exhibitionist.

Tate gibt seinem Mädchen einen leichten Klaps auf den Hintern, und dann kommen sie stolpernd auf die Beine, mit erhitzten Wangen und geschwollenen Lippen. »Coop«, meint er gedehnt. »Was dagegen, wenn wir reingehen und ein bisschen fernsehen?«

Ich verdrehe die Augen. »Klar. Aber in meinem Zimmer steht kein Fernseher, also sollte ich euch zwei besser nicht dort drin finden.« Ich liebe meine Freunde, aber es muss nicht sein, dass sie in meinem Bett vögeln. Außerdem habe ich erst heute Morgen die Laken gewechselt.

Nachdem Tate und die Brünette verschwunden sind, stecken Alana und Steph die Köpfe zusammen und fangen zu tuscheln an.

»Mit der Gruppe teilen«, ruft Evan und droht ihnen mit dem Finger.

Mit einem Ausdruck boshaften Entzückens zeigt Steph mit dem Daumen auf Alana und sagt: »Dieses unartige Mädchen hier hat letztes Wochenende mit Tate geschlafen.«

Ich ziehe eine Augenbraue hoch. »Ach ja?«

Evan zuckt unbeeindruckt mit den Schultern. »Also endlich eine Fahrt mit dem Tate-Mobil gemacht, hm? Ich bin überrascht, dass du so lange dafür gebraucht hast.«

Da hat mein Bruder wirklich einen Punkt getroffen. Schon

damals, als wir noch in der Junior High waren und Tate mit seiner Familie in die Bay zog, waren alle Mädchen verrückt nach ihm. Ein freches Lächeln von ihm, und sie beißen an.

Alanas Miene offenbart kein bisschen Scham oder Reue, als sie selbst mit den Schultern zuckt. »Irgendwie wünschte ich, ich hätte es früher gemacht. Der Mann hat einen tollen Schwanz. Und gut küssen kann er auch.«

»Er ist nicht übel«, stimmt Evan zu, und ich kann nicht anders – ich breche in Gelächter aus.

»Shit«, japse ich. »Ich vergesse immer den einen Abend, an dem ihr zwei Kerle herumgemacht habt.«

Evan verdreht die Augen. »Es war nur ein Kuss.«

»Kumpel, der hat bestimmt an die drei Minuten gedauert.« Plötzlich stürmen lauter Bilder auf mich ein von Evan und Tate, die sich gegenseitig abknutschten, mit sechzehn, auf einer der Partys bei Alana. Die Mädchen feuerten sie an, die Jungs pfiffen. Das war eine komische Nacht.

»Zu Evs Verteidigung sei gesagt, mit Tate herummachen war die einzige Chance für sie, Genevieve und mich dazu zu bringen, dass wir unsere Tops ausziehen …« Alana verstummt abrupt.

Tja, verdammt. Sie hat es tatsächlich getan. Genevieves Namen ausgesprochen, den Namen, der in unserer Clique tabu ist. Das heißt, dass die Mädchen noch in Kontakt zueinander stehen. Steph, Alana, Heidi und Gen waren die wilden Vier.

Evan und ich haben die Gewohnheit, gegenseitig unsere Gedanken zu lesen, aber während ich zumindest über ein wenig Selbstbeherrschung verfüge, weiß er nicht mal, was das ist. Also fragt er: »Ihr habt noch Kontakt mit ihr?«

Alana zögert.

Steph öffnet den Mund, schließt ihn aber wieder, weil in dem Moment Heidi zurückkommt.

»Was läuft?«, fragt sie und lässt den Blick über die Gruppe schweifen. Dann nickt sie. »Oh. Cooper hat es euch also gesagt.«

Genevieve ist so gut wie vergessen, denn nun richten sich alle Blicke auf mich. »Uns was gesagt?«, will Steph wissen.

Ich zucke mit den Schultern. Also verliert Heidi, natürlich, keine Zeit und erzählt ihnen, dass sie mich zusammen mit Mackenzie an der Haustür erwischt hat.

»Ich muss zugeben, Coop, ich hätte nicht gedacht, dass du so weit kommst«, meint Alana und hebt salutierend ihr Bier. »Ich bin beeindruckt.«

»Übrigens habe ich meine Meinung geändert.« Heidi sieht mich durch die Flammen hindurch an. »Ich bin total bei dem Plan dabei. Ich kann es gar nicht erwarten, ihr Gesicht zu sehen, wenn ihr klar wird, was du getan hast.«

»Wie willst du es machen?«, fragt Steph aufgeregt.

Das ist der größte Spaß, den diese Mädchen hatten, seit sie sich das Auto eines Garnet-Klons vorgenommen haben, nachdem der mit Alanas Bikinitop davongerannt war, während sie am Strand in der Sonne lag.

»Ja, wir müssen über das Finale reden«, meint Evan. »Das muss gut geplant sein.«

»Stimmt«, pflichtet Heidi ihm bei. »Du musst sie und Kincaid an denselben Ort locken, dafür sorgen, dass er euch zwei zusammen sieht, und sie dann in aller Öffentlichkeit abservieren. Mach es so richtig dramatisch.« Heidi ist übel drauf heute Abend. Ich weiß, dass das meine Schuld ist, aber ich habe keine Ahnung, wie ich das zwischen uns wieder in Ordnung bringen soll. »Vielleicht können wir eine Party schmeißen.«

Steph schüttet vor Aufregung Bier ins Feuer. »Nein, es muss auf ihrem Territorium sein. Es macht nur Spaß, wenn Kincaid vor seinesgleichen gedemütigt wird.«

»Ich weiß, wo wir ein paar Eimer Schweineblut herbekommen«, meint Alana, worauf sich alle anderen krümmen vor Lachen.

Ich spiele mit und lache auch. Denn noch vor ein paar Wochen wäre mir absolut egal gewesen, was aus irgendeiner Klon-Freundin irgendeines reichen Mistkerls wird, der mir blöd gekommen ist.

Aber inzwischen habe ich Mac kennengelernt und … ich mag sie wirklich. Sie verdient so was nicht, nur weil sie mit einem Mistkerl wie Kincaid zusammen ist. Und nach diesem Kuss weiß ich, dass das zwischen uns etwas Echtes ist, auch wenn sie Angst davor hat. Aber ich kann meinen Leuten hier nicht sagen, dass ich es mir anders überlegt habe. Sie würden mir den Arsch aufreißen.

Jetzt, wo sie eine Spur von Blut im Wasser gewittert haben, werden sie erst zufrieden sein, wenn sie Fleisch schmecken.

15

Mackenzie

»Drei Tage hintereinander hat dieser Typ die Tür des Smoothieladens vor meiner Nase zufallen lassen. Entschuldigt hat er sich nicht einmal. Daher denke ich langsam, er macht das mit Absicht. Ich bin altmodisch, okay? Ich stehe auf Manieren. Man hält einer Lady die Tür auf, ja? Also, als ich ihn am vierten Tag kommen sehe, bin ich auf ihn vorbereitet. Ich bin schon drinnen, greife nach der Tür, bevor er sie öffnen kann, und schließe sie ab. Der ganze Smoothieladen ist wie erstarrt, weil ich diesen Typen nicht reinlasse. Nur über meine Leiche.«

Es ist Montagmorgen, und Bonnie und ich trödeln rum. Sie erzählt laut vom Badezimmer aus, während sie Make-up auflegt und ich uns Kaffee in der Küchennische mache. Ich höre nur halb zu und schaffe es, mein Shirt mit Milch zu bekleckern.

»Und wie lange ging das dann so?«, rufe ich von meinem Zimmer aus, wo ich mir ein anderes Shirt anziehe. Ich werde später mit Preston bei ihm zu Hause zu Mittag essen, also muss mein Outfit angemessen sein. Nicht seinetwegen, sondern wegen seiner Mutter. Sie hat mich recht gern – denke ich zumindest –, aber sie ist sehr … speziell. Tanktop und Jeans würden bei Coraline Kincaid nicht gut ankommen.

»So lange, bis der Manager aufgetaucht ist und verlangt hat, dass ich die Leute rauslasse. Und ich so, liebend gern – sobald dieser Typ sich entweder entschuldigt oder verschwindet. Tja, am Ende muss er einsehen, dass ich keine Witze mache, also haut er ab. Und am nächsten Tag sperrt er mich aus dem Sandwichladen aus, bis ich ihm zusage, dass ich mit ihm ausgehe. Also holt er mich jetzt am Freitagabend ab.«

»Das ist toll«, rufe ich zurück, drehe mich um – und sehe Bonnie, die mit zwei Bechern Kaffee direkt vor mir steht. »Tut mir leid.«

»Du wirkst nervös.« Sie mustert mich. »Du hast ein Geheimnis.«

»Nein.«

Ihre Augen werden zu großen blauen Untertassen. »Du hast einen Typen geküsst.«

Hexe.

»Wer ist er?«, will sie wissen.

Leugnen ist zwecklos. Ich bin völlig überzeugt, dass Bonnie paranormale Kräfte besitzt. Sie wird mich belagern, bis ich ihr gebe, was sie will.

»Irgendein Townie«, sage ich. Im Prinzip stimmt das. Sie muss nicht wissen, dass der fragliche Townie Cooper ist.

Uff. Allein der Gedanke an seinen Namen lässt mein Herz schneller schlagen.

Was in aller Welt habe ich getan? Den Kuss auf dem Fest kann ich auf den Zuckerrausch schieben. Aber diese Knutsch- und Fummelsession danach in seinem Haus?

Dafür gibt es keine Entschuldigung.

Ich bin ein schrecklicher Mensch. Eine schreckliche, egoistische, grässliche Freundin, die einen aufrichtigen Freund wie Preston nicht verdient.

Es gibt absolut kein Zurück von dem, was ich Freitagabend getan habe. Das weiß ich. Und trotzdem – trotz der Schuldgefühle, die gerade in meinem Bauch brodeln, flattert ein dummer kleiner Schmetterling weiter darin herum und wirbelt Erinnerungen an Coopers hungrige Lippen und seinen heißen Blick auf.

An seine Zunge in meinem Mund.

An meine Finger, die über die festen Muskeln seines trainierten Oberkörpers wandern.

Aber nicht nur sein Körper und unsere Berührungen sind mir im Gedächtnis. Sondern auch alles, was davor war. Das Gespräch über unsere Familien in seiner Werkstatt. Wie wir wie zwei wilde Kinder auf der Strandpromenade herumrannten. Wenn ich bei ihm bin, muss ich keine Fassade aufrechterhalten. Ich muss nicht so tun, als wäre ich die korrekte, gesittete Lady, die alle von mir erwarten. Bei Cooper habe ich das Gefühl, dass ich ganz ich selbst sein kann. Und das … macht mir Angst.

»Das ist alles?«, reißt Bonnies Stimme mich aus meinen beunruhigenden Gedanken. »Nein, ich denke nicht. Ich will mehr Details.«

Ich zucke verlegen mit den Schultern. »Da gibt es nicht viel mehr zu sagen. Es ist einfach irgendwie passiert.«

»Und wird es einfach irgendwie noch mal passieren?« Ihre Miene verrät mir, dass sie darauf hofft, dass die Antwort Ja lautet.

»Nein. Auf keinen Fall. Ich fühle mich schrecklich. Preston …«

»Muss es nicht wissen«, fällt Bonnie mir ins Wort. »Wenn du es ihm erzählst, wird nichts Gutes dabei rauskommen. Wenn es ein Fehler war, und selbst wenn es keiner war – ein Mädchen hat ein Recht auf seine Geheimnisse. Vertrau mir.«

Ich weiß, dass sie es gut meint, aber ich habe ihm schon zu viel verheimlicht. Die ganze Sache mit Cooper ist zu weit gegangen. Ich bin keine Lügnerin, und ich hätte mich selbst nie, niemals, für fähig gehalten, jemand anderen als meinen Freund zu küssen. Es ist eine niederschmetternde Erfahrung, zu entdecken, dass man nicht so moralisch rechtschaffen ist, wie man mal dachte.

Bonnie irrt sich. Preston muss wissen, was ich uns angetan habe.

Jetzt das Richtige tun heißt, die Wahrheit zu sagen und die Konsequenzen zu tragen.

Ein paar Stunden später holt Pres mich nach der Vorlesung zum Mittagessen ab. Die ganze Zeit habe ich geprobt, was ich sagen würde. Wie ich es ihm beibringe. Aber als er mich auf die Wange küsst und den Arm um meine Taille legt, gebe ich mein Vorhaben auf und halte den Mund.

»Du siehst toll aus«, sagt er und nickt anerkennend.

Erleichterung steigt in mir hoch. Gott sei Dank. Ich habe drei Outfits ausprobiert, bevor ich mich für eine Seidenbluse und dunkelblaue Pixie-Chinos entschieden habe. Nicht mal meine eigene Mutter macht mich derart beklommen.

»Freddy macht Lammhüfte«, erzählt Preston. »Ich hoffe, du hast Hunger.«

»Bin am Verhungern«, lüge ich.

Er steuert seinen Porsche auf den Parkplatz der Sportabteilung und sucht sich dort eine Lücke. Ganz Gentleman, der er ist, springt er aus dem Cabrio und läuft auf die andere Seite, um mir die Tür zu öffnen. Dann streckt er die Hand aus, ich nehme sie, und wir gehen zu Prestons Helikopter.

Jawohl. Zu seinem Helikopter.

Damit pendelt er an den meisten Tagen zur Schule. Seine Familie hat den Heli-Landeplatz hinter dem Footballstadion in seinem ersten Jahr hier anlegen lassen. Es ist sogar für unsere gesellschaftlichen Kreise ein wenig lächerlich, und der Anblick des glänzenden weißen Hubschraubers weckt in mir die Frage, was Cooper wohl sagen würde, wenn er sähe …

Nein. Niemals. Das will ich nicht. Heute packe ich aus.

Es dauert nicht lange, bis wir über dem Anwesen der Kincaids einfliegen, ein riesiges, ummauertes Grundstück an der Küste. Endlose Rasenflächen, auf denen zahllose Eichen wachsen. Das imposante weiße Herrenhaus steht direkt am Ozean. Es gibt einen Pool, Tennisplätze, einen Basketballplatz und einen Blumengarten. Alles tipptopp instand gehalten von mindestens einem Dutzend Angestellten.

Seine Mutter begrüßt uns auf der Terrasse. Wie immer ist sie perfekt gekleidet. Prada von Kopf bis Fuß. Ich weiß nicht genau, wieso sie sich die Mühe macht, denn an den meisten Tagen hat sie kaum einen Grund, das Haus zu verlassen. Wie meine Mom arbeitet Coraline nicht und beschäftigt persönliche Angestellte, die sich ums Haus und sämtliche ihrer Angelegenheiten kümmern.

»Hey, Mom.« Preston beugt sich vor, um seine Mutter auf die Wange zu küssen.

»Hi, Darling.« Lächelnd sieht sie mich an. »Mackenzie, Schätzchen.« Sie umarmt mich, aber mit der leichten Berührung von jemandem, der zerbrechen könnte, wenn man zu fest drückt. Sie ist eine zarte Frau. Zerbrechlich, aber nicht schwach. Mach sie bloß niemals wütend. »Du siehst reizend aus.«

»Danke, Mrs Kincaid. Ihre neuen Rosen um den Pavillon sind wundervoll.«

Ich habe schon vor langer Zeit gelernt, dass man sie am einfachsten bei Laune halten kann, indem man bei jedem Besuch etwas Neues auf dem Anwesen entdeckt, wozu man ihr ein Kompliment machen kann. Andernfalls verbringt sie die ganze Zeit damit, Bemerkungen über meinen Haarspliss oder die Größe meiner Poren loszulassen.

»Oh, danke, Schätzchen. Raúl hat sie erst diese Woche gepflanzt. Er ist wirklich ein Künstler.«

»Essen wir gemeinsam?«, frage ich. *Bitte sag Nein, bitte sag Nein …*

»Ich fürchte nicht. Ich treffe mich mit meinem Architekten. Er wird jede Minute hier sein. Hat Preston dir erzählt, dass wir ein neues Poolhaus bauen?«

»Nein, das hat er nicht erzählt. Wie aufregend.« Ganz ehrlich, das einzig Aufregende an dem Ganzen ist, dass sie nicht mit uns isst.

Und das ist gut so, denn das Mittagessen ist für mich eine einzige Qual. Nicht dass es Preston auffallen würde. In dem gediegenen Esszimmer mit Lammhüfte und feinem Porzellan erzählt er von irgendeinem Professor, der es seiner Meinung nach auf ihn abgesehen hat, während ich in meinem Essen herumstochere und versuche, den Mut zu finden, um meine Sünden zu bekennen.

»Natürlich könnte ich zum Dekan gehen und die ganze Sache klären lassen. Er würde seinen Job verlieren. Aber dann dachte ich, na ja, wo bleibt da der Spaß, richtig? Ich werde mir etwas Kreativeres einfallen lassen. Das ist das Problem mit solchen Leuten. Man zeigt ihnen ein klein wenig Respekt, und plötzlich vergessen sie, wo ihr Platz ist. Es ist unser Job, sie daran zu erinnern. Noch einmal nachlegen, Martha«, sagt er zum Hausmädchen. »Danke.«

Schließlich kann ich das beklommene Gefühl in meinem Bauch nicht länger ertragen. »Ich muss dir etwas sagen«, platze ich heraus.

Er legt die Gabel hin und schiebt seinen Teller zu Martha hinüber. »Geht es dir gut?«

Nein. Nicht mal ein bisschen. Erst in diesem Moment wird mir klar, wie wichtig mir Preston ist. Nicht nur, weil wir schon so lange zusammen sind. Nicht nur aus irgendeinem Gefühl von Loyalität heraus.

Cooper mag ja mein »wahres Selbst« zum Vorschein bringen, was auch immer das bedeuten mag, aber Preston tut genau das, was ich neulich zu Cooper gesagt habe: Er hält mich auf dem Boden. Er ist ein stabiler Faktor in meinem Leben. Er kennt diese Welt und weiß, wie man mit unseren Eltern umgeht, was wichtig ist, um nicht den Verstand zu verlieren. In seiner Gegenwart bin ich kein Klumpen aus Angst und Scheu.

Und was ich ihm angetan habe, ist nicht fair.

Ich warte, bis Martha das Esszimmer verlassen hat, und hole zittrig Luft.

Jetzt oder nie.

»Ich habe jemanden geküsst. Einen Typen.«

Er schweigt und mustert mich, als wartete er, ob ich vielleicht noch etwas sage.

Ich sollte. Ich werde. Dies schien mir der beste Anfang zu sein. Nur dass ich es jetzt bereue, nicht gewartet zu haben, bis wir uns irgendwo befinden, wo wir etwas ungestörter sind. Falls seine Mutter beschließt, genau jetzt hereinzukommen, verlasse ich dieses Anwesen vielleicht nicht mehr lebend.

»Ist das alles?«, fragt Preston.

»Nein. Ich meine, ja. Wir haben uns nur geküsst, falls du das meinst.« Ich beiße mir auf die Lippe. Fest. »Aber damit habe ich dich betrogen.«

Er steht von seinem Stuhl am anderen Ende des Tisches auf, kommt zu mir und setzt sich neben mich. »Kenne ich ihn?«

»Nein. Irgendein Townie, dem ich in einer Bar begegnet bin, als ich mit Bonnie aus war. Es war dumm von mir. Wir haben etwas getrunken, und ich habe nicht nachgedacht und …« Und ich kann nicht anders, als den Schlag mit einer weiteren Lüge abzumildern. Ich wollte es ihm erzählen. Alles. Aber jetzt, wenn ich ihm in die Augen sehe, kann ich ihn nicht derart verletzen. Allerdings nimmt er es besser auf, als ich erwartet hatte. »Es tut mir so leid, Pres. Das hast du nicht verdient. Ich habe einen Fehler gemacht, und ich habe dafür keine Entschuldigung.«

»Babe«, sagt er und drückt meine Hand. Er lächelt, fast schon amüsiert. »Ich bin nicht wütend.«

Ich blinzle. »Nicht?«

»Natürlich nicht. Du hattest also zu viel getrunken und hast einen Townie geküsst. Willkommen in deinem ersten Jahr am College. Ich denke, du hast eine Lektion gelernt darüber, wie du mit Alkohol umgehen musst.«

Schmunzelnd drückt er mir einen Kuss auf den Kopf und reicht mir dann die Hand, um mir vom Stuhl aufzuhelfen.

»Wie kommt es, dass du das so locker nimmst?« Ich bin absolut perplex. Ich habe mir alle möglichen Reaktionen von ihm vorgestellt, aber diese gehörte definitiv nicht dazu.

Er führt mich hinaus auf die Terrasse, und wir setzen uns auf die Hollywoodschaukel, wo das Hausmädchen schon zwei Gläser Eistee hingestellt hat. »Ganz einfach. Ich sehe das große Ganze. Wir beide haben eine gemeinsame Zukunft, Mackenzie. Und ich habe kein Interesse daran, das wegen einer kleinen Unbesonnenheit wegzuwerfen. Du etwa?«

»Auf keinen Fall.« Aber ich dachte, dass ich zumindest ein klein wenig zu Kreuze kriechen müsste.

»Ich bin froh, dass du mir die Wahrheit gesagt hast. Ich bin nicht gerade begeistert darüber, was passiert ist, aber ich verstehe es, und ich verzeihe dir. Schnee von gestern.« Er reicht mir ein Glas Eistee. »Nicht zu viel Zucker, genau wie du ihn magst.«

Also dann, okay.

Ich rechne trotzdem damit, dass Preston den Rest des Nachmittags auf Abstand bleibt. Dass er kühl und unglücklich ist, aber zugleich darauf beharrt, dass alles in Ordnung sei.

Aber das ist überhaupt nicht der Fall. Im Gegenteil, er ist sogar liebevoller. Diese ganze Sache hat uns nur enger zusammengebracht, weshalb ich mich nun noch schlechter fühle. Ich kann nicht genau sagen, wie ich im umgekehrten Fall damit umgegangen wäre, aber ich bin mir ziemlich sicher, dass ich nicht nur mit den Schultern gezuckt und »Schnee von gestern« gesagt hätte. Ich glaube, Preston ist ein besserer Mensch als ich.

Ich muss seinem Beispiel folgen. Besser sein. Mich stärker auf unsere Beziehung konzentrieren. Auf das große Ganze, wie er es genannt hat.

Also bin ich, als Cooper mir an diesem Abend schreibt, darauf vorbereitet. Ich habe den ganzen Tag und den ganzen Abend darauf gewartet, dass er mich kontaktiert. Ich wusste, dass er es tun würde, und ich weiß, was ich zu tun habe.

Cooper: *Wir sollten reden.*
Ich: *Es gibt nichts zu reden.*
Cooper: *Ich möchte dich abholen.*
Ich: *Kann nicht. Ich habe Preston von dem Kuss erzählt.*
Cooper: *Und?*
Ich: *Er hat mir verziehen. Wir können uns nicht mehr treffen.*

Dann kommt sehr lange nichts, fünf Minuten vergehen, bis Cooper noch eine Nachricht schickt. Währenddessen sitze ich wie auf glühenden Kohlen und halte es fast nicht aus.

Cooper: *Ist es wirklich das, was du willst?*

Ich starre unglücklich auf das Display, und mir steigt ein Kloß in die Kehle. Dann zwinge ich mich zu tippen.

Ich: *Ja. Lebewohl, Cooper.*

Ich hasse es, ihn so abrupt abzuservieren. Es ist nicht seine Schuld, dass ich Mist gebaut habe. Aber in seiner Gegenwart kann ich mir selbst nicht trauen, und dies ist die Entscheidung, die ich schon vor Wochen hätte treffen sollen. Ich war dumm. Ich dachte, ich könnte ihn zum Freund haben. Ich dachte, ich könnte beides haben. Doch jetzt entscheide ich mich.

Für Preston.

16

Cooper

Am Sonntagnachmittag bin ich in der Werkstatt, als mein Onkel anruft und mir sagt, dass er vorbeikommt. Jedes Mal wenn mein Handy in der Tasche summt, denke ich, dass es Mackenzie sein könnte. Dann schaue ich aufs Display und erinnere mich daran, dass ich es versaut habe. Dass ich sie völlig falsch eingeschätzt habe.

Lebewohl, Cooper.

Ja. Es muss ihr Spaß gemacht haben, mit einem Unterschicht-Townie abzuhängen und so zu tun, als lebte sie gefährlich. Und dann, in dem Moment, in dem es ernst wird, haut sie ab. Es war dumm von mir, zu denken, dass es irgendwie anders enden würde.

Aber gottverdammt, ich habe immer noch ihren Geschmack auf der Zunge. Die ganze letzte Woche bin ich jeden Morgen mit einer Latte aufgewacht, nur weil ich mir vorgestellt habe, dass sie die Beine um mich geschlungen hat. Ich kann mir nicht mal einen runterholen, ohne dass mir dabei Bilder von Mac in den Kopf kommen. Dieses Mädchen ist ein langsam wirkendes Gift. Und mein einziger Gedanke ist, dass ich mehr will.

Heute muss ich, dank Evan, einen neuen Beistelltisch bauen. Der, den ich an Mackenzie »verkauft« habe, steht immer noch unter einer Plane, weil es mir nicht richtig vorkommt, ihn jemand anders zu geben. Sie könnte ja doch noch kommen und ihn abholen. Ich sage mir, dass es ums Geld geht, und belasse es dabei. So oder so wird das hier ein schnell zusammengezimmertes Stück. Verdammter Evan. Gestern Abend fand bei uns eine Spontanparty statt, und er kam mit einem Typen an, mit dem er auf der Highschool gewesen war. Ich weiß nicht, wie es angefangen hat, nur dass es damit endete, dass einer von ihnen durch den Tisch gekracht ist und eine Blutspur zur Hintertür hinaus hinterlassen hat. Evan beharrt darauf, dass alles in Ordnung sei, aber ich mache mir langsam Sorgen um ihn. In letzter Zeit findet er immer öfter einen Grund, um Streit anzufangen. Ist ständig schlecht gelaunt. Trinkt mehr. Allmählich habe ich es wirklich satt.

Als Levi auftaucht, gibt er mir einen Becher Kaffee, den er unterwegs besorgt hat, und ich wische zwei Hocker für uns ab, damit wir uns setzen können.

Levi ist der Bruder unseres Vaters. Groß, rau, mit kurzem braunem Bart und kantigem Gesicht. Obwohl er eine gewisse Ähnlichkeit mit Dad hat, könnten die beiden nicht unterschiedlicher sein. Während Dad nie eine Gelegenheit ausließ, sich in Schwierigkeiten zu bringen und das dann an uns auszulassen, hat Levi sein Leben voll im Griff.

»Ist dein Bruder da?«, fragt er.

»Nein, der ist vorhin weg.« Wahrscheinlich, um sich beim Diner irgendwas Fettiges gegen den Kater zu holen. »Was ist denn los?«

»Nichts.« Er zuckt mit den Schultern. »Wollte nur vorbeischauen und kurz Hallo sagen. Ich war schon seit Monaten nicht mehr bei euch.« Levi mustert den Tisch, den ich gerade baue. »Arbeitest du an neuen Möbeln?«

»Nicht wirklich.«

»Wann willst du endlich damit Ernst machen, Coop? Du hast doch schon vor einiger Zeit davon gesprochen, dass du versuchen willst, ein lukratives Geschäft daraus zu machen.«

»Stimmt, aber das liegt irgendwie auf Eis.«

»Sollte es aber nicht. Du bist gut. So gern ich dich auf der Baustelle habe, du könntest mehr aus dir machen.«

Levi hat uns nach der Highschool in Vollzeit angestellt. Und seine Firma läuft gut. Es ist nicht so, dass er im Geld schwimmt, aber er hat immer zu tun. Und der letzte Sturm hat ihm, wie vielen anderen Leuten, so viel Arbeit beschert, dass er gar nicht weiß, wo er anfangen soll.

Schulterzuckend trinke ich einen Schluck Kaffee. »Ein paar Möbel habe ich in einigen Läden an der Küste stehen. Ich habe vielleicht zehn Riesen gespart, aber das reicht immer noch nicht annähernd, um die Kosten zu decken, wenn ich ein echtes Geschäft daraus machen würde.«

»Ich würde dir das Geld geben, wenn ich es hätte«, sagt er, und ich weiß, dass er das absolut ehrlich meint. Nach Dads Tod war er immer für uns da. Wenn Mom zugedröhnt oder mal wieder verschollen war, wenn der Kühlschrank leer war, wenn wir Hilfe bei den Hausaufgaben brauchten. »Alles, was ich habe, steckt in der Firma. Ich finde es toll, so viel Arbeit zu haben, und die Nachfrage ist groß, aber ich muss immer wieder in Vorlage treten.«

»Kein Problem. Ich würde sowieso kein Geld von dir nehmen. Du hast schon mehr als genug für Evan und mich getan.« Ich habe noch nie im Leben um Almosen gebeten, und ich werde jetzt nicht damit anfangen. Mit meiner Arbeit bei Levi verdiene ich gutes Geld. Wenn ich dabeibleibe und weiter spare, mache ich meinen eigenen Weg. Irgendwann.

»Wie wäre es mit einem Bankkredit?«, fragt er.

Gegen den Gedanken habe ich mich immer gewehrt. Und

das nicht zuletzt, weil ich nach Dads Tod mit den Banken zu tun hatte – und jede einzelne von denen ist voller blutsaugender Anzugträger, die uns eher zu Instantbrühe zermahlen würden, als uns zum Erfolg zu verhelfen.

»Ich weiß nicht«, antworte ich schließlich. »Ich will nicht noch mehr Schulden haben. Oder eine Hypothek auf das Haus aufnehmen.« Ich weiß, dass ich mich wie eine weinerliche Zicke anhöre. Irgendwann werde ich mich entscheiden müssen. Entweder ich mache Ernst mit meiner Geschäftsidee, oder ich höre auf rumzujammern.

»Tja, das stimmt. Es kostet Geld, Geld zu verdienen. Aber denk mal darüber nach. Wenn es dir hiermit wirklich ernst ist, kann ich dir helfen. Zum Beispiel den Kredit mit unterschreiben.«

Das ist ein großzügiges Angebot, für das ich ihm dankbar bin. Auch wenn ich im Moment nicht so begeistert von dem Gedanken bin, nicke ich langsam. »Danke, Levi. Ich überlege es mir.«

Damit lässt Levi das Thema auf sich beruhen. Nachdem wir unseren Kaffee ausgetrunken haben, geht er wieder, um sich mit einem neuen Kunden zu treffen, und ich mache mich daran, ein Zedernbrett zuzuschneiden. Aber ich bin nicht richtig bei der Sache. Es ist nie eine gute Idee, mit Elektrowerkzeug zu hantieren, wenn man sich nicht konzentrieren kann, also mache ich Feierabend und verlasse die Werkstatt. Was solls? Evan kann sein Abendessen heute vom Boden essen, so wie seine teure Freundin Daisy.

Stichwort Daisy. Die folgt mir auf dem Fuße, als ich zurück ins Haus gehe. Die nächsten zehn Minuten üben wir »Sitz« und »Platz«, aber auch da bin ich mit den Gedanken woanders.

Lebewohl, Cooper.

Ich fühle mich … schwer. Als würde ich von einem hundert Pfund schweren Anker um den Hals unter Wasser gezogen. Das Gefühl ist mir nicht fremd. Mein ganzes Leben lang habe ich mich immer wieder niedergedrückt gefühlt. Von den Schulden meiner Eltern, vom Mist meines Bruders, von dem Gefühl, das ich manchmal habe, im eigenen Kopf gefangen zu sein.

»Tut mir leid, Mädchen, ich muss hier raus«, sage ich zu Daisy und kraule sie kurz am Ohr. »Bin in ein paar Minuten wieder da. Versprochen.«

Das ist gelogen. Ich werde mehr als ein paar Minuten brauchen, um zu tun, was mir unter den Nägeln brennt. Aber Daisy ist okay. Evan wird sie mit Liebe und Aufmerksamkeit überschütten, wenn er nach Hause kommt. Genau wie Mackenzie es immer getan hat, wenn sie den Hund besucht hat. Ich frage mich, ob sie ab und zu mal vorbeikommen wird.

Ich bezweifle es. Wahrscheinlich hat sie uns beide schon vergessen.

Ich muss zugeben, ich hatte nicht erwartet, dass sie so kalt ist. Schätze, am Ende ist sie genauso wie all die anderen Garnet-Klone. Gefühllos bis ins Mark.

Um ehrlich zu sein, geschieht es mir recht. Ich bin mit bösen Absichten auf sie zugegangen und habe sie als Mittel für meine Rache an Kincaid benutzt.

Karma ist ein Miststück.

Ich verdränge sie mit aller Gewalt aus meinem Kopf. Zehn Minuten später parke ich meinen Truck an der Strandpromenade. Das Tattoostudio ist leer, als ich reinkomme, abgesehen von einem frustriert aussehenden Wyatt, der mit einem Zeichenblock vor sich am Tresen sitzt.

»Yo«, begrüßt er mich, und seine Miene hellt sich auf.

»Yo. Hast du Zeit für einen Kunden ohne Termin?«

Wyatt tätowiert mich schon, seit ich sechzehn bin. Damals

wollte ich einen Grabstein auf dem linken Bizeps. Er war nur ein Jahr älter als ich und hatte eine Tätowiermaschine aus dem Pfandleihhaus, also war mein erstes Tattoo nicht gerade ein Meisterwerk. Sollte ich mal Kinder haben, wird das Erste, was ich ihnen sage, sein, dass sie sich niemals von irgendeinem Teenagerfreund Löcher in die Haut stechen lassen sollen. Zum Glück hat Wyatt seine Technik im Laufe der Zeit verbessert und führt diesen Laden jetzt zusammen mit einem anderen Tattoo-Künstler. Und mein hässlicher Grabstein wurde geschickt überstochen mit einem Tattoo, das den ganzen Arm bedeckt und einen Friedhof inmitten der tosenden Wellen von Avalon Bay darstellt.

»Kommt darauf an«, meint Wyatt. »Was möchtest du haben?«

»Einen Anker. Schlicht, klein.« Ich zeige ihm die Stelle im Nacken. »Genau hier.«

»Was für einen Anker? Patent oder Admiral?«

Ich kenne mich mit Schiffen nicht aus, also verdrehe ich genervt die Augen. »Woher zum Teufel soll ich das wissen? Einen Fischeranker – du weißt, was ich meine.«

Er grinst. »Also Admiral. Komm nach hinten. Das dauert keine Stunde.«

Kurz darauf sitze ich rittlings auf einem Stuhl, während Wyatt seinen Arbeitsplatz vorbereitet. So läuft das in der Bay. Wenn du gut zu deinen Freunden bist, sind sie gut zu dir. Wahrscheinlich wird Wyatt für das neue Tattoo nicht einmal Geld nehmen, egal wie sehr ich darauf bestehe. Stattdessen wird er nach ein paar Monaten oder in einem Jahr bei mir auftauchen und mich um irgendeinen Gefallen bitten, und ich werde ihm den mit Freuden tun.

»Also, was war mit dir los, als ich reingekommen bin?«, frage ich.

Er stöhnt. »Ach, ich habe versucht, ein Tattoo zu kreieren, das so sexy ist, dass Ren keine andere Wahl hat, als mich zurückzunehmen.«

Ich unterdrücke ein Lachen. »Sie hat dich wieder mal in die Wüste geschickt?«

»Ist nichts Neues, richtig?«

Da hat er nicht unrecht. Wyatt und Lauren, auch Ren genannt, trennen sich ungefähr alle zwei Monate, für gewöhnlich wegen des banalsten Mists, den man sich nur vorstellen kann. Aber sie sorgen verlässlich für Unterhaltung.

»Was war es diesmal?«

»Beug dich vor.«

Ich folge seiner Aufforderung und liefere mich seiner Gnade aus. Eine Sekunde später spüre ich ein kühles Spray am Nacken. Wyatt säubert den Bereich mit einem weichen Tuch, bevor er nach einem Rasiermesser greift.

»Okay«, meint er, während er die kurzen Nackenhärchen rasiert.

»Du musst dir etwas vorstellen, okay?«

Mein Lachen wird von meinem Unterarm gedämpft. »Okay.«

»Du bist auf einer Insel.«

»Verlassen oder mehr eine Ferieninsel?«

»Verlassen. Du bist mit dem Flugzeug abgestürzt. Oder dein Boot ist gekentert. Nicht wichtig.«

»Wieso ist das nicht wichtig?«, werfe ich ein. »Wäre ich mit einem Boot unterwegs, wäre ich wahrscheinlich vertrauter mit Inseln, Gezeiten und so, was bedeutet, dass ich eine größere Überlebenschance hätte.«

»Meine Güte, das ist nicht der Punkt«, grummelt er. »Wieso musst du es komplizierter machen als nötig, Hartley? Du bist auf einer verlassenen Insel. Punkt.«

»Coole Story, Bro.«

»Dir ist schon klar, dass ich gerade direkt an deinem Nacken ein Rasiermesser habe?«

Ich verkneife mir ein Lachen. »Okay. Ich bin auf einer verlassenen Insel. Und was jetzt?«

»Willst du, dass ich es mit einer Schablone steche oder freihändig?«

»Freihändig. Ich vertraue dir.« Außerdem, falls das Tattoo Müll ist, ist es wenigstens an einer Stelle, wo ich es nicht sehen kann.

Wyatt redet weiter, während er die Farbe vorbereitet. Nur Schwarz. Ich bin eher der puristische Typ. »Also, du sitzt da fest. Das ist jetzt dein Leben, diese Insel. Aber! Gute Neuigkeiten. Du kriegst Gesellschaft. Zwei Boote tauchen auf …«

»Nett, also werde ich gerettet?«

»Nein!« Er klingt verärgert. »Ich sagte doch gerade, du sitzt da für immer fest.«

»Aber da sind Boote.«

»Die explodieren fünf Minuten später, okay? Es gibt keine Boote mehr. Herrgott!«

Mir kommt der Gedanke, dass ich den Typen mit den Nadeln vielleicht nicht sauer machen sollte. Aber verdammt, es macht Spaß, Wyatt sauer zu machen.

»Auf dem ersten Boot ist deine Freundin, deine Partnerin oder was auch immer. Aber nur sie. Sonst nichts. Auf dem zweiten Boot ist niemand. Aber dort ist alles, was du brauchst, um auf der Insel zu überleben. Streichhölzer zum Feuermachen, Werkzeuge, Lebensmittel, Waffen, ich meine *alles*.«

Meine Lippen zucken. »Hat Ren dich zu diesem Gedankenexperiment gezwungen?«

»Ja«, antwortet er mürrisch.

Ich drehe den Kopf, um ihn anzusehen. »Du Blödmann hast

doch hoffentlich nicht das Boot mit all den Sachen gewählt statt ihr?«

»Als hättest du das nicht getan«, meint er eingeschnappt.

Mein Brustkorb bebt vor unterdrücktem Lachen.

»Es geht um Leben und Tod, Coop. Ich brauche Nahrung und Schutz! Klar wäre es toll, Ren dazuhaben, aber wir würden innerhalb kürzester Zeit sterben, wenn wir nicht die Mittel zum Überleben haben. Und überhaupt, mit all dem Zeug könnte ich ein Floß bauen und zu ihr nach Hause paddeln. Das ist gesunder Menschenverstand.«

»Ren hat wirklich deswegen mit dir Schluss gemacht?«

»Was? Nein. Das wäre doch krank. Sie hat mit mir Schluss gemacht, weil ich eine Stunde zu spät zum Geburtstagsdinner ihrer Schwester gekommen bin. Ich war mit Tate unterwegs, habe ihm von ihrem dämlichen Gedankenexperiment erzählt und dabei die Zeit vergessen.«

Ich frage mich, wie es kommt, dass das meine Freunde sind. Andererseits kriege ich kostenlos ein Tattoo von ihm, und seine bekloppte Geschichte hat mir erfolgreich dabei geholfen, Mackenzie zu vergessen.

Lebewohl, Cooper.

Oder auch nicht.

17

Mackenzie

Ich habe mir die größte Mühe gegeben. Ich habe seit ein paar Wochen keinen Kontakt zu Cooper. Bin nicht an der Strandpromenade gewesen. Ich dachte mir, sollte ich ihn zufällig treffen, dann wohl am ehesten dort, also habe ich mich von dem Ort ferngehalten. Das alles hat allerdings nicht dazu geführt, dass ich nicht mehr von ihm träume. Oder in verbotenen Erinnerungen schwelge, die mir immer dann kommen, wenn ich in einer Vorlesung sitze.

Ich ertappe mich in Englischer Literatur dabei, wie ich unseren ersten Kuss im Geiste noch einmal erlebe.

Erinnere mich in Biologie daran, wie seine Hände mich an der Haustür festgehalten haben.

Und in Europäischer Geschichte denke ich an seine muskulöse Brust, und plötzlich bin ich ganz erhitzt, atme schwer und hoffe nur, dass es niemand mitbekommen hat.

Aber ich kann auch Positives vermelden. Meine Beziehung mit Preston ist unerschütterlich, und ich habe endlich noch eine andere Garnet-Freundin außer Bonnie gefunden. Sie heißt Kate, und obwohl sie zufällig Melissas jüngere Schwester ist, sind die beiden sich überhaupt nicht ähnlich. Kate ist urkomisch, sarkastisch und hasst Segeln – aus meiner Sicht lauter Pluspunkte. Wir sind uns bei einem Dinner von Kappa Ny begegnet, zu dessen Besuch mich Preston gedrängt hat, weil er meinte, es wäre eine gute Gelegenheit, mich mit Melissa, Chrissy und ihren Freundinnen in der Studentinnenverbindung anzufreunden. Stattdessen habe ich die halbe Nacht mit Kate in einer Ecke gesessen und mit ihr über den künstlerischen Wert von *The Bachelor* debattiert.

Als sie mir dann Donnerstagabend schreibt, ob ich mit ihr und ein paar Freundinnen in der Stadt etwas trinken gehen möchte, bin ich total fertig. Damit würde ich riskieren, Cooper über den Weg zu laufen, aber ich kann meine erste Einladung von jemand anderem als Bonnie nicht ausschlagen.

»Willst du mitkommen?«, frage ich meine Mitbewohnerin, während ich in unserem Badezimmer stehe und mein Haar zu einem Zopf flechte.

Bonnie taucht hinter mir im Spiegel auf. »Würde ich, aber ich treffe mich heute Abend mit Todd.«

Ich grinse ihr Spiegelbild an. »Schon wieder? Sieht so aus, als würde es ernst zwischen euch beiden …« Ich schwöre, in letzter Zeit ist sie echt oft mit dem Sandwich-Typen ausgegangen. So viel zu ihrer Vorliebe für Bad Boys. Ich bin Todd nur einmal begegnet, und da konnte ich weder ein Piercing noch ein Tattoo entdecken.

»Ernst? Pfft!« Sie winkt ab. »Er ist einer von dreien, mit denen ich mich abwechselnd treffe, Mac. Morgen sehe ich Harry, und am Samstag bin ich zum Abendessen eingeladen, von diesem Typen, von dem ich dir erzählt habe. Wie heißt er noch, Jason? Du weißt schon, der, der aussieht wie Edward.«

»Edward?«, wiederhole ich ratlos.

»Aus *Twilight*?« Sie schaudert freudig. »Oooh, er sieht *sooo* gut aus, dass es mich nicht einmal stören würde, wenn er am Ende tatsächlich ein Vampir wäre. Wie irre ist das denn? Dabei bin ich ganz schön zimperlich, wenn's um Blut geht.«

Ich schnaube. »Ich bin mir ziemlich sicher, dass er kein Vampir ist.« Obwohl ich die Möglichkeit, dass Bonnie eine Hexe ist, immer noch nicht ganz ausgeschlossen habe.

Ich wünsche ihr Glück bei ihrem Date, verlasse dann das Wohnheim und gehe zum Parkplatz, wo ein Uber auf mich wartet. Ich treffe Kate und ihre Freundinnen im Rip Tide. Als das Auto den Treffpunkt am Strand erreicht, blitzt eine Erinnerung auf an das letzte Mal, als ich hier war, und mein Herz klopft schneller. Das war der Abend, an dem ich Cooper begegnet bin. Der Abend, an dem Bonnie Sex mit seinem Zwillingsbruder hatte, während Cooper und ich die ganze Nacht miteinander geredet haben.

Genug, befiehlt mir eine strenge Stimme. *Vergiss ihn.*

Das muss ich wirklich tun. Ich bin mit Preston zusammen. An Cooper zu denken ist nicht gut für meine Beziehung.

Ich danke dem Fahrer und steige aus dem Auto. Als ich meinen Zopf richte, huscht mein Blick kurz zu dem verfallenden Hotel, das ich vor über einem Monat zum ersten Mal gesehen habe. Es steht immer noch leer, wie es aussieht. Ein komisches Gefühl macht sich in meinem Bauch breit, während ich das Hotel betrachte, dessen verwitterte weiße Fassade im Schein einer einsamen Straßenlaterne schimmert.

Es kostet mich erstaunlich viel Anstrengung, den Blick davon loszureißen. Na toll. Zuerst dreht mein Gehirn wegen Cooper durch, und jetzt beschäftigt es sich zwanghaft mit einem abgewrackten Hotel? Ich habe wirklich ein Problem.

In der Bar finde ich Kate an einem Tisch neben der Bühne. Sie ist mit drei anderen Mädchen da, von denen ich zwei nicht kenne. Die dritte ist Melissa. Ich unterdrücke ein Seufzen, denn ich hatte nicht damit gerechnet, dass Melissa auch kommen würde. Ich habe nichts gegen sie, aber ihre klatschsüchtige Art macht mich wachsam.

»Hey, Mac«, begrüßt mich Kate.

Wie ihre Schwester hat sie helles Haar und große graue Augen, aber ihr Stil ist vollkommen anders. Kate trägt ein kurzes blaues Kleid, das kaum ihre Oberschenkel bedeckt, Flip-Flops und klobige Armreife an beiden Handgelenken. Melissas knielanges pinkes Kleid dagegen ist bis zum Hals zugeknöpft, und an ihren Ohrläppchen funkeln zwei Diamanten.

»Hey.« Ich schaue mit einem verlegenen Lächeln in die Runde. »Hey, Melissa.«

Kate stellt mich ihren zwei Freundinnen Alisha und Sutton vor. Melissa will unbedingt, dass wir Daiquiris trinken, doch als Kate und ich zur Bar gehen, um zu bestellen, zwinkert sie mir zu und ordert zwei Wodkas für uns dazu.

»Sag meiner Schwester nichts davon«, meint sie, und wir kippen die Wodkas mit verschwörerischem Grinsen schnell runter.

Zurück am Tisch, ist die erste Runde Daiquiris im Nu weg, also bestellen wir sehr bald Nachschub. Bei der dritten Runde verlagern sich unsere Gesprächsthemen von Vorlesungen und Zukunftsplänen hin zu peinlichen Geschichten und Männern. Kate erzählt uns von dem Lehrassistenten, der total für sie schwärmt und seine Zuneigung zeigt, indem er bei jeder Hausarbeit, die sie abgibt, eine getrocknete Blume auf die letzte Seite tackert.

Ich breche in Gelächter aus. »Oh nein! Macht er nicht.«

»Oh doch, macht er. Aber wenn du denkst, diese ewige Flamme der Liebe, die er am Brennen hält, beschert mir bessere Noten, dann irrst du dich. Er hat mir eine Drei minus für meinen letzten Aufsatz gegeben.« Sie sieht wütend aus. »Spar dir deine perfekt gepressten Petunienblüten, Christopher. Gib mir lieber eine Eins.«

Alisha toppt Kates Geschichte mit einer über einen Professor, der ihr versehentlich einen leidenschaftlichen Liebesbrief gemailt hat, der eigentlich an seine Noch-Ehefrau gehen sollte.

»Sie hieß Alice, also nehme ich an, er hat ›Al‹ in die Adressatenzeile getippt und dann aus Versehen meinen Namen angeklickt.« Sie spielt mit ihrem Strohhalm und kichert. »Die Mail war eine Liste aller Gründe, warum sie die Scheidung nicht durchziehen sollte. Eigentlich wollte er ihr damit nur mitteilen, warum er ganz wunderbar ist.«

Melissa bleibt der Mund offen stehen. »Oh mein Gott. Was waren das für Gründe?«

»Ich erinnere mich nicht an alle, aber der erste war … warte mal …« Alisha macht eine dramatische Pause. »Adäquater Liebhaber.«

Unser ganzer Tisch dröhnt vor Gelächter.

»Adäquat?«, wiederholt Kate kichernd. »Oh, die arme Frau.«

Ich trinke meinen Drink aus. Plötzlich wird mir bewusst, dass ich seit der Highschool keinen richtigen Mädelsabend mehr hatte, was wiederum bedeutet, dass ich ganz schlecht darin war, in Kontakt mit meinen Freundinnen von Spencer Hill zu bleiben. Zugegeben, sie haben sich auch nicht gemeldet, also schätze ich, das sagt einiges über unsere Freundschaft. Ich gelobe, meine neuen Collegefreundschaften besser zu pflegen.

Unser Unterhaltungsniveau sinkt noch weiter ab, als Sutton ein Spiel vorschlägt. Also, nicht so sehr ein Spiel als vielmehr »Lass uns bei jedem Typen, der an unserem Tisch vorbeigeht, bewerten, wie heiß er ist.«

»Oooh, wie wäre es mit dem da?«, flüstert Alisha etwas zu laut.

Wir alle mustern einen langhaarigen Surfertypen in rotem Tanktop und orangen Boardshorts. »Zwei von zehn für seinen Kleidergeschmack«, meint Melissa und rümpft die Nase. »Rot und Orange? Komm schon. Etwas mehr Selbstachtung bitte, mein Herr.«

Ich kann nicht anders, ich muss kichern. Betrunken ist Melissa zwar immer noch versnobt, aber sie ist auch boshafter, und das liebe ich.

»Hintern? Neun von zehn«, entscheidet Kate. »Es ist ein toller Hintern.«

»Ich wette, von dem Ding prallt eine Geldmünze ab«, meint Alisha und nickt zustimmend.

Oh ja, wir machen diese Kerle zu Objekten. Betrunkene Mädchen haben weder Schamgefühl noch Skrupel.

»Sieben insgesamt«, meint Sutton.

»Drei«, korrigiert Melissa und streckt das Kinn vor. »Ich komme nicht über diese Rot-Orange-Kombination hinweg. Geht einfach nicht.«

»Ähm, Leute?«, zischt da Alisha und beugt sich eifrig vor. »Sechs Uhr, am anderen Ende der Bar – ich habe gerade eine Zehn in allen Bereichen gefunden.«

Wir drehen uns alle zur Bar. Und ich verschlucke mich fast an meiner Zunge.

Alishas perfekte Zehn ist Cooper Hartley.

Kate stößt einen leisen Pfiff aus. »Oh ja. Mag ich.«

»*Liebe* ich«, korrigiert Alisha und bekommt einen verträumten Ausdruck im Gesicht.

Ich kann es ihr nicht vorwerfen. Cooper sieht verdammt gut aus heute Abend. Er trägt dieses abgenutzte T-Shirt, das ich so mag, mit dem Billabong-Logo, das sich über seine breiten Schultern dehnt und seine muskulöse Brust betont. Dazu das leicht wirre dunkle Haar, die zwei komplett tätowierten Arme und die Cargohose um einen Hintern, der noch fester ist als der des Surfers, und fertig ist ein echt nettes Exemplar Mann.

Als würde er die weibliche Aufmerksamkeit spüren, dreht

Cooper abrupt den Kopf. Eine Sekunde später schaut er zu unserem Tisch. Hitze steigt mir in die Wangen. Mist. Werde ich gerade rot? Ich hoffe, ich werde jetzt nicht rot.

Seine Augen werden schmal, als er mich sieht. Seine Lippen werden einen kurzen Moment lang schmal, bevor sie sich zu einem schwachen Lächeln verziehen.

Neben mir schnappt Alisha nach Luft. »Er schaut dich an«, sagt sie vorwurfsvoll zu mir. »Kennst du ihn?«

»Ich … äh …« Ich versuche fieberhaft, mir einen Grund einfallen zu lassen, warum ein heißer Townie längeren Blickkontakt mit mir suchen könnte.

»Mackenzie?« Melissa sieht mich eindringlich von der Seite an. »Kennst du den Typen?«

Meine Kehle ist vollkommen trocken. Ich reiße den Blick los von Cooper und greife nach meinem Drink. Einen Schluck zu trinken verschafft mir ein paar Sekunden Zeit, um mir panisch eine Ausrede auszudenken. Melissa ist nicht nur neugierig – sie ist auch schlau. Wenn ich zugebe, dass ich Cooper kenne, selbst wenn nur auf freundschaftlicher Ebene, wird das diese Tratschtante nur anstacheln. Sie wird mehr Fragen stellen, und wenn ihr nur eine Antwort nicht wahr erscheint, erzählt sie es vielleicht Benji, der es wiederum Preston erzählen wird, der mir doch eben erst verziehen hat, dass ich einen anderen geküsst habe.

Also nein. Keine Chance, dass ich zugebe, Cooper in irgendeiner Weise zu kennen.

»Evan«, platzt es aus mir heraus.

Melissa runzelt die Stirn. »Was?«

Ich stelle meinen Daiquiri hin. Ein Gefühl der Erleichterung durchströmt mich, zugleich bin ich überaus stolz auf meinen genialen Geistesblitz. »Das ist Evan Hartley. Meine Mitbewohnerin hatte Anfang des Semesters Sex mit ihm.«

Melissa entspannt sich etwas, und ihre manikürten Finger spielen an einem der Diamantohrringe. »Wirklich? Die kleine Bonnie hat sich den geholt?«

»Oh ja.« Ich bringe ein Lachen zustande und hoffe, dass niemand die Anspannung darin hört. »Sie hat mich einfach sitzen lassen für eine Mondnacht am Strand mit dem Typen.«

Perfekt. Wenn Melissa jetzt meine Geschichte auf ihren Wahrheitsgehalt prüfen will, kann Bonnie das ganz einfach bestätigen. Solange Cooper auf der anderen Seite des Raums bleibt und nicht …

… zu uns rüberkommt.

Ach du Schande, er kommt zu uns rüber.

Mein Herz schlägt schneller als die Musik, die aus den Lautsprechern dringt. Was tut er da? Ich habe ihm gesagt, dass ich ihn nicht wiedersehen kann. Das war unmissverständlich, verdammt. Er kann nicht einfach an meinen Tisch kommen, als wäre nichts gewesen und …

»Evan!«, rufe ich viel zu laut mit viel zu strahlendem Lächeln.

Cooper hält kurz inne. Doch dann schlendert er mit seinen langen Beinen locker weiter, bis er vor mir steht. Er schiebt die Hände lässig in die Taschen. »Mackenzie.«

»Evan, hey. Wie läuft's?«, frage ich, ganz freundlich und entspannt, als hätten wir nie miteinander herumgemacht und als hätte ich nie seine Erektion an meinem Bauch pulsieren gefühlt. »Habe dich gar nicht mehr gesehen seit dieser Nacht, in der du meine Mitbewohnerin entführt und verführt hast.«

Kate kichert.

Ich bleibe auf Cooper konzentriert und hoffe, dass meine Augen ihm alles sagen, was ich nicht laut aussprechen kann. *Spiel mit. Bitte. Ich kann nicht riskieren, dass diese Mädchen über uns tratschen und das dann bei Pres landet. Bitte, spiel mit.*

Die Tatsache, dass ich seine wahre Identität nicht preisgebe, weckt Schuldgefühle in mir, aber das ist kein Vergleich dazu, wie schrecklich ich mich gefühlt habe, weil ich Preston hintergangen habe. Cooper zu küssen war ein Fehler gewesen. Aber ich habe meinem Freund reinen Wein eingeschenkt, mein Gewissen ist rein, und jetzt will ich das Ganze einfach hinter mir lassen. Doch das wird nicht möglich sein, falls Melissa beschließt, dass es hier Potenzial für Klatsch gibt. Also flehe ich stumm Cooper an, der mir aber nicht einen Zentimeter entgegenkommt.

Sein Grinsen wird breiter, und in seinen dunklen Augen glitzert etwas, das ich nicht deuten kann.

Bis er endlich etwas sagt, bin ich ein einziges Nervenbündel und habe mein Tanktop durchgeschwitzt.

»Kann mich nicht erinnern, dass Bonnie sich in der Nacht beschwert hätte«, meint er mit einem Zwinkern.

Ich werde fast ohnmächtig vor Erleichterung. Hoffentlich merkt niemand, wie meine Hand zittert, als ich nach meinem Drink greife. »Tja, sie ist auch nicht diejenige, die ganz allein um zwei Uhr früh per Uber zurück zum Campus musste.« Ich trinke einen hastigen Schluck, bevor ich die Mädels vorstelle. »Alisha, Sutton, Kate, Melissa. Leute, das ist Evan.«

Es ist schon komisch. Mir war nie klar, wie verschieden Cooper und sein Zwillingsbruder sind, bis genau zu diesem Moment, als Cooper sich in Evan verwandelt. Seine normalerweise eindringlichen, grüblerischen Augen schimmern schelmisch. Er fährt sich mit der Zunge über die Unterlippe, bevor er den Mädels ein übermütiges Grinsen zuwirft.

»Also.« Sogar seine Stimme klingt jetzt anders. Leichter, flirtender. »Welche von Mackenzies Freundinnen verführe ich denn heute Abend?«

Man sollte meinen, bei so einem abgeschmackten Spruch würden alle genervt aufstöhnen. Stattdessen geraten die Mädels fast in Verzückung. Sogar Melissa reagiert darauf. Ihr Gesicht wird hellrot, und ihre Lippen öffnen sich leicht.

Ich kann es ihnen nicht verübeln. Der Typ ist Sex in Person. Es spielt keine Rolle, ob er sein grübelndes Selbst ist oder sich als sein Casanova von Bruder ausgibt – er strahlt ganze Wellen sexueller Energie aus.

»Lass ihn in der Hose, *Evan.*« Mein Tonfall soll eher neckend sein, aber es klingt wie eine Warnung.

Sein Grinsen wird breiter.

»In Ordnung.« Sutton gibt ein übertriebenes Seufzen von sich und hüpft von ihrem Hocker. »Ich denke, ich werde mich jetzt mal für das Team opfern.« Ihr verträumter Gesichtsausdruck verrät mir, dass sie in Gedanken schon Sex mit Cooper hat. »Wie wäre es zuerst mit einem Tanz, und danach reden wir über dein Verführungsangebot?«

Jeder einzelne Muskel in mir ist total angespannt. Meine Finger schließen sich um mein Glas und drücken so fest zu, dass ich mir Sorgen mache, es könnte zerbrechen.

Coopers spöttischem Blick entgeht meine Reaktion nicht. Er beobachtet mich, während er Sutton antwortet. »Ein Tanz klingt großartig. Also los, Babe.«

Kurz darauf steht er eng umschlungen mit Sutton auf der Tanzfläche. Sie hat die Arme um seinen Nacken gelegt, und ihre schlanke Gestalt presst sich an seine kräftige. Coopers Hände streichen sanft über den Rücken ihres Spitzenoberteils, eine Hand wandert tiefer und bleibt über der Rundung ihres Pos liegen. Seine andere Hand gleitet ihren Rücken hinauf und taucht in ihren dunklen Pferdeschwanz ein, bevor er ihren Nacken umfasst.

Bitterkeit steigt mir in die Kehle. Ich greife nach meinem Daiquiri und hoffe, den abscheulichen Geschmack loszuwerden – nur dass mein Glas leer ist.

»Uff, ich kann nicht glauben, dass sie das tut«, jammert Alisha.

Sie? Ich kann nicht glauben, dass *er* das tut. Was macht er da, Dirty Dancing mit einer völlig Fremden?

Neben mir tätschelt Kate Alishas Arm. »Tut mir leid, Süße. Nächstes Mal musst du eben schneller sein.«

»Gott, er ist *heiß*«, bemerkt Melissa, ganz fixiert auf Cooper und Sutton. »Wenn ich nicht mit Benji zusammen wäre, würde ich echt darüber nachdenken, mich eine Nacht lang mit einem Townie zu amüsieren.«

Ich ziehe eine Augenbraue hoch. »Ich dachte, das fällt unter Freizeitgestaltung?«

Sie lacht. »Ähm, nein. Nicht für uns, Schätzchen. Zumindest nicht, bis wir das *Ja, ich will* im Kasten haben. Danach kannst du nach Herzenslust die Poolboys und Gärtner knallen.«

Kate sieht ihre Schwester an und verdreht die Augen. »Du bist echt eine Zicke, Mel.«

Melissa zuckt mit den Schultern. »Was denn? So läuft es nun mal.«

Ich blende die beiden aus, abgelenkt von der vertikalen Sexshow, die da drei Meter von unserem Tisch entfernt stattfindet. Sutton steht jetzt auf Zehenspitzen und flüstert Cooper etwas ins Ohr.

Er lacht leise, und ich versteife mich. Worüber kichern die zwei da?

Und er muss *wirklich* mal die Hände von ihrem Hintern nehmen. Und zwar auf der Stelle. Er trägt auf meine Kosten dick auf, und ich will davon nichts wissen. Ich beiße mir in die Wange. Fest.

»Ich hätte sofort meinen Anspruch anmelden müssen, als er auf uns zukam«, sagt Alisha weinerlich. Auch sie starrt wie besessen auf die Tanzfläche.

»Der frühe Vogel fängt den Wurm«, meint Kate nüchtern.

»Uff. Egal.« Alisha stellt ihr Glas mit lautem Knall auf den Tisch und zieht eine Schnute. »Sie redet sowieso die ganze Zeit. Sutton hat keinen zwanglosen Sex. Sie wird nicht in die Kiste steigen mit einem Typen, den sie nicht mal …« Alisha verstummt abrupt, und ihr fällt die Kinnlade herunter.

Ich folge ihrem Blick und sehe gerade noch, wie Cooper und Sutton gemeinsam die Bar verlassen.

18

Mackenzie

Am nächsten Morgen fällt meine Vorlesung in Medienkultur aus. Der Professor hat eine Rundmail geschickt, die mehr Informationen als nötig enthält, mit der Mitteilung, dass der Hackbraten, den seine Frau gestern zum Abendessen gemacht hat, seine Verdauung in Aufruhr versetzt hat.

Ich fühle mit dir, Kumpel. Ich habe einen Felsbrocken im Bauch, seit ich mit ansehen musste, wie Cooper das Rip Tide mit Sutton im Arm verlassen hat.

Hatten sie Sex? Der Gedanke macht mich gereizt. Und ein wenig wütend. Wie konnte er mit einem Mädchen in die Kiste hüpfen, das er gerade mal zweieinhalb Sekunden kennt? Oder vielleicht haben sie ja gar nicht miteinander geschlafen. Vielleicht hat sie ihm nur einen geblasen.

Roter Nebel steigt vor mir auf bei dem Gedanken an Sutton, die Cooper einen bläst. Ich will ihm den Schwanz dafür abreißen, dass er sich von ihr anfassen lässt.

Hmm. Okay.

Vielleicht bin ich mehr als nur »ein wenig« wütend.

Aber ich darf nicht so empfinden. Cooper ist nicht mein Freund. Sondern Preston. Ich darf keine Meinung dazu haben, mit wem Cooper Sex hat, und ich sollte auf jeden Fall jetzt nicht nach meinem Handy greifen, unseren Chat aufrufen und …

Ich: *Du hättest das nicht meinetwegen tun müssen. Und mit »das tun« meine ich Sutton.*

Verdammt. Was stimmt nicht mit mir? Kaum habe ich die Nachricht abgeschickt, bereue ich es auch schon. Hektisch tippe ich auf dem Display herum und suche nach einer Rückgängig-Funktion, aber die gibt es nicht.

Und jetzt tippt Cooper eine Antwort.

Mein Herz klopft wild, als ich mich im Bett aufsetze und mich für meinen Mangel an Selbstbeherrschung verfluche.

Cooper: *Oh, wir reden wieder miteinander?*
Ich: *Nein. Tun wir nicht.*
Cooper: *Cool. Bis später.*

Ich starre frustriert auf mein Handy. Aber ich bin mehr frustriert über mich selbst als über ihn. Ich habe ihm gesagt, dass wir keine Freunde bleiben können. Ich habe buchstäblich gesagt: »Lebewohl, Cooper.« Gestern Abend habe ich ihn Evan genannt und ihn meinen Freundinnen regelrecht entgegengeworfen, damit Melissa keinen Verdacht schöpft und Benji davon erzählt. Das geht auf meine Kappe. Natürlich will Cooper nicht mit mir reden.

Und doch haben meine dummen Finger einen eigenen Willen.

Ich: *Ich meine ja nur. Danke, dass du mitgespielt hast, als ich dich Evan genannt habe, aber du hättest kein Method Acting daraus machen müssen.*
Cooper: *Hey, Prinzessin, wie wäre es, wenn du dir mehr Sorgen um den Schwanz deines Freundes machst und weniger um meinen?*

Ich will am liebsten schreien. Ich wünschte, ich wäre Cooper Hartley nie begegnet. Dann würde ich mich jetzt nicht so fühlen. Total durcheinander. Ganz zu schweigen von der Eifersucht, die wie Batteriesäure an meiner Speiseröhre frisst, dank seiner Antwort. Will er damit sagen, dass sein Schwanz gestern Nacht *tatsächlich* eine Rolle gespielt hat?

Ich bin nur drei Sekunden davon entfernt, Kate nach Suttons Nummer zu fragen, damit ich einen exakten Bericht erhalte, was gestern Nacht passiert ist, doch da schaltet sich mein gesunder Menschenverstand ein. Wenn mein Ziel gestern Nacht darin bestand, sicherzustellen, dass Melissa keinen Verdacht schöpft, wird es der Sache nicht helfen, bei Sutton total durchzudrehen.

Ich aktiviere jedes bisschen Willenskraft, das ich habe, schiebe mein Handy zur Seite und greife nach dem Laptop. Keine Vorlesung bedeutet mehr Zeit für die Arbeit, die immer eine tolle Ablenkung ist.

Ich checke meine Mails, aber es gibt nichts Dringendes, das bearbeitet werden muss. Die Sache mit Tad und seinem Mikropenis hat sich im Sande verlaufen, Gott sei Dank. Und meine Moderatoren- und Marketingteams berichten, dass der September unser bisher bester Monat in puncto Umsatz war. Das ist die Art von Neuigkeit, die jeder Geschäftsinhaber mit Begeisterung hört, und versteht mich nicht falsch, ich *bin* begeistert. Aber als ich die nächsten Stunden damit verbringe, ein paar Routinearbeiten zu erledigen, kehrt der Frust zurück und steigt mir in die Kehle. Plötzlich habe ich das dringende Bedürfnis, einen Spaziergang außerhalb des Campus zu machen. Ich habe die immer gleiche Kulisse satt. Und meine obsessiven Gedanken an Cooper.

Zehn Minuten später sitze ich in einem Taxi und fahre nach Avalon Bay. Ich brauche die frische Luft, den Sonnenschein.

Das Taxi lässt mich beim Pier aussteigen, und ich gehe zur Strandpromenade und schiebe die Hände in die Taschen meiner abgeschnittenen Shorts. Ich kann nicht glauben, wie mild die Temperaturen für Oktober sind, aber ich will mich nicht beschweren. Die warme Brise fühlt sich himmlisch auf meinem Gesicht an.

Als mich meine Füße wie von selbst zum Hotel tragen, wird mir plötzlich klar, was mich dazu motiviert hat, heute hierherzukommen. Es ist dieser Reiz des Möglichen, als ich das Hotel immer noch leer dastehen sehe. Wartend.

Es ist verrückt, aber als ich das verlassene Gebäude betrachte, beginnt mein Körper zu summen. Sogar meine Finger jucken, als wollten sie mir sagen, ich solle meine Hände beschäftigen. Ist das die Herausforderung, nach der ich gesucht habe? Dieses abrissreife Hotel, von dem ich nicht aufhören kann zu träumen?

Es steht nicht einmal zum Verkauf, rufe ich mir ins Gedächtnis. Und doch scheint das keine Rolle zu spielen. Das Summen will nicht aufhören.

Während ich zurück durch die Stadt spaziere und in einem Café haltmache, um etwas zu trinken, nimmt eine Idee in meinem Kopf Gestalt an. Als mir die Frau hinter dem Tresen eine Saftschorle reicht, zögere ich einen Moment lang. Avalon Bay ist eine kleine Stadt. Wenn ich an kleine Städte in TV-Serien wie *Gilmore Girls* denke, bedeutet das, dass jeder alles über jeden weiß.

Also frage ich die Frau: »Wissen Sie etwas über das alte, verlassene Hotel an der Promenade? The Beacon? Irgendeine Idee, warum der Eigentümer nichts damit gemacht hat?«

»Fragen Sie sie selbst.«

Ich blinzle. »Entschuldigung, wie bitte?«

Sie nickt zu einem Tisch am Fenster. »Das ist die Eigentümerin.«

Ich folge ihrem Blick und sehe eine ältere Frau mit breitkrempigem Hut und einer riesigen schwarzen Sonnenbrille, die den größten Teil ihres Gesichts verbirgt. Sie sieht mehr wie eine Strandräuberin als wie eine Hotelbesitzerin aus.

Ob ich wohl eine Chance habe? Das Summen wird intensiver, bis mein ganzer Körper unter Strom zu stehen scheint. Das muss etwas zu bedeuten haben.

Mit meinem Getränk in der Hand gehe ich langsam zu dem Tisch am Fenster. »Entschuldigen Sie die Störung. Ich würde gerne mit Ihnen über Ihr Hotel sprechen. Darf ich mich setzen?«

Die Frau blickt nicht von ihrem Kuchenteller und ihrer Teetasse auf. »Wir haben geschlossen.«

»Ja, ich weiß.« Ich hole tief Luft. »Aber vielleicht könnte ich das ändern.«

Sie löst mit zarten Fingern kleine Krümel von ihrem Kuchen und steckt sie sich langsam in den Mund.

»Ma'am? Ihr Hotel. Darf ich Ihnen ein paar Fragen stellen?«

»Wir haben geschlossen.«

Ich kann nicht sagen, ob sie mich veräppelt oder ob sie einfach abwesend ist. Ich will nicht unhöflich sein oder sie verärgern, also versuche ich es ein letztes Mal.

»Ich möchte Ihr Hotel kaufen. Hätten Sie Interesse daran?«

Endlich hebt sie den Kopf und sieht mich an. Wegen der Sonnenbrille kann ich ihre Augen nicht sehen, aber dass sie nachdenklich die Lippen verzieht, zeigt mir, dass sie mir zugehört hat. Sie trinkt einen Schluck Tee. Dann stellt sie die Tasse ab und schiebt mit dem Fuß einen Stuhl für mich unter dem Tisch hervor.

Ich setze mich und hoffe, dass ich nicht zu eifrig wirke. »Mein Name ist Mackenzie Cabot. Ich bin Studentin am

Garnet College, aber ich bin auch eine Art Unternehmerin. Ich würde sehr gerne mit Ihnen über das Hotel reden.«

»Lydia Tanner.« Endlich nimmt sie ihre Sonnenbrille ab und legt sie auf den Tisch. Mit überraschend wachem Blick schaut sie mich an. »Was wollen Sie wissen?«

»Alles«, antworte ich lächelnd.

Wir reden über eine Stunde miteinander. Sie erzählt mir, wie sie das Hotel nach dem Krieg mit ihrem Mann gebaut hat. Wie es seitdem dreimal zerstört und wieder aufgebaut wurde, bis ihr Mann vor zwei Jahren starb. Dann, nach dem letzten Sturm, fühlte sie sich zu alt und zu müde, um noch einmal von vorn anzufangen. Und ihre Kinder hatten kein Interesse daran, die Immobilie zu retten.

»Ich hatte Angebote«, erzählt sie mir mit sachlicher Stimme. Ganz und gar nicht die schüchterne Lady, als die sie erscheinen könnte. »Manche waren großzügig, manche nicht. Es gab Bauherren, die es niederreißen und an seiner Stelle ein hässliches Hochhaus hinstellen wollten. Schon seit Jahren wollen Leute die Gebäude an der Strandpromenade abreißen und den Ort in ein zweites Miami verwandeln. Ganz aus Beton und funkelndem Glas.« Ihr verächtliches Schnauben offenbart, wie sie zu alldem steht.

»Diese Stadt könnte nie wie Miami sein. Dafür hat sie zu viel Charme«, versichere ich ihr.

»Diesen Bauherren ist Charme egal. Die sehen nur Dollars.« Lydia nimmt ihre Teetasse. »Meine einzigen Bedingungen sind: Es muss ein Hotel bleiben, und der Charakter muss bewahrt bleiben. Ich möchte in die Nähe meiner Enkel ziehen und die Zeit, die ich noch habe, mit meiner Familie verbringen.« Sie seufzt. »Aber ich könnte es schlicht nicht ertragen, von hier wegzugehen, ohne zu wissen, dass das Beacon in guten Händen ist.«

»Das kann ich Ihnen versprechen«, antworte ich aufrichtig. »Der Charme des Gebäudes ist der Grund, warum ich mich in es verliebt habe. Ich würde bei der Restaurierung den Originalzustand so weit wie möglich erhalten. Kabel und Rohrleitungen müssten natürlich modernisiert und die tragende Konstruktion verstärkt werden. Auf jeden Fall würde ich dafür sorgen, dass es weitere fünfzig Jahre übersteht.«

Lydia mustert mich, als würde sie abschätzen, ob sie mich ernst nehmen kann oder ob ich nur ein dummes Collegemädchen bin, das ihre Zeit verschwendet.

Mehrere Sekunden vergehen, bevor sie langsam nickt. »Tja dann, junge Dame, schreiben Sie mir mal eine Zahl auf.«

Eine Zahl? Ich weiß nichts über den Hotelimmobilienmarkt, also entscheide ich mehr oder weniger aus dem Bauch heraus und tippe dann eine Zahl in die Notes-App meines Handys. Die Summe scheint mir nicht zu niedrig zu sein, aber sie ist auch nicht so hoch, dass ich mein gesamtes Geschäftskonto leerräumen müsste.

Ich schiebe das Handy hinüber. Lydia schaut aufs Display und zieht eine Augenbraue hoch, als wäre sie überrascht, dass ich echtes Geld zu bieten habe.

Die nächsten zehn Minuten verbringen wir mit Feilschen. Und vielleicht habe ich mich durch die Fotos von ihren Enkeln dazu verleiten lassen, zu viel zu bezahlen, aber am Ende haben wir tatsächlich einen Deal.

Und so werde ich in Kürze stolze Besitzerin eines Hotels an der Strandpromenade sein.

Ich fühle mich wie berauscht nach meinem erfolgreichen Geschäftsabschluss. Schwebe auf Wolke sieben. Zugleich ist es irrsinnig. Ich bin zwanzig Jahre alt und habe gerade ein *Hotel* gekauft. Doch so verrückt es klingt, es fühlt sich richtig an.

Sofort denke ich an die nächsten Schritte, die ich unternehmen muss. Ich sehe meine Zukunft, mein wachsendes Imperium vor mir. Ich habe meinen Eltern versprochen, dass ich mich aufs College konzentrieren würde, und das habe ich auch immer noch vor – nur werde ich mich zugleich meiner neuen Rolle als Hotelbesitzerin widmen. Ich kann das unter einen Hut bringen.

Vielleicht.

Hoffentlich.

Selbst nachdem Lydia und ich den Deal mit Handschlag besiegelt haben und ich meinen Anwalt kontaktiert habe, um den Papierkram zu erledigen, fühlt es sich noch nicht real an. Dann aber bitte ich am nächsten Tag Preston, sich mit mir das Gebäude anzusehen.

Doch statt meine Begeisterung zu teilen, jagt er mir ein Messer in den Rücken.

»Was ist das?« Er blickt finster auf das heruntergekommene Hotel mit seinen bröckelnden Mauern und den unübersehbaren Wasserschäden.

»Mein neues Hotel.«

Mit schmalen Augen sieht mich Preston an, als wollte er sagen: *Du bist mir eine Erklärung schuldig.*

»Ich weiß, es macht jetzt nicht viel her. Du musst dir vorstellen, wie es nach der vollständigen Renovierung aussehen wird.« Es ist furchtbar, aber ich höre selbst den Unterton von Verzweiflung in meiner Stimme. »Ich werde es komplett restaurieren. Alles im Vintage-Stil und bestens ausgestattet. Das wird ein Fünf-Sterne-Haus.«

»Das ist nicht dein Ernst.« Seine Miene wird ausdruckslos, und er presst die Lippen zusammen. Nicht ganz der Zuspruch, auf den ich gehofft hatte.

»Okay, ich verstehe, dass ich keinerlei Ahnung habe, wie es

ist, ein Hotel zu besitzen, aber das werde ich lernen. Ich hatte auch keine Ahnung davon, wie man eine Website aufbaut oder ein Unternehmen führt. Aber das hat mich auch nicht davon abgehalten, es zu tun. Vielleicht wechsle ich ja mein Hauptfach und belege Hotel- und Gastronomiemanagement.«

Er sagt nichts.

Und jede Sekunde der Stille saugt langsam immer mehr von meiner Freude ab.

»Preston. Was ist los?«, frage ich schwach.

Er schüttelt den Kopf und wirft die Hände hoch. »Ich bin echt ratlos, Mackenzie. Das hier ist das wohl Unverantwortlichste und Unreifste, das du je getan hast.«

»Was?«

»Du hast mich schon verstanden.«

Er klingt wie mein Dad, was ich absolut nicht schätze. Zugegeben, ich habe mir nicht übermäßig viele Gedanken gemacht, bevor ich dieses Wagnis eingegangen bin – ich neige nun mal dazu, spontan und aus dem Bauch heraus zu agieren. Trotzdem hatte ich gedacht, er würde sich ein wenig für mich freuen.

»Ich bin sehr enttäuscht von dir, um ehrlich zu sein. Ich dachte, nach unserem Gespräch – nach deinem kleinen Fehltritt – wären wir auf derselben Wellenlänge. Was den Plan angeht. Unsere Zukunft.«

»Preston, das ist nicht fair.« Mir jetzt den Kuss vorzuhalten, ist ein Schlag unter die Gürtellinie. Das eine hat mit dem anderen nichts zu tun.

Er ignoriert mich und fährt fort: »Der Plan sieht kein Hotel vor.« Seine Lippen kräuseln sich missbilligend.

»Siehst du denn das Potenzial hier nicht? Gar nicht?«, frage ich unglücklich.

»Potenzial? Sieh dir das doch an. Das ist eine Bruchbude.

Bestenfalls könnte man es abreißen. Vielleicht kannst du etwas aus dem Land herausholen, aber eine Renovierung? Du hast den Verstand verloren. Du hast nicht die leiseste Ahnung von irgendwas. Hast du auch nur zwei Sekunden lang nachgedacht, bevor du deinen Treuhandfonds für diese Dummheit verschleuderst?«

Empörung kocht in mir hoch. »Ich bin zu mehr fähig, als du denkst. Und meinen Treuhandfonds habe ich dazu nicht gebraucht. Ich habe selbst das Geld, wenn du es wissen willst.«

»Woher denn?«, fragt er.

Ich recke das Kinn. »Mit meinen Websites verdient.«

Pres sieht fassungslos aus. »Mit deinem albernen kleinen Techdings?«

Jetzt bin ich sauer. Ich spüre, wie mein Gesicht immer heißer wird, während ich die Fingernägel in meine Handflächen grabe. »Genau, mein albernes kleines Techdings«, wiederhole ich bitter.

Ich habe Preston nie erzählt, wie viel Geld genau meine Websites bisher eingebracht haben, weil er sich sowieso nicht besonders dafür zu interessieren scheint. Im Grunde hat er sich, wenn überhaupt, nur darüber lustig gemacht. Ich habe das für so eine Jungsmasche gehalten. Harmloses Aufziehen. Manchmal kam er vorbei, wenn ich gerade an *BoyfriendFails* arbeitete, und meinte, wie niedlich ich aussähe, wenn ich so voll konzentriert das Gesicht verziehe. Dann lächelte er immer und nannte mich seinen »sexy Tycoon«. Ich dachte, er sei stolz auf mich, stolz darauf, was ich mit diesem Unternehmen geschafft habe.

Erst jetzt, in genau diesem Augenblick, wird mir klar, dass er nicht aus Stolz gelächelt hat. Er hat mich nicht als »Tycoon« gesehen.

Er hat mich ausgelacht.

»Ich dachte, das wäre nicht mehr als ein Hobby«, sagt er rundheraus. »Wenn ich gewusst hätte, dass du damit Gewinn erwirtschaftest, hätte ich …«

»Dann hättest du was?«, frage ich herausfordernd. »Mich gezwungen, damit aufzuhören?«

»Dich in die richtige Richtung geleitet«, entgegnet er, und sein herablassender Tonfall lässt mein Blut vor Zorn brodeln. »Wir hatten das doch alles besprochen. Viele Male. Wir gehen zusammen aufs College. In dieser Zeit kannst du gerne alle möglichen Hobbys haben. Ich mache zuerst meinen Abschluss und trete dann in Dads Bank ein. Du machst deinen Abschluss und arbeitest für die Stiftungen deiner Mutter.« Preston schüttelt den Kopf. »Du warst damit einverstanden, dass ich das Geld verdiene, während du dich auf Wohltätigkeitsarbeit konzentrierst und unsere Kinder großziehst.«

Mir fällt die Kinnlade herunter. Oh mein Gott. Wenn er solches Zeug erzählt hatte, dann immer in einem spöttischen Tonfall. Ich habe das für einen Scherz gehalten.

Er hat das tatsächlich *ernst* gemeint?

»Du wirst von dem Vertrag zurücktreten.« Er spricht es aus wie einen Befehl. »Du hast Glück, dass ich da bin und dich davon abhalte, bevor deine Eltern es erfahren. Ich weiß nicht, was in letzter Zeit mit dir los ist, Mackenzie, aber du musst dich echt wieder in den Griff bekommen.«

Ich starre ihn an. Fassungslos. Ich hätte mir nie vorgestellt, dass er dieses Projekt so abgrundtief hassen würde. Zumindest, so dachte ich, würde er meine Entscheidung unterstützen. Die Tatsache, dass er nicht mal das tut, erschüttert mich zutiefst.

Wenn ich ihn so sehr falsch einschätzen konnte, worin liege ich dann sonst noch falsch?

19

Cooper

»Wir haben keinen Alkohol mehr.«

Ich sehe genervt zu Evan hinüber, der ausgestreckt auf der Wohnzimmercouch liegt, einen Arm lässig über die Lehne gelegt. Der Beistelltisch, den ich erst letzte Woche gebaut habe, ist schon voll mit Bierflecken und Zigarettenkippen. Jemand muss gestern Abend den überquellenden Aschenbecher umgestoßen haben, auf einer dieser Spontanpartys, die Evan immer wieder schmeißt.

»Es ist Mittag«, sage ich zu ihm. »Du brauchst keinen Alkohol. Trink Wasser, um Himmels willen.«

»Ich sage ja nicht, dass ich jetzt gleich was trinken will. Aber jemand muss Bier holen. Wir haben heute Pokerabend.«

Mit »jemand« meint er eindeutig mich, denn danach schließt er prompt die Augen und sagt: »Nimm Daisy mit. Sie fährt so gern im Truck.«

Ich überlasse Evan seinem Schönheitsschlaf und rufe den Hund. Normalerweise lasse ich mich nicht von meinem Bruder herumkommandieren, aber die Wahrheit ist, mir fällt die Decke auf den Kopf.

Ich habe bei der Saufparty gestern nicht mitgemacht. Stattdessen habe ich den größten Teil des Abends in meiner Werkstatt verbracht, bin vor Mitternacht schlafen gegangen und wurde um sieben Uhr früh abrupt geweckt von einem verstörenden, nicht jugendfreien Traum. Ich war mit Mackenzie im Bett, über ihr, und habe mich tief in sie gerammt, während sie an meinen Lippen stöhnte. Dann habe ich den Kopf gehoben, und Macs Gesicht wurde zu dem von dieser Sutton, und das hat mich mit einem Ruck aus dem Schlaf geholt.

Ich schwöre bei Gott, dieses Mädchen hat Chaos und Verwüstung in meinem Kopf angerichtet. Egal ob ich schlafe oder wach bin – Gedanken an Mackenzie Cabot vergiften meinen Verstand und wirbeln lauter Emotionen auf, die ich lieber nicht empfinden möchte.

Zorn, weil sie Kincaid mir vorgezogen hat.

Frust, weil ich weiß, dass da etwas Echtes zwischen uns war.

Schuldgefühle, weil meine ursprünglichen Absichten mehr als fragwürdig waren.

Und die letzten paar Tage? Abscheu. Denn um den Verdacht ihrer Freundinnen abzuwenden, dass wir uns vielleicht kennen könnten, hat sie mich gezwungen, mich als meinen Zwillingsbruder auszugeben – und hatte dann noch den Nerv, sich darüber zu beschweren, dass ich mit einem anderen Mädchen in die Kiste steige. Nicht dass Sutton und ich in die Kiste gestiegen wären. Wir waren spazieren, und danach habe ich sie in ein Taxi gesetzt. Aber trotzdem. Mackenzie hatte kein Recht, sauer zu sein. Sie ist diejenige, die mich voller Leidenschaft geküsst und dann in die verdammte Wüste geschickt hat.

»Komm mit«, brumme ich Daisy zu. »Lass uns Bier für deinen Freund kaufen.«

Als ich nach ihrer Leine greife, tanzt sie freudig um mich herum. Wir gehen hinaus zu meinem Truck, und ich öffne die Beifahrertür, damit Daisy reinspringen kann. Sie hat erst vor Kurzem gelernt, wie das geht. Davor war sie zu klein dafür, aber inzwischen sind ihre Beine kräftig genug, um hochzuspringen. Sie wächst so verdammt schnell.

»Schade, dass Mac dich nicht sehen kann«, meine ich nachdenklich zu der Hündin, deren neugieriger Blick nach draußen gerichtet ist. Jedes Mal, wenn der Wind ihre Nase kitzelt, gibt sie ein hohes Fiepen von sich. Sie hat Freude an den simpelsten Vergnügungen.

Im Laden hole ich ein paar Kisten Bier, dazu eine Flasche Tequila und ein paar Snacks. Als ich die Einkäufe im Wagen verstaue, ruft jemand meinen Namen.

Ich drehe mich um und sehe Tate auf dem Gehsteig auf mich zukommen. Er hat eine Pilotensonnenbrille in der einen und Schlüssel und Handy in der anderen Hand.

»Hey«, grüße ich ihn. »Wie geht's?«

»Gut. Ich treffe mich mit Wyatt zum Mittagessen im Sharkey's. Komm doch mit.«

»Ja, bin dabei.« Das Letzte, worauf ich jetzt Lust habe, ist, nach Hause zu gehen und das Chaos aufzuräumen, das Evan hinterlassen hat. »Lass mich noch eben Daisy holen.«

»Oh, unbedingt«, meint Tate, als er den Kopf der Hündin aus dem Beifahrerfenster ragen sieht. »Mit ihr locken wir Scharen von Mädels zu uns.«

Die meisten Bars und Restaurants in der Bay sind hundefreundlich – besonders das Sharkey's, wo das Personal Wasserschälchen und Leckerli für die vierbeinigen Gäste bringt. Nachdem Tate und ich die wacklige Holztreppe ins Obergeschoss der Bar hochgestiegen sind, wird Daisy prompt wie die Königin behandelt, für die sie sich hält.

»Oh du meine Güte!«, ruft eine Kellnerin aus, reines Entzücken in den Augen. »Was für eine Süße! Wie heißt sie?«

»Daisy«, antwortet Tate für mich und nimmt mir dann die Leine aus der Hand, als wäre das sein Hund. »Und du?«

»Jessica«, zwitschert die Kellnerin, die ihn nun, nachdem sie sein Sonnyboy-Aussehen registriert hat, total anhimmelt. Der Junge hat die unfehlbare Fähigkeit, auf jede Frau, die er trifft, einen überwältigenden Eindruck zu machen.

Das soll nicht heißen, dass ich nicht auch meinen Teil an Aufmerksamkeit bekomme. Es ist nur eine andere Art von Aufmerksamkeit. Wenn Frauen Tate ansehen, kriegen sie romantische Ideen von Hochzeit und Babys. Bei mir sehen sie puren, schmutzigen Sex. Aber da liegen sie falsch. Tate ist der größte Aufreißer in der Bay. Jessica muss neu in der Stadt sein, sonst wüsste sie das.

»Ich bringe euch zu eurem Tisch«, meint Jessica, und dann spazieren sie, Tate und mein Hund davon.

Grinsend trotte ich hinter ihnen her und wette im Stillen darauf, dass Tate ihre Nummer hat, noch bevor wir die Speisekarten in der Hand halten.

Ich verliere. Er bekommt sie erst, als sie uns das Wasser bringt.

»Guter Job, Partner«, sagt Tate zu Daisy, die zu seinen Füßen sitzt und voll Anbetung zu ihm aufschaut.

Wyatt kommt etwa zehn Minuten später. Da Ren nicht bei ihm ist, nehme ich an, dass sie immer noch getrennt sind.

»Keine Ren?« Tate runzelt die Stirn. »Sie hat dich noch nicht zurückgenommen?«

»Nein.« Nachdem er Daisy mit einem Tätscheln auf den Kopf begrüßt hat, lässt Wyatt sich auf dem Hocker mir gegenüber nieder und nimmt sich eine Speisekarte. Dann legt er sie wieder hin, ohne reingeschaut zu haben. »Wem will ich was vormachen? Wir wissen doch alle, dass ich das Fischsandwich bestelle.«

»Wieso braucht Ren so lange, um dir zu verzeihen?«, fragt Tate grinsend. »Eure Wiedervereinigungsorgien finden sonst immer ziemlich schnell statt.«

»Diesmal zögert sie es hinaus«, beschwert sich Wyatt. »Gestern Abend ist sie mit irgendeinem Blödmann aus ihrem Fitnessstudio ausgegangen und hat mir ein Selfie geschickt, wie sie zusammen *The Bachelorette* ansehen, weil sie wusste, dass mich das sauer macht.«

Ich ziehe eine Augenbraue hoch. »Wieso sollte dich das sauer machen?«

»Weil es unsere Lieblingsshow ist, Dummkopf. Sie macht einen verdammten Fernsehseitensprung mit einem Typen, der ein Tanktop aus Netzstoff trägt.«

Tate lacht. »Bist du sauer, weil Ren ohne dich eine blöde Realityshow ansieht oder weil sie vielleicht mit einem Typen aus dem Fitnessstudio schläft?«

Wyatt winkt ab. »Sie schläft nicht mit ihm. Das ist nur ein Rachedate. Wie damals, als ich mit dieser Tussi aus der Surfschule ausgegangen bin und Ren daraufhin alle meine Bandshirts weggeworfen hat.«

»Hast du die Surfschultussi nicht am Ende flachgelegt?«, fragt Tate verwirrt.

Wyatt starrt ihn an. »Das warst du, Idiot.«

Tate denkt ein paar Sekunden gründlich nach, dann nickt er. »Stimmt, du hast recht.« Er grinst. »Die war vielleicht wild. Sie hat mich dazu überredet, Viagra auszuprobieren. War das erste Mal für mich. Lange Nacht, kann ich euch sagen.«

Ich breche in Gelächter aus.

»Du hast ohne mich Viagra genommen, Bro?«, fragt Wyatt vorwurfsvoll.

Ich lache noch mehr. »Seit wann macht man das denn im Team?«, japse ich an Wyatt gerichtet.

Jessica kommt wieder, um unsere Bestellung aufzunehmen, und flirtet dabei schamlos weiter mit Tate. »Mag das Schätzchen hier Spaziergänge?«

Er zwinkert. »Dieses Schätzchen *liebt* Spaziergänge.«

»Ich meinte den Hund.«

»Ich auch«, antwortet er unschuldig.

»Ich habe in etwa einer Stunde Schluss. Wieso treffen wir uns nicht später am Strand, wenn ihr gegessen habt?«

Bevor ich Tate daran erinnern kann, dass Daisy nicht sein Hund ist, zeigt er der Kellnerin sein Grübchenlächeln und sagt: »Wir haben ein Date.«

Als Jessica wieder weg ist, verdrehe ich genervt die Augen. »Benutzt du jetzt ernsthaft meinen Hund, um ein Mädchen ins Bett zu kriegen?«

»Na klar. Ich habe dir doch gesagt, dass Daisy das perfekte Lockmittel für Mädels ist.« Er schiebt sich eine Haarsträhne aus der Stirn. »Leih sie mir nur für ein paar Stunden aus, Mann. Du weißt, ich kann gut mit Hunden. Ich habe drei zu Hause.«

»Na gut. Aber ich hänge nicht deinetwegen so lange in der Stadt rum. Bring sie später zu uns nach Hause. Um fünf ist Fütterungszeit. Komm nicht zu spät, Mistkerl.«

Tate grinst. »Ja, Dad.«

»Meinst du, wenn ich mit Daisy zu Ren gehe, dass ich dann eine bessere Chance hätte, sie zurückzugewinnen?«, fragt Wyatt nachdenklich.

»Auf jeden Fall«, meint Tate.

Wyatt dreht den Kopf zu mir. »Kann ich sie mir dann auch morgen ausleihen?«

Meine Freunde sind Idioten.

Andererseits – ich auch. Denn als mein Handy summt und Macs Name auf dem Display aufleuchtet, tue ich nicht das, was klug wäre, nämlich den Anruf ignorieren.

Ich gehe ran.

20

Mackenzie

In dem Sommer nach meinem Highschoolabschluss bin ich allein durch Europa gereist. Ich war eben erst von der Vatikanstadt zurück zum Kolosseum gegangen, als ich, in einer Art Ausbruch manischer Impulsivität, schnurstracks an meinem Hotel vorbei zum Bahnhof marschierte. Ich wusste nicht, wohin ich wollte. Ich kaufte einfach ein Erste-Klasse-Ticket für den nächsten Zug, der zufällig nach Florenz fuhr. Von dort weiter nach Bologna. Mailand. Und danach durch die Schweiz, Frankreich und Spanien. Zwei Tage nachdem ich Italien verlassen hatte, rief ich das Hotel in Rom an, um mir mein Gepäck nach Barcelona nachschicken zu lassen.

Bis heute weiß ich nicht, was da in mich gefahren war. Ein plötzliches, drängendes Bedürfnis, mich zu befreien und zu verschwinden. Die Ordnung meines Lebens zu durchbrechen und mir selbst zu beweisen, dass ich lebendig bin und die Kontrolle über mein eigenes Schicksal habe. Was so viel heißt wie: Ich erinnere mich nicht daran, dass ich beschlossen hätte, Cooper anzurufen. Nur daran: Einen Tag nachdem Preston meinen Hoteltraum zerpflückt hat, zwei Wochen nachdem ich Cooper geküsst und ihm dann gesagt habe, er solle mich nie wieder kontaktieren, und fünfzehn Minuten nachdem wir aufgelegt haben, steht er neben mir auf der Strandpromenade und schaut auf die Außenfassade des baufälligen Beacon-Hotels.

»Du hast es … einfach gekauft?« Nachdenklich fährt er sich mit einer Hand durch das dunkle Haar.

Ich bin einen Moment lang abgelenkt von seinem sonnengebräunten Unterarm und dem kräftigen Bizeps. Er trägt ein schwarzes T-Shirt und eine tief sitzende Jeans. Es kommt mir vor, als würde ich ihn noch einmal zum ersten Mal sehen. Ich hatte nicht vergessen, was sein Anblick mit mir macht, aber die Wirkung ist noch stärker, nun, da meine Widerstandskraft nachgelassen hat. Mein Herz schlägt schneller, meine Handflächen sind feuchter und mein Mund trockener.

»Nun ja, es stehen noch der Papierkram und die Kaufprüfung an. Aber wenn das gut läuft …«

Ich bin jetzt nervöser als an dem Tag, als ich Lydia das Angebot gemacht habe. Mehr als an dem Tag, als ich es Preston gezeigt habe. Aus irgendeinem Grund brauche ich es, dass Cooper sich für mich freut, und das wird mir erst jetzt, in diesem Augenblick, klar.

»Können wir es uns mal näher ansehen?«

Er lässt sich nichts anmerken. Weder Missbilligung noch Aufregung. Wir haben uns nur begrüßt und kein Wort über unsere Küsse oder unseren Streit verloren. Nur *Hey, also, äh, ich kaufe ein Hotel. Was hältst du davon?* Ich habe keine Ahnung, wieso er überhaupt hier aufgetaucht ist.

»Sicher«, sage ich. »Ein Typ vom Bauamt sagte, das Erdgeschoss wäre stabil. Aber wir sollten nicht nach oben gehen.«

Zusammen betreten wir das Hotel, steigen über kreuz und quer liegende Möbel und modrige Teppiche. Die Räume nach vorne raus sind in nahezu perfektem Zustand, während in denen mit Blick zum Strand, die den Elementen ausgesetzt sind, zum Teil die Wände eingestürzt sind und das Flutwasser alles hinaus ins Meer geschwemmt hat. Die Küche sieht aus, als könnte sie morgen wieder in Betrieb genommen werden, der Speisesaal dagegen erinnert eher an die Kulisse eines Geisterschiff-Horrorfilms. Wenn man von der Straße aus auf das Hotel blickt, ahnt man nichts von den Schäden im Inneren, denn die Fassade ist nach wie vor intakt, wenn auch von Pflanzen überwuchert.

»Was hast du damit vor?«, fragt er, als wir hinter die Rezeption spähen. Dort liegt immer noch ein altmodisches Gästebuch, auf dem in Goldbuchstaben *The Beacon Hotel* steht. Und an der Wand hängen die Zimmerschlüssel an Haken.

»Die vorherige Eigentümerin hatte eine Bedingung: Nicht abreißen und ein hässliches Hochhaus hinstellen.«

»Ich war als Kind ständig hier. Evan und ich sind immer im Pool geschwommen und haben uns in den Strandhütten versteckt, bis man uns hinausgeworfen hat. Steph hat während der Highschool ein paar Sommer hier gearbeitet. Ich erinnere mich an all die alten Holzvertäfelungen und die Messinggriffe.«

»Ich will es komplett restaurieren«, erzähle ich ihm. »So viel retten wie möglich. Manche Möbel müssten nachgebaut werden.«

Er gibt einen leisen Pfiff von sich. »Das wäre ganz schön teuer. Wir reden hier von Möbeln aus Kirschholz. Handgefertigten Leuchten. Hier drin gibt es Steinbodenfliesen, die nur noch in kleinen Auflagen gefertigt werden, wenn überhaupt.«

Ich nicke. »Und ich weiß bereits, dass die Elektrik hinüber ist. Die Wände müssen aufgestemmt werden oder komplett raus.«

»Aber ich sehe es.« Er wandert durch die Lobby zur großen Treppe, wo er mit der Hand über das kunstvoll geschnitzte Geländer fährt. »Wenn man es richtig angeht und eine Menge Geld reinsteckt, hat es Potenzial.«

»Wirklich?«

»Oh ja. Und zwar eine Menge Potenzial.«

»Ich weiß, dass es dumm klingt«, sage ich und setze mich unten auf die Treppe, »aber als ich es zum ersten Mal gesehen habe, hatte ich dieses Bild in meinem Kopf. Gäste in Schaukelstühlen auf der Veranda, die Wein trinken und auf die herannahenden Wellen schauen. Ich habe es genau vor mir gesehen.«

»Es ist nicht dumm.« Cooper lässt sich neben mir nieder.

Ich fühle keine Feindseligkeit von ihm ausgehen. Es kommt mir vor, als wären wir beinahe wieder Freunde. Abgesehen von derselben magnetischen Anziehung, die mich anfleht, mit den Fingern durch sein Haar zu fahren.

»Wenn ich ein Stück Holz gefunden habe und es auf meine Werkbank lege, habe ich noch keine Ahnung, was daraus werden soll. Ich sitze nur davor und warte, bis dieses Holz mir eine Idee gibt. Und dann konstruiert es sich praktisch von selbst in meinem Kopf, und ich muss es nur noch ausführen.«

Ich beiße mir auf die Lippe. »Meine Eltern werden über das hier nicht glücklich sein.«

In letzter Zeit braucht es nicht viel, um meinen Vater aufzuregen. Das liegt wohl vor allem an seinem Arbeitsstress, aber es scheint auch so, als befände er sich ständig wegen irgendetwas im Kampf. Wahrscheinlich habe ich daher meine kämpferische Seite. Die Sache ist die: Wenn er von mir enttäuscht ist, macht er mich lautstark zur Schnecke.

»Wen zur Hölle interessiert das?«, schnaubt Cooper.

»Ja, du hast leicht reden.«

»Ich meine es ernst. Seit wann kümmerst du dich um das, was irgendwer anders sagt?«

»Du verstehst nicht, wie schwer es ist, mich von ihnen zu lösen. Sie bestimmen praktisch mein ganzes Leben.«

»Weil du sie lässt.«

»Nein, aber …«

»Schau, wir kennen uns jetzt eine ganze Weile, und meistens bist du eine sture, starrsinnige Nervensäge.«

Ich lache und gebe zu, dass die meisten unserer Gespräche im Streit geendet haben. »Es ist nicht meine Schuld, dass du dich ständig irrst.«

»Vorsicht, Cabot«, meint er mit scherzhaft drohendem Zeigefinger. »Aber mal im Ernst. Du hast dein Leben besser geregelt als die meisten Leute, die ich kenne. Zum Teufel damit, ob deine Eltern es billigen. Steh zu deiner Entscheidung.«

»Du kennst sie nicht.«

»Ich muss sie nicht kennen. Ich kenne dich.« Er dreht sich zu mir und mustert mich. »Mac, du bist jemand, den man ernst nehmen sollte. Du lässt dir nichts gefallen, du machst dein Ding. Vergiss das nicht.«

Verdammt. Himmel noch mal verdammt.

»Wieso machst du das?«, sage ich und stehe auf. Ich muss mich bewegen, etwas Luft bekommen.

»Was denn?« Er steht auf und folgt mir, während ich unruhig hin und her gehe.

»So …« Ich deute unbestimmt in seine Richtung. »So sein.«

»Ich weiß nicht, was du meinst.«

Es ist leichter, wenn er ein Mistkerl ist. Wenn er flirtet und rangeht. Wenn er mit mir streitet und mich Prinzessin nennt. Dann ist es leichter, ihn als einen dieser eingebildeten heißen Typen zu sehen, den man nicht ernst nehmen muss. Und dann ist er total lieb und nett und bringt mich ganz durcheinander. Und zieht auch noch mein Herz da mit rein, selbst wenn es sich noch so sehr wehrt.

»Sei nicht nett zu mir«, platze ich frustriert heraus. »Das verwirrt mich.«

»Tja nun, ich war ein wenig verwirrt, als du deine Fingernägel über meinen Rücken gezogen hast, aber hey, ich habe mitgemacht.«

»Gut«, sage ich, drehe mich um und zeige mit dem Finger auf ihn. »Mach das. Damit kann ich leben. Ich kann besser mit dir umgehen, wenn du ein Mistkerl bist.«

»Also darum geht es? Du hast Angst davor, mich zu mögen, denn dann könntest du dich nicht länger selbst belügen, was uns beide angeht?«

»Es gibt kein uns«, kontere ich. »Wir haben uns einmal geküsst. Riesensache.«

»Zweimal, Prinzessin.«

»Und das endete damit, dass wir zwei Wochen lang nicht miteinander geredet haben.«

»Hey, du hast mich angerufen.« Trotzig starrt er mich an. Eine Herausforderung.

»Und jetzt wird mir klar, dass das ein Fehler war.«

Zähneknirschend marschiere ich los, den Blick fixiert auf die bogenförmige Eingangstür. Doch dazu muss ich an Cooper vorbei, der nach meiner Taille greift, bevor ich ihm ausweichen kann.

Und schon bin ich in seinen Armen. Ich fühle jeden warmen, festen Zentimeter von ihm an meinem Körper. Schweigend neigt er den Kopf, um mich anzusehen. Mir stockt der Atem. Ich vergesse, wer ich war, bevor ich ihm begegnet bin. In dieser Seifenblase, an diesem stillen Ort, wo niemand uns finden wird, können wir ganz und gar wir selbst sein.

»Tja …«, flüstere ich und warte darauf, dass er etwas sagt, etwas tut. Irgendwas. Die Erwartung macht mich fertig, und ich denke, das weiß er.

»Du kannst jederzeit gehen«, sagt er heiser.

»Ich weiß.« Aber meine Füße rühren sich nicht vom Fleck. Mein Herz hämmert wie verrückt gegen meine Rippen. Ich kriege keine Luft, und trotzdem will ich nur noch tiefer in seine Arme sinken.

Ich schaudere, als sein Daumen leicht über den dünnen Stoff meines weißen Shirts streicht. Dann schließen sich seine Finger fest um meine Hüften, und meine Knie werden weich. Ich bin wie Wachs in seinen Händen.

»Was machen wir da, Mac?« Mit seinen dunklen Augen sieht er mich eindringlich an.

»Ich dachte, das wüsstest du.«

Drängend pressen sich seine Lippen auf meine. Ich greife in seine Haare und ziehe ihn zu mir. Der Kuss ist hungrig und begierig. Als seine Zunge in meinen Mund dringt, stöhne ich leise auf. Unsere Zungen treffen sich, und ich knicke fast ein.

»Ist okay, ich halte dich«, flüstert Cooper, und bevor ich weiß, was passiert, sind meine Beine um ihn geschlungen.

Er geht mit mir zu einer Wand und drückt mich dagegen. Er presst sich hart an mich. Ich kann nicht gegen die Woge heftiger Erregung ankämpfen. Ich will mich an ihm reiben, um diesen Knoten unterdrückten Verlangens zu lösen, das ich schon seit Wochen verspüre. Aber das bin nicht ich. Ich bin nicht das Mädchen, das sich mitten am Nachmittag auf ein halb öffentliches, halb sexuelles Intermezzo mit einem Typen einlässt. Und doch sind wir hier, Mund an Mund, und unsere Körper drängen sich aneinander.

»Fuck«, stöhnt er. Seine Hände finden einen Weg unter mein Shirt, er schiebt die Finger in meinen BH.

Als er anfängt, meine Brustwarzen zu streicheln, zucke ich zusammen. Es ist, als hätte jemand in einem stockdunklen

Raum die Vorhänge aufgerissen, und plötzlich dringt blendendes Sonnenlicht herein.

»Ich kann nicht«, flüstere ich an seinen Lippen.

Sofort löst sich Cooper von mir. »Was ist los?«

Seine Lippen sind feucht und geschwollen. Seine Haare zerzaust. Ein Dutzend Fantasien rasen mir durch den Kopf, während ich versuche, wieder zu Atem zu kommen. Die Wand in meinem Rücken ist das Einzige, das mich aufrecht hält.

»Ich habe nach wie vor einen Freund«, sage ich als Entschuldigung. Denn auch wenn ich im Moment vielleicht nicht glücklich mit Preston bin, haben wir uns nicht offiziell getrennt.

»Ist das dein Ernst?« Cooper weicht zurück und funkelt mich an. »Wach auf, Mackenzie.« Er wirft die Hände in die Luft. »Du bist ein kluges Mädchen. Wie kannst du so blind sein?«

Ich runzle verwirrt die Stirn. »Was soll das heißen?«

»Dein Freund betrügt dich«, sagt er geradeheraus.

»Was?«

»Ich habe mich umgehört. Die letzten zwei Jahre hat er in der Bay so ziemlich alles gevögelt, was Beine hat.«

Ich verziehe den Mund. »Du lügst.«

Da hat er sich die Falsche ausgesucht, wenn er denkt, ich falle auf so was rein. Er sagt das doch nur, weil er mich ins Bett kriegen und wütend genug machen will, um der unbestreitbaren Anziehung zwischen uns nachzugeben. Dabei kennt Cooper Preston nicht einmal. Denn sonst wüsste er, dass Pres der Letzte ist, der sich wahllos in irgendwelche Affären stürzen würde.

»Das wäre dir sicher lieber.« Cooper kommt auf mich zu, sichtlich wütend. Ich bin nicht sicher, wer von uns beiden gerade wütender ist. »Glaub mir, Prinzessin, dein Märchenprinz kriegt mehr Ärsche zu Gesicht als ein Barhocker.«

Ich spüre, wie etwas in mir hochsteigt.

Blinde, heiße Wut.

Ich ohrfeige ihn. Fest. So fest, dass meine Hand wehtut.

Der Knall hallt durch das leere Hotel.

Zuerst starrt er mich nur an. Geschockt.

Doch dann verzieht er den Mund zu einem spöttischen Grinsen. »Weißt du was, Mac? Glaub mir oder glaub mir nicht.« Er stößt ein kurzes Lachen aus. Eine heisere, finstere Warnung. »So oder so werde ich derjenige sein, der zufrieden vom Spielfeldrand aus zusieht, wie du endlich mal eine Dosis Realität verpasst bekommst.«

21

Mackenzie

In den nächsten vierundzwanzig Stunden kann ich an nichts anderes denken als an das, was Cooper über Preston gesagt hat. Mein Verstand ist wie vernebelt. In den Vorlesungen am Montag kann ich mich kein bisschen konzentrieren. Stattdessen gehen mir immer wieder Coopers Worte durch den Kopf, während ich zwischen Zorn, Beklommenheit und Zweifel schwanke.

Die letzten zwei Jahre hat er in der Bay so ziemlich alles gevögelt, was Beine hat.

Glaub mir, Prinzessin, dein Märchenprinz kriegt mehr Ärsche zu Gesicht als ein Barhocker.

Hat er die Wahrheit gesagt? Ich habe keinen Grund, ihm zu glauben. Er könnte es lediglich behauptet haben, um mir an die Wäsche gehen zu können. Darin ist er gut.

Andererseits, welchen Grund könnte er haben zu lügen? Selbst wenn ich Preston den Laufpass gäbe, hieße das nicht, dass ich dann direkt in Coopers Arme laufen würde.

Oder?

Als ich gestern Abend zurück ins Wohnheim kam, musste ich mich zwingen, nicht Preston anzurufen und ihn zur Rede zu stellen. Antworten zu verlangen. Ich bin immer noch sauer auf ihn wegen seiner Reaktion auf mein Hotel. Ich bin sauer, weil mir klar geworden ist, dass er mich als Geschäftsfrau nicht ernst nimmt, und darüber, wie er mir unsere Zukunft dargelegt hat, in der ich keinerlei Bestimmungsrecht habe.

Ich hatte schon eine Menge Gründe, um meine Beziehung mit Preston infrage zu stellen, bevor Cooper glaubte, mir die Wahrheit sagen zu müssen. Aber jetzt ist alles nur noch ein einziges Chaos.

Ich verlasse den Hörsaal mit gesenktem Kopf und bleibe nicht stehen, um wie sonst mit irgendwem zu plaudern. Draußen hole ich tief Luft, die jetzt, wo es nach dem langen Sommer langsam Herbst wird, frisch und ein wenig kühler ist.

Mein Handy summt in der Umhängetasche. Ich hole es heraus und sehe eine Nachricht von Bonnie, die fragt, ob wir uns zum Mittagessen treffen wollen. Meine Mitbewohnerin hat die verblüffende Fähigkeit, meine Gedanken zu lesen, also sage ich ihr, dass ich lernen muss, suche mir dann eine leere Bank im Innenhof und hole meinen Laptop heraus.

Ich brauche eine Ablenkung, um nicht in meinen chaotischen Gedanken zu versinken. Und die verschaffe ich mir, indem ich Pläne schmiede für das Hotel.

Die nächsten Stunden stöbere ich im Internet, mache eine Liste mit Baufirmen und schicke jeder eine Mail mit der Bitte um eine Ortsbegehung, damit sie mir eine Einschätzung geben können, wie viel es kosten wird, das Gebäude den Bauvorschriften gemäß zu restaurieren. Ich recherchiere Countyverordnungen und Zulassungsvorschriften. Sehe mir ein paar Videos über Sanitäranlagen und elektrische Installationen an. Informiere mich über sturmsichere Konstruktionen und die Preisgestaltung von Versicherungsverträgen.

Es ist … eine Menge.

Meine Mutter ruft an, als ich meinen Laptop gerade zurück in die Tasche stecke und aufstehe, um mir die Beine zu vertreten.

»Mom, hey«, melde ich mich.

Sie verzichtet auf eine Begrüßung und kommt gleich zum Grund ihres Anrufs. »Mackenzie, dein Vater und ich würden gern heute Abend mit dir und Preston essen gehen – wäre sieben Uhr in Ordnung?«

Ich beiße die Zähne zusammen. Wie selbstverständlich sie davon ausgeht, über meine Zeit bestimmen zu können. Und dann tut sie noch so, als hätte ich eine Wahl in der Sache, obwohl wir doch beide wissen, dass es nicht so ist.

»Ich weiß nicht, ob Preston kann«, sage ich angespannt. Ich gehe ihm seit zwei Tagen aus dem Weg, seit er meine Träume niedergemacht und mir erklärt hat, ich sei verantwortungslos und unreif.

Die Erinnerung an seine barschen, herablassenden Worte lassen meinen Zorn auf ihn wieder aufleben. Nein. Auf keinen Fall bringe ich ihn heute Abend zum Essen mit und riskiere einen Riesenstreit vor meinen Eltern. Ich habe schon einen Typen geohrfeigt. Wäre besser, nicht zwei daraus zu machen.

Aber meine Mutter macht mir einen Strich durch die Rechnung. »Dein Vater hat mit Preston gesprochen. Er freut sich schon darauf.«

Mir bleibt vor Schock der Mund offen stehen. Sie haben es mit meinem Freund abgemacht, bevor sie *mich* anrufen, ihre eigene Tochter?

Mom wartet erst gar nicht ab, was ich dazu sage. »Wir sehen dich dann um sieben, Schätzchen.«

Sie hat kaum aufgelegt, als ich schon Preston anrufe. Er hebt beim ersten Klingeln ab.

»Hey, Babe.«

Hey, Babe? Ist das sein Ernst? Ich habe seine Anrufe und Nachrichten seit Samstagnachmittag ignoriert. Am Sonntagmorgen, als er drohte, bei mir im Wohnheim aufzutauchen, habe ich ihm geschrieben, dass ich etwas Zeit für mich bräuchte und ihn dann anrufen würde.

Und jetzt kommt er mir mit *Hey, Babe*?

Ist ihm nicht klar, wie wütend ich bin?

»Ich bin froh, dass du endlich anrufst.« Seine ruhige Stimme sagt mir, dass er nichts merkt. »Ich weiß, dass du immer noch sauer bist wegen unseres kleinen Krachs, also habe ich dir Zeit gelassen, wie du es wolltest.«

»Wirklich?«, frage ich bitter. »Hast du deshalb einem Abendessen mit meinen Eltern zugestimmt, ohne mich auch nur zu fragen?«

»Wärst du drangegangen, wenn ich dich angerufen hätte?«, kontert er.

Guter Punkt.

»Außerdem habe ich eben erst das Gespräch mit deinem Vater beendet. Du hast angerufen, bevor ich eine Chance hatte, dich zuerst anzurufen.«

»Gut. Wie auch immer. Aber ich will heute Abend nicht zu diesem Essen gehen, Preston. Nach dem, was am Samstag beim Hotel gewesen ist, brauche ich immer noch Zeit für mich.«

»Ich weiß.« Der Unterton von Reue in seiner Stimme klingt aufrichtig. »Ich habe schlecht reagiert, das kann ich nicht leugnen. Aber du musst verstehen – das Ganze hat mich total umgehauen. Das Letzte, was ich erwartet habe, war, zu hören, dass du mal eben ein *Hotel* gekauft hast. Das muss man erst mal verdauen, Mac.«

»Das verstehe ich. Aber du hast mit mir geredet, als wäre ich ein ungehorsames Kind. Ist dir überhaupt klar, wie demütigend …« Ich verstumme und atme einmal tief durch. »Nein. Ich will das jetzt nicht wiederkäuen. Wir müssen miteinander reden, aber nicht jetzt. Und ich kann nicht zu diesem Abendessen gehen. Ich kann einfach nicht.«

Darauf herrscht eine kurze Pause.

»Mackenzie. Wir wissen beide, dass du deinen Eltern das nicht sagen wirst.«

Ja.

Da hat er mich erwischt.

»Hol mich um Viertel vor sieben ab«, brumme ich.

Zurück in Tally Hall, bügle ich ein Kleid, das meine Mutter nicht mit schiefem Blick mustern wird. Ich entscheide mich für ein blaues mit Boatneck, das gerade noch so als anständig durchgeht. Mein stiller Protest gegen die Vereinnahmung meines Abends. Kaum holt Preston mich vom Wohnheim ab, schlägt er auch schon vor, dass ich eine Jacke darüberziehen soll.

Ich sitze schweigend da, während wir zu dem schicken neuen Steakhouse in der Nähe des Campus fahren. Preston ist klug genug, mich nicht zum Reden zu drängen.

Im Restaurant bekommen wir einen Raum für uns, um den Dads Assistentin bei der Reservierung gebeten hat. Auf dem Weg hinein zieht Dad seine übliche Show mit Händeschütteln und Grinsen vor dem Wahlvolk ab und posiert dann für ein Foto mit dem Geschäftsführer, das morgen in den Lokalzeitungen erscheinen und am Ende eingerahmt hier an der Wand hängen wird. Sogar ein Abendessen wird zu einer größeren Affäre, einfach weil sein Ego es nicht zulässt, mal anonym mit seiner Familie auswärts zu essen. Währenddessen steht meine Mutter an der Seite, die Hände höflich vor sich verschränkt und ein künstliches Lächeln im Gesicht. Ich kann nicht erkennen, ob sie den Kram immer noch toll findet oder ob das Botoxgesicht bedeutet, dass sie nichts mehr fühlt.

Preston neben mir sieht ihm ehrfürchtig zu.

Während Aperitif und Vorspeise referiert mein Vater über

irgendein neues Ausgabengesetz. Ich bringe es nicht fertig, auch nur Interesse vorzutäuschen, während ich den Karottensalat auf meinem Teller hin und her schiebe. Preston beschäftigt ihn mit einem Eifer, der mir heute Abend den letzten Nerv raubt. Ich habe seine Fähigkeit, meine Eltern zu unterhalten und mich so zu entlasten, immer geschätzt. Sie lieben ihn, daher hält es sie bei Laune, wenn er dabei ist. Aber im Moment finde ich ihn unglaublich nervig.

Kurz denke ich darüber nach, den Mut aufzubringen, meinen Eltern die Neuigkeit mitzuteilen – *Stellt euch vor! Ich habe ein Hotel gekauft!* Aber als Mom damit anfängt, sie könne es ja gar nicht erwarten, dass ich mich mehr in ihre Wohltätigkeitsprojekte einbringe, bin ich mir sicher, dass sie genauso reagieren würden wie Preston.

»Ich habe gehofft, ihr erlaubt mir vielleicht, Mackenzie in den nächsten Ferien mit nach Europa zu nehmen«, sagt Preston, als die Hauptspeisen kommen. »Mein Vater hat sich endlich dem Druck meiner Mutter gebeugt und zugestimmt, Ausschau nach einem neuen Ferienhaus zu halten. Wir segeln mit der Yacht an der Küste entlang von Spanien nach Griechenland.«

Davon höre ich zum ersten Mal. Ich bin mir ziemlich sicher, dass wir in letzter Zeit nicht über Pläne für den Sommer gesprochen haben, und selbst wenn doch, war das, bevor ich ein Hotel gekauft habe, das nun restauriert werden muss. Preston weiß verdammt gut, dass ich Avalon Bay diesen Sommer nicht verlassen kann.

Oder vielleicht ist er zuversichtlich, dass er seine unreife, verantwortungslose Freundin und zukünftige Frau dazu überreden kann, den Kauf nicht durchzuziehen.

Bitterkeit steigt mir in die Kehle. Ich schlucke sie mit einem Bissen Seezunge mit Limone und Knoblauch hinunter.

»Klingt das nicht fabelhaft?«, meint meine Mutter mit einem winzigen Anflug von Unbehagen in der Stimme.

Natürlich genießt sie das Privileg, die Ehefrau eines Kongressabgeordneten zu sein. Doch leider hat seine Karriere als Politiker zur Folge, dass sie gezwungen ist, sich auf nur zwei Feriendomizile zu beschränken, während alle ihre Freundinnen ständig in ihre Chalets in Zermatt oder ihre Villen auf Mallorca reisen. Dad sagt, es lässt sie nicht gut aussehen, wenn sie mit ihrem Reichtum protzen, während er von Steuergeldern bezahlt wird – auch wenn das Geld der Familie zum größten Teil aus Erbschaften stammt und aus dem Unternehmen, aus dem mein Vater ausgeschieden ist, um in die Politik zu gehen, obwohl er immer noch im Vorstand sitzt. Aber er möchte auf keinen Fall Aufmerksamkeit erregen, denn das würde zu Fragen führen, und Dad hasst Fragen.

»Dafür nimmt meine Mutter aber auch eine Menge von ihm hin«, witzelt Preston und grinst meiner Mutter zu. »So wie Sie hier.« Er nickt mir zu und greift unter dem Tisch nach meiner Hand, um sie zu drücken.

Ich schüttle seine Hand ab und greife stattdessen nach meinem Wasserglas.

Mein Geduldsfaden ist so dünn wie noch nie. Früher war ich so gut darin, diese Unterhaltungen als harmloses Geplänkel zu betrachten, um meine Eltern bei Laune zu halten. Doch jetzt scheint es so, dass der bisherige Zustand für mich nicht mehr hinnehmbar ist.

»Was hast du vor, wenn du nächstes Jahr deinen Abschluss gemacht hast?«, fragt Dad Preston. Zu mir hat er den ganzen Abend kaum zwei Worte gesagt. Als wäre ich eine Ausrede, damit meine Eltern ihr wahres Kind sehen können.

»Mein Vater möchte, dass ich in den Hauptsitz seiner Bank in Atlanta komme.«

»Da wird bestimmt ein anderer Wind wehen«, meint Dad und schneidet in sein blutiges Steak.

»Ich freue mich auf die Herausforderung. Ich habe vor, alles über das Bankwesen zu lernen, von ganz unten. Vom Postversand bis zu Akquisition und Fusionen.«

»Bis zum Thema, wie die Vorschriften verabschiedet werden«, fährt mein Vater fort. »Wir sollten etwas für die nächste Legislaturperiode aufsetzen. Dich ins Kapitol holen. Da stehen ein paar wichtige Gesetzesentwürfe für den Ausschuss an – es wäre eine unschätzbare Lernerfahrung, in diesen Anhörungen zu sitzen. Zu sehen, wie die Wurst gemacht wird, sozusagen.«

»Klingt toll«, entgegnet Preston strahlend. »Ich würde das sehr zu schätzen wissen, Sir.«

Nicht ein einziges Mal hat mein Vater je angeboten, mich nach Washington mitzunehmen, um mir zu zeigen, wo er arbeitet. Das einzige Mal, dass ich je einen Fuß ins Kapitolgebäude gesetzt habe, war für einen Fototermin. Als Dad vereidigt wurde, wurde ich mit den Kindern der anderen neuen Abgeordneten in einen Raum komplimentiert, posierte und wurde danach wieder zur Tür hinausgeschoben. Am Ende machten die anderen Sprösslinge und ich die Bars und Clubs von D. C. unsicher, bis der Sohn von irgendeinem Senator auf den Sohn eines Diplomaten losgegangen ist und das Ganze in einem Showdown zwischen Secret Service und ausländischen Sicherheitskräften endete.

»Es ist schade, dass du und Mackenzie nur ein Jahr zusammen am Garnet habt, bevor ihr wieder getrennt werdet. Aber ich bin mir sicher, ihr werdet das schon schaffen«, wirft meine Mutter ein.

»Mackenzie kommt doch mit nach Atlanta«, entgegnet Preston.

Ach, tue ich das?

»Garnet bietet einen Online-Studiengang, sodass sie nicht das College wechseln muss«, fährt er fort. »Und es ist nur ein kurzer Flug von Atlanta, falls sie aus irgendeinem Grund mal herkommen müsste.«

Was zur Hölle wird das?

Ich starre Preston an, aber entweder er bemerkt es nicht, oder es ist ihm egal. Auch meine Eltern bekommen meine wachsende Verzweiflung nicht mit.

»Das ist eine exzellente Lösung«, sagt Dad an Preston gewandt.

Mom nickt in völliger Zustimmung.

Wieso bin ich überhaupt hier, wenn meine Teilnahme an dem Gespräch über mein Leben gänzlich überflüssig ist? Ich bin kaum mehr als schmückendes Beiwerk, ein Möbelstück, das sie von einem Zimmer ins andere verschieben. Dies sind meine Eltern. Mein Freund. Die Menschen, die mich, angeblich, auf der Welt am meisten lieben.

Aber ich komme mir völlig unsichtbar vor. Und das nicht zum ersten Mal.

Während sie weiterplaudern, ohne meine Existenzkrise zu registrieren, sehe ich plötzlich die nächsten fünf, zehn, zwanzig Jahre meines Lebens vor mir.

Weniger eine Zukunft als eine Drohung.

Mehr eine Strafe als eine Chance.

Doch dann wird es mir klar. Ich bin kein Kind mehr. Ich muss nicht hier sein. Tatsächlich gibt es absolut gar nichts, was mich auf diesem Stuhl hält. Ich erinnere mich an dieses Mittagessen mit Prestons Freunden, als die Mädchen so bereitwillig Sebs Seitensprung als harmlose Freizeitgestaltung akzeptierten. Und dann daran, wie Preston mir meine »Unbesonnenheit« so bereitwillig verziehen hat. Die Puzzleteile fügen sich zusammen, und das Bild wird klar.

So was von verdammt klar.

Ich schiebe meinen Teller weg, werfe die Serviette auf den Tisch und schiebe meinen Stuhl zurück.

Meine Mutter blickt auf und runzelt leicht die Stirn.

»Tut mir leid«, verkünde ich in die Runde. »Ich muss weg.«

Ohne eine Sekunde des Zögerns stürme ich zur Tür, bevor jemand mich zurückhalten kann. Draußen stelle ich mich hinter einen Busch, während ich ein Taxi rufe, aber mein Versteck ist schlecht, und Preston sieht mich, sobald er herauskommt.

»Was zur Hölle soll das?«, will er wissen.

Ich hole langsam Luft. »Ich will nicht mit dir streiten. Geh wieder rein, Pres. Ich habe hier nichts mehr zu suchen.«

»Nicht so laut«, zischt er, packt mich am Ellbogen und zieht mich um die Ecke, außer Hörweite, als wäre ich ein Kind, das einen Anpfiff bekommt. »Was zur Hölle ist in dich gefahren?«

Ich reiße mich von ihm los. »Ich kann das nicht mehr. Du, sie – das alles. Ich habe das so satt, ich platze vor Stumpfsinn. Das war das letzte Mal, dass ich es versucht habe.«

»Hast du jetzt völlig den Verstand verloren?« Preston starrt mich erbost an. »Das ist es – dieser Wutanfall, der Unsinn mit dem Hotel. Es ist Stress. Der Stress des ersten Jahres geht dir an die Nieren. Du hältst dem Druck nicht stand.« Er beginnt zu nicken. »Ich verstehe. Wir können dir Hilfe besorgen, dich zur Kur schicken oder so. Ich bin sicher, dass wir mit der Dekanin eine Sonderregelung für dich treffen können, damit du …«

»Eine Kur?« Ich kann nicht anders. Ich lache ihm ins Gesicht. In diesem Augenblick glaube ich, dass er mich überhaupt nicht kennt.

Er sieht mich mit zusammengekniffenen Augen unverwandt an.

»Das ist kein Stress. Es ist Klarheit.« Ich werde ernst und schaue ihn an. »Du betrügst mich, Preston.«

Er runzelt die Stirn. »Und wer hat dir das erzählt?«

Das ist seine Antwort? Wenn ich vorher Zweifel hatte, habe ich jetzt keine mehr. Er macht sich nicht einmal die Mühe, es abzustreiten?

»Willst du sagen, dass es nicht stimmt?«, fordere ich ihn heraus. »Dass du nicht genauso bist wie dein Kumpel Sebastian, der mit Mädchen herumvögelt, die keine Heiratskandidatin sind, während er Chrissy seine unsterbliche Liebe erklärt? Chrissy, die es nicht einmal interessiert, dass er herumvögelt.« Ich schüttle ungläubig den Kopf. »Sieh mir in die Augen und sag mir, dass du nicht so bist.«

»Ich bin nicht so.«

Aber er sieht mir nicht in die Augen.

Ich gebe ein schroffes Lachen von mir. »Deshalb warst du so gar nicht beunruhigt von Sebs Verhalten, richtig, Preston? Weil du genauso bist wie er. Und weißt du, was lustig daran ist? Ich bin nicht einmal wütend. Ich sollte es sein«, sage ich ihm, denn da ist jede Menge Wut in mir wegen all seiner Respektlosigkeiten vorhin am Tisch. »Ich sollte sauer sein. Aber heute Abend ist mir klar geworden, dass es mich nicht mehr interessiert.«

»Du kannst nicht mit mir Schluss machen«, sagt er streng, als würde er mir sagen, dass ich nichts Süßes haben kann, weil das meinen Zähnen schadet.

»Ich kann. Ich habe gerade.«

»Vergiss, was immer du glaubst, was ich getan habe. Das ist nur Freizeitgestaltung …«

Schon wieder dieses Wort.

»Das hat nichts mit unserer Beziehung zu tun. Ich liebe dich, Mackenzie. Und du liebst mich auch.«

Ich habe jahrelang das, was wir hatten, mit Liebe verwechselt. Ich liebe Preston, ja. Oder zumindest habe ich das, irgendwann einmal. Es hat so angefangen. Da bin ich mir sicher. Aber wir waren nie *verliebt*. Ich habe Langeweile mit Geborgenheit und Geborgenheit mit Romantik verwechselt. Weil ich nicht wusste, was wahre Leidenschaft ist. Ich wusste nicht, was mir entging, wie es sich anfühlen soll, wenn man sich nicht beherrschen kann, weil das Verlangen nach einem anderen Menschen einen so vollkommen im Griff hat und die Wertschätzung und Zuneigung für diesen Menschen total und bedingungslos ist.

»Hör auf damit, Mackenzie.« Ups. Jetzt ist er sauer. Könnte sein, dass ich ohne Nachspeise auf mein Zimmer geschickt werde. »Du hast einen Wutausbruch, und das ist nicht schön. Komm wieder hinein. Entschuldige dich bei deinen Eltern. Vergessen wir, dass das alles je stattgefunden hat.«

»Du begreifst es nicht. Das war's. Ich habe mich entschieden.«

»Nein, hast du nicht.«

Ich wollte nicht auf die Atombombe zurückgreifen, aber er lässt mir keine Wahl. »Es gibt jemand anderen.«

»Was zum Teufel …? Wen?«, fährt er mich an, und sein Gesicht wird zornesrot.

Mein Taxi hält am Bordstein. Gott sei Dank.

»Das wirst du nicht erfahren«, sage ich kühl. »Und jetzt fahre ich. Komm mir nicht nach.«

Zum ersten Mal heute Abend hört er auf das, was ich sage.

22

Mackenzie

Eine Viertelstunde später stehe ich vor Coopers Haustür. Ich denke, als ich den Tisch im Restaurant verließ, wusste ich schon, dass ich hier landen würde. Als ich gestern zurück zum College fuhr und Stunden damit verbrachte, seine Worte immer wieder im Kopf hin und her zu wälzen und mich an unsere gierigen Küsse zu erinnern, wusste ich: Falls ich wieder den Weg zurück zu ihm finde, dann mit einem Ziel.

Als er die Tür öffnet, verliere ich fast den Mut. Er trägt ein T-Shirt und zerrissene Jeans. Feuchtes Haar, als hätte er gerade geduscht. Sein Aussehen, sein Körper, seine Tattoos, das alles ist pure Versuchung. Ich hasse es, dass er gar nichts tun, gar nichts sagen muss, um mich total umzuhauen und durcheinanderzubringen. Das ist nicht fair.

»Hey.« Ich schlucke gegen die plötzliche Trockenheit in meinem Mund an.

Er starrt mich ohne ein Wort an. Ich habe mit Zorn gerechnet. Vielleicht damit, dass er mich wegjagt, mit der Warnung, mich nicht noch mal hier in der Gegend blicken zu lassen.

Das hier ist schlimmer.

»Ich bin hier, um mich zu entschuldigen.«

»Ist das so?« Cooper nimmt die gesamte Türöffnung ein, die starken Arme links und rechts aufgestützt.

»Ich bin zu weit gegangen«, sage ich reuevoll. »Ich hätte dir nie unterstellen dürfen, dass du Herpes hast. Es ist falsch, mit dem Stigma von Geschlechtskrankheiten zu spielen und Slutshaming zu betreiben, und es tut mir leid.«

Obwohl er es versucht, kann Cooper das Grinsen nicht unterdrücken, das an seinem Mundwinkel zuckt. Er lässt die Arme sinken. »Na schön, komm rein.«

Er führt mich durch das leere Haus zur hinteren Veranda, die über die Bay hinausblickt. Wir wissen beide nicht recht, wie wir anfangen sollen, also lehnen wir uns ans Geländer und tun so, als würden wir in der Dunkelheit die Wellen betrachten.

»Ich habe noch nie jemanden geohrfeigt«, gestehe ich, denn es ist an mir, das Eis zu brechen, und aus irgendeinem Grund ist es schwerer, als ich erwartet hatte.

»Du bist ziemlich gut darin«, meint er trocken. »Tat ganz schön weh.«

»Falls du dich irgendwie besser damit fühlst – meine Hand tat immer noch weh, als ich heute Morgen aufgewacht bin.«

»Damit fühle ich mich tatsächlich besser«, meint er mit einem Lächeln. »Ein bisschen.«

»Es tut mir leid. Irgendwie habe ich überreagiert und total die Fassung verloren. Ich fühlte mich schrecklich deswegen. Ich habe immer noch ein schlechtes Gewissen.«

Cooper zuckt mit den Schultern. »Mach dir keine Sorgen. Ich hab schon Schlimmeres erlebt.«

Ein Teil von mir will, dass er um sich schlägt. Dass er mir sagt, dass ich eine Göre und ein verwöhntes Balg bin. Aber er ist so cool und ruhig. Unlesbar und ohne etwas preiszugeben, was das alles hier fast unmöglich macht. Denn trotz allem, was ich über Cooper erfahre, kenne ich ihn überhaupt nicht. Manchmal denke ich, wir haben eine Verbindung zueinander, und dann denke ich so lange darüber nach, bis ich überzeugt davon bin, dass ich mir das Ganze nur zusammengesponnen habe. Als würde ich jedes Mal, wenn wir uns begegnen, aus einem Traum aufwachen und nicht mehr wissen, was real ist.

»Willst du mich fragen, was ich heute Abend gemacht habe?« Aus irgendeinem Grund will ich nicht direkt damit herausrücken.

Er zieht eine Augenbraue hoch.

»Also, erstens, ich habe meine Eltern sitzen lassen.«

»Steht das Haus noch?«, fragt er und versucht nicht einmal, seine Belustigung zu verbergen.

»Ungewiss. Ich bin sozusagen mitten beim Abendessen abgehauen.« Ich zögere kurz. »Weißt du, was ich sonst noch getan habe?«

»Was denn?«

»Ich habe mit meinem Freund Schluss gemacht.«

Das weckt seine Aufmerksamkeit. Er dreht sich mit dem Rücken zum Geländer und verschränkt die Arme. Dann schmunzelt er und schüttelt den Kopf. »Na bitte, jetzt ergibt das Sinn. Du bist auf der Flucht und dachtest dir, wo kannst du dich besser verstecken? Keine Chance, dass hier jemand nach dir suchen wird. Habe ich recht?«

»So in etwa«, antworte ich verlegen. Das war nicht explizit mein Gedanke, als ich dem Taxifahrer Coopers Adresse nannte, aber es war auf jeden Fall ein unbewusster Instinkt.

»Also, wie lange hast du vor, dich zu verstecken? Ich will ja kein Mistkerl sein, aber ich führe hier kein Hotel, Prinzessin.«

»Touché.«

Schweigen hüllt uns ein, lauter als das Brechen der Wellen am Strand.

Heute Morgen bin ich schweißgebadet aufgewacht. Noch während ich gegen die Sonne anblinzelte, lösten sich die letzten Bilder von Cooper, wie er mich an die Wand drückte –

meine Beine um seine Hüften geschlungen, seine Hände brennend auf meiner Haut –, mit dem Morgentau auf meinem Fenstersims in Luft auf. Was soll ich damit anfangen? Diese Gefühle sind neu für mich. Ich war noch nie so erregt wegen eines Typen. Und ja, okay, er hat auch Interesse an mir gezeigt, aber wenn er nicht den nächsten Schritt macht, weiß ich nicht, was das alles zu bedeuten hat.

»Ein Teil von mir wünscht sich, wir wären uns nie begegnet«, sagt er schließlich, und im Licht der Verandabeleuchtung spielen Schatten über sein Gesicht.

»Wieso?« Ich meine, abgesehen vom Offensichtlichen, schätze ich. Ich war eine echte Nervensäge ihm gegenüber.

»Weil das hier nur chaotisch werden kann.« Die Arme gesenkt, überwindet er den geringen Abstand zwischen uns, bis er mich nur mit seinem Blick ans Geländer festgenagelt hat.

Etwas an seiner Miene verändert sich, und wie auf ein unterschwelliges Signal an meinen Organismus bin ich plötzlich wachsam.

»Warum soll denn …?«

Bevor ich den Satz beenden kann, liegen seine Lippen schon auf meinen.

Cooper drückt mich an das Geländer und küsst mich. Drängend. Die ganze Zeit über, seit Wochen, haben wir den Atem angehalten, bis zu diesem Moment. Erleichterung. Als seine Hände meine Hüften finden und mich an das splittrige Holz drücken, vergesse ich mich selbst, erfüllt von Lust. Ich erwidere seinen Kuss wie eine Verhungernde und stöhne, als er meine Beine mit seinen spreizt und ich seine Erektion spüre.

»Sag es mir jetzt«, flüstert er, während sein Mund über meinen Hals wandert. »Wirst du mir sagen, dass ich aufhören soll?«

Ich sollte über die Frage nachdenken. An die Konsequenzen. Was passiert, wenn ich morgen aufwache und den Schaden von heute Abend betrachte.

Aber ich tue es nicht.

»Nein«, antworte ich. »Hör nicht auf.«

Einmal entfesselt, zögert Cooper nicht. Er zieht mein Kleid so weit nach unten, bis meine Brüste entblößt sind. Als er die Lippen um einen harten Nippel schließt, ist es überwältigend – der Rausch der Erregung, der Adrenalinschub. Bei ihm bin ich ein anderer Mensch. Hemmungslos. Ich nehme seine Hand und schiebe sie nach unten, bis er den Weg unter mein Kleid findet. Dann ziehen seine Finger mein Höschen weg, gleiten über meine Klitoris und dringen in mich.

»Ah, fuck«, flüstert er an meiner fieberheißen Haut. »So nass.«

Zwei Finger bewegen sich in mir, während sein Daumen die empfindsame Stelle verwöhnt, die vor Erregung pulsiert. Ich halte mich an seinen breiten Schultern fest und beiße mir so fest auf die Lippe, dass ich Blut schmecke, bis meine Beine zittern und ich komme.

»Mmm, das ist mein Mädchen.« Ein Grinsen erscheint in seinem Gesicht, als er sich vorbeugt, um meine Lippen zu küssen und meine keuchenden Atemzüge einzufangen.

Seine Worte jagen mir einen Schauer durch den Leib. Sein Mädchen. Ich weiß, dass er das nicht ernst meint, dass es nur ein Ausdruck ist, aber der Gedanke, ihm zu gehören, heute Nacht ganz von ihm in Besitz genommen zu werden, löst eine neue Woge von Verlangen in mir aus.

Eilig öffne ich seine Jeans, hole seinen pulsierenden Schwanz heraus und streichle ihn. Sein Stöhnen ist Musik in meinen Ohren. Seine Hände wandern nach unten, drücken meine Pobacken, und in seinen dunklen Augen glitzert Hitze.

»Lass uns reingehen«, dränge ich ihn.

»Ich habe ein Kondom in der Tasche.« Seine Stimme ist heiser, als ich seinen pochenden Schaft in der Hand halte.

»Echt, wieso?«

»Lass uns nicht solche Fragen stellen.«

Fair. Noch bis vor einer Stunde hatte ich einen Freund. Was Cooper auch vorhatte, geht mich nichts an.

Er reißt das Päckchen auf, zieht das Kondom über und legt sich eins meiner Beine um die Hüfte. Plötzlich sitze ich auf dem Geländer und klammere mich an ihn, während er langsam, quälend langsam, in mich dringt. Würde er jetzt loslassen, würde ich vom Geländer kippen. Aber ich vertraue ihm. Ich lasse mich ganz auf ihn ein, vertraue seinem sicheren Griff und genieße, wie er mich ausfüllt.

»Du fühlst dich so gut an, Mac.« Er küsst mich erneut. Stößt tief zu und macht mich ganz benommen vor Verlangen.

Eine warme Brise weht durch mein Haar. Mir ist egal, dass wir jeden Moment erwischt werden könnten. Dass ich nicht einmal weiß, ob sein Bruder zu Hause ist. Dass jemand uns aus den Schatten um das Haus herum beobachten könnte. Mir ist alles egal, bis auf die ungewohnten Empfindungen, die durch meinen Körper rauschen, dieses Gefühl von Fülle, von Richtigkeit. Als Cooper meinen Kopf nach hinten beugt, um meinen Hals zu küssen, lenkt mich nichts ab von seinen langsamen, tiefen Stößen und dem wilden, sinnlichen Verlangen, das uns beide antreibt.

»Kommst du noch mal?«, flüstert er mir ins Ohr.

»Vielleicht.«

»Versuch es.«

Er zieht sich zurück, bis er nur noch mit der Spitze in mir ist, und stößt dann erneut zu. Hart und entschlossen. Während er einen starken Arm um mich hält, schiebt er seine Hand zwischen meine Beine und streicht mit den Fingern über meine Klitoris. Ich schnappe vor Lust nach Luft.

»Oh, mach weiter«, flehe ich.

Sein rauchiges Lachen kitzelt meinen Mund, als er sich vorbeugt und mich küsst. Seine Hüften bewegen sich weiter, aber jetzt langsamer, und reizen mich, locken mich zurück an den Abgrund. Und so geschickt verwöhnt er meinen Körper, dass es nicht lange dauert, bis die Lust immer stärker wird und dann in einem blendenden Rausch explodiert.

»Ja«, stöhnt er und wird schneller. Leidenschaftlich stößt er sich in mich, bis er erschauert, seine Atemzüge unregelmäßig werden und er stöhnend kommt.

Ich schlucke und hole tief Luft, während mein Herz noch immer wie wild schlägt. »Das war …« Ich verstumme.

Er gibt einen unverständlichen Laut von sich, denn auch ihm fehlen die Worte. »Es war … ja.«

Mit einem schwachen Lachen lösen wir uns voneinander. Ungeschickt rutsche ich vom Geländer. Richte mein Kleid. Cooper nimmt meine Hand und geht mit mir hinein.

Nachdem ich geduscht habe, borge ich mir ein paar Sachen von ihm, und wir machen mit Daisy einen Spaziergang am Strand im Mondlicht. Meine Finger sind immer noch ein wenig taub, meine Beine schwer. Er war alles, was ich erwartet habe, und besser. Grob und leidenschaftlich.

Und jetzt bin ich erschüttert, wie wenig peinlich es ist. Ich war nie mit einem anderen als Preston zusammen, also wusste ich nicht, was ich erwarten sollte nach einem … Ich weiß nicht, was das hier ist. Eine Affäre? Ein Rendezvous? Etwas, worüber wir am Morgen nicht wirklich reden werden? Irgendwie ist es mir egal. Im Moment geht es uns gut.

»Willst du über Nacht bleiben?«, fragt er mich, als wir zurück zum Haus gehen.

»Ja, okay.«

Ab sofort denke ich nicht mehr zu viel nach. Neuanfang. Ganz von vorn.

Es ist Zeit, dass ich anfange, mich zu amüsieren.

23

Cooper

In meinem Kopf herrscht Chaos. Als ich neben Mac in meinem Bett aufwache, wird mir klar, dass ich tief in Schwierigkeiten stecke. Gestern Abend, als sie praktisch auf meinen Schwanz sprang, war ich ganz dabei. Aber dann ist etwas echt Bescheuertes passiert. Ich wollte nicht, dass sie geht. Ich fing an nachzudenken, nun ja, Mist, was passiert, wenn sie nach Hause geht und ich wieder so eine gottverdammte Nachricht bekomme wie *Tut mir leid, ich habe einen Fehler gemacht, und jetzt komme ich wieder mit meinem Volltrottel von Freund zusammen*?

Was in etwa der Punkt war, an dem mir klar wurde, dass ich total geliefert bin.

»Guten Morgen«, brummelt sie mit geschlossenen Augen.

Als sie sich zu mir rollt, ihr Bein über meins legt und meine Erektion berührt, kann ich nicht anders und umfasse ihren Po.

»Guten Morgen«, sage ich.

Sie küsst meine Brust und beißt dann leicht hinein.

Dieses Mädchen ist so anders. Es sind immer die guten Mädchen, richtig? Ganz brave Pullis und Manieren, bis man sie mal allein trifft. Dann drücken sie dein Gesicht zwischen ihre Beine und gehen mit Blut unter den Fingernägeln.

Wir kuscheln noch ein paar Minuten im warmen Bett.

Dann hebt Mac den Kopf und schaut mich an. »Kann ich dich etwas fragen?« Sie sieht besorgt aus.

»Klar.«

»Es ist aber eine ziemlich neugierige Frage.«

»In Ordnung.«

»Im Sinne von *geht mich absolut nichts an.*«

»Willst du jetzt fragen, oder sollen wir weiter über das Stellen von Fragen reden?«

Sie knabbert neckend an meiner Schulter. »Also gut. Hattest du Sex mit Sutton?«

»Nein. Wir waren auf dem Pier spazieren, und dann hat sie übers Geländer gekotzt, worauf ich sie in ein Taxi gesetzt habe.«

Mackenzie bohrt weiter nach. »Wenn sie sich nicht übergeben hätte, hättest du dann irgendetwas gemacht? Sie geküsst? Mit nach Hause genommen?«

»Vielleicht. Wahrscheinlich.« Als ich spüre, dass sie sich neben mir versteift, streiche ich mit den Fingern durch ihr langes Haar. Andere Typen hätten es vielleicht verschwiegen, aber ich bin nicht wie andere Typen. Sie hat gefragt. Ich habe geantwortet. »Du wolltest es wissen.«

»Ja, wollte ich. Und ich bin diejenige, die schuld daran ist, dass sie sich dir an den Hals geworfen hat. Ich schätze, da darf ich nicht eifersüchtig sein.« Mac knurrt leise. »Aber ich bin es.«

»Willkommen im Club«, knurre ich zurück. »Der Gedanke, dass jemand anders als ich dich berührt, weckt meine Mordlust.«

Sie lacht. »Hat dir schon mal jemand gesagt, dass du ein wenig hemmungslos bist?«

Ich zucke mit den Schultern. »Hast du ein Problem damit?«

»Überhaupt nicht.«

Ich wickle eine dicke Haarsträhne von ihr um meinen Finger. »Weißt du«, meine ich nachdenklich, »an dem Abend war ich zwar ziemlich sauer auf dich, aber ich hatte ganz vergessen, wie viel Spaß es macht, Evan zu sein. Es war eine Ewigkeit her, seit wir so was zuletzt gemacht haben.«

Sie legt den Kopf schief. »Habt ihr beide euch oft für den anderen ausgegeben?«

»Andauernd. Er hat auf der Highschool alle Tests in Erdkunde für mich geschrieben – ich schwöre bei Gott, der Junge hat ein unheimlich gutes Gedächtnis, wenn es um Landeshauptstädte geht. Manchmal hat auch einer von uns mit der Freundin des anderen Schluss gemacht.«

Mackenzie schnappt nach Luft. »Das ist ja furchtbar.«

»Nicht unsere besten Momente«, pflichte ich bei. »Wir haben auch Plätze getauscht, um unsere Freunde zu veräppeln, obwohl die meisten uns auseinanderhalten können, selbst wenn wir uns von Kopf bis Fuß identisch herrichten. Aber ja, manchmal ist es nett, eine Pause von mir selbst zu machen und Evan zu sein. Das Leben leben, ohne an irgendwelche Konsequenzen zu denken. Tun, was man will, vögeln, wen man will, ohne Reue.«

»Ich weiß nicht … ich finde dich ganz gut.« Ihre Hand wandert langsam über meine nackte Brust. »Ehrlich gesagt, sogar mehr als gut.«

»Warte. Ich will dir Frühstück machen«, sage ich und halte sie auf, als ihre Hand sich in meine Boxershorts schiebt.

»Können wir das hier nicht zuerst machen?« Mac blickt auf und leckt sich über die Lippen.

Gottverdammt. Jawohl, Prinzessin, ich will unbedingt sehen, wie du mit meinem Schwanz in deinem Mund aussiehst, aber ich probiere gerade dieses neue Ding mit Gentleman-Sein aus, falls du mich lässt.

Wie gesagt, mein Kopf ist daneben.

»Wenn du damit anfängst«, warne ich sie, »werden wir dieses Bett nicht mehr verlassen.«

»Stört mich nicht.«

Stöhnend schiebe ich sie von mir und steige aus dem Bett. »Verlockend. Und vertrau mir, ich wäre absolut dabei, aber Evan und ich bekommen heute eine Lieferung für die Hausrenovierung. Wir müssen früh raus.«

Mac macht einen Schmollmund, und mein T-Shirt hängt ihr von einer gebräunten Schulter. Ihre nackten Beine betteln mich an, zurück ins Bett zu kommen. Die sind mein verdammter Tod, hier auf der Stelle.

»Okay. Ich schätze, Frühstück geht. Hast du Scones da?«

»Sonst noch was?« Ich lache und gehe ins Badezimmer.

Mac folgt mir, und ich hole eine Ersatzzahnbürste aus dem Wandschrank. Seite an Seite putzen wir uns die Zähne, aber mehr ist nicht drin. Danach scheucht sie mich hinaus, damit sie pinkeln kann, und ich gehe und beantworte eine Nachricht von Billy West wegen der Holzlieferung heute. Ich schreibe noch, als Mac mein Zimmer durchquert und in die Küche geht.

Als ich fertig bin, weht der Duft von frisch gebrühtem Kaffee durch das Haus.

»Klar, Süße, bediene dich«, höre ich Evan sagen.

Ich biege um die Ecke und sehe Mac mit einer Tasse in der Hand an der Kaffeemaschine stehen.

»Ich dachte, ich setze mal eine ganze Kanne auf, falls noch jemand welchen will«, meint sie. Bestimmt ist ihr der Sarkasmus in Evans Stimme nicht entgangen. »Ich hoffe, das ist in Ordnung.«

»Natürlich ist es das«, sage ich an Evan gerichtet. Denn ich begreife seine plötzliche Haltung nicht. »Setz dich. Ich mache ein paar Spiegeleier. Willst du Speck?«

»Soll ich das Hausmädchen das gute Porzellan holen lassen, oder bevorzugt Ihre Majestät Handfütterung?«, fragt Evan und schnappt sich eine Schachtel Cornflakes.

»Hey.« Ich schubse ihn weg, als er mir den Weg zum Kühlschrank versperren will. Verdammter Kindskopf. »Hör auf, Mann.«

Mac fühlt sich sichtlich unwohl. »Ja, weißt du, ich muss eigentlich zurück zum Wohnheim, also gehe ich mal.«

»Komm schon, bleib hier«, dränge ich. »Ich fahre dich nach dem Frühstück hin.«

Aber es ist zu spät. Egal was für eine Laus Evan heute Morgen über die Leber gelaufen ist, er hat sie schon verschreckt. Mac kann gar nicht schnell genug wegkommen, so wie sie in mein Zimmer hastet, wo sie sich ein Taxi ruft, während sie das Kleid von gestern Abend wieder anzieht.

»Tut mir leid wegen Evan«, sage ich und halte sie zurück, bevor sie zur Tür hinausgeht. »Er ist ein Morgenmuffel.«

»Ist schon gut. Wirklich.«

Ich betrachte ihr Gesicht. Ihr Make-up ist abgewaschen, und sie hat das Haar zu einem lockeren Dutt hochgesteckt. Sie sieht schöner aus denn je. Und jetzt denke ich, wir wären besser den ganzen Tag im Bett geblieben.

»Ich bin sicher, wenn ich Geschwister hätte, wären die auch voll die Nervensägen.« Mac geht hoch auf die Zehenspitzen, um mich zu küssen. Ich betrachte das als Zeichen, dass wir immer noch miteinander reden.

Als sie weg ist, mache ich mich auf die Suche nach Evan und finde ihn in der Garage.

»Hey, was sollte das?«, frage ich knapp.

»Die Frage solltest du dir besser selbst stellen«, kontert er und drängt sich mit seinem Werkzeuggürtel über der Schulter an mir vorbei. »Seit wann spielst du den Butler für die Prinzessin? Der Plan war, sie dazu zu bringen, dass sie mit Kincaid Schluss macht, nicht Familie zu spielen.«

»Ja, und es hat geklappt.« Ich folge ihm durch den Garten zurück zum Haus und beschließe, den Unterton von Hass in seiner Stimme zu ignorieren. »Sie hat gestern Abend mit ihm Schluss gemacht.«

»Toll«, meint er, holt sich ein Bier aus der Kühlbox auf der vorderen Veranda und macht es auf – um sieben Uhr morgens. »Dann ist es jetzt Zeit, sie laufen zu lassen. Wir locken die beiden an denselben Ort, sorgen dafür, dass er euch zwei zusammen sieht, und dann sind wir mit den Klonen fertig. Ende.«

Ich nehme ihm das Bier aus der Hand und gieße es weg. »Würdest du mal mit dem Mist aufhören? Ich will nicht, dass du betrunken bist und mit der Nagelpistole auf mich schießt.«

»Klar, Dad«, meint er und zeigt mir den Mittelfinger.

»Hey.« Ich bohre ihm den Finger in die Brust, weil er verdammt gut weiß, was er gerade getan hat. »Sag das noch mal, und wir haben ein Problem.«

Er schlägt meine Hand weg. »Ach, scheiß drauf.«

Evan ist heute übel drauf, und ich habe seinen Mist satt. Aber ich kann mir keine Gedanken darüber machen, was ihm über die Leber gelaufen ist, denn ich muss mir überlegen, wie zur Hölle ich das mit Mackenzie handhaben soll. Keine Chance, dass mein Bruder und unsere Freunde mich vom Haken lassen werden. Alle vier warten nur auf den großen Showdown. Sie wollen Blut sehen.

Ich grüble den ganzen Tag darüber nach, aber mir fällt keine Lösung ein. Als wir später alle zu Joe's gehen, während Steph dort ihre Schicht arbeitet, ist mir immer noch nichts Besseres eingefallen, als darauf zu hoffen, dass sie den Plan nicht erwähnen.

Wir kommen wieder miteinander aus, Joe und ich. Ich bin immer noch enttäuscht darüber, wie schnell er mich gefeuert hat, aber ich begreife, warum er es getan hat. Es ist schwer, auf einen Typen sauer zu sein, der sich Sorgen um eine Hypothek und die Collegegebühren seines Kindes machen muss. Es war nicht fair, zu erwarten, dass er für mich in den Ring steigt, wenn er seine eigene Familie schützen muss.

Wir suchen uns eine Nische in der Nähe der Bar. Evan setzt sich neben mich, und Heidi und Alana hocken sich uns gegenüber. Steph kommt zu uns mit Getränkekarten, die keiner von uns braucht oder anschaut. Die Mädchen bestellen Schnaps. Evan und ich bleiben bei Bier. Wir haben uns den Tag heute freigenommen, um die vordere Veranda zu renovieren, was bedeutet, dass wir morgen eine Doppelschicht für Levi schieben werden. Wir müssen im Morgengrauen aufstehen, und das will ich lieber nicht mit einem Kater. Evan ist es scheißegal, da bin ich mir sicher.

Natürlich verliert er keine Zeit damit, die Mädchen auf den neuesten Stand in Sachen Mackenzie zu bringen.

»Jetzt bin ich echt aufgeregt«, meint Alana mit einem bösen Grinsen, das ziemlich verstörend ist. Manchmal ist die Gute wirklich furchteinflößend. »Seht nur.« Sie hält uns den Arm hin. »Ich habe Gänsehaut.«

Heidi holt ihr Handy hervor und scrollt durch Kincaids Instagram. »Wir müssen nur ein Auge darauf haben, wann er sich verabredet. Irgendwo in der Öffentlichkeit. Dann bringst du seine Ex dorthin, und wir demütigen ihn total. Himmel, wahrscheinlich sollten wir Tickets verkaufen.«

»Macht es bald.« Steph stöhnt. »Wenn er nicht aufhört, hier aufzutauchen, schütte ich ihm noch Abführmittel in den Drink. Ich will, dass er vor lauter Angst überhaupt nicht mehr ausgeht.«

»Warum nicht dieses Wochenende?«, schlägt Evan vor und stößt mich mit dem Ellbogen an, während ich mich auf mein Bier konzentriere und die anderen zu ignorieren versuche. »Morgen. Du bittest die Prinzessin um ein Date. Steph, du bringst Maddy oder irgendeine andere dazu, ihn auf ein Date einzuladen, und dann treiben wir ihn in die Ecke.«

Ich leiste endlich meinen Beitrag zur Unterhaltung. »Nein.«

Evan runzelt die Stirn. »Was?«

Zu hören, wie er über Mac redet, macht mich fertig. Ich habe diesen ganzen bescheuerten Plan satt, und ich habe es gründlich satt, so zu tun, als wäre ich immer noch dabei. Von dem Zug bin ich in dem Moment abgesprungen, als mir klar wurde, wie cool Mac ist. Wie klug, sexy und faszinierend. Sie ist anders als jede Frau, mit der ich je zusammen war.

»Es ist vorbei«, sage ich zu meinen Freunden und sehe sie über den Rand meiner Flasche an. »Vergesst es.«

»Was meinst du mit *Vergesst es*?« Evan nimmt mir das Bier aus der Hand.

Meine Schultern spannen sich an. Er sollte sich besser überlegen, was er als Nächstes sagt.

»Wir hatten einen Deal«, faucht er.

»Nein, du willst einen Rachefeldzug, aber ich nicht mehr. Ich bin derjenige, der gefeuert wurde, nicht du. Was bedeutet, dass ich in der Sache das letzte Wort habe. Und ich sage, es ist vorbei.«

Er schüttelt ungläubig den Kopf. »Ich wusste es. Sie hat dich gekapert, oder? Der verdammte Klon hat dich um seinen kleinen Finger gewickelt.«

»Es reicht.« Ich schlage mit der Hand auf den Tisch, sodass die Gläser klirren. »Das gilt für euch alle«, sage ich zu den Mädchen. »Sie ist tabu. Keiner kommt ihr blöd, verstanden?«

»Wann ist das denn passiert?« Steph sieht mich verunsichert an. Ich nehme es ihr nicht übel. Bis zu dieser Sekunde habe ich niemanden eingeweiht.

»Ich meine es ernst. Seht ihr, ich mag Mac.« Ich atme tief aus. »Damit habe ich nicht gerechnet, aber so sieht es aus. Ich mag sie.«

Mir gegenüber verzieht Heidi finster die Lippen. »Männer«, brummelt sie vor sich hin.

Ich gehe gar nicht darauf ein. »Ich weiß nicht, wohin das mit uns führt, aber ich erwarte, dass ihr alle nett zu ihr seid. Vergesst einfach diesen bescheuerten Plan. Dazu wird es nicht mehr kommen. Keine bösen Bemerkungen mehr«, sage ich zu meinem Bruder. Und zu den Mädchen: »Und keine Intrigen hinter ihrem Rücken. Egal was passiert, ihr Ärsche seid meine Familie. Und ich bitte euch, das für mich zu tun.«

Keiner sagt etwa, aber alle antworten mit einem knappen Nicken.

Dann stürmt Evan davon, denn natürlich macht er das. Steph zuckt mit den Schultern und bedient weiter an ihren Tischen. Heidi und Alana starren mich nur an, als wäre ich der größte Trottel, dem sie je begegnet sind. Mir fehlt etwas ihre Begeisterung, aber ehrlich gesagt ist es besser gelaufen, als ich gehofft hatte.

Heidi fährt sich durch das kurze Haar und mustert mich weiter. In ihrem Gesicht sehe ich ein Aufflackern von Zorn. Einen Anflug von Mitleid. Und noch etwas anderes. Etwas Rachsüchtiges, Alarmierendes.

»Niemand verliert je ein Wort darüber gegenüber Mac«, warne ich Heidi. »Niemals.«

24

Mackenzie

Die nächste Woche verbringe ich damit, Preston mit viel Geschick aus dem Weg zu gehen. Es ist wirklich eine Schande, dass Ausweichen keine olympische Sportart ist. Außerdem habe ich Unterstützung von Bonnie. Als er eines Abends an unserer Zimmertür geklopft hat, hat sie oben ohne aufgemacht. Egal was Pres in seiner Freizeit so treiben mag, Angst vor öffentlicher Blamage hat er trotzdem. Als also Bonnie lauthals zu schreien angefangen hat und unsere Flurnachbarinnen die Köpfe aus ihren Türen herausgestreckt haben, um zu sehen, was der Tumult soll, hat Preston schnell die Flucht ergriffen.

Seine Nachrichten und Anrufe zu ignorieren ist einfach. Mich auf dem Campus vor ihm zu verstecken ist schon schwieriger. Ich habe damit angefangen, jede Vorlesung ein paar Minuten früher oder später durch den Hintereingang zu verlassen, um ihm nicht zu begegnen, falls er auf mich wartet. Ich habe Kommilitoninnen, mit denen ich mich angefreundet habe, gebeten, mir eine Vorwarnung zu schicken, falls er in der Nähe gesehen wird. Es ist eine Menge Aufwand, aber es wäre sehr viel schlimmer, plötzlich vor Preston zu stehen.

Es kommt mir vor, als würde ich nur noch im Verborgenen leben. Ich gehe Pres aus dem Weg. Arbeite hinter dem Rücken meiner Eltern an dem Hotel. Schleiche durch die Stadt, um mich mit Cooper zu treffen. Ich kann nicht riskieren, dass jemand vom College ihn erkennt und mich an Preston verrät, und ich denke, Cooper versteckt mich vor Evan, also gestalten sich unsere Liebestreffen zunehmend kreativ.

Und während wir immer noch nicht »das Gespräch« über unsere Dates geführt haben, können wir die Hände nicht voneinander lassen. Ich bin süchtig. Absolut süchtig nach ihm. Bonnie nennt mich schwanzbesessen. Ich würde mit ihr darüber streiten, wenn sie nicht absolut recht hätte.

Am Samstagabend treffe ich Cooper an einer unserer üblichen Stellen am Strand, ein ganzes Stück von seinem Haus entfernt. Dieses Ende der Bay wurde von den letzten Hurrikans am härtesten getroffen und war jahrelang ziemlich sich selbst überlassen. Hier stehen nur noch leere Häuser und verfallende Restaurants mit Blick aufs Meer. Außerdem gibt es einen Bootssteg, kaputt und größtenteils von den Fluten verschlungen. Wir lassen Daisy von der Leine, damit sie herumrennen kann, und sie verliert keine Zeit damit, die winzigen Sandkrabben zu terrorisieren und Vögeln nachzujagen.

Wir setzen uns auf ein Stück Treibholz, und Cooper zieht mich rittlings auf seinen Schoß. Seine Hände umfassen meinen Hintern, während ich mit den Fingernägeln leicht über seinen Nacken kratze, genau auf die Weise, die ihn heißmacht.

»Wenn du so weitermachst«, warnt er mich, »vögle ich dich gleich hier vor den Möwen.«

»Du Tier«, sage ich und knabbere an seiner Lippe.

»Du Biest.« Er küsst mich. Starke Hände wandern meine Rippen hoch, um meine Brüste zu drücken, bevor sie sich wieder um meine Taille legen. Er löst seine Lippen von mir, und sein Blick findet meinen. »Ich habe nachgedacht. Heute Abend gibt es eine Party. Geh mit mir hin.«

Ich runzle die Stirn. »Ich weiß nicht. Dann würden wir uns outen. Sicher, dass du so weit bist?«

»Wieso nicht?«

Unsere Heimlichtuerei war bisher kein Gesprächsthema, sondern mehr eine unausgesprochene Abmachung. Es ist klar, dass sich das irgendwann mal ändern muss, aber es bringt auch eine ganze Reihe neuer Konsequenzen mit sich. Das soll nicht heißen, dass ich unglücklich damit bin, das Ganze offiziell zu machen.

Aber überrascht bin ich schon.

»Also …« Ich streiche mit den Händen über seinen Brustkorb und fühle jeden harten Muskel, bis meine Hände seinen Hosenbund erreichen. »So wie ein Date.«

»*Wie* ein Date, klar.« Cooper leckt sich über die Lippen wie immer, wenn er denkt, er wäre gerade charmant. Es ist nervtötend sexy.

»Was heißen würde, dass wir *so etwas wie* Dates haben.«

»Lass es uns mal so sagen.« Cooper streicht mir das Haar von der Schulter, wickelt es sich um die Faust und zieht daran. Nur ein klein wenig. Es ist eine dezente Geste, die zu unserer Abkürzung für *Ich will dir die Kleider vom Leib reißen* geworden ist. So wie wenn ich ihn in die Lippe beiße oder vorn an seiner Jeans zupfe oder ihn ansehe oder atme. »Ich schlafe mit keiner anderen. Ich will nicht, dass du mit jemand anderem schläfst. Wenn irgendwer dich komisch ansieht, hau ich ihm eins in die Fresse. Wie findest du das?«

Es ist nicht gerade Poesie, aber es ist vielleicht das Romantischste, was je ein Typ zu mir gesagt hat. Cooper mag ein wenig ungehobelt sein, aber irgendwie mag ich es.

»Läuft für mich.«

Grinsend schiebt er mich von seinem Schoß. »Komm, lass uns das kleine Monster nach Hause bringen. Und ich will vorher noch kurz duschen. Ich schwöre, ich habe immer eine Schicht Sägemehl auf mir.«

»Ich mag es. Es ist männlich.«

Er verdreht die Augen.

Wir gehen zu seinem Haus und durch die hintere Veranda hinein. Ich fülle Daisys Wassernapf, während Cooper in sein Zimmer geht, um zu duschen. Ich würde ihm folgen, aber bevor ich herkam, habe ich mir die Haare geföhnt, und ich will die Frisur nicht ruinieren, vor allem nicht, wenn wir jetzt auf eine Party gehen.

»Hey«, brummt Evan, dessen große, breite Gestalt in der Küchentür auftaucht. Er ist barfuß und trägt abgewetzte Jeans und ein rotes T-Shirt. »Wusste gar nicht, dass du da bist.«

Ich setze mich auf einen Hocker am Tresen und sehe zu, wie Daisy geräuschvoll ihr Wasser schlabbert. »Yep. Hier bin ich. Cooper ist unter der Dusche.«

Evan öffnet einen Schrank und nimmt eine Tüte Kartoffelchips heraus. Er reißt sie auf und schiebt sich ein paar Chips in den Mund. Während er kaut, mustert er mich argwöhnisch. »Was habt ihr zwei denn heute Abend vor?«

»Cooper sagt, es gibt eine Party. Schätze, da gehen wir hin.«

Er runzelt die Stirn. »Er nimmt dich mit zu Chase?«

»Ja.« Ich zögere kurz. »Hast du ein Problem damit?«

»Ganz und gar nicht, Prinzessin.«

»Oh, wirklich.«

»Wird Zeit, dass du mal mitkommst«, fährt Evan fort und zuckt mit den Schultern. »Wenn du mit meinem Bruder zusammen bist, wirst du früher oder später die Clique treffen müssen. Sie für dich gewinnen.«

Tja, verdammt. Jetzt bin ich nervös. Wieso musste er es auch so formulieren?

Was, wenn Coopers Freunde mich hassen?

Als Daisy zu bellen anfängt, vergesse ich kurz meine Beklommenheit. Ich schaue zu ihr hinüber, nur um zu sehen, dass sie dasteht und die Wand anbellt.

»Daisy«, tadle ich sie.

»Keine Sorge«, meint Evan. »Ist wahrscheinlich nur der Geist.«

Ich werfe ihm einen genervten Blick zu.

»Coop hat dir nicht von unserem Geist erzählt?« Er legt den Kopf schief. »Echt jetzt? Das ist normalerweise das Erste, was ich Gästen erzähle. Es ist wie ein Privileg, in einem Spukhaus zu leben.«

»In eurem Haus spukt es also«, sage ich skeptisch. Denn, kommt schon, so naiv bin ich doch nicht.

»Ja. Wobei, sie macht uns nicht wirklich Probleme«, erklärt Evan. »Also, es ist nicht direkt Spuken. Aber sie hängt definitiv hier ab.«

»Sie. Sie wer?«

»Patricia Irgendwas. Kleines Mädchen, das vor so hundert Jahren im Meer ertrunken ist. Sie war sechs oder sieben, ich weiß nicht genau. Aber wenn es stürmt, kann man sie schreien hören, und ab und zu flackern die Lichter im Haus, normalerweise dann, wenn sie spielen will …«

Er verstummt abrupt, als die Lampe über der Kücheninsel tatsächlich flackert.

Oh *Hölle*, nein.

Evan sieht mein Erschrecken und grinst. »Siehst du? Sie macht sich einen Spaß mit uns. Keine Sorge, Prinzessin. Patricia ist ein netter Geist. So wie Casper. Falls du mehr wissen willst, in der Stadtbibliothek gibt's ein paar alte Zeitungsartikel über sie.« Er geht hinüber zu Daisy, die sich wieder beruhigt hat. »Guter Hund. Du sagst dem kleinen Geistermädchen ordentlich Bescheid.«

Ich mache mir eine Notiz im Hinterkopf, die Bücherei in Avalon Bay zu besuchen. Ich glaube nicht wirklich an Geister, aber ich mag Geschichten aus der Vergangenheit, und da ich nun ein Hotel hier besitze, bin ich noch neugieriger auf die Geschichte dieser Stadt.

»Ist es okay, wenn ich bei euch mitfahre?«, meint Evan und schlendert aus der Küche, bevor ich antworten kann. Ich schätze, das war eine rhetorische Frage.

Seufzend starre ich ihm hinterher. Ich denke, im Moment gibt es nur einen Menschen, den ich wirklich »für mich gewinnen« muss, und das ist Coopers Zwillingsbruder.

Coopers Freund Chase hat ein Terrassenhaus in der Stadt, mit einem großen Garten, der an einen Wald grenzt. Als wir ankommen, bin ich ein wenig überwältigt, wie viele Leute hier sind. Drinnen beim Bier-Pong-Spielen. Draußen um ein Lagerfeuer. Dröhnende Musik. Lärmendes Gelächter. Wir machen die Runde, und Cooper stellt mir alle vor. Es würde Spaß machen, wenn ich nicht merken würde, wie mich alle anstarren. In der Zwischenzeit hat Cooper, der davon nichts mitbekommt, einen Arm um meine Taille gelegt und plaudert mit seinen Freunden. Überall, wo ich hinsehe, gibt es Blicke von der Seite, über die Schulter und verschwörerisches Flüstern. Für gewöhnlich bin ich nicht gehemmt in geselligen Situationen, aber es ist schwer, es nicht zu sein, wenn mir alle zu verstehen geben, dass sie finden, ich gehöre nicht hierher. Es ist nervenaufreibend. Erstickend.

Wenn ich diesen Abend irgendwie überstehen soll, brauche ich mehr Alkohol.

»Ich hole mir noch etwas zu trinken«, sage ich zu Cooper. Er plaudert gerade mit einem tätowierten Typen namens Wyatt, der sich darüber beschwert, dass seine Freundin ihn nicht zurückhaben will. Daneben sieht eine kleine Gruppe hinten im Garten bei einem Spiel Twister in Bikini und Badehosen zu.

»Ich hole dir was«, meint er. »Was möchtest du?«

»Nein, ist schon okay. Bleib hier und unterhalt dich weiter. Ich bin gleich wieder da.«

Damit gehe ich davon, bevor er mit mir diskutieren kann. Ich bahne mir einen Weg zum Haus und lande in der Küche, wo ich eine einsame ungeöffnete Flasche Rotwein finde und entscheide, dass die mir am wenigsten einen riesigen Kater morgen bescheren wird.

»Du bist Mackenzie, richtig?«, fragt ein umwerfendes Mädchen mit langen Haaren und dunklem Teint. Sie trägt ein Bikinioberteil und Shorts und mixt sich einen Drink am Tresen. »Coopers Mackenzie.«

»Ja, das bin ich. Coopers Mackenzie.« Es klingt wie in einem Polizistenfilm aus den Siebzigern.

»Tut mir leid«, sagt sie mit freundlichem Lächeln. Sie drückt einen Deckel auf den Cocktailshaker und schüttelt ihn energisch über der Schulter. »Ich meinte nur, dass Coop schon viel von dir erzählt hat. Ich bin Steph.«

»Oh! Das Ziegenmädchen?«

Ihre Lippen zucken. »Entschuldige – wie bitte?«

Ich lache verlegen. »Tut mir leid, das kam jetzt einfach so raus. Cooper und Evan haben mir diese Geschichte erzählt, wie sie eine Ziege gerettet haben, als sie noch Kinder waren, auf Bitte ihrer Freundin Steph. Das warst doch wahrscheinlich du, oder?«

Sie bricht in Gelächter aus. »Oh mein Gott. Ja. Der Große Ziegenraub.« Plötzlich schüttelt sie den Kopf. »Aber haben sie dir auch erzählt, dass sie die Ziege im Wald zurückgelassen haben? Ich meine, wie konnten sie nur!«

»Richtig«, rufe ich. »Genau das habe ich auch gesagt! Das

arme Ding muss doch von Berglöwen oder so gefressen worden sein.«

Sie kichert. »Na ja, wir leben in einer Stadt am Meer, also vielleicht nicht gerade Berglöwen. Aber irgendein Raubtier hat sie ganz bestimmt erwischt.«

Ich stelle die Weinflasche auf den Tresen und ziehe eine Schublade auf, um nach einem Korkenzieher zu suchen.

Steph schenkt ihr Gemisch in zwei rote Tassen und bietet mir dann eine an. »Lass den Wein. Das Zeug ist schrecklich. Versuch das hier.« Sie schiebt mir den Drink hin. »Vertrau mir. Er ist gut. Nicht zu stark.«

Es wäre nicht richtig, den einzigen Menschen zu kränken, der den ganzen Abend überhaupt mit mir redet. Ich trinke einen Schluck und mag den leicht süßen Geschmack von Orange und anderen Früchten.

»Das ist gut. Wirklich gut. Danke.«

»Kein Problem. Erzähl niemandem, woher du das hast«, sagt sie und tippt sich an die Nase. Als wollte sie sagen, falls die Cops eine Razzia auf der Party machen und dich als Minderjährige beim Trinken erwischen, dann verpetz mich nicht. »Ich habe gehofft, dass Cooper dich bald mal mitbringt. Wir sind alle schon lange scharf darauf, dich kennenzulernen.«

»Wir?«

»Na, die Clique.«

»Ach, richtig.«

Den Ausdruck hat Evan auch benutzt. Ich frage mich, aus wem diese Clique sonst noch besteht. Cooper und ich waren diese Woche nicht groß mit Kennenlernen beschäftigt. Ich meine, abgesehen von der Anatomie.

Apropos Anatomie, da kommt gerade ein irre gut aussehender, anatomisch perfekter Typ in die Küche. Groß, blond und mit hübschen Grübchen, grinst er Steph an. »Wer ist denn deine Freundin?«, fragt er und richtet seine blauen Augen neugierig auf mich.

»Mackenzie«, sage ich und strecke die Hand aus.

»Tate.« Er nimmt meine Hand und hält sie fest.

Steph schnaubt. »Behalt ihn in der Hose, Babe. Sie ist mit Coop zusammen.«

»Ah ja?« Tate klingt beeindruckt. Sein Blick gleitet über mich in einer langsamen, bedächtigen Prüfung. »Coop ist ein Glückspilz.« Er holt ein paar Flaschen aus dem Kühlschrank. »Kommt ihr Mädels mit raus zum Feuer?«

»Gleich«, antwortet Steph.

»Cool.« Er nickt und verlässt die Küche.

Als er weg ist, bringt Steph mich schnell auf den neuesten Stand, was Tate betrifft. Offenbar schläft er sich durch die Gegend, aber seine Grübchen und sein unbekümmerter Charme machen es schwer, ihn als Mistkerl abzutun. »Er ist nur so verdammt liebenswert, weißt du?«, seufzt sie. »Ich hasse solche Typen.«

»So liebenswerte Mistkerle«, stimme ich todernst zu.

Wir plaudern weiter und trinken dabei unsere Cocktails. Je länger wir reden, umso mehr mag ich sie. Wie sich herausstellt, haben wir beide eine Vorliebe für Vergnügungsparks und die One-Hit-Wonder in der Popmusik der frühen Zweitausenderjahre.

»Ich habe sie letztes Jahr in Myrtle Beach gesehen. Sie waren die Vorgruppe von …« Steph denkt nach und lacht dann vor sich hin. »Tja, ich weiß es nicht mehr. Die sind inzwischen auch schon über fünfzig.«

»Oh Gott, ich kann gar nicht glauben, dass sie immer noch zusammen sind.«

»Es war seltsam«, sagt sie und schenkt uns noch einmal Cocktails ein.

»Was war seltsam?« Ein Mädchen mit platinblondem Haar in einem schwarzen, bauchfreien T-Shirt mit abgeschnittenen Ärmeln bleibt neben Steph stehen.

»Nichts«, sagt Steph. Sie lächelt, bis sie den finsteren Blick der Blondine bemerkt. Daraufhin wird sie ernst. »Heidi, das ist Mackenzie.«

Zu viel Betonung auf meinem Namen. Unwillkürlich frage ich mich, was Cooper ihnen erzählt hat. Es bedeutet einen erheblichen Nachteil für mich.

»Freut mich, dich kennenzulernen«, sage ich, um die Anspannung zu lösen. Ich nehme an, Heidi ist ein weiteres Mitglied dieser »Clique«.

»Toll«, sagt sie und wirkt gelangweilt, als sie mich ansieht. »Können wir reden, Steph?«

Neben ihr steht ein Rotschopf mit einem Grinsen, das mir signalisiert, dass ich nicht zu den Eingeweihten gehöre.

Mir wird klar, dass ich hier nicht länger willkommen bin.

»Weißt du, ich sollte los und Cooper suchen«, sage ich zu Steph. »War nett, euch kennenzulernen.«

Ich warte nicht auf eine Antwort, als ich meinen Drink abstelle und gehe.

Cooper ist noch im Garten, nur dass er jetzt am Lagerfeuer steht neben einer sehr hübschen Brünetten, deren Hintern förmlich aus der Shorts hüpfen will. Als ihre Hand Coopers Brust berührt, will ich auf sie losgehen wie ein Bulle. Stattdessen bleibe ich cool, schlendere zu ihm und greife nach seinen Gürtelschlaufen. Das weckt seine Aufmerksamkeit, und seine Mundwinkel heben sich.

»Komm mit«, sage ich und ignoriere den ärgerlichen Blick der Brünetten. »Ich will im Dunkeln mit dir fummeln.«

Cooper verliert keine Zeit. Er stellt seine Flasche auf einen der Zementblöcke um das Lagerfeuer. »Ja, okay.«

Zusammen gehen wir um das Haus herum zur Straße, wo Coopers Truck parkt. Er hebt mich hoch und setzt mich auf die offene Ladeklappe. Mit einem schmutzigen Grinsen schiebt er sich zwischen meine Beine.

»Bist du gekommen, um dein Revier zu markieren?« Er streicht mit seinen Fingerspitzen über meine entblößten Oberschenkel. Mein kurzes gelbes Kleid hat sich schon fast bis zur Taille hochgeschoben, aber Coopers großer Körper schützt mich vor neugierigen Blicken.

»Nicht direkt, aber ja, ich schätze schon.«

»Okay«, meint er grinsend. »Du warst eine Weile weg. Alles cool?«

»Alles gut. Habe mich nur mal unter die Leute gemischt. Ich bin deinem Freund Tate begegnet.« Ich zwinkere. »Er ist niedlich.«

Dunkle, schmale Augen sehen mich an. »Hat er dich angebaggert?«

»Ungefähr eine Sekunde lang. Aber er hat den Rückzug angetreten, als er erfuhr, dass ich mit dir hier bin.«

»Gut. Dann muss ich ihn nicht umbringen. Sonst noch jemandem begegnet?«

»Ein paar anderen«, sage ich vage, denn ich will nicht darüber reden.

Die Wahrheit ist, dass der Abend heute ein Reinfall war, und ich frage mich beklommen, wie Cooper und ich in das Leben des jeweils anderen passen sollen. Je länger ich über das Thema nachdenke, umso mehr Zweifel kommen mir. Ich will nicht denken. Ich will, dass Cooper meine Gedanken vertreibt. Also winde ich die Hände in sein Haar, ziehe ihn an mich und küsse ihn, bis ich ein leises Stöhnen in seiner Brust fühle und er die Arme um mich legt und mich heftiger küsst.

»Was ist los, ihr zwei?« Ich zucke zusammen, als Evan sich

hinter uns anschleicht und uns dann mit der Taschenlampe seines Handys in die Augen leuchtet. »Ist der Dom Pérignon auf der Party schon alle?«

»Verpiss dich«, grummelt Cooper und schlägt das Handy weg. »Kannst du nicht jemand anderen belästigen?«

»Bei mir ist alles gut. Ich bin nur hier, um nach euch verrückten Kids zu schauen.«

Evan grinst und winkt mir mit einer Bierflasche in der Hand zu. An dem ersten Abend, als wir uns am Strand begegneten, dachte ich, Evan wäre in Ordnung. Doch seitdem habe ich ihn grob und demonstrativ unfreundlich erlebt. Es reicht nicht, mir gegenüber ein Mistkerl zu sein; er will mich wissen lassen, dass er sich *Mühe gibt*, ein Mistkerl zu sein. Es ist dieses offensichtliche Bemühen, das mir an die Nieren geht.

»Hast du jetzt.« Cooper wirft seinem Bruder einen Blick zu, und zwischen ihnen läuft ein ganzes wortloses Gespräch ab, das ich nicht verstehe. »Bye.«

»Sag mir eins, Mac.«

»Zisch ab, Mann.« Cooper löst sich von mir und will seinen offensichtlich betrunkenen Bruder zurück zum Haus bringen.

Evan beäugt mich über den Rand seiner Bierflasche. Er trinkt noch einen Schluck und schubst seinen Bruder weg. »Das wollte ich unbedingt mal fragen. Machen reiche Miezen auch Analsex?«

»Das reicht, Arschloch. Lass sie in Ruhe.«

»Oder bezahlt ihr jemand anderen dafür, es für euch zu machen?«

Es passiert blitzschnell.

In einer Sekunde lacht Evan noch über seinen unwitzigen Witz.

Und dann liegt er flach auf dem Boden, und Blut rinnt aus seiner Nase.

25
Cooper

Ich schicke ihn mit einem einzigen Schlag auf die Bretter. Evan war schon auf dem besten Weg zum Vollrausch, sonst hätte er es besser verkraftet. Ich fühle einen Anflug von Reue, als ich das Blut auf den Asphalt tropfen sehe, aber er verschwindet sofort wieder, als Evan auf die Beine kommt und auf mich losgeht.

Er rammt mir die Schulter in den Bauch, packt mich um die Taille, und wir stolpern rückwärts gegen meinen Truck. Wie aus der Ferne höre ich, dass Mac uns anschreit, aber vergeblich. Evan ist jetzt in Fahrt. Und als er ein paar harte Treffer in meine Rippen landet, interessiert mich nicht mehr, wer er ist. Irgendetwas in mir zerbricht, und meine ganze Welt reduziert sich darauf, meinem Bruder in den Arsch zu treten. Wir tauschen Schläge aus, bis wir uns mitten auf der Straße im Dreck wälzen. Plötzlich werden meine Arme festgehalten, und Leute zerren Evan und mich auseinander.

»Fick dich, Mann!«, schreit Evan mich an.

»Du hast es so gewollt«, knurre ich.

Er geht wieder auf mich los.

Ich reiße die Fäuste hoch.

Leute drängen sich zwischen uns, während wir gewaltsam getrennt werden.

»Spinnt ihr beiden eigentlich?«, ruft Heidi. Sie und Jay West treten zwischen uns und drängen Evan ab, während ich die Hände von mindestens drei Typen wegschiebe.

»Mir geht's gut«, grummelt Evan. »Geht weg.« Er windet sich aus ihrem Griff und stürmt davon, die Straße entlang.

»Ich gehe ihm nach«, schlägt Steph vor und seufzt leise.

Als die anderen sehen, dass der Kampf vorbei ist, gehen alle außer meinen engsten Freunden zurück zum Haus.

»Nein, lass ihn, er soll sich erst mal beruhigen«, rät Alana.

Heidi wirft mir einen Blick von der Seite zu, bevor sie geht und Jay wie ein liebeskranker Welpe hinter ihr hertrottet. Ich frage mich, ob sie zusammen hergekommen sind. Ich hoffe es. Vielleicht hört sie dann auf, mich so zu hassen.

Steph und Alana haben das gleiche Stirnrunzeln im Gesicht, als sie mich mustern. Was auch immer. Mir ist total egal, was sie gerade denken. Evan hat jeden einzelnen Schlag verdient.

Mac nimmt mein Gesicht in die Hände und mustert es aufmerksam. »Bist du okay?«

Ich zucke zusammen, als ihre Finger die schnell anschwellende Stelle unter meinem linken Auge berühren. »Mir geht es gut.« Ebenso eindringlich mustere ich ihr Gesicht. »Sind wir okay?« Ich bereue es nicht, dass ich Evan wegen dem, was er gesagt hat, verprügelt habe – niemand redet so mit Mac –, aber es tut mir leid, dass sie es mit ansehen musste.

Verdammt, wenn das jetzt das ist, was sie vertreibt …

Sie küsst mich auf die Wange. »Du solltest ihm nach.«

Ich zögere.

»Ich werde hier sein, wenn du zurückkommst«, verspricht sie, als würde sie meine Gedanken lesen.

Ich habe keine Wahl, als ihr zu glauben. Außerdem ist ein Evan, der randvoll mit Wut und Alkohol allein in der Nacht auf der Straße unterwegs ist, förmlich ein Flehen um eine Katastrophe. Also marschiere ich die Straße entlang, um ihn zu suchen. Ich werfe einen Blick über die Schulter, einmal, zweimal. Und tatsächlich, Mackenzie ist noch da und steht neben meinem Truck.

Schließlich finde ich Evan auf einer Bank auf einem kleinen Spielplatz, der nur von ein paar trüben Laternen beleuchtet wird.

»Hast du noch alle Zähne?«, frage ich und setze mich neben ihn.

»Ja.« Er reibt sich das Kinn. »Du schlägst zu wie ein Zehnjähriger.«

»Aber in den Arsch habe ich dir trotzdem getreten.«

»Ich hatte dich.«

»Einen Scheiß hattest du«, widerspreche ich und sehe ihn grinsend an.

Eine Weile bleiben wir schweigend sitzen und sehen zu, wie die Schaukeln sich im Wind bewegen. Es ist Jahre her, seit Evan und ich das letzte Mal derart aneinandergeraten sind. Uns wirklich geprügelt haben. Es wäre gelogen, wenn ich sagen würde, dass ich es nicht kommen sehen habe. Der ganze Mist hat sich schon lange in ihm aufgestaut. Vielleicht bin ich der Arsch, weil ich nicht schon früher mit ihm darüber geredet habe. Andererseits, seine eigenen Probleme an Mac auszulassen ist schwach, und ich habe nicht vor, ihn damit durchkommen zu lassen.

»Du bist zu weit gegangen vorhin.«

»Ach komm schon. Ein bisschen lustig war es schon.« Er lümmelt sich auf die Bank und spreizt die Beine, als würde er direkt von dem Ding runter in einen Pool rutschen.

»Ich meine es ernst. Sie hat dir gottverdammt nichts getan. Wenn du ein Problem mit mir hast, dann werd erwachsen und sag es mir. Aber die abfälligen Kommentare und der ganze passiv-aggressive Mist, das alles hört jetzt auf.«

»Das klingt so, als würdest du mir ein Ultimatum stellen.« Evan dreht den Kopf zu mir. »So weit ist es also schon?«

»Verdammt, Mann. Du bist mein Bruder. Wir sind ein Blut. Nichts ändert das.« Ich schüttle frustriert den Kopf. »Also, wieso bist du ihretwegen so aggressiv?«

»Es geht ums Prinzip. Sie ist ein Klon, Coop. Diese Leute haben uns schon das Leben schwer gemacht, als wir noch Kinder waren. Oder weißt du nicht mehr? Arschlöcher, die in ihrem bescheuerten Golfwagen anrollen, ihre Drinks nach uns werfen und unsere Fahrräder von der Straße drängen.«

Für Evan ging das einmal mit einem gebrochenen Arm aus. Stürzte über seinen Lenker hinweg in einen Graben, als einer von denen seinen Reifen touchierte. Eine Woche später kamen wir zurück und schlitzten ihm dafür alle vier auf. Der Scheiß geht schon jahrelang so. Schlägereien. Auge um Auge.

»Leute«, erinnere ich ihn. »Nicht sie. Du kannst nicht Mac für das bestrafen, was einer von denen dir irgendwann angetan hat. Genau das hätte ich fast getan, wenn ich bei dem Plan geblieben wäre. Und dann wäre ich genauso ein Bastard gewesen.« Ich stöhne leise. »Wieso kannst du mir das nicht gönnen?«

Seine Schultern versteifen sich.

Ich meine, Himmel, wir alle haben die tägliche Seifenoper namens Evan und Genevieve miterlebt. Ständig haben sie sich vor allen gezankt. Haben uns gezwungen, Partei zu ergreifen bei Auseinandersetzungen, mit denen wir nichts zu tun haben wollten. Machten Schluss. Vögelten herum. Kamen dann wieder zusammen, als wäre nichts gewesen. Ich hatte nie einen Wutanfall deswegen, und ich habe sie auf jeden Fall nicht wie Müll behandelt in der Hoffnung, dass sie dann abhaut. Wenn Evan in sie verliebt war, dann war das sein eigenes verdammtes Problem.

Also, wieso muss er jetzt, wo ich jemanden gefunden habe, der mir wichtig ist, so ein Mistkerl deswegen sein?

Evan seufzt und fährt sich durchs Haar. »Ich kann nicht anders, Mann. Es nagt an mir. Wieso muss es eine von denen sein? Du könntest an jedem Finger zehn Mädchen haben, die für dich auf die Knie gehen würden.«

»Ich weiß nicht, was ich dir sagen soll. Sie ist anders. Wenn du ihr auch nur halbwegs eine Chance geben würdest, würdest du das sehen.«

Es gibt keinen guten Grund, warum das mit Mac und mir funktionieren sollte. Ich kann ihm keinen nennen. Und verdammt, vielleicht wird es auch nicht funktionieren. Sie ist eine sture, eigensinnige Nervensäge. Und sie ist umwerfend, witzig, spontan und ehrgeizig. Wie sich herausgestellt hat, ist das genau mein Typ. Sie macht mich verrückt. Ich bin nie einem Mädchen begegnet, das mir noch Tage und Wochen, nachdem ich sie das erste Mal gesehen habe, im Kopf herumschwirrt. Sie geht mir unter die Haut. Und trotz all der Unterschiede zwischen uns kriegt sie mich auf eine Weise dran wie kaum ein anderer.

Falls ich mir etwas vormache und mir das ganze Ding um die Ohren fliegen wird, dann soll es so sein. Wenigstens habe ich es versucht.

»Also keine Chance, dir das auszureden?«, meint er, und seine Entschlossenheit bröckelt langsam.

»Ich bitte dich als meinen Bruder, es zu akzeptieren.«

Er denkt darüber nach. Zu lange für meinen Geschmack. Zum ersten Mal im Leben stehen wir auf verschiedenen Seiten, und ich frage mich, ob es hier zu viel böses Blut gibt – zu viel Wut auf die Klone –, um ihn zurück auf meine Seite zu holen.

Dann seufzt er laut und steht von der Bank auf. »Tja, na gut.

Schätze, man kann dich nicht vor dir selbst schützen. Ich gehe auf Abstand.«

Ich nehme, was ich von Evan kriegen kann, und wir erklären den Streit für beendet. Zurück auf der Party, bitte ich Alana, ihn nach Hause zu bringen, damit er auch sicher ankommt, während ich Mac zum Wohnheim fahre.

»Tut mir leid wegen vorhin«, sage ich, als sie minutenlang nichts sagt. Sie starrt aus dem Beifahrerfenster und scheint tief in Gedanken versunken zu sein, was mir Sorgen macht. »Es hatte nichts mit dir zu tun. Evan hat eine Menge unkontrollierte Wut in sich.«

»Brüder sollten sich nicht schlagen.«

Ich warte ab, unsicher, ob an der Feststellung mehr dran ist. Als nicht mehr kommt, wird meine Sorge noch größer. »Rede mit mir, Mackenzie.« Meine Stimme klingt ein wenig belegt.

»Was, wenn es eine schlechte Idee ist?«

»Ist es nicht.«

»Im Ernst.« Aus dem Augenwinkel sehe ich, dass sie mich ansieht. »Ich will nicht der Grund dafür sein, dass du dich mit ihm zerstreitest. Das ist für niemanden gut. Du kannst nicht glücklich sein, weil er sauer ist, und ich kann nicht glücklich sein, weil du sauer bist. Wir verlieren alle.«

Das ist genau der Grund, warum Evan über den Mist hinwegkommen und uns in Ruhe lassen muss. Sie ist nicht so, wie er denkt, und wenn er sie nur ein bisschen verstehen würde, würde ihm klar werden, wie unfair er sich verhält.

»Evan kommt darüber hinweg.«

»Aber was, wenn nicht? Solche Dinge können gären.«

»Mach dir deswegen keine Sorgen, Mac. Im Ernst.« Mir ist egal, ob mein Bruder ein unleidlicher kleiner Mistkerl sein will, solange er sich bei Mac von seiner besten Seite zeigt und seine Bemerkungen für sich behält. Mein ganzes Leben lang habe ich für uns beide gelebt. Für Evan und mich. Aber diese eine Sache ist nur für mich.

Offensichtlich bin ich nicht gut darin, sie aufzumuntern, denn sie gibt ein unglücklich klingendes Stöhnen von sich. »Ich will mich nicht zwischen dich und deinen Bruder drängen, Cooper.«

Ich werfe ihr einen Blick zu. Streng. »Ich habe meine Entscheidung getroffen. Ich will, dass wir zusammen sind. Evan kann damit umgehen.«

Schmerz flackert in ihren Augen auf. »Was bedeutet das überhaupt, zusammen sein? Vorhin haben wir gesagt, dass wir daten, und ich dachte, wie cool für mich …«

»Du *dachtest?*«, knurre ich.

»Aber dann waren wir auf der Party, und hast du mitbekommen, wie uns alle angesehen haben? Nein, wie sie *mich* angesehen haben – als würde ich nicht dorthin gehören. Dieses eine Mädchen, Heidi, oder? Die hat mich mit ihren Blicken regelrecht davongejagt. Und ich habe gehört, wie ein paar Mädchen mich als reichen Snob bezeichnet und mein Kleid albern genannt haben.«

»Wieso ist dein Kleid albern?« Von meinem Sitz aus sieht ihr kurzes gelbes Kleid höchstens albern sexy aus.

»Weil es von Givenchy ist und ich mal annehme, dass niemand ein Tausend-Dollar-Kleid zu einer Hausparty anzieht?« Macs Wangen werden rot vor Beschämung. »Die Assistentin meiner Mom kauft die meisten Sachen für mich. Falls es dir noch nicht aufgefallen ist, ich interessiere mich nicht für Mode. Ich lebe in Jeans und T-Shirts.« Sie klingt immer gequälter. »Ich habe dieses bescheuerte Kleid nur angezogen, weil es niedlich ist und sommerlich und kurz genug, um dich damit verrückt zu machen.«

Ich kämpfe gegen ein Lachen an. Und ich verkneife mir einen

Kommentar dazu, dass der gelbe Stofffetzen, der kaum ihren reizenden Körper bedeckt, einen ganzen Riesen gekostet hat.

»Aber vielleicht kam es so rüber, als wollte ich protzen? Keine Ahnung. Das wollte ich nicht. Ich weiß nur, dass mich heute Abend niemand da sehen wollte.«

»Ich wollte dich da sehen.«

»Du zählst nicht«, grummelt sie.

Ich greife über die Mittelkonsole nach ihrer Hand. Zwinge sie, ihre Finger mit meinen zu verschränken. »Ich bin der Einzige, der zählt«, korrigiere ich.

»Sie zählen auch«, widerspricht sie. »Du hast eine ganze Gruppe von Freunden, und ihr kennt euch alle schon ewig. Ich habe vielleicht zwei Freundinnen, und eine davon ist meine Mitbewohnerin, also ist sie irgendwie gezwungen, mich zu mögen.«

Nun kann ich das Lachen nicht mehr zurückhalten.

»Ich wünschte, ich hätte so einen großen Freundeskreis wie du. Ich bin eifersüchtig«, sagt sie geradeheraus. »Und ich wollte wirklich, dass mich heute Abend alle mögen.«

Ich lasse ihre Hand los, lenke den Truck auf den Standstreifen und stelle den Motor ab. Dann drehe ich mich zu ihr und sehe sie entschlossen an. »Babe. *Ich* mag dich. Okay? Und meine Freunde, die kommen schon noch zur Vernunft und werden dich mit der Zeit mögen. Das verspreche ich dir.«

Sie runzelt die Stirn. »Versprich nichts, was du nicht halten kannst.«

»Ich meine es ernst. Gib dem Ganzen etwas Zeit«, sage ich schroff. »Gib das mit uns nicht auf, nur weil der Empfang heute Abend nicht der wärmste war und ein paar Mädchen über dein Kleid hergezogen haben – das, nur damit du es weißt, das heißeste Ding aller Zeiten ist, weshalb ich dir diesen Tausend-Dollar-Fummel mit den Zähnen vom Leib reißen will.«

Mac lacht, wenn auch nur schwach.

»Bitte.« Ich zucke fast zusammen, als ich den flehenden Unterton in meiner Stimme höre. »Gib uns nicht auf, Prinzessin.«

Die Schatten im Truck tanzen über ihr hübsches Gesicht, während sie einen Moment lang schweigend dasitzt. Es fühlt sich wie eine Ewigkeit an, bis sie endlich reagiert.

Ihre grünen Augen leuchten von den Scheinwerfern eines vorbeifahrenden Autos, als sie sich zu mir beugt und mich küsst. Leidenschaftlich. Mit viel Zunge. Dann löst sie sich atemlos von mir und flüstert: »Ich gebe uns nicht auf.«

26

Mackenzie

Gib dem Ganzen Zeit, hat er gesagt.

Sie kommen noch zur Vernunft, hat er gesagt.

Tja, das war Blödsinn. Seit dem Desaster auf der Party betreibe ich regelrecht Wahlkampf und gebe mein verdammt Bestes, um Coopers Clique mit Herz und Verstand für mich zu gewinnen. Er würde es nie zugeben, aber ich weiß, dass ihm die Kluft zwischen mir und seinen Freunden zu schaffen macht, und ich will nicht der Grund dafür sein, dass er sich von den Menschen entfernt, die ihm wichtig sind. Sie sind schon sehr viel länger Teil seines Lebens als ich. So wie ich das sehe, gibt es keinen Grund, warum wir nicht alle miteinander auskommen sollten.

Also gebe ich mir Mühe. Ich gebe mir wirklich, wirklich Mühe. Egal ob beim Dartspielen in der Sportbar oder am Lagerfeuer am Strand, überall habe ich in den letzten Wochen daran gearbeitet. Die meisten männlichen Freunde von Cooper – Tate, Chase, Wyatt – scheinen sich inzwischen für mich erwärmt zu haben. An einem Abend waren wir sogar zusammen essen mit Chase und seinem Freund, einem niedlichen Typen namens Alec, der auch aufs Garnet geht. Nur dass die nicht zählen, denn sie sind nicht diejenigen, die ich für mich gewinnen muss. Sondern die Clique, den inneren Kreis.

Steph und ich haben uns angefreundet, aber Alana und Heidi haben eine Blockade errichtet, die ich nicht durchbrechen kann. Und obwohl Evan in letzter Zeit nicht mehr übermäßig feindselig ist, hat er sich anscheinend dafür entschieden, mir gegenüber zu schweigen. Nach dem Motto *Wenn du nichts Nettes sagen kannst, sag gar nichts*.

Was der Grund ist, wieso ich mir dachte, dass heute Abend die perfekte Gelegenheit wäre, um ein Treffen nur mit der Clique zu organisieren. S'mores, Gruselfilme, vielleicht auch »Wahrheit oder Pflicht« und »Ich habe noch nie« spielen. Bindungen aufbauen und das alles.

Und natürlich werden die für heute vorhergesagten vereinzelten Schauer am Nachmittag zu handfesten Gewitter- und Tornadowarnungen in ganz Carolina.

Na super. Sogar das Wetter ist gegen mich.

Vor einer Stunde sind Cooper und Evan weg, um Levi dabei zu helfen, eine seiner Baustellen zu sichern. Also sitze ich jetzt hier in ihrem Haus mit zehn Pfund kalten Hühnerflügeln und Knoblauchbrot mit Käse, und hinter der Glastür wird der Himmel über der Bay bedrohlich grau. Da ich sonst nicht viel zu tun habe und weil ich zufällig Stürme liebe – diese grimmige elektrische Vorahnung von Chaos hat etwas –, öffne ich die Hintertür, um die kühle Luft hereinzulassen, und mache es mir mit einem Lehrbuch auf der Couch gemütlich. Im Fernseher laufen leise die Lokalnachrichten, wo die Wetterleute vor einem Radarbild ganz in Rot und Orange stehen und mit Ausdrücken wie »Schutz suchen« um sich werfen.

Ich bin mit meiner Lektüre fertig und sehe mir gerade auf dem Laptop ein paar Videoclips für meinen Medienkurs an, als ein riesiger Blitz am Himmel zuckt und der darauf folgende Donner das Haus zum Wackeln bringt. Vor Schreck halte ich den Atem an. Daisy, die sich zu meinen Füßen unter einer Decke eingerollt hatte, saust aus dem Zimmer und versteckt sich unter Coopers Bett. Draußen beginnt der Regen zu prasseln, ein wahrer Wolkenbruch, der den Horizont hinter einem silbernen Vorhang verschluckt. Ich springe von der Couch, schließe schnell die Hintertür und wische dann mit einem Lappen das hereingelaufene Wasser auf.

Und da höre ich es – ein schwaches Heulen in der Ferne.

»Daisy?«, rufe ich und sehe mich um. Ist sie hinausgerannt, ohne dass ich es gemerkt habe?

Nein. Ich werfe kurz einen Blick in Coopers Zimmer und sehe sie unter dem Bett liegen, die Vorderpfoten auf dem Holzfußboden ausgestreckt und ihr kleines Gesicht dazwischengequetscht.

»Hast du eben gejault, Kleines?«, frage ich, doch dann zucke ich zusammen, als ich es wieder höre. Es ist mehr ein Schrei als ein Heulen, und es kommt eindeutig von draußen.

Wenn es stürmt, kann man sie schreien hören …

Mein Puls wird schneller, als mir Evans Worte einfallen. Hat er das ernst gemeint, dass es hier spukt? Wie zum Teufel hat er sie noch genannt …

»Patricia?«, frage ich leise und sehe mich vorsichtig im Zimmer um. »Bist du das?«

Die Lampe über meinem Kopf flackert.

Ein erschrockener Aufschrei dringt aus meiner Kehle, woraufhin Daisy noch tiefer unter dem Bett verschwindet.

Mit pochendem Herzen verlasse ich Coopers Zimmer. Kerzen. Wahrscheinlich sollte ich ein paar Kerzen suchen, falls der Strom ausfällt. Denn nichts klingt weniger reizvoll, als im Dunkeln zu sitzen und dem Gekreische eines seit Jahrhunderten toten Kindes zuzuhören.

Wie aufs Stichwort fängt der schrille Lärm wieder an, eine Kakofonie aus Geräuschen, die sich mit dem Krachen des Donners draußen vermischen.

»Patricia«, rufe ich. Jetzt mit fester Stimme. Allerdings zittern mir die Hände. »Sieh mal, lass uns cool bleiben, okay? Ich weiß, es macht bestimmt keinen Spaß, tot zu sein, aber das heißt nicht, dass du dir die Lunge aus dem Leib schreien musst. Wenn du bei Zimmerlautstärke bleibst, setze ich mich gerne hin und höre zu, was immer du …«

Ein weiteres Kreischen durchdringt die Luft.

»Oder auch nicht«, mache ich einen Rückzieher. »Na gut. Du hast gewonnen, Patricia. Dann erschrecke mich eben weiter zu Tode.«

In der Küche öffne ich die Unterschränke und suche nach Kerzen oder Taschenlampen. Ich finde eine Packung Teelichter und hole erleichtert Luft. Gut. Jetzt muss ich mir nur noch eins der unzähligen Feuerzeuge auf dem Beistelltisch holen und bin gerüstet.

Auf dem Weg zum Wohnzimmer lenkt ein Summen meine Aufmerksamkeit auf sich. Ich denke, es könnte mein Handy sein, aber dann fällt mir ein, dass es immer noch in meiner Tasche ist. Ich folge dem Geräusch bis zum Küchentresen, auf dem Coopers Handy inzwischen zu vibrieren aufgehört hat. Mist. Er hat sein Handy vergessen. Auf dem noch leuchtenden Display sehe ich, dass er mehrere verpasste Anrufe und Textnachrichten hat. Ich schaue nur kurz drauf, weil es mich im Grunde nichts angeht, und lese Stephs und Alanas Namen.

Der Anzahl an Anrufen und Nachrichten nach zu urteilen könnte es dringend sein. Ich würde ja Evan kontaktieren, um ihm Bescheid zu geben, aber ich habe seine Nummer nicht, und Coopers Handy entsperren, um an die Nummer zu kommen, kann ich auch nicht. Wenn es wichtig ist, werden die Mädchen es irgendwann bei Evan versuchen, denke ich mir. Also kümmere ich mich um meinen eigenen Kram und setze mich wieder an meinen Laptop.

Aber das Summen geht weiter. Eine halbe Stunde lang vibriert etwa alle fünf Minuten Coopers Handy auf dem Küchentresen. Pfeif drauf. Beim nächsten Anruf schnappe ich mir das Handy und gehe ran.

»Hallo, Steph?«, frage ich, als ich ihren Namen auf dem Display lese.

»Wer ist da?«

»Mackenzie. Cooper ist weg mit Evan. Er hat sein Handy zu Hause vergessen.«

»Verdammt«, meint sie mit einem frustrierten Schnauben. »Ich habe schon versucht, Evan zu erreichen, aber er geht auch nicht ans Telefon.«

»Was ist los?«

»Da kommt Wasser durch die Decke des Badezimmers. Wir haben etwas gehört, das klang wie ein Baum, der aufs Dach stürzt, und dann lief auf einmal das Wasser die Wände herunter.«

»Bist du okay?«

»Uns geht es gut, aber wir müssen das reparieren, bevor das ganze Haus überflutet wird. Wir haben Handtücher hingelegt, aber es ist zu viel Wasser, und jetzt wissen wir nicht weiter.«

Mist! Wenn sie Evan nicht erreichen können, heißt das wahrscheinlich, dass die beiden immer noch damit beschäftigt sind, ihrem Onkel zu helfen. Der Sturm heult inzwischen so richtig, Blitz und Donner alle paar Minuten, und Windböen und Regen schlagen gegen die Fenster. Und laut dem Wetterradar im Fernsehen wird es noch nicht so schnell vorbei sein. Was bedeutet, dass Steph und Alana bald ein Floß brauchen werden.

Ich denke einen Moment lang nach, und dann fällt mir ein, dass Coopers Truck hier ist und seine Schlüssel auf dem Beistelltisch liegen. Ich wette, in der Garage hat er alles Mögliche an Zeugs – bestimmt auch eine Leiter und Planen.

»Okay. Schreib dir meine Handynummer auf und schicke mir eure Adresse«, sage ich zu Steph. »Ich komme rüber.«

»Äh …« Im Hintergrund ist eine Stimme zu hören, wahrscheinlich sagt Alana irgendwas. »Ich bin nicht sicher, ob das …«

»Ich hole ein paar Sachen aus Coopers Garage und komme zu euch. Vertrau mir, es wird funktionieren.«

»In Ordnung«, gibt sie schließlich nach. Da könnte sogar ein Hauch von Erleichterung in ihrer Stimme sein.

Ich hole mir eine Regenjacke aus Coopers Schrank, schnappe mir dann seine Schlüssel und renne durch Regen und Schlamm zur Garage. Drinnen stehen lauter Baumaterialien und andere Sachen, die er und Evan für die Renovierung des Hauses besorgt haben. Darunter schwarzes vinylartiges Material und Seil. Zum Glück bewahrt Cooper seine Werkzeuge sehr ordentlich auf, und so finde ich ohne viel Mühe einen Hammer, Nägel und einen elektrischen Tacker. Das müsste reichen.

Zehn Minuten nach dem Gespräch mit Steph fahre ich Coopers Truck rückwärts vors Garagentor, verstaue alles auf der Ladefläche, ringe mit der dreieinhalb Meter langen Leiter und fahre dann zu Steph und Alana.

Alles sieht normal aus, als ich vor dem kleinen blauen Haus halte. Keine offensichtlichen Schäden auf der Vorderseite. Kaum habe ich geklingelt, reißt Steph die Tür auf und zieht mich in den Flur, wo sich sofort eine Pfütze um meine Füße bildet.

»Hier lang«, sagt sie nach kurzem Hallo und führt mich zur überdachten hinteren Veranda. Von dort aus sehe ich auf dem Dach die Äste eines Baums. »Wir hatten Glück, dass der Baum nicht schon beim letzten Hurrikan aufs Dach gekracht ist. Es war nur eine Frage der Zeit.«

»Evan hat immer gesagt, dass er mal kommt und die Äste

absägt.« Alana kommt mit einem Arm voller nasser Handtücher auf die Veranda. »Aber natürlich hat er es vergessen.«

Steph wirft ihr einen Blick zu. »Vielleicht solltest du die hier in den Trockner werfen, damit wir etwas haben, das wir hinlegen können, wenn die anderen durchweicht sind?«

Alana seufzt. »Hoffentlich will heute Abend niemand duschen.«

»Helft mir draußen«, sage ich. »Zuerst müssen wir die Äste vom Dach wegbekommen. Wenn wir sie bei dem Sturm da oben lassen, könnte es noch schlimmer werden.«

»Was?« Steph sieht mich entsetzt an. »Du willst doch nicht da raus?«

»Was hast du erwartet?« Ich gebe ein ironisches Lachen von mir. »Du hast Cooper doch bestimmt nicht angerufen, damit er mehr Handtücher vorbeibringt.«

»Aber es ist gefährlich. Da draußen blitzt es.«

Natürlich hat Steph da nicht unrecht. Aber die Alternative ist, dass ihr Haus überschwemmt wird. Außerdem war ich an der Highschool drei Jahre lang Mitglied der Bühnencrew des Theaterkurses. Ich kann ziemlich geschickt sein, wenn es sein muss.

»Ich steige auf das Dach und binde ein Seil um die Äste, um sie zu euch beiden hinunterzulassen. Dann habe ich noch Material dabei, um das Loch abzudecken. Das wird schnell gehen.« Ich lüge. Es wird nicht schnell gehen. Aber es muss getan werden, und je länger Steph sich Sorgen macht und zögert, umso schlimmer wird es werden.

»Sag uns einfach, was wir machen sollen«, sagt Alana und nickt. Das könnte der längste Satz sein, den sie bisher zu mir gesagt hat und der nicht von einem sarkastischen Grinsen begleitet war. Das ist ein Fortschritt, vermute ich.

Zusammen trotten wir drei durch den Wolkenbruch, um die

Sachen in den Garten zu bringen, und stellen die Leiter an die Hauswand. Möge ihr Wohnzimmerteppich in Frieden ruhen. Mir ist klar, dass ich mein Leben riskiere, wenn ich mitten im Gewitter eine Metallleiter hochsteige, aber der letzte Blitz ist erst eine Minute her, also lasse ich es darauf ankommen und steige mit dem Seil über der Schulter hinauf.

Mit einem Paar Wanderschuhen von Steph an den Füßen gehe ich über das schräge Dach. Jeder Schritt ist, als stünde ich zum ersten Mal auf Schlittschuhen, nur dass ich mich an keinem Geländer festhalten kann. Ich achte darauf, keine abrupten Bewegungen zu machen, und schaffe es, das Seil um den riesigen gegabelten Ast zu binden, rolle den Rest zusammen und werfe ihn mit Schwung über den Ast eines anderen Baums, der als Flaschenzug dienen soll. Ich schaffe es beim ersten Versuch. Verdammt, jawohl.

Gemeinsam lassen wir den Ast langsam zum Boden herunter. Ich sehe sofort, wo Dachziegel fehlen und durch ein Loch das Wasser ins Haus dringt.

Vorsichtig steige ich wieder nach unten, wo die Mädchen inzwischen das Seil gelöst haben.

»Wie schlimm ist es?«, fragt Steph und wischt sich vergeblich das Wasser weg, das ihr übers Gesicht läuft. Inzwischen stehen wir etwa zehn Zentimeter tief im Schlamm. Der Garten hat sich so ziemlich verflüssigt, und meine Füße schmatzen in Stephs Schuhen.

»Da ist ein Loch, aber es ist nicht groß«, berichte ich.

Wir müssen praktisch schreien über den ohrenbetäubenden Wind und den Regen hinweg, der auf das metallene Verandadach prasselt.

Ich streiche mir das nasse Haar aus der Stirn. »Das Beste wäre, es sofort abzudecken. Und dann hoffen wir, dass der Regen bald aufhört.«

»Was brauchst du?« Alana beäugt mich besorgt unter ihrer Baseballkappe. Ihr leuchtend rotes Haar klebt ihr am Nacken.

»Ich nehme den Tacker, den Hammer und Nägel mit hoch. Dann bindest du mit Steph die Plane an das Seil, damit ich sie hochziehen kann.«

»Sei vorsichtig«, mahnt mich Steph zum fünften Mal.

Ich weiß ihre Sorge zu schätzen, aber ganz ehrlich, ich will das jetzt schnell erledigen und dann aus den nassen Klamotten raus. Meine Finger werden langsam schrumpelig, ich habe eine klatschnasse Unterhose am Hintern kleben, und die Kälte ist mir bis in die Knochen gekrochen. Nachdem die Plane oben ist, schneide ich mit Alanas Taschenmesser ein ausreichend großes Stück ab, befestige es zuerst mit dem Tacker und schlage dann ein paar Nägel ein, damit sich die Plane nicht löst. Meine Zähne klappern, und ich zittere derart, dass es eine Ewigkeit dauert, bis die Nägel drin sind.

»Alles okay?«, ruft Steph von unten.

Beim letzten Nagel schlage ich daneben, und das verdammte Ding knickt um. Zur Hölle damit, müsste trotzdem halten.

»Ich komme jetzt runter«, rufe ich zurück.

Ich schaffe meinen Hintern eilig die Leiter hinunter. Wir lassen das Seil und die Plane draußen und rennen gerade ins Haus, als ein gewaltiger Blitz direkt über uns einzuschlagen scheint.

In der Waschküche ziehen wir uns bis auf die Unterwäsche aus und werfen die nassen und verdreckten Sachen in die Waschmaschine.

»Das war knapp.« Alana schenkt mir ein breites freudiges Lächeln, das ich von ganzem Herzen erwidere, nachdem uns anscheinend beiden bewusst ist, dass wir gerade noch so davongekommen sind.

»Verdammt knapp«, meint Steph erschöpft. »Was hätte ich

Cooper sagen sollen, wenn du da oben vom Blitz getroffen worden wärst?«

»Schwierig.« Aus dem Wäscheschrank holt Alana drei Decken heraus, um uns darin aufzuwärmen. »Wir hätten die Leiche verstecken und Cooper erzählen müssen, du hättest die Stadt verlassen.« Als ich sie stirnrunzelnd ansehe, zuckt sie mit den Schultern und grinst unbekümmert. »Was denn? Du hast Coopers Temperament noch nicht kennengelernt. Da geht's um pure Selbsterhaltung.«

Alana und ich gehen ins Wohnzimmer. Steph setzt eine Kanne Kaffee auf. Ich sitze noch immer zitternd eingewickelt in der Decke auf der Couch, als Alana einen Anruf bekommt.

»Hey«, meldet sie sich. »Wir haben es tatsächlich hinbekommen. Ja, sie ist hier. Sicher. Bis gleich.« Sie legt das Handy hin und setzt sich neben mich. »Sie sind auf dem Weg hierher.«

»Könntest du mir vielleicht ein paar Sachen für den Heimweg borgen?«, frage ich. Da meine Klamotten noch in der Waschmaschine sind, möchte ich nur ungern hier weg in nichts als meiner Unterwäsche und Coopers Regenjacke.

»Kein Problem.«

Steph kommt mit dem Kaffee. Normalerweise trinke ich ihn mit Milch und bergeweise Zucker, aber im Moment bin ich nicht wählerisch, und brühend heißer Kaffee ist genau das Richtige, um die Kälte aus meinem Körper zu vertreiben.

»Okay, also das war echt krass«, gibt Steph zu und quetscht sich zwischen Alana und mich auf die Couch. »Ich hätte nicht gedacht, dass du handwerklich so geschickt bist.« Sie mustert mich mit einem reuigen Lächeln, als ihr dämmert, dass ich das als Beleidigung auffassen könnte.

»Zehnte Klasse Highschool. Da hatte ich diesen Chemielehrer, der eine perverse Freude daran hatte, den Notendurchschnitt seiner Schüler durch unangekündigte Tests zu senken.

Die einzige Möglichkeit, sich mit ihm gutzustellen, waren freiwillige Stunden, also habe ich beim Kulissenbau für die Theateraufführungen mitgeholfen. Hat tatsächlich Spaß gemacht. Bis auf das eine Mal, als ich fast einen Finger verloren hätte, als Robbie Fenlowe mir mit der Bohrmaschine zu nah gekommen ist.« Ich zeige Steph die Narbe an meinem Zeigefinger. »Gequetschtes Fleisch und alles.«

»Puh, das ist ja furchtbar.«

»Aber echt«, meint Alana, und ihre Wangen werden ähnlich rot wie ihre Haare. »Danke, dass du hergekommen bist. Wir wären echt am Arsch gewesen.«

»Ja«, lacht Steph. »Alana ist wirklich ein Weichei. Sie hat Höhenangst.«

Alana sieht Steph finster an und zeigt ihr den Mittelfinger. »Na vielen Dank auch, Miststück.«

»Was denn?« Steph zuckt mit den Schultern. »Stimmt doch.«

»Ich versuche gerade nett zu sein, okay? Lass mich in Ruhe.«

Ich kenne Alana nicht so gut, aber das würde ich einen Durchbruch nennen. Und alles, was dazu nötig war, war ein Akt von Heldentum. Das macht zwei Drittel. Wenn ich jetzt noch herausfinde, wie ich Heidi knacken kann, wird alles gut.

Die nächste Viertelstunde plaudern die Mädchen und ich. Als ich ihnen von dem Hotel berichte, das ich kaufen werde, erzählt mir Steph, die ja drei Sommer lang dort gearbeitet hat, alles Mögliche über das Hotel. Mir wird klar, dass ihr Wissen von unschätzbarem Wert ist, und ich nehme mir vor, sie einzuladen, sobald es mir gehört. Ihre Vertrautheit mit dem Hotel könnte eine echte Bereicherung sein.

»Hilfe ist da, Ladys!« Evan platzt herein, oben ohne und tropfnass. »Wo ist das Feuer?«

Irgendwo hat sicher irgendwer genau davon geträumt. Was seltsam ist, denn obwohl ich mit seinem identischen Zwillingsbruder schlafe, löst ein halb nackter Evan überhaupt nichts bei mir aus.

»Du bist ungefähr zwei Stunden zu spät«, sagt Alana rundheraus, unbeeindruckt von seinem großen Auftritt.

»Oh, tut mir leid.« Evan schüttelt sich mit der Anmut eines streunenden Hundes das Wasser aus dem Haar und wirft Alana einen kurzen Blick zu. »Ich schätze, ich habe diesen Monat euren Honorarvorschuss noch nicht bekommen, um auf Abruf für euch zu springen.«

Cooper muss seinen Bruder praktisch durch die Tür schieben, um aus dem Sturm heraus und hinein ins Haus zu kommen. Er wirkt ein wenig perplex, mich in eine Decke gewickelt auf der Couch seiner Freundinnen zu sehen.

»Konnte nicht umhin, meinen Truck draußen zu bemerken« meint er mit hochgezogener Augenbraue. »Bist du also einfach los, um zu helfen?«

Ich zucke mit den Schultern und erwidere sein schiefes Grinsen. »Habe auch einen Haufen Zeug geklaut. Ich denke, du hast einen schlechten Einfluss auf mich.«

Er lacht schnaubend. »Ist das so?«

Das Schimmern in seinen Augen kommt mir vor, als sei es bereits Teil des Vorspiels. So schnell geht es immer, wenn er da ist. Von null auf »Nimm mich« in zehn Sekunden. Mir ist bewusst, dass alle anderen es auch sehen könnten, aber es ist mir egal. Cooper Hartley betritt den Raum, und ich verliere den verdammten Verstand. Ich hasse es. Und ich liebe es.

»Wir hatten Glück, dass sie gekommen ist«, sagt Steph, während die Jungs sich Kaffee einschenken.

»Dieses verrückte Huhn ist aufs Dach gestiegen und hat das Loch ganz allein geflickt.« Alana hält Evan ihren Kaffeebecher hin, damit er ihn nachfüllt, was er auch tut, während er beim Anblick von uns dreien in unseren Decken die Augen verdreht. »Ach übrigens«, fährt sie fort, »im Moment sollte niemand das Badezimmer benutzen. Das ist jetzt ein Aquarium.«

»Ich habe die Tapete da drin sowieso immer gehasst«, bemerkt Steph, und aus irgendeinem Grund bringt das Alana und mich zum Kichern.

»Moment«, mischt sich Cooper ein, der mitten im Wohnzimmer steht. Sein misstrauischer Blick richtet sich auf mich. »Du bist aufs Dach gestiegen?«

»Könnte sein, dass ich eine neue Berufung gefunden habe«, erkläre ich und nippe an meinem Kaffee. »Ich sollte das Hotel selbst renovieren, so wie die Leute im Fernsehen.«

»Ooh.« Steph gibt mir einen Klaps auf den Arm. »Ich sichere mir die Rechte an der Realityserie.«

»Ich kann immer noch nicht glauben, dass du das Beacon gekauft hast«, staunt Alana. »Das ist ein echtes Wagnis.«

Cooper knallt seinen Kaffeebecher so fest auf den Fernseher, dass Kaffee herausspritzt und alle im Zimmer erschrocken verstummen. »Und keine von euch hat auch nur versucht, sie aufzuhalten?«

»Coop, es war okay.« Steph ignoriert seinen Ausbruch. »Es war nur ein bisschen Regen.«

»Es war nicht dein Hintern da oben.«

Die Wut in seiner Stimme ist nicht zu überhören. Warum ist er plötzlich so wütend? Habe ich besonders verantwortungsvoll gehandelt? Nein. Aber es wurde niemand verletzt.

Ich sehe ihn stirnrunzelnd an. »Hey, es ist in Ordnung. Ich bin in Ordnung. Sie brauchten Hilfe, also habe ich angeboten herzukommen. Es war meine Entscheidung.«

»Mir ist scheißegal, wessen bescheuerte Idee das war. Du hättest es besser wissen müssen«, erklärt er mir in herablassendem Tonfall, der mich an Preston erinnert, als ich ihm das Hotel gezeigt habe.

Und jetzt bin ich irgendwie sauer. Wieso denkt jeder Typ, mit dem ich zusammen bin, er müsste meinen Dad spielen? Ich habe nicht mit Preston Schluss gemacht, um mich dann von einem anderen Typen wie ein Kind behandeln zu lassen.

»Und ihr zwei …« Er sieht die Mädchen finster an. »… hättet sie davon abhalten müssen.«

»Mann, komm runter.« Alana legt mit einem gelangweilten Seufzen den Kopf nach hinten. »Sie ist ein großes Mädchen. Und wir sind froh, dass sie gekommen ist.« Ich ahne, dass das die aufrichtigste Entschuldigung ist, die man von Alana je bekommen kann. Unsere Anstrengungen heute haben dazu geführt, dass die kalte Schulter, die sie mir bisher gezeigt hat, aufgetaut ist, und ich denke, jetzt stehen wir auf gutem Fuß miteinander.

»Hör doch auf, Alana. Das hat sie doch nur gemacht, damit du und Heidi aufhört, sie wegzuekeln.«

»Ich erinnere mich nicht, dich gebeten zu haben, dass du für mich sprechen sollst«, fauche ich ihn an, denn vielen Dank auch, Arschloch. Ich habe hier Fortschritte gemacht, und das ist nicht hilfreich.

Cooper geht auf die Couch zu und ragt düster über uns auf. »Du hättest sterben können«, faucht er zurück. »Falls es dir nicht aufgefallen ist, wir sind praktisch mitten in einem Hurrikan.«

Mir bleibt der Mund offen stehen. »Willst du mich jetzt verarschen? *Falls es mir nicht aufgefallen ist?* Und *jetzt* machst du dir auf einmal Sorgen um mich? Du bist doch derjenige, der mich mitten in einem Hurrikan allein in deinem Haus gelassen hat. Ich war da ganz allein! Nur ich und Patricia, die herumgekreischt hat wie eine Banshee!«

Er sieht mich blinzelnd an, als wäre ich irre. »Sie heißt Daisy.«

Ich komme stolpernd auf die Füße und halte die Decke um mich herum wie eine Toga. »Ich meine nicht den Hund! Ich meine Patricia!«

»Ich habe keine Ahnung, wer Patricia ist!«

»Das kleine tote Mädchen, das vor hundert Jahren vor eurem Haus im Meer ertrunken ist und …« Ich verstumme und richte meinen Blick wütend auf Evan, dessen Lippen wie wild zucken.

»Du Arsch!«, knurre ich. »Im Ernst?«

Evan verschränkt die Arme. »Mackenzie, Schätzchen, was kann ich denn dafür, dass du so leichtgläubig bist?«

Alana und Steph auf der Couch haben einen hysterischen Lachanfall. Steph laufen die Tränen über die Wangen, während sie unter Kichern »Kleines totes Mädchen« japst.

Cooper gibt sich offensichtlich Mühe, nicht auch loszulachen.

»Wage es ja nicht«, warne ich ihn und durchbohre mit dem Finger die Luft zwischen uns.

»Ich meine …« Cooper zittert, so sehr kämpft er gegen das Lachen an. »… er hat nicht unrecht. Dafür kann er nichts.«

Ich sehe ihn finster an. »Er ist ein Sadist! Und du bist ein Idiot.«

»Ich bin ein Idiot? Erinnere mich noch mal, wer ist auf das Dach gestiegen und wurde fast vom Blitz erschlagen?«

»Oh mein Gott, ich wurde nicht fast vom Blitz erschlagen. Jetzt benimmst du dich lächerlich.« Empört stemme ich die Hände in die Hüften und vergesse dabei die umgewickelte Decke.

Sie fällt auf den nassen Teppich, sodass ich in nichts als einem schwarzen Sport-BH und neonpinkem Slip dastehe.

Evan leckt sich über die Unterlippe. »Genau das meine ich.«

Trotz des Aufflackerns von Hitze in Coopers Augen bleibt sein Tonfall kühl. »Hol deine Sachen, Mac. Wir fahren.«

»Nein«, sage ich stur.

Seine Augen werden schmal. »Wir gehen.«

»Nein. Ich wohne jetzt hier.«

Alana kichert.

»Mackenzie.« Er macht drohend einen Schritt auf mich zu. »Lass uns gehen.«

»Nein.« Ganz plötzlich ist meine Kehle trocken. Anspannung liegt in der Luft. Ich weiß nicht, ob Cooper wütend oder erregt ist, aber seine lodernden Augen saugen allen Sauerstoff im Raum auf.

Cooper wirft seinem Bruder einen Blick zu. »Evan, gib mir deine Schlüssel. Du kannst mit meinem Truck nach Hause fahren.«

Mit einem wissenden Blick greift Evan in seine Tasche und wirft Cooper seinen Schlüsselbund zu.

Ich recke das Kinn. »Ich weiß nicht, was jetzt deiner Meinung nach passieren soll, aber ich werde *nicht* …«

Bevor ich blinzeln kann, hat mich Cooper über seine Schulter geworfen, und ich starre auf seine nassen Stiefel, als er mit mir zur Tür marschiert.

»Lass mich runter!«, schreie ich, aber der Wolkenbruch, in den wir geraten, kaum dass wir das Haus verlassen haben, übertönt meine wütende Stimme.

Cooper setzt mich kurzerhand auf den Beifahrersitz von Evans Jeep, bevor er zur Fahrerseite läuft. Als er den Motor startet, sich zu mir dreht und mich ansieht, habe ich die Antwort auf die Frage von *wütend* oder *erregt*.

Sein Blick ist glühend heiß geworden. »Sobald wir zu Hause

ankommen, werde ich in dir sein.« Eine Drohung. Ein Versprechen.

Erregt.

Absolut auf jeden Fall erregt.

27

Mackenzie

»Dusche. Jetzt.«

Coopers geknurrter Befehl jagt mir einen Schauer durch den Leib. Wir sind gerade vom Jeep zum Haus gerannt und dabei völlig durchnässt worden. Ich habe immer noch nichts als meine Unterwäsche an, und mir klappern wieder die Zähne. Zum Glück bin ich nicht länger in der Kälte. Im Badezimmer dreht Cooper das heiße Wasser auf, und bald darauf dringt Dampf aus der Duschkabine.

Ich ziehe Sport-BH und Höschen aus, trete in die Duschkabine und stöhne glücklich auf, während die Wärme in meinen Körper dringt. Und einen Moment später steigt die Temperatur um noch ein paar Grad, als ein nackter Cooper zu mir kommt.

Starke Arme umfangen mich. Mein Rücken liegt an seiner breiten Brust, und ich kann seine Erektion spüren, die sich an meinen Hintern presst.

»Du machst mich verrückt.« Seine heiseren Worte klingen gedämpft im prasselnden Wasser der Dusche.

»Wirklich? Mir kommt es so vor, als wärst du derjenige, der *mich* verrückt macht.« Ich schaudere lustvoll, als seine großen Hände nach oben wandern und meine Brüste umfassen. Meine Brustwarzen werden hart.

»Du hättest dich da oben auf dem Dach verletzen können.«

»Habe ich aber nicht.«

»Hattest du wirklich Angst allein hier?« Er klingt schuldbewusst.

»Irgendwie schon. Ich habe dieses Kreischen gehört, und ständig hat das Licht geflackert.«

Er lacht leise. »Der Wind kann ziemlich laut hier sein. Und wir müssen im Großteil des Hauses die Stromleitungen erneuern. Die Elektrik ist echt mies.«

»Blöder Evan«, brumme ich und bin sauer, weil er es geschafft hat, dass ich meine feste Überzeugung, es gebe keine Geister, infrage gestellt habe.

»Wie wäre es, wenn wir nicht über meinen Bruder reden, wenn wir beide nackt sind?«, schlägt Cooper vor.

»Gute Idee.« Ich drehe mich um, greife zwischen uns und nehme ihn in die Hand.

Er schaudert. »Oh ja. Mach weiter damit.«

»Womit? Damit?« Ich lege die Finger um seinen Schaft und bewege die Hand langsam auf und ab.

»Mmmm.«

»Oder …« Ich lasse die Hand erneut langsam darübergleiten, bevor ich auf die Knie sinke. »Ich könnte auch *das* tun …«

Bevor er reagieren kann, schließe ich die Lippen um seinen Schwanz und sauge sanft.

Cooper stöhnt auf und schiebt die Hüften vor.

Ein Rausch purer Macht jagt durch meine Adern. An dieses Gefühl könnte ich mich gewöhnen. Zu wissen, dass ich diejenige bin, die diesen verlangenden, drängenden Ausdruck in seinem markanten Gesicht hervorruft. Dass ich ihn, genau jetzt, in diesem Moment, fest im Griff habe. Ich lecke über seine Spitze, und er gibt einen heiseren Laut von sich, der mich lächeln lässt.

»Du spielst mit mir«, brummt er.

»Hm-hm.« Ich lecke noch einmal lang und feucht über seinen Schwanz. »Macht Spaß.«

Seine Hand senkt sich, und seine Finger greifen in mein nasses Haar. Das Wasser prasselt auf uns herab. Wassertropfen hängen auf seiner Brust, bevor sie über Muskeln und Sehnen nach unten laufen.

Ich stütze eine Hand auf seinen festen Oberschenkel, umfasse mit der anderen seine Erektion und nehme ihn tief in den Mund. Er leitet mich ohne Worte, spornt mich an, indem er meinen Hinterkopf umfasst. Mein ganzer Körper ist glühend heiß und angespannt vor Verlangen. Als ich einen kurzen Blick hoch zu Cooper werfe, auf seine tätowierten Arme, die Bartstoppeln an seinem Kinn sehe und ihn pochend an meiner Zunge fühle, bereue ich absolut nichts, was mich an diesen Punkt geführt hat.

Du hast Feuer in dir, Mac. Das hatte er an dem Abend auf dem Jahrmarkt zu mir gesagt. Dass mir der Nervenkitzel den Kick gibt, das *Leben*. Er lag nicht falsch damit. Seit ich mit Preston Schluss gemacht habe und mit Cooper zusammen bin, fühle ich mich lebendiger denn je.

»Ich will nicht so kommen«, murmelt er, und dann zieht er mich auf die Füße und küsst mich so leidenschaftlich, dass mir die Luft wegbleibt.

Seine Hände wandern hungrig über meinen Körper, während seine Zunge mit meiner spielt. Ich bin heiß und voller Gier und mehr als bereit für ihn. Aber bei aller Abenteuerlust – ungeschützter Sex steht nicht auf meiner Nervenkitzel-Liste, und Cooper und ich sind ja auch erst seit Kurzem zusammen.

»Kondom«, flüstere ich an seinen gierigen Lippen.

Ohne Widerspruch stellt er die Dusche ab, und wir rennen

in sein Schlafzimmer, tropfen alles mit Wasser voll und lachen über unsere eigene Hast.

»Aufs Bett«, befiehlt er und verschlingt meinen nackten Körper mit seinen Blicken.

Mein nasses Haar durchweicht das Kissen, sobald ich mich hinlege, aber ich bin zu heiß auf ihn, um weiter darauf zu achten, und Cooper scheint es nichts auszumachen. Er hat ein Kondom übergezogen und ist über mir, bevor ich blinzeln kann. Er küsst mich wieder, heiß und gierig, und seine Zunge gleitet in meinen Mund, während er gleichzeitig tief in mich eindringt.

Ich schnappe nach Luft und erbebe von dem Blitz aus Lust, der mir über den Rücken knistert. Meine Fingernägel schrammen über seinen feuchten Rücken, und ich schlinge die Beine um ihn, um ihn tiefer in mich aufzunehmen.

»Du fühlst dich so gut an«, flüstert er heiser.

»Du dich auch.« Ich hebe die Hüften, um seinen schnellen Stößen zu begegnen, und bewege mich im Einklang mit ihm. Erfüllt von blindem Verlangen. »Schneller«, flehe ich.

Er wird schneller, und es dauert nicht lange, bis ich Sterne sehe und im Orgasmus erbebe. Er hält nicht viel länger durch als ich. Schon bald stößt er härter in mich, küsst mich und beißt in meine Lippe, als er kommt.

Danach liegen wir auf dem Rücken und schnappen nach Luft. Ein Gefühl reiner Zufriedenheit überkommt mich. Ich kann mich nicht erinnern, wann ich mich zuletzt nach dem Sex so befriedigt gefühlt hätte. Befriedigt im Allgemeinen.

»Ich bin immer noch sauer, weil du auf das Dach gestiegen bist.«

Ich drehe den Kopf zu ihm. »Im Ernst?«

»Das war eine idiotische Aktion.«

»Ich stehe dazu«, sage ich entschieden.

»Natürlich tust du das.« Es klingt, als gäbe er sich Mühe, nicht zu lachen. Oder vielleicht gibt er sich auch Mühe, mich nicht zu erwürgen.

Offenbar sind wir beide schlecht darin, bei einer Auseinandersetzung klein beizugeben. Es liegt nicht in unserer Natur, schätze ich. Aber damit kann ich leben. Andernfalls würde ich ihn nicht respektieren. Das Letzte, was ich will, ist ein Fußabtreter.

Andererseits – dieses ganze Streiten kann doch nicht gut sein, oder?

Ich seufze. »Wir streiten oft. Ich habe das Gefühl, dass das ein zweiter Grund ist, der gegen uns spricht.«

»Was ist denn der erste?«, fragt er neugierig.

»Wir sind total gegensätzlich. Klar, man sagt immer, dass Gegensätze sich anziehen und Streiten ein gesundes Ventil für Leidenschaft sein kann und das alles, aber wir kommen aus so verschiedenen Welten.« Ich zögere und gestehe dann: »Manchmal habe ich keine Ahnung, wie der eine von uns in das Leben des anderen passen soll. Und dann kommt noch dazu, dass du ein streitlustiger Dummkopf bist und ich dir die Hälfte der Zeit eine verpassen will und …« Ich seufze wieder. »Wie gesagt, zwei Gründe, die dagegensprechen.«

»Mac.« Die Matratze bewegt sich, als er sich aufsetzt. Dunkle Augen sehen auf mich herab. Eindringlich, mit einem Hauch von Belustigung. »Erst mal – *man sagt?* Wer ist *man*, und wen interessiert das? Jede Beziehung ist anders. Manche Leute streiten miteinander, andere nicht. Manche wollen es ruhig, manche leidenschaftlich. Wir definieren selbst unsere Beziehung. Und zweitens, tut mir leid, wenn ich dir das sagen muss, aber wir sind *beide* streitlustige Dummköpfe.«

Ich grinse ihn an.

»Der einzige Unterschied bei uns sind unsere Bankkonten.

Wir beide sind uns weit ähnlicher als du und dein verklemmter Ex.«

»Ist das so?«

»Oh, das ist absolut so. Weißt du, was ich denke?«

»Bitte, erleuchte mich«, sage ich gnädig.

»Ich denke, du warst mit dem Idioten zusammen, weil er Sicherheit bedeutete. Du hast es selbst gesagt – er hat dir geholfen, dich zurückzuhalten. Und das hast du gebraucht, denn in deiner Welt kannst du dich nicht ausleben oder du selbst sein oder etwas tun, was deiner Familie negative Publicity einbringt, richtig? Tja, bei mir musst du das nicht. Diese zwei Gründe, die du anführst, mögen Gründe in deiner anderen Welt sein, aber hier, nur du und ich, sind wir genau die, die wir sein wollen.«

Mir wird das Herz schwer. Oh Hölle. Wenn er solche Dinge sagt, macht er es mir echt schwer, keine Gefühle zu entwickeln.

Bonnie: *Bin heute Abend nicht zu Hause! Versuch, mich nicht zu sehr zu vermissen, okay? Ich weiß, es wird hart, aber ich bin mir sicher, du schaffst das!*

Ich grinse, als ich die Nachricht sehe. Bonnie ist die Beste. Ich setze mich im Bett auf und tippe schnell eine Antwort.

Ich: *Oh-oh, über Nacht wegbleiben, wenn morgen Unterricht ist, du böses Mädchen. Lass mich raten, du machst eine Pyjamaparty mit … Edward?*

Bonnie: *Du meinst Jason. Er sieht nur so aus wie Edward. Und nein.*

Ich: *Todd?*

Bonnie: *Der ist raus.*

Ich zerbreche mir den Kopf, mit wem sie sich in den letzten Wochen noch getroffen hat. Aber der wilde Sex, den ich mit Cooper habe, hat mich irgendwie abgelenkt.

Bonnie: *Ich sage dir was, Süße. Gib mir den Namen deines Townies, und ich verrate dir alles über meinen neuen Lover.*

Sie ist wie ein Hund mit einem Knochen. Bonnie löchert mich Tag und Nacht, mit wem ich mich treffe. Ich habe ein schlechtes Gewissen, weil ich Cooper vor ihr geheim halte – immerhin war sie dabei, als es anfing –, aber ich weiß auch, dass dieses Wissen in den falschen Händen eine Waffe ist. Und ich bin nicht sicher, ob ich diese Kanone schon laden will.

Ich: *Mein Townie ist immer noch mein kleines schmutziges Geheimnis.*
Bonnie: *NA GUT! Dann ist meiner auch ein Geheimnis.*

Kurz darauf schickt sie noch eine Nachricht.

Bonnie: *Was soll das Ganze? Wir wissen beide, dass ich vor dir keine Geheimnisse haben kann. Er heißt Ben, und er ist wundervoll!*

Sie schickt den Screenshot eines Instagramfotos hinterher, das einen großen Typen mit dem Gesicht eines nordischen Gottes zeigt.

Ich: *Niiiiice. Viel Spaß.*
Bonnie: *Oh, den werde ich haben. Bis morgen!*

Ich lege das Handy auf den Nachttisch und nehme mein Anthropologie-Lehrbuch in die Hand. Es ist Montag Abend, und eigentlich würde ich jetzt lieber nackt in Coopers Bett liegen, aber wir haben immerhin das ganze Wochenende zusammen verbracht. Also zwinge ich mich dazu, diese Nacht im Wohnheim zu bleiben. Nicht nur, um die Arbeit für meine Kurse zu erledigen, sondern auch, weil zu viel gemeinsame Zeit zu einem Burn-out führen könnte, und das Letzte, was ich will, ist, dass Cooper mich irgendwann satthat. Gott weiß, dass ich weit davon entfernt bin, *ihn* sattzuhaben. Ich verbringe, vorsichtig geschätzt, drei volle Stunden am Tag damit, von ihm zu träumen.

Also erledige ich wie ein braves Mädchen meine gesamte Lektüre für Anthropologie und Bio, schreibe einen Entwurf für meinen Aufsatz in Englischer Literatur und gehe sehr vernünftig um 22.45 Uhr ins Bett.

Doch leider leider kommt der Schlaf zu kurz.

Um etwa zwei Uhr morgens werde ich rüde von drei Anrufen hintereinander von Evan aus dem Schlaf geholt.

Gefolgt von einer Textnachricht: *Vergiss es. Ist kein Notfall.*

Hätte irgendwer anders mich mitten in der Nacht mit einer Serie von Anrufen bombardiert und dann behauptet, es sei kein Notfall, hätte ich »Leck mich« gesagt. Aber die Tatsache, dass es Evan ist, macht mich stutzig. Wir haben erst kürzlich unsere Nummern ausgetauscht, nach dem Sturmabend, als ich ihn nicht erreichen konnte. Daher bin ich mir ziemlich sicher, dass er sich nicht bei mir melden würde, wenn es sich nicht tatsächlich um einen Notfall handeln würde. Oder zumindest um etwas Schlimmes.

Ich streiche mir das Haar aus den Augen und rufe ihn zurück. »Bist du okay?«, frage ich, als er abhebt.

»Nicht wirklich.« In seinen zwei Worten liegt Schwere.

»Wo bist du?«

»Vor dem Sharkey's. Kannst du mich abholen?«, brummt er. »Ich weiß, es ist spät, und ich wollte auch nicht anrufen, aber …«

»Evan«, falle ich ihm ins Wort. »Ist okay. Bleib einfach, wo du bist. Ich bin schon unterwegs.«

28

Mackenzie

Eine Viertelstunde später springe ich aus einem Uber und lasse den Blick über den Gehweg vor Sharkey's Sports Bar schweifen. Es dauert nicht lange, bis ich ihn entdecke. Evan sitzt auf dem Bordstein und sieht aus wie Dreckbrühe am Boden einer Mülltonne, die einen Monat lang im Regen stehen gelassen wurde.

»Was ist mit dir passiert?«, frage ich, als ich das verschmierte Blut an seiner Wange, das an der Schulter zerrissene T-Shirt und die zerkratzten, geschwollenen Hände sehe. Ich kann den Alkohol aus zwei Schritten Entfernung riechen.

Er hat die Arme auf die angezogenen Knie gestützt und sieht erschöpft aus. Niedergeschlagen. Er hebt kaum den Kopf, um mich zu grüßen. Als er spricht, klingt seine Stimme schwach. »Kannst du mich von hier wegbringen?«

Das ist der Moment, in dem mir klar wird, dass ich sein letzter Ausweg bin. Dass es für ihn schmerzhafter ist, sich an mich um Hilfe zu wenden, als alles, was er heute Abend erlebt hat, und dass das, was er jetzt am meisten braucht, Nachsicht ist.

»Ja.« Ich bücke mich und lege seinen Arm um meine Schulter, um ihn zu stützen. »Ich habe dich.«

Als wir aufstehen, kommen drei Typen um die Ecke. Sie tragen Shirts mit den griechischen Buchstaben ihrer Verbindung darauf und rufen irgendwas mit lallender Stimme, während sie näher kommen.

»Oh, hey, Baby«, sagt einer, als seine trüben Augen sich auf mich richten, und er grinst schleimig. »Was hast du denn da? Hast du einen Streuner aus der Gosse aufgelesen?«

»Verpiss dich, Arschloch.« Evan grummelt eine halbherzige Beleidigung. Er kann kaum aufrecht stehen und lehnt sich stützend an mich, aber das reicht offenbar nicht, um ihn von einem Kampf abzuhalten. Ich muss seine Standhaftigkeit bewundern.

»Ist das wieder dieser Mistkerl?« Der größte von den Burschenschaftlern kommt schwankend näher und wirft einen Blick auf Evan, bevor er sich an seine Kumpels wendet. »Schaut mal, wer wieder da ist, Jungs.«

Ich bedenke die drei mit einem tödlichen Blick. »Lasst uns in Ruhe.«

»Hattest du noch nicht genug, Mann?« Der Dritte kommt näher und bückt sich etwas, um Evan in die Augen zu sehen, während der sich abmüht, den Kopf zu heben. »Hast dich wohl für toll gehalten, als du uns abzocken wolltest, hm? Aber jetzt lachst du nicht mehr, du kleiner Townie-Arsch, oder?«

Mein Blick wird mörderisch. Ich bin müde, und ich habe alle Hände voll zu tun mit Evan. Diese Idioten können mir wirklich gestohlen bleiben.

»Hey, ich kenne dich«, sagt der Große plötzlich und sieht mich blinzelnd an.

»Das bezweifle ich«, fauche ich.

»Doch. Ich kenne dich. Du bist die Freundin von Preston Kincaid.« Er lacht vergnügt. »Ja, du bist Kincaids Mädchen. Ich bin in seiner Studentenverbindung. Ich habe euch zwei doch vor gar nicht langer Zeit bei irgendeiner Party gesehen.«

Ich verspüre ein gewisses Unbehagen. Na wundervoll. Das Letzte, was ich brauche, ist, dass Preston von dieser Aktion hier erfährt. Ich packe Evan fester und sage zu dem Typen: »Ich habe keine Ahnung, wer du bist, Mann. Und jetzt geh uns bitte aus dem Weg.«

»Weiß Kincaid, dass du ihn verarschst?« Sein Lachen wird lauter. »Und dann auch noch mit diesem Stück Scheiße? Jesus. Weiber sind so was von kacke.«

»Kacke«, echot einer der anderen betrunken.

Als sie beide noch näher kommen, habe ich endgültig genug. »Verschwindet, ihr Hurensöhne.« Meine Stimme prallt wie ein Peitschenhieb an der Ziegelwand der Bar ab.

»Und wenn nicht?«, spottet der Große.

Mit einem wütenden Knurren greife ich in meine Handtasche, hole eine Dose Pfefferspray heraus und ziele damit auf die drei Kerle, bis sie taumelnd zurückweichen. »Ich verspreche euch, ich bin verrückter, als ich aussehe. Bitte, stellt mich auf die Probe.«

Irgendwo in der Ferne heult eine Sirene. Das reicht, um ihnen Angst zu machen. »Mann, vergesst die Schlampe, lasst uns hier verschwinden.«

Hastig steigen sie in ein Auto, das auf der anderen Straßenseite steht, machen eine harte Hundertachtziggradwende und hauen ab, mit quietschenden Reifen.

»Wo zur Hölle kam das denn her?« Evan bringt ein schwaches Lachen zustande, während er sich immer noch an meiner Schulter festhält.

»Alle Frauen sind Wolverines.«

»Offensichtlich.«

»Außerdem bin ich ziemlich viel allein gereist, was mich mehr als alles andere gelehrt hat, auf das vorbereitet zu sein, was in den Schatten lauert.« Damit zerre ich ihn regelrecht zu seinem Jeep und fische die Schlüssel aus seiner Tasche. Er schafft es, auf den Beifahrersitz zu klettern, während ich mich hinters Lenkrad setze.

»Ich kann nicht nach Hause«, sagt er. Er schließt die Augen und lehnt den Kopf an das Fenster. Zu schwer für seinen Hals.

Ich verstelle den Fahrersitz und passe ihn an meine kürzeren Beine an. »Okay … Zu Steph und Alana?«

»Nein.« Er antwortet zwischen stoßweisen Atemzügen. »Bitte, Coop darf nichts davon erfahren.«

Ich bin nicht sicher, warum oder was genau er damit meint, aber ich verstehe seine Verzweiflung. Womit mir keine andere Wahl bleibt, als ihn mit nach Tally Hall zu nehmen.

Ihn zu meinem Zimmer im vierten Stock hochzubugsieren ist eine Herausforderung, aber wir schaffen es in einem Stück. Im Zimmer setze ich ihn auf den Rand der Badewanne, um ihn zu säubern. Irgendwie habe ich dabei ein Déjà-vu. Was ist das nur mit diesen Hartley-Jungs, hm?

Ich wische ihm mit einem nassen Waschlappen das Blut vom Gesicht, und mir entgeht nicht, dass sein Blick jede meiner Bewegungen verfolgt. Er hat ein paar Blutergüsse und kleine Schnittwunden, aber nichts Ernstes. Ich muss nur ein wenig Salbe auftragen und einen Verband anlegen.

»Schlechte Verlierer«, sagt er.

»Hm?«

»Die Typen. Ich habe sie beim Billard geschlagen, und das haben sie nicht gut weggesteckt. Man sollte nicht um Geld spielen, wenn man nicht bereit ist zu verlieren.«

»Beschwindelst du immer Leute, wenn du zahlenmäßig unterlegen bist?«

Er atmet lachend aus, zuckt dann zusammen und hält sich die Seite. »Ich dachte, ich hätte Heimvorteil. Wie sich aber herausstellte, gab es ein paar mehr Leute, die einen Groll gegen mich haben, als ich dachte.«

Ich ziehe eine Augenbraue hoch. »Habt ihr Townies nicht so einen Spruch, dass man nicht da hinkacken soll, wo man isst?«

»Ja, den könnte ich schon mal gehört haben.«

»Man muss eben differenzieren.«

»Anpassung oder Tod, ist es das?«

»Etwas in der Art.« Nachdem ich ihn verarztet habe, hole ich ihm ein Glas Wasser, Aspirin und einen Eisbeutel. »Du kannst deinen Rausch in Bonnies Zimmer ausschlafen«, schlage ich vor. »Sie ist über Nacht weg, und ich bin mir sicher, dass es ihr nichts ausmacht.«

»Sollte es auch nicht. Ich habe sie in dieser Nacht am Strand dreimal kommen lassen.«

Ich bringe mühsam ein Lachen heraus. »Wie nett von dir.« Mann, es kommt mir vor, als sei es Ewigkeiten her, dass Evan und Bonnie zusammen über den Strand gewandert sind. Einen Tag später war sie schon auf der Jagd nach ihrer nächsten Eroberung. Keine Hektik und kein Geschrei zwischen den beiden.

Ich setze ihn auf den Rand von Bonnies Bett und ziehe ihn weiter aus, so emotionslos wie nur möglich. Ich versuche, nicht seinen Körper anzustarren und mit dem von Cooper zu vergleichen, aber es ist schwierig. Seine Brust ist genau vor mir, und ja, sie ist genauso muskulös wie die seines Bruders. Nur hat er keine Tattoos. Was nicht stimmt, denn als ich ihm helfe, sich herumzurollen, sehe ich das riesige auf seinem Rücken. Es ist allerdings zu dunkel, um es genau zu erkennen.

»Danke«, sagt er, als er liegt.

Mehr sagt er nicht, aber ich weiß, dass es aufrichtig ist. Was immer gerade zwischen ihm und Cooper abläuft, ist schlimm genug, dass er eher mich um Hilfe gebeten hat. Ich nehme es als einen Schritt in die richtige Richtung, dass Evan mir so weit vertraut. Babyschritte.

Ich tätschle ihm sachte den Kopf, als wäre er ein Kind mit leichtem Fieber. »Gern geschehen.«

Am nächsten Morgen mache ich mich gerade fertig für die Vorlesung, als Evan mit dem Handy am Ohr aus Bonnies Zimmer gestürmt kommt.

»Ja, ich weiß, ich weiß. Ich bin unterwegs. Ja, verdammt, ich habe dich gehört.« Stolpernd versucht er sich die Jeans hochzuziehen, während er in Bonnies Zimmer zurückgeht und irgendwas sucht. »Zehn Minuten.«

Als ich ihn fragend ansehe, hält er die Finger hoch und deutet pantomimisch baumelnde Schlüssel an. Schlüssel! Die Schlüssel zu seinem Jeep liegen noch in meinem Zimmer. Ich stürme los, schnappe sie und werfe sie ihm zu. Er fängt sie mühelos aus der Luft auf.

»Nein«, sagt er ins Handy. »Mann, ich fahre genau jetzt los, also mach dich locker, verdammt.«

Cooper?, frage ich lautlos, und Evan nickt. Ich strecke die Hand nach dem Handy aus. Zuerst ist er skeptisch, aber dann gibt er es mir.

»Hier, die Prinzessin will mit dir reden.« Dieses Mal liegt kein sarkastischer Spott in seinem Blick, sondern ein Lächeln. Vielleicht auch eine Bitte.

»Hey«, melde ich mich und lasse Cooper erst gar nicht zu Wort kommen. »Ich habe Evan zum Frühstück eingeladen, aber das Café war proppevoll, und ich habe die Zeit vergessen. Ich musste ja unbedingt das Soufflé bestellen, weißt du.«

»Frühstück, hm?« Er ist wachsam, natürlich. Sollte er auch.

Aber ich bleibe bei der Geschichte. »Ja, ich dachte, es wäre eine gute Gelegenheit für uns, mal miteinander zu quatschen, weißt du?«

Ich kann praktisch durchs Telefon sehen, wie Cooper die Augen verdreht.

»Egal. Sag ihm, er soll seinen Hintern zur Arbeit schaffen.«

»Okay, Bussi, bye«, trällere ich zuckersüß, denn je mehr ich Cooper aus dem Gleichgewicht bringe, umso eher wird er diese völlig absurde Situation vergessen. Ich beende den Anruf und gebe Evan das Handy zurück. »Ich denke, er hat es geschluckt.«

Er sieht mich verwirrt und belustigt zugleich an. »Du bist meine Lebensretterin.«

»Ich weiß. Kannst du mir jetzt sagen, warum ich deinen Bruder belüge?«

Evan fährt sich mit den Händen durchs Haar und seufzt. Er ist der Typ, der es hasst, sich zu erklären. Das verstehe ich. Aber fair ist fair.

»Coop macht mir sowieso schon Stress«, sagt er dann widerwillig. »Wenn er das mit gestern Nacht erfährt, wird er mich zum Therapeuten schicken oder irgend so ein dummer Mist.«

»Brauchst du denn einen?« Ich weiß, dass sich Cooper große Sorgen um Evan macht, aber er hat mir nichts Genaues erzählt. Nach gestern Nacht zu urteilen, nehme ich an, dass Alkohol und Schlägereien das Hauptproblem sind.

»Auf keinen Fall«, beteuert Evan.

Ich bin nicht sicher, wen er damit überzeugen will, aber das funktioniert für keinen von uns beiden.

Ich atme hörbar aus. »Versprich mir etwas.«

Er verdreht die Augen. Das sind die Momente, in denen ich vergesse, dass er und Cooper zwei verschiedene Menschen sind.

»Ich decke dich, solange du ehrlich zu mir bist. Wenn du nicht mit Cooper reden willst, würde ich mich besser fühlen, wenn du mir wenigstens erlaubst, dass ich ein Auge auf dich habe.«

»Ich brauche keinen Babysitter«, sagt er und sieht mich finster an.

Ich begreife allmählich, warum die beiden sich so viel streiten. Cooper ist ausgesprochen dominant, und Evan ist ein bockiger Mistkerl. Zusammen bilden sie den perfekten Sturm.

»Ich will auch keiner sein«, sage ich. »Also, wie wäre es, wenn wir uns darauf einigen, Freunde zu sein? Deal?«

Er leckt sich über die Lippen, um ein Grinsen zu unterdrücken. Es ist fast schon bezaubernd. »In Ordnung, Prinzessin. Deal.«

Wir geben uns die Hand. Ich sehe die Chance bei fünfzig-fünfzig, dass er seine Seite des Deals einhält. Trotzdem, wir sind nun Meilen von dem Punkt entfernt, an dem wir angefangen haben, und ich bin klug genug, um zu nehmen, was ich kriegen kann.

29

Cooper

Mac hat heute einen Termin mit dem Bauamt im Hotel und gefragt, ob ich sie begleiten könnte, also nehme ich mir den Nachmittag frei. Sie sagt, es sei, damit ich ihr manches erklären kann, aber ich denke, sie ist unsicher, worauf sie sich da eingelassen hat. Kann ich ihr nicht verdenken. Selbst wenn ich ganze Bootsladungen voller Geld hätte, würde es mir auch ganz schön Angst machen, mich in etwas so Komplexes wie die Renovierung eines Hotels zu stürzen – ganz zu schweigen davon, das verdammte Ding dann zu führen. Und so hängen Mac und ich nun an der Strandpromenade herum, während der Mann vom Bauamt durchs Hotel geht.

»Langsam denke ich, man kauft nicht einfach ein abbruchreifes Hotel«, meint sie düster.

Ich kann ein Grinsen nicht unterdrücken. »Tatsächlich?«

»Ja.« Sie bückt sich, um Daisy zu streicheln, die zu ihren Füßen sitzt. Dieser Hund lässt mich keine Sekunde in Ruhe, wenn wir zu Hause sind, aber sobald Mac um die Ecke kommt, kennt sie mich nicht mehr.

»Du kannst immer noch vom Kauf zurücktreten.« Wenn ich es richtig verstanden habe, hängt der endgültige Verkauf des Hotels immer noch vom Abschluss dieser letzten Inspektion ab. Alles bis ins kleinste Detail geprüft und so.

»Nein, ich habe mich verpflichtet. Es ist nur so … Wenn ich an all das denke, was es zu tun gibt. Und wie viel ich noch nicht weiß.«

»Dann wirst du es herausfinden.«

Sie kaut an ihrer Lippe. »Richtig.« Sie nickt. Knapp und entschieden. »Du hast recht. Ich werde es herausfinden.«

Das ist es, worauf ich bei ihr abfahre. Ihre Zuversicht. Der Mut. Sie hatte eine Idee, und sie hat es in Angriff genommen. Die meisten Menschen verbringen ihr ganzes Leben damit, sich ihre Träume auszureden, und führen lauter Gründe an, warum es zu schwer oder zu weit hergeholt sei. Aber nicht Mac.

»Wenn du es dir jetzt ansiehst, hast du dann immer noch das gleiche Gefühl, das du hattest, als du dein Angebot abgegeben hast?«, frage ich.

Sie lächelt, und der Ehrgeiz schimmert wieder ganz neu in ihren Augen, als sie auf das verfallende Gebäude schaut. »Ja.«

»Dann leg los. Man kann nicht gewinnen, wenn man nicht spielt.«

»Das gilt für die Lotterie«, meint sie und stupst mich an der Schulter.

»Jacke wie Hose.«

Um ehrlich zu sein, bin ich froh, dass sie mich gebeten hat mitzukommen, wenn auch nur als moralische Unterstützung. Es gibt nicht viel, was ich einem Mädchen wie Mackenzie Cabot geben kann. Nichts, das sie nicht schon hat oder sich selbst beschaffen kann. Aber wir alle wollen uns nützlich fühlen. Ich weiß nicht, wann es passiert ist, aber irgendwo auf dem Weg fing es an, dass ich es brauche, dass sie mich braucht.

Nach einer Stunde kommt der Mann mit seinem Klemmbrett heraus und geht die Liste mit Mac durch. Mit dem meisten davon haben wir gerechnet, mit ein paar Dingen nicht. Und alles verursacht Kosten.

»Wie lautet das Fazit?«, fragt ihn Mac, nachdem er alle Punkte mit ihr besprochen hat.

»Es wird Sie einiges kosten«, antwortet der Mann durch seinen wuchernden Schnurrbart hindurch. »Abgesehen davon gibt es keinen Grund, warum dieses Gebäude nicht wieder instand gesetzt werden könnte. Ich wünsche Ihnen Glück.«

Nach einem Handschlag übergibt er ihr die Papiere und marschiert davon zu seinem Auto.

»Also?«, frage ich und nehme ihr Daisys Leine aus der Hand.

Sie zögert. Nur eine Sekunde lang. Dann lächelt sie. »Schätze, ich sollte jetzt die Bank anrufen.«

Ich muss zugeben, es ist irgendwie heiß, dass sie einfach so ein paar Millionen abrufen kann, als würde sie eine Wette auf die Panthers platzieren. Steht ihr gut.

Als sie fertig ist mit Telefonieren, gehen wir am Strand spazieren und lassen Daisy von der Leine.

»Also, hör zu.« Mac pflügt mit den Zehen durch den Sand. Sie hebt eine Muschel auf, bewundert sie und wirft sie dann wieder weg. »Ich weiß, dass ich hier keine Erfahrung habe. Ich bin besser darin, Schecks auszustellen, als darin, in einem Haus Stromkabel zu legen.«

»Das ist kein Problem. Ich kenne im Umkreis von zehn Meilen alle, die so etwas machen.«

»Genau das meine ich. Du kennst die Gegend, die Leute.«

Sie scheint mich um etwas bitten zu wollen, und ich frage mich, was es sein könnte, dass sie so um den heißen Brei herumredet.

»Spuck es schon aus, Cabot.«

Sie bleibt vor mir stehen und zieht eine Augenbraue hoch. »Ich will deinen Onkel Levi anheuern, damit er die Arbeiten durchführt.«

Ich runzle die Stirn. »Welche Arbeiten genau?«

»Das gesamte Projekt. Und für die Arbeiten, die er nicht selbst machen kann, soll er Leute, denen er vertraut, anheuern.«

»Wow. Okay …« Ich meine, ich hatte damit gerechnet, dass sie Levi um Rat fragen wird. Ihn vielleicht für das eine oder andere anheuern wird.

Aber gleich das gesamte Projekt?

»Du wirkst unsicher«, meint Mac.

»Nein, nein. Ich bin nicht unsicher. Es ist, ähm …«

»Eine große Verantwortung?« Sie lächelt. Grinst, genauer gesagt. Ich glaube, dieses Mädchen lacht mich aus.

»Ich habe keine Angst vor Verantwortung, falls du das andeuten willst.«

»Hm-hm«, meint sie.

»Wirst du schon sehen.«

»Gut.« Überzeugt, dass sie gewonnen hat, dreht sie sich um und geht weiter. »Dann haben wir einen Deal. Du machst ein Treffen mit Levi aus, damit wir alles besprechen können und er einen Kostenvoranschlag machen kann.«

»Warte mal, Prinzessin, nicht so schnell. Er hat schon diverse Aufträge. Ich weiß nicht, ob er überhaupt Zeit dafür hat.«

»Details.« Sie winkt ab. »Das ist alles Verhandlungssache. Wo ein Wille ist, ist auch ein Weg.«

»Okay, ich rede mit ihm, wenn du diese platten Sprüche für dich behältst.«

Mac hebt ein Stück Treibholz auf und wirft es für Daisy. »Ich verspreche nichts.«

Ich verdrehe die Augen. Diese Frau kann einen wahnsinnig machen, aber wenn ich ehrlich bin, liebe ich es.

Ich zögere einen Moment, aber dann frage ich sie doch. »Sag mal, würdest du es überhaupt merken, wenn ein Teil deines Treuhandfonds in diese Sache fließt?«

Ich habe keine Vorstellung davon, wie hoch der Betrag überhaupt ist. Ab einem gewissen Punkt verschwimmen all die Nullen ineinander.

Mac schweigt. Eine ganze Weile. Ihre gute Laune ist wie weggeblasen. »An meinen Treuhandfonds kann ich erst ran, wenn ich fünfundzwanzig bin.«

Das macht mich nachdenklich, denn wie hat sie dann ein Hotel gekauft? Ich weiß, dass sie das Geld nicht von ihren Eltern bekommen würde, weil die noch nie ihre Ambitionen unterstützt haben.

»Wenn du nicht schon seit Längerem Drogenbaronin bist – und ich hätte vollstes Verständnis, wenn du eine wärst –, wo zur Hölle nimmt dann eine Zwanzigjährige so viel Kohle her?«

»Du wirst es dumm finden«, meint sie, bleibt stehen und starrt auf den Boden.

Langsam werde ich ein bisschen nervös. Und plötzlich frage ich mich, ob es okay für mich wäre, wenn sie mir jetzt erzählen würde, dass sie ein Camgirl oder so was ist. Oder noch schlimmer, wenn sie mich bitten würde, am Verkauf von ätherischen Ölen mittels Schneeballsystem teilzunehmen. Zum Glück beginnt sie endlich zu reden, bevor meine Fantasie so richtig durchdreht.

»Weißt du noch, als du mir diese witzige Boyfriendgeschichte gezeigt hast? Die, wo das Mädchen im Badezimmer der Mutter des Typen nach Tampons gesucht hat?«

Meine Augenbrauen gehen hoch. Was hat das denn damit zu tun?

»Ja …«

»Diese Website habe ich aufgebaut. *BoyfriendFails*. Die jetzt noch den Ableger *GirlfriendFails* hat.«

»Moment, echt jetzt?«

Sie zuckt mit den Schultern. »Ja.«

Holy Shit. »Und damit hast du so viel Geld verdient?«

Noch ein verlegenes Schulterzucken. Es verwirrt mich, denn wieso fällt es ihr so schwer, einfach dazu zu stehen?

»Mackenzie, das ist ja voll krass«, sage ich zu ihr.

»Du findest es nicht dumm?« Sie sieht mich an mit diesen großen, hoffnungsvollen grünen Augen. Ich bin nicht sicher, ob ich mich jetzt wie ein Mistkerl fühlen soll, weil sie gedacht hat, ich würde sie dafür verurteilen.

»Himmel, nein. Ich bin beeindruckt. Als ich zwanzig war, habe ich noch Makkaroni mit Käse anbrennen lassen.« Wobei, ich lasse Makkaroni mit Käse *immer noch* anbrennen.

»Meine Eltern sind komplett dagegen.« Ihre Stimme wird bitter. Wie jedes Mal, wenn sie von ihren Eltern spricht. »Als hätte ich mir ein Tattoo auf die Stirn stechen lassen oder so was. Sie warten immer noch darauf, dass ich ›da rauswachse‹.« Sie macht Anführungszeichen in die Luft und stößt wütend den Fuß in den Sand. »Sie begreifen es nicht.«

»Was gibt es da nicht zu begreifen? Ihre Tochter ist nicht mal alt genug, um ein Auto zu mieten, aber sie ist schon Selfmade-Millionärin.«

»Sie finden es peinlich. Aber selbst wenn sie es für die Spinnerei einer Highschoolschülerin halten, was ist so falsch daran, wenn es Menschen zum Lachen bringt? Sie jedoch betrachten mein Unternehmen als ein Hobby. Alles, was sie wollen, ist, dass ich einen ordentlichen Abschluss mache und dann reich heirate, damit ich so wie Mom werde und in Wohltätigkeitsorganisationen sitzen kann. Es geht ihnen nur um den äußeren Schein.«

»Siehst du, das klingt doch vollkommen bescheuert.« Ich schüttle den Kopf, denn ich begreife es echt nicht. Reiche Leute, die sich Statussymbole kaufen, um damit andere reiche Leute zu beeindrucken, die sich die gleichen Statussymbole gekauft haben, um sie damit zu beeindrucken. Ein Teufelskreis aus Verschwendung und Arroganz. »Sie geben Tausende von Dollars für eine Universität aus nur für den äußeren Schein? Was für ein Blödsinn.«

»Ich wollte nicht einmal aufs Garnet – ich habe nur eingewilligt, damit ich mir ein Jahr Auszeit nehmen konnte, um meine Apps zu entwickeln und das Unternehmen auszubauen. Aber seit ich hier bin, denke ich nur daran, ein neues Projekt in Angriff zu nehmen, das mich so begeistert, wie es meine Websites getan haben.«

»Tja, weißt du, was ich denke? Mach dein Ding. Und zur Hölle damit, was die anderen denken.«

»Leichter gesagt als getan«, meint sie mit bedrückter Stimme.

Daisy bringt uns einen kleinen Einsiedlerkrebs, der sich in einer Muschel versteckt, und Mac nimmt ihn und setzt ihn zurück in den Sand, bevor sie einen Stock sucht, den sie für den Hund werfen kann.

Mac darf sich nicht von ihren Eltern davon abhalten lassen, zu erkennen, was sie wirklich vom Leben will. Für jemanden mit so vielen Möglichkeiten ist das Blödsinn. Sie ist viel stärker. »Wenn du es wirklich willst, dann kämpfe darum. Nimm die blauen Flecken in Kauf. Was ist das Schlimmste, was sie tun können? Dir den Geldhahn zudrehen? Wenn du ihnen ehrlich sagst, wie viel dir das alles bedeutet, und sie unterstützen deine Träume dann immer noch nicht – wie sehr würdest du sie dann wirklich vermissen?«

Sie gibt ein leises Seufzen von sich. »Ganz ehrlich, manchmal frage ich mich, ob sie mich überhaupt lieben. Die meiste Zeit bin ich nur eine Requisite oder eine Schachfigur in ihrem großen Strategiespiel. Es kommt mir vor, als wäre ich gar kein richtiger Mensch für sie.«

»Ich könnte dich zu Tode langweilen mit miesen Familiengeschichten«, sage ich zu ihr. »Es ist nicht dasselbe, aber glaub mir, ich verstehe das Gefühl, allein und ungeliebt zu sein. Dass man immer versucht, diese Leere mit etwas zu füllen, mit irgendwas anderem. Ich kann meinem Dad beinahe verzeihen, dass er ein gemeiner Bastard war, weißt du? Er war suchtkrank. Das war der Grund für alle Probleme. Und am Ende hat es ihn umgebracht. Ich war nicht mal besonders traurig darüber, abgesehen davon, dass wir dann nur noch unsere Mutter hatten. Eine Weile jedenfalls, aber dann ist sie auch abgehauen. Sie konnten beide gar nicht schnell genug von uns wegkommen.« Mir schnürt sich die Kehle zu. »Ich habe so viel Zeit damit verbracht, Angst davor zu haben, dass ich so werde wie sie. Angst, dass ich, egal was ich tue, nur gegen die Strömung ankämpfe und am Ende ein Versager oder tot bin.«

Fuck.

Diese Worte habe ich noch nie laut ausgesprochen.

Es ist erschreckend, wie viel Mac in mir hervorbringt. Wie sehr ich will, dass sie mich kennt. Es ist erschreckend, dass ich das Gefühl habe, keine Kontrolle über mein Herz zu haben, das rast, um sie einzuholen. Um sie zu halten. Voll Sorge, dass sie jeden Moment zur Vernunft kommen und mich abservieren könnte.

»Hey.« Sie nimmt meine Hand, und mein einziger Gedanke ist, dass ich für dieses Mädchen so ziemlich alles tun würde. »Lass uns einen Pakt schließen: Wir lassen nicht zu, dass einer von uns so wird wie seine Eltern. Wie zwei Kumpel, die aufeinander aufpassen.«

»Deal.« Das ist so kitschig, dass ich sogar ein schwaches Lachen zustande bringe. »Aber im Ernst. Nutze diesen Moment. Wenn dein Herz dir sagt, dass es das Richtige ist – dann hol es dir. Lass dich von niemandem zurückhalten, denn das Leben ist verdammt viel zu kurz. Bau dein Imperium auf. Bekämpfe die Drachen.«

»Das solltest du auf ein T-Shirt drucken.«

Daisy kommt zurück und schmiegt sich an Macs Beine. Ich schätze, sie hat sich endlich müde gerannt. Ich lege ihr die Leine an, und Mac und ich setzen uns in den Sand. Wir schweigen, aber es fühlt sich angenehm an. Ich verstehe nicht, wie sie es schafft, Chaos und Frieden zugleich in mir zu wecken. Wenn wir streiten, könnte ich sie manchmal erwürgen. Sie kann mich in den Wahnsinn treiben. Sie macht verrückte Sachen, wie im Gewitter auf Leitern klettern. Und dann plötzlich haben wir Momente wie diesen, in denen wir Seite an Seite dasitzen, still, jeder versunken in seinen eigenen Gedanken und doch vollkommen im Einklang. Verbunden. Ich weiß nicht, was das bedeutet. Wieso wir uns in einer Sekunde anbrüllen und in der nächsten total im Frieden miteinander sein können. Vielleicht bedeutet das ja nur, dass wir beide durchgeknallt sind.

Oder vielleicht bedeutet es, dass ich mich langsam in sie verliebe.

30

Mackenzie

Ein paar Tage später treffe ich mich mit Steph und Alana in einem Sandwichladen in der Stadt. Es ist seltsam, dass wir noch vor ein paar Wochen kaum geredet haben, und jetzt plaudern wir fast jeden Tag miteinander. Es fing an, als Steph mich zusammen mit Alana in eine Chatgruppe holte, um einige Fotos von Evan auf dem Dach der beiden zu teilen, während er das Loch vom Sturm reparierte. Seine Jeans war nach unten gerutscht und enthüllte seinen halben Hintern, und sie hatte unter die Fotos geschrieben: *Da macht jemand den Job mit der halben Arschbacke.* Dann teilte Alana einen witzigen Screenshot von *BoyfriendFails*, und obwohl ich befürchtete, dass es wie Angeberei klingen könnte, habe ich beiden gestanden, dass ich diese Seiten aufgebaut hat. Zum Glück mögen sie mich jetzt nur noch mehr. »Klär uns doch mal auf«, meint Alana und deutet mit einem Gurkenspießchen über den Tisch. »Stimmt es, dass Cooper ein Tattoo auf dem Schwanz hat?«

Ich verschlucke mich fast an einer Pommes. »Was?«

»Vor ein paar Jahren gab es ein Mädchen, das am Wochenende des vierten Juli auf dem Dach des Polizeireviers Sex hatte«, erzählt Steph. »Und ein Foto von einem Typen mit einem Tattoo auf dem Schwanz machte die Runde, aber wir konnten nie herausfinden, wer es war.«

»Und die Frage habt ihr Heidi nicht gestellt?«

Die Mädchen starren mich überrascht an.

»Was, sollte ich das nicht wissen?« Ich hatte gedacht, jeder wüsste, dass die zwei irgendwann in der Vergangenheit mal Sex miteinander hatten.

Steph und Alana wechseln einen Blick, mit dem sie wortlos diskutieren, wie sie antworten sollen.

Ich zucke mit den Schultern. »Ist schon in Ordnung. Schließlich ist sie eine enge Freundin von euch.«

»Sie hatten keine Dates oder so«, meint Steph tröstend. »Es war, du weißt schon, Sex ohne Verpflichtungen.«

Vielleicht für Cooper. Aber wenn es um solche Arrangements geht, weiß ich, dass einer von beiden, mit Sicherheit, tiefer drinsteckt als der andere.

»Heidi steht immer noch auf ihn«, fügt Alana hinzu. Sie nimmt nie ein Blatt vor den Mund.

Ich hatte schon den Verdacht, dass unerwiderte Gefühle oder vielleicht eine Trennung der Grund für Heidis irrationalen Hass auf mich sein könnten. Meine Instinkte liegen in solchen Dingen nur selten falsch, und so ist Alanas Bestätigung fast eine Erleichterung.

»Dachte ich mir schon«, sage ich. »Aber vielleicht ist sie eines Tages so weit, es hinter sich zu lassen. Cooper meinte, es gäbe da einen Typen, der an ihr interessiert ist. Jay Irgendwas?«

Das bringt mir ein Stöhnen von beiden ein.

»Lass mich bloß nicht damit anfangen«, murrt Alana. »Ja, ich will, dass sie über das mit Coop hinwegkommt, damit das Leben wieder normal weiterläuft – aber ausgerechnet Genevieves Bruder?«

»Wer ist Genevieve?«

»Evans Ex«, antwortet Steph. »Gen lebt jetzt in Charleston.«

»Ich vermisse sie«, sagt Alana, sichtlich bedrückt.

Steph schnaubt. »Evan auch. Andernfalls würde er nicht versuchen, sie sich aus dem Hirn zu vögeln. Oder eher, alle anderen zu vögeln.« Sie wirft ihren Pferdeschwanz über die Schulter und dreht sich mit einem Grinsen zu mir. »Hier in der Bay ist alles voll inzestuös. Evan und Genevieve. Heidi und Cooper – obwohl das ja Gott sei Dank vorbei ist. Freunde sollten keinen Sex miteinander haben, das bringt einem nur Ärger ein.« Ihr Blick wandert zu Alana. »Und dann ist da noch diese Schlampe, die ihre Finger nicht von Tate lassen kann. Statt es bei einem Mal zu belassen, will sie eine zweite Runde. Oder sind wir schon bei der dritten? Der vierten?«

»Tate?«, wiederhole ich grinsend. »Oh, der ist heiß.«

Alana winkt ab. »Nein, das ist jetzt passé. Ich mag dieses Ding, Sex ohne Verpflichtungen, auch nicht.«

»Habe ich nie gemacht.« Ich zucke mit den Schultern. »Meine Sexhistorie besteht aus Cooper und einer vierjährigen Beziehung mit einem Typen, der offenbar mit allem ins Bett steigt, was Beine hat.«

Steph verzieht das Gesicht. »Ganz ehrlich, ich kann gar nicht glauben, dass du mit diesem Widerling zusammen warst.«

Ich spüre regelrecht, wie sich meine Stirn in Falten legt. »Du kennst Preston?«

»Was? Oh nein, das nicht. Ich meine, ich habe von ihm gehört. Cooper hat uns erzählt, dass er dich betrogen hat – und ich finde, alle Betrüger sind Widerlinge.« Steph greift nach ihrem Kaffee, trinkt einen Schluck und wendet das Gesicht einen Moment lang von mir ab, bevor sie mir ein beruhigendes Lächeln zuwirft. »Und sieh mal, mach dir keine Sorgen wegen Heidi. Cooper ist verrückt nach dir.«

»Und Heidi wurde unmissverständlich klargemacht, dass sie sich benehmen soll«, ergänzt Alana und reagiert dann mit Stirnrunzeln, als Steph sie mit einem Gesicht ansieht, das einem Tritt unter dem Tisch gleicht. Die zwei sind in etwa so subtil wie ein Presslufthammer.

Es ist nicht das erste Mal, dass ich solch einen Austausch zwischen den beiden mitbekomme, als würden sie ganze Unterhaltungen ohne Worte führen, von denen ich ausgeschlossen bin. Meine Beziehung zu Steph und Alana ist erheblich wärmer geworden – und ich habe keine Zweifel an Coopers Aufrichtigkeit, wenn es um uns beide geht –, aber ich habe immer mehr den Eindruck, dass es in dieser verschworenen Gruppe eine Menge gibt, wovon ich nichts weiß. Offenbar darf ich nicht erwarten, dass man mir so schnell Einlass in diesen vertrauten Kreis gewährt.

Aber wieso habe ich das Gefühl, als gingen ihre Geheimnisse auf meine Kosten?

Ich kann nicht länger über diese Frage nachdenken, weil in dem Moment mein Handy in der Tasche vibriert. Es ist meine Mutter. Schon wieder. Heute Morgen hatte sie mich schon mit einer Schimpftirade geweckt, nachdem ich mehrere Textnachrichten von ihr nicht beantwortet hatte. Ich habe darüber nachgedacht, ihre Nummer vorübergehend zu blocken, nur um ein Weilchen Ruhe zu haben. Und jedes Mal geht es um meine Trennung von Preston. Aber zu dem Thema gibt es nichts mehr zu sagen. Jedenfalls für mich.

Aber anscheinend ist meine Mutter entschlossen, mich zu zwingen, darüber zu reden. Ich werfe einen Blick auf mein Handy und sehe, dass sie mit Schreiben aufgehört hat und mich jetzt ständig anruft. Ich leite den Anruf weiter auf die Mailbox, gerade als eine Nachricht von Bonnie aufpoppt, um mich zu alarmieren, dass der Tag des Jüngsten Gerichts da ist.

»Was ist los?« Steph lehnt sich über meine Schulter, offenbar weil sie mitbekommen hat, dass ich blass geworden bin.

»Meine Eltern sind hier.«

Also, nicht hier. Sie sind im Wohnheim. Und die arme Bonnie ist ihnen ausgeliefert und wartet auf weitere Anweisungen.

Bonnie: *Was soll ich mit ihnen machen?*
Ich: *Schick sie zum Coffeeshop. Ich treffe sie dort.*

Ich wusste, dass das kommen würde. Ich habe Anrufe und Nachrichten abgeblockt und mich rargemacht. Aber es war nur eine Frage der Zeit, bis sie mich zur Rede stellen würden.

Niemand lässt meinen Vater sitzen.

Ich verschwinde mit einer Entschuldigung vom Lunch, rase im Affenzahn zum Campus, und mein Blutdruck schießt in ungeahnte Höhen. Nach einem kurzen Anruf war es das Beste, was ich tun konnte, sie an einen öffentlichen Ort zu bitten. Meine Eltern würden es dort nicht wagen, eine Szene zu machen. Hier habe ich den strategischen Vorteil – und einen Fluchtweg.

Trotzdem, als ich in das Café komme und sie am Fenster sitzen und auf ihre abtrünnige Tochter warten sehe, habe ich große Mühe, einen Fuß vor den anderen zu setzen. Egal wie alt ich werde, ich bin immer noch sechs Jahre alt und stehe in unserem Wohnzimmer, während mein Vater mich ausschimpft, weil ich Saft auf mein Kleid gekleckert habe, direkt vor dem Fotoshooting für die Weihnachtskarten, und das, nachdem er mir ausdrücklich gesagt hat, dass ich nur Wasser trinken darf, während meine Mutter angespannt in der Ecke am Servierwagen steht.

»Hey«, begrüße ich sie und hänge meine Tasche über den Stuhl. »Tut mir leid, dass ihr warten musstet. Ich war zum Lunch mit ein paar Freundinnen in der Stadt …«

Ich verstumme, als ich den Ausdruck der Ungeduld im Gesicht meines Vaters sehe. Er trägt einen Anzug und hat einen Ärmel hochgeschoben, um auf seine Armbanduhr zu schauen.

Ich empfange die Botschaft unmissverständlich. Er versäumt Meetings und wer weiß was noch für andere weltverändernde Ereignisse, um sich um seinen fehlgeleiteten Nachwuchs zu kümmern. Wie kann ich es wagen, ihn zu zwingen, dass er sich dazu herablassen muss, Vater zu spielen?

Und meine allerliebste Mutter, die mit ihren manikürten Fingernägeln auf ihre Chanel-Clutch klopft, als würde ich auch ihr Zeit stehlen. Ganz ehrlich, ich habe keine Ahnung, was sie den ganzen Tag so treibt. Ich bin sicher, dass irgendwo in ihrem Zeitplan ein Telefongespräch mit einem Cateringservice steht. Ihre Wochen sind ein endloser Nebel aus Entscheidungen wie Hühnchen oder Fisch.

Für den Bruchteil einer Sekunde, als sie mich beide voll Ärger und Verachtung anfunkeln, sehe ich die Schablone ihres Lebens auf meine Zukunft aufgesetzt, und ich bekomme prompt Seitenstechen. Mir schnürt sich die Kehle zu, und eine ausgewachsene Panik explodiert in meinem Nervensystem. So muss es sich anfühlen, wenn man ertrinkt.

Ich kann so nicht länger leben.

»Ich bin froh, dass ihr hier seid«, fange ich an, doch Dad hebt die Hand. *Bitte halt den Mund*, heißt das. Na gut.

»Ich glaube, du schuldest uns eine Entschuldigung, junge Dame.« Manchmal frage ich mich, ob mein Vater die Bezeichnung verwendet, weil er einen Moment lang vergessen hat, wie ich heiße.

»Wirklich, diesmal bist du zu weit gegangen«, pflichtet meine Mutter ihm bei. »Hast du irgendeine Ahnung, was du damit angerichtet hast?«

»Also, Folgendes wird passieren.« Dad sieht mich nicht an, sondern scrollt stattdessen durch die Mails auf seinem Handy. Das alles ist eine vorbereitete Rede, in der meine Teilnahme nicht vorgesehen ist. »Du wirst bei Preston und seinen Eltern für diesen Vorfall um Entschuldigung bitten. Nach welcher sie einer Fortführung eurer Beziehung zugestimmt haben. Danach kommst du übers Wochenende nach Hause, und wir werden darüber reden, wie es nun weitergeht. Ich fürchte, wir haben dir in letzter Zeit zu viel Freiraum gelassen.«

Ich starre ihn an. Als mir klar wird, dass er es ernst meint, gebe ich ein ungläubiges Lachen von mir. »Äh, nein. Das mache ich nicht.«

»Wie bitte?« Meine Mutter richtet ihren Schal, eine Art nervöser Tick, den sie immer hat, wenn ihr klar wird, dass sie mich vor so vielen Zeugen nicht anblaffen kann. »Dein Vater lässt dir nicht die Wahl, Mackenzie.«

Na ja, wenigstens einer von den beiden kennt meinen Namen. Ich versuche sie mir dabei vorzustellen, wie sie nach einem Namen für ihr Baby gesucht haben. Wenn es je einen Augenblick gab, in dem sie sich auf ein Kind freuten, dann doch da, oder?

»Ich werde nicht wieder mit Preston zusammenkommen.« Mein Tonfall lässt keinen Widerspruch zu.

Der prompt folgt, natürlich.

»Warum nicht?«, jault Mom verärgert auf. »Sei kein Dummkopf, Schätzchen. Dieser Junge wird ein wunderbarer, loyaler Ehemann sein.«

»Loyal?« Ich schnaube laut genug, um Blicke von einigen benachbarten Tischen auf mich zu ziehen.

Dad sieht mich stirnrunzelnd an. »Nicht so laut. Du erregst Aufmerksamkeit.«

»Glaubt mir, wenn ich sage, dass Preston *nicht* loyal ist gegenüber irgendwem außer sich selbst. Ich werde euch die Details ersparen.« Wie zum Beispiel, dass er ein Mistkerl ist, der wahrscheinlich vom Anfang unserer Beziehung an mit anderen Frauen herumgemacht hat. Dass er irgendwie uns beide gerettet hat, weil ich auch keine Heilige war. »Aber es sollte genügen zu sagen, dass wir keinen Kontakt mehr haben.« Ich zögere. Aber dann denke ich, pfeif darauf. »Außerdem treffe ich mich mit jemand anderem.«

»Mit wem?«, fragt Mom verständnislos, als wäre Preston der einzige Mann auf Erden.

»Mit einem Townie«, antworte ich, weil ich weiß, dass sie das verrückt machen wird.

»Das reicht.«

Ich zucke zusammen, als mein Vater sein Handy auf den Tisch knallt. Ha! Wer erregt jetzt Aufmerksamkeit?

Als Dad klar wird, was er getan hat, senkt er die Stimme. Er redet mit zusammengebissenen Zähnen. »Dieser Ungehorsam hat jetzt ein Ende. Ich werde deine Provokationen nicht länger dulden. Du wirst dich entschuldigen. Du wirst zu dem Jungen zurückgehen. Und du wirst dich fügen. Oder du kannst dich von deinem Taschengeld und deinen Kreditkarten verabschieden.« Seine Schultern beben vor unterdrücktem Zorn, während ich nun seine ganze Aufmerksamkeit habe. »Sei gewiss, ich drehe dir den Geldhahn zu, und dann wirst du sehen, wie kalt und finster dieser Weg werden kann.«

Ich habe keine Sekunde lang Zweifel, dass er das tun wird. Ich wusste immer, dass er gnadenlos ist, wenn es um mich geht. Kein Verhätscheln. Keine Extrawurst. Früher hat mir das Angst gemacht.

»Ich sage euch was«, entgegne ich und nehme meine Tasche von der Stuhllehne, »hier mein Gegenangebot: Nein.«

Seine Augen, derselbe dunkle Grünton wie meine, funkeln vor Missbilligung. »Mackenzie«, sagt er warnend.

Ich greife in meine Tasche. »Tu, was du tun musst, aber ich habe es satt, immer in Angst zu leben, dass ich euch beide enttäusche. Ich habe es satt, nie eurem Wunschbild zu entsprechen.

Ich habe absolut genug davon, mich ständig zu verbiegen, um euch glücklich zu machen, und es doch nie zu schaffen. Ich werde nie die Tochter sein, die ihr haben wollt, und ich höre auf damit, es ständig zu versuchen.«

In meiner Tasche finde ich, was ich suche. Zum ersten Mal in meinem Leben sind meine Eltern sprachlos, als sie mir dabei zusehen, wie ich einen Scheck ausstelle.

Ich schiebe ihn über den Tisch zu meinem Vater. »Hier. Das sollte abdecken, was du für das erste Semester bezahlt hast. Ich habe entschieden, dass meine Interessen anderswo liegen.«

Da es nichts weiter zu sagen gibt – und dieser Ausbruch von Wahnsinn und Courage bestimmt nicht ewig andauern wird –, halte ich den Atem an, als ich vom Tisch aufstehe und hinausgehe, ohne noch einen Blick zurückzuwerfen.

Und damit gehört das College der Vergangenheit an.

31

Mackenzie

Als Cooper an diesem Abend von der Arbeit nach Hause kommt, warte ich auf seiner Türschwelle auf ihn.

Nachdem ich das Café verlassen hatte, hatte ich Unmengen an aufgestauter Energie, die ich nirgendwo ablassen konnte, also war ich eine Weile am Strand spazieren, bis ich hier gelandet bin. Nach einer Weile fährt Coopers Truck in die Einfahrt, und er und Evan steigen aus.

»Was läuft, Prinzessin?« Evan schlendert zur Haustür und zwinkert mir zu, als er hineingeht. Inzwischen sind wir richtige Kumpels, ich und der Böse Zwilling.

»Wie lange wartest du schon hier draußen?« Cooper sieht überrascht aus, mich zu sehen, als er die Stufen hochsteigt.

Ich antworte nicht, denn ich bin zu sehr beschäftigt damit, ihn anzuglotzen. Es haut mich jedes Mal um, wenn ich ihn sehe. Seine dunklen Augen und das zerzauste Haar. Sein Körper, der sich unter dem T-Shirt und den verwaschenen Jeans abzeichnet, weckt die schönsten Erinnerungen in mir. Er hat etwas wild Maskulines an sich. Er hat den ganzen Tag auf der Baustelle verbracht, und seine Haut und seine Klamotten sind voller Staub. Der Geruch von Sägemehl. Der macht mich zuverlässig draufgängerisch. Reduziert meine gesamte Existenz auf *Lust Lust Lust*.

»Mac?«, fragt er, und ein wissendes Lächeln spielt um seine Lippen.

»Oh, sorry. Eine Stunde vielleicht?«

»Ist irgendwas Schlimmes passiert?«

»Nein, ganz und gar nicht.« Ich nehme die Hand, die er mir hinhält, und lasse mir von ihm aufhelfen. Wir gehen hinein, und nachdem wir unsere Schuhe ausgezogen haben, führe ich ihn direkt in sein Schlafzimmer.

»Ich habe Neuigkeiten«, verkünde ich.

»Ja?«

Ich schließe die Tür ab. Denn in letzter Zeit hat Evan sich immer wieder einen Spaß daraus gemacht, an der Klinke zu rütteln, wenn er weiß, dass wir herummachen, nur um mich zu Tode zu erschrecken. Der Typ braucht echt ein Hobby.

»Ich habe das College geschmissen.« Ich kann meine Aufregung kaum kontrollieren. Und vielleicht ist da auch ein wenig Angst. Es fühlt sich alles gleich an und brodelt in mir.

»Holy Shit, das ist tatsächlich eine Neuigkeit. Wie ist das denn passiert?«

»Meine Eltern haben mich auf dem Campus überfallen und mir letztlich keine andere Wahl gelassen.«

Cooper schält sich aus seinem Shirt und wirft es in den Wäschekorb. Als er seinen Gürtel öffnet, durchquere ich das Zimmer, schiebe seine Hände weg und übernehme. Als ich den Reißverschluss aufziehe, sehe ich seine Bauchmuskeln zucken.

»Wie ist das denn abgelaufen?« Inzwischen klingt er ein wenig abgelenkt.

Ohne seine Jeans runterzuziehen, greife ich in seine Boxershorts und beginne ihn zu streicheln. Er ist jetzt schon halb hart, und schnell ist er voll erregt, und seine Atemzüge sind flach.

»Ich habe ihnen gesagt, sie sollen sich verpissen.« Ich streiche mit dem Daumen über den feuchten Tropfen auf seiner Eichel. Er atmet tief ein. »Na ja, nicht ganz so direkt.«

»Du bist gerade ziemlich stolz auf dich, hm?« Seine Hände fahren durch mein Haar.

Ich hebe den Kopf und küsse ihn von unten aufs Kinn. »Nur ein bisschen.«

Dann schiebe ich ihn zum Bett, und er setzt sich auf den Rand.

Gier verdunkelt seinen Blick. »Was war der Auslöser?«

»Hauptsächlich ich selbst.« Von seinem Nachttisch nehme ich ein Kondom und werfe es ihm zu. Dann ziehe ich mir das Kleid über den Kopf. »Und ein bisschen du.«

Mein BH und mein Höschen fallen zu Boden.

»Unabhängigkeit steht dir«, meint er rau, legt eine Hand um seinen Schwanz und bewegt sie auf und ab, während er mich genau beobachtet.

Langsam klettere ich auf seinen Schoß. Er sagt mir etwas Schmutziges ins Ohr und umfasst meinen Po mit beiden Händen. Ich reite auf ihm, mit beiden Händen flach an seiner Brust. Sachte zuerst, und Schauer laufen mir über den Rücken. Mit Cooper zusammen zu sein ist voller Überraschungen. Alles an ihm fühlt sich richtig an, und doch bin ich immer noch nicht daran gewöhnt. Und ich denke, das will ich auch gar nicht. Ich entdecke immer noch Neues. Bin immer noch jedes Mal aufgewühlt, wenn seine Lippen über meine Haut wandern.

Ich wiege mich vor und zurück. Hemmungslos. Ich kann ihn gar nicht tief genug in mir spüren. Mein Kopf sinkt an seine Schulter, und ich beiße zu, um nicht laut aufzustöhnen, während ich mich auf ihm bewege.

»Oh Hölle, das halte ich nicht lange aus«, murmelt er.

»Gut«, hauche ich.

Er stöhnt, stößt von unten in mich, und seine Arme um mich spannen sich an.

Ich lächle, als ich benommene Wonne in sein Gesicht treten sehe und die heiseren Laute höre, die er immer ausstößt, wenn er kommt. Nachdem er das Kondom weggeworfen hat, legt er mich aufs Bett und drückt mir Küsse auf die Haut, von den Brüsten bis zum Bauch und dann tiefer, bis er sich zwischen meine Beine schiebt und mich für seine Zunge öffnet. Cooper leckt mich, bis ich an seinen Haaren ziehe und vor Lust stöhne. Er ist viel zu gut mit dem Mund. Es macht süchtig.

Später, nach einer Dusche und einer weiteren Runde Orgasmen, sitzen wir mit Daisy auf der Vorderveranda, während im Ofen eine Tiefkühlpizza backt.

»Ich weiß nicht, ob ich es durchgezogen hätte, wenn ich dir nicht begegnet wäre«, sage ich zu Cooper, während der Hund in seinem Schoß schläft. »Das College abbrechen, meine ich.«

»Doch, du hättest es gemacht. Irgendwann. Ich habe dir nur den Anstoß gegeben.«

»Vielleicht«, gebe ich zu. »Aber du hast mich inspiriert.«

Er verdreht die Augen.

»Du Blödmann. Ich meine es ernst.« Etwas habe ich über Cooper gelernt: Er ist ganz schlecht darin, Komplimente anzunehmen. Das ist eine seiner liebenswerten Eigenschaften. »Du hast keine Angst vor irgendwas oder irgendwem. Du stellst deine eigenen Regeln auf. Und alle anderen können sich zum Teufel scheren.«

»Das ist auch leicht, wenn man mit nichts anfängt.«

»Du hast an mich geglaubt«, sage ich. »Du bist der Einzige, der das je getan hat. Das bedeutet eine Menge. Ich werde das niemals vergessen.«

Doch noch während ich mich in meiner neu gewonnenen

Unabhängigkeit sonne, bin ich nicht so naiv, zu glauben, dass meine Eltern meine Entscheidung tatenlos hinnehmen werden. Sie werden einen Weg finden, mir das Leben schwer zu machen. Niemand verärgert meinen Vater und kommt damit durch. Also wird es auf jeden Fall negative Konsequenzen für diesen Akt des Ungehorsams geben. Die Frage ist nur, *wie schlimm*.

Es dauert nicht lange, bis sich die Konsequenzen meines Handelns zeigen. Genau sechs Tage nach meinem Abbruch erhalte ich eine Mail von der Dekanin. Sie ist kurz, im Grunde nicht mehr als ein höfliches *Schaff deinen Hintern hierher*.

Ich komme ein paar Minuten zu spät zu dem Termin und werde vom Sekretariat in ein Büro mit edlem Kirschholzinterieur geführt. Die Dekanin sei noch beschäftigt und werde gleich bei mir sein. Ob ich ein Glas Wasser möchte?

Ich schätze, meine Eltern haben ein paar Telefonanrufe gemacht in der Hoffnung, eine neutrale dritte Partei könnte in ihrem Namen Einfluss auf mich nehmen, das College nicht abzubrechen. Obwohl, soweit es mich betrifft, sind nur noch die Formalitäten zu erledigen. Zugegeben, darum hätte ich mich auch schneller kümmern können. Aber neben dem Hotel und meinen Websites, die den größten Teil meiner Zeit in Anspruch nehmen, habe ich mir auch mal etwas Entspannung gegönnt.

»Tut mir sehr leid.« Dekanin Freitag, eine kleine, magere Frau mit faltigem Gesicht, betritt das Büro. Sie geht um ihren Schreibtisch herum, atemlos, und schüttelt ihre feuchten, schulterlangen blonden Haare. Sie richtet das Jackett ihres dunkelroten Anzugs und zieht sich den Seidenschal vom Hals. »Da draußen ist es heißer als in der Badewanne des Teufels.«

Die Dekanin schaltet einen kleinen Tischventilator an, richtet ihn auf sich und genießt einen Moment lang die Brise, bevor sie ihre Aufmerksamkeit mir widmet.

»Also, Ms Cabot.« Ihre Miene wird ernst. »Ich höre, dass Sie in der vergangenen Woche keinen einzigen Kurs besucht haben.«

»Nein, Ma'am. Ich bin zu dem Entschluss gekommen, das Semester nicht zu beenden.«

»Ach ja? Wenn ich mich recht erinnere, hatten Sie bereits zuvor Ihr erstes Semester um ein Jahr aufgeschoben.« Eine bleistiftdünne Augenbraue geht hoch. »Was ist so dringend, dass Ihre Ausbildung warten muss?«

Etwas an ihrer freundlichen Ignoranz verunsichert mich. Als würde ich in eine Falle laufen.

»Ich werde nicht weiter aufs College gehen.«

Sie mustert mich einige Sekunden lang ungerührt. So lange, dass ich mich fast schon veranlasst sehe, meinen Entschluss näher auszuführen, nur damit sie reagiert. Als sie endlich etwas sagt, höre ich eine gewisse Verachtung in ihrer Stimme.

»Und ich nehme an, Sie haben darüber ausgiebig nachgedacht?«

»Das habe ich. Ja, Ma'am.«

Ein kurzes Lächeln, das sagt, *wie du meinst*, huscht über ihre Lippen, bevor sie auf ihre Maus klickt, um den Bildschirm zum Leben zu erwecken. Sie schaut unverwandt darauf, während sie weiterspricht.

»Nun, dann können wir Ihnen dabei natürlich helfen. Ich werde das Sekretariat anweisen, die notwendigen Formulare fertig zu machen.« Sie wirft mir einen kurzen Blick zu, der nicht beruhigend wirkt. »Keine Sorge, es sind nur ein paar Unterschriften.« Sie klickt mit der Maus herum. »Natürlich werden Sie Ihr Zimmer in Tally Hall räumen müssen, und zwar innerhalb von vierundzwanzig Stunden nach Übermittlung der Nachricht an das Büro für Studentenunterkünfte.« Sie schenkt mir ein Lächeln, als wäre das hier ein Wettbewerb für die nächste Miss Wassermelone. »Die ich – genau, jetzt! – für Sie abgeschickt habe.«

Und da ist es. Das abgekartete Spiel.

Ein großes *Scher dich zum Teufel* von Daddy.

Natürlich hat sie recht. Ich habe kein Recht auf ein Wohnheimzimmer, wenn ich keine Studentin bin. Ein kleines Detail, an das ich nicht gedacht habe. Zweifellos haben meine Eltern die letzte Woche darauf gewartet, dass ich zurück nach Hause gekrochen komme, um eine Bleibe zu haben.

»Ist sonst noch etwas?« Die Dekanin grinst mich an, als hätte ich ihr das angetan. Eine persönliche Beleidigung.

Doch ich verschwende keine Sekunde damit, mich deswegen zu quälen. Im Guten wie im Bösen, wir sind fertig miteinander.

»Nein, Ma'am.« Ich schenke ihr ein zuckersüßes Lächeln und stehe auf. »Ich bin dann mal weg.«

Eine Stunde später bin ich in meinem Zimmer und packe meine Habseligkeiten. Etwas mehr als drei Monate. So lange hat meine Collegekarriere gedauert, und doch bin ich nicht traurig, dass sie zu Ende geht.

Ich hole gerade Kleider von den Bügeln, als ich das Summen einer ankommenden Nachricht höre. Ich nehme das Handy von meinem Tisch. Es ist eine Nachricht von Kate, die ich seit Wochen nicht gesehen habe. Ich habe sie einige Male gefragt, ob wir zusammen ausgehen wollen – ich wollte keins dieser Mädchen sein, das seine Freundinnen abserviert, sobald es einen neuen Typen hat –, aber sie war damit beschäftigt, mit einer neuen Band zu proben, der sie sich letzten Monat angeschlossen hat. Offenbar spielt sie Bassgitarre.

Kate: *Hey, Mac! Wichtige Nachricht! Ich habe vorhin mit meiner Schwester telefoniert, und dein Name fiel. Mel sagte, dein Ex fragt herum und will herausfinden, mit wem du dich triffst. Vielleicht hat dich ja jemand mit einem Townie in der Stadt gesehen?*

Ich fluche laut. Verdammter Evan. Ich wusste, dass diese Nacht noch ein Nachspiel haben würde.

Ich: *Uff. Na toll.*
Kate: *Ja. Preston hat jetzt eine Mission. Wollte dich nur warnen.*
Ich: *Danke fürs Bescheidgeben.*
Kate: *Kein Problem. Übrigens – unser erster Auftritt ist nächsten Freitag, Open Mic im Rip Tide in der Stadt. Komm hin!*
Ich: *Alles klar!*

Bevor ich weiterpacken kann, vibriert das Handy erneut. Wenn man vom Teufel spricht. Diesmal ist es Preston, und er ist nicht gut gelaunt.

Preston: *Du verlässt das Garnet? Was zum Teufel stimmt nicht mit dir, Mackenzie? Wieso wirfst du dein Leben weg?*

Ich beiße die Zähne zusammen. Ich habe die Nase so voll von seinem arroganten Mist. Diese herablassende Art, wie er mich behandelt und so tut, als wäre ich unfähig, mein Leben selbst zu bestimmen.

Ich: *Nur aus Neugier, spionierst du mich selbst aus, oder bezahlst du andere dafür?*
Preston: *Dein Vater hat mich angerufen. Er denkt, du bist aus der Spur geraten.*

Ich: *Mir ist scheißegal, was er denkt.*
Ich: *Mir ist auch scheißegal, was du denkst.*
Ich: *Hör auf, mir zu schreiben.*

Als ich sehe, dass er schreibt, schalte ich auf stumm. Ich bringe es noch nicht über mich, seine Nummer zu blocken. Ein Zugeständnis an unsere gemeinsame Geschichte, schätze ich. Aber ich habe das Gefühl, dass es früher oder später nötig sein wird.

Als Bonnie nach ihrer Nachmittagsvorlesung ins Wohnheim zurückkommt, bin ich fertig mit Packen. Die kleine Blondine bleibt wie angewurzelt stehen und starrt die Kartons an, die aufgereiht an der Wand stehen.

»Du machst dich vom Acker?« Sie lässt ihren Rucksack fallen, holt ein Wasser aus dem Minikühlschrank und bleibt vor dessen offener Tür stehen, um sich die Beine zu kühlen.

»Wurde rausgeworfen«, antworte ich schulterzuckend. »Es musste so kommen.«

»Tja, Mist.« Sie schließt die Kühlschranktür mit dem Fuß. »Denkst du, ich darf das Zimmer jetzt für mich allein haben?«

Ich lächle ihr zu. Bonnie ist nicht besonders sentimental, aber ich weiß, dass es ihr etwas ausmacht. »Ich werde dich auch vermissen.«

»Wie willst du deine ganzen Sachen transportieren?« Sie nickt zu den Kartons hinüber. Dann grinst sie gehässig. »Ob wir wohl deinen Ex bitten können, uns seinen Porsche zu leihen?«

Ich kichere. »Ich bin sicher, das käme gut an.« Ich gehe zu meiner Tasche und fische das Handy heraus. »Aber kein Problem, ich kenne jemanden mit einem Truck. Lass mich sehen, ob er kommen und mich abholen kann.«

»Oooh, ist es der Townie mit dem magischen Schwanz?«

»Vielleicht.« Lachend verschwinde ich in meinem Schlafzimmer, um den Anruf zu machen.

»Hey, Babe. Was gibt's?« Coopers raue Stimme kitzelt mein Ohr und jagt mir einen Schauer über den Rücken. Er klingt regelrecht sexy.

»Hey. Hör mal, ich habe eine große Bitte.«

»Schieß los.« Das Schlagen von Hämmern und das Surren von Sägen im Hintergrund wird leiser, als würde er sich von der Baustelle entfernen.

»Ich muss mein Zimmer räumen. Im Grunde genommen wurde ich rausgeworfen. Denn wenn ich keine Studentin mehr bin, darf ich auch nicht mehr in einer Studentenunterkunft wohnen.«

»Dir ist schon klar, dass das vonseiten des College eine völlig vernünftige Entscheidung ist, richtig?«

»Sie haben mir vierundzwanzig Stunden Zeit gegeben«, widerspreche ich. »Wie vernünftig ist das?«

Er lacht leise. »Brauchst du Hilfe beim Packen?«

»Nein, aber vielleicht kannst du mich abholen, wenn du mit der Arbeit fertig bist, damit ich ein paar Kartons in deinen Truck laden kann? Ich werde das meiste davon in einem Lagerraum in der Stadt unterbringen, bis ich ein Apartment finde.« Ich zögere. »Und, hm, ich könnte einen Platz zum Schlafen brauchen, bis ich etwas gefunden habe. Wenn es nicht zu viel verlangt ist.«

Ich finde, das ist eine ganze Menge verlangt. Wir sind ja erst seit Kurzem zusammen. Mich aufzunehmen, wenn auch nur vorübergehend, ist kein kleiner Gefallen. Ja, Evan und ich kommen inzwischen gut miteinander aus, was mögliche Spannungen mildert, aber sie werden nicht gerade scharf sein auf eine dritte Mitbewohnerin.

»Nein, weißt du was?«, unterbreche ich ihn, als er antworten will. »Ich nehme mir ein Hotelzimmer. Das ist doch viel einfacher.«

Denn im Ernst, was habe ich mir dabei gedacht? Das war eine dumme Idee. Wie konnte ich als Erstes daran denken, mich bei Cooper einzunisten, so als würde ich ihn länger als nur ein paar Monate kennen? Das ist doch idiotisch.

»Da gibt es dieses Motel im Norden des Strandes. Ich wette, die vermieten Zimmer auch wöchentlich …«

»Mac?«

»Ja?«

»Halt die Klappe.«

Ich unterdrücke ein Lachen. »Kann man auch höflicher ausdrücken.«

»Du wohnst nicht in einem Dreckloch von Motel irgendwo am Strand. Du wohnst bei mir. Ende.«

»Bist du sicher? Ich habe das nicht wirklich durchdacht, bevor ich angerufen habe, ich habe nur …«

»Ich bin um sechs fertig. Dann komme ich und hole dich vom Campus ab.«

Mir steigt vor Rührung ein Kloß in die Kehle. »Danke. Ich, äh … Verdammt, Cooper, das weiß ich echt zu schätzen.«

»Ich hole dich, Prinzessin.« Dann legt er nach einem kurzen Abschiedsgruß auf, und ich stehe mit dem Handy in der Hand lächelnd da. Nicht dass ich erwartet habe, dass Cooper sich wie ein Mistkerl verhält, aber er steckt die ganze Sache bemerkenswert gut weg.

»Tut mir leid, täuschen mich da meine Ohren?«, sprudelt da eine höchst aufgeregte Stimme in meiner Tür. »Oder habe ich gerade gehört, wie du den Namen *Cooper* gesagt hast?«

Ich sehe ihr in die weit aufgerissenen Augen. Verlegen.

»Im Sinne von Cooper Hartley?«

Ich nicke.

Bonnie schnappt so laut nach Luft, dass ich zusammenzucke. »Ach du heiliger Himmel! *Den* hast du vor mir versteckt?« Sie stürmt ins Zimmer, und die blonden Locken fliegen um ihre Schultern. »Du verlässt dieses Wohnheim nicht, bevor du mir nicht alles bis ins kleinste Detail erzählt hast. Und ich meine wirklich *alles*.«

32

Cooper

Diese Frau hat den Verstand verloren.

»Was macht die Erdnussbutter im Kühlschrank?«, rufe ich aus der Küche.

Ich schwöre bei Gott, seit wir zu dritt hier wohnen, hat sich das Haus in einen Zirkus verwandelt. Früher gab es nur Evan, und weil er nicht gerade der leise Typ ist, wusste ich immer, wo er gerade war. Aber jetzt sind da zwei Leute, und es ist, als würde es in diesem alten Haus spuken – ständig Geräusche aus allen Richtungen gleichzeitig. Verdammt, inzwischen könnte man wahrscheinlich sogar mich davon überzeugen, dass Patricia tatsächlich existiert.

»Hey!«, rufe ich wieder in die Leere. »Wo zur Hölle bist du?«

»Genau hier, Trottel.« Evan taucht neben mir auf, schiebt mich mit der Schulter aus dem Weg und holt die zwei Sixpacks Bier aus dem Kühlschrank, um sie in die Kühlbox zu legen.

»Nicht du. Die andere.«

Er zuckt mit den Schultern und verschwindet mit der Kühlbox aus der Küche.

»Was ist los?« Mac marschiert von weiß der Teufel woher herein, in einem winzigen Bikini. Ihre Brüste quellen aus dem Oberteil, und der kleine Stoffstreifen zwischen ihren Beinen bettelt darum, dass ich ihn ihr mit den Zähnen vom Leib reiße. Verdammt.

»Warst du das?« Ich halte das Glas mit der Erdnussbutter hoch. Irgendeine Marke, von der ich noch nie gehört habe. Sie stand die ganze Zeit in der Kühlschranktür, während ich jeden Schrank in der Küche durchforstet habe auf der Suche nach einem Glas Jif-Erdnussbutter.

Sie verzieht das Gesicht und sieht mich an. »Was ist das Problem?«

»Wer stellt denn Erdnussbutter in den Kühlschrank?«

»Äh …« Sie kommt näher, nimmt mir das Glas aus der Hand und dreht es herum. »Das steht so auf dem Etikett.«

»Aber dann wird sie doch ganz hart. Das ist eklig.« Ich öffne das Glas und sehe eine zwei Zentimeter dicke Ölschicht auf der festen Butter. »Was ist das für ein Zeug?«

»Die ist bio«, erklärt sie mir, als wäre es dumm von mir, zu fragen. »Sie trennt sich. Du musst sie ein wenig umrühren.«

»Wieso in aller Welt sollte jemand seine Erdnussbutter *umrühren* wollen? Du isst dieses Zeug tatsächlich?«

»Ja. Sie ist köstlich. Und weißt du, was? Die ist ohne zugesetzten Zucker, was dir nicht schaden könnte. Du wirkst ein wenig überdreht.«

Habe ich gerade einen Schlaganfall? Ich komme mir vor, als würde ich den Verstand verlieren. »Was hat das eine denn mit dem anderen zu tun?«

Mac verdreht die Augen und gibt mir einen Kuss auf die Wange. »In der Speisekammer ist normale Erdnussbutter.« Dann geht sie mit aufreizend wackelndem Hintern hinaus auf die Veranda.

»Welche Speisekammer?«, rufe ich ihr nach.

Als sie nicht antwortet, schaue ich mich in der Küche um, bis mein Blick schließlich auf den Besenschrank fällt. Ein dumpfes Gefühl macht sich in meinem Bauch breit.

Ich öffne die Schranktür und entdecke, dass sie die Werkzeuge, Notfallvorräte für Hurrikans und andere Sachen, die ich ordentlich da drin verstaut hatte, ausgeräumt hat. Stattdessen sind hier jetzt alle Lebensmittel, die auf geheimnisvolle Weise verschwanden, nachdem sie hier eingezogen ist und angefangen hat, unsere Schränke mit nicht genetisch veränderten Flachssamenkeksen aus zertifiziertem Bioanbau und was sonst noch für Zeug zu füllen.

»Lass uns gehen.« Evan steckt den Kopf herein.

»Hast du das schon gesehen?«, frage ich ihn und deute auf die »Vorratskammer«.

»Ja, ist besser, oder?« Dann schlüpft er wieder hinaus und ruft über die Schulter: »Bis gleich.«

Verräter.

Mac ist erst seit einer Woche hier, und schon hat sie das ganze Haus auf den Kopf gestellt. Evan hat in letzter Zeit seltsam gute Laune, der ich nicht im Geringsten traue. Der ganze Platz auf der Ablage in meinem Badezimmer ist belegt. Das Essen ist komisch. Das Toilettenpapier ist anders. Und immer wenn ich nicht hinsehe, stellt Mac irgendwelche Sachen im Haus um.

Und dann passiert so etwas wie das hier. Ich schließe die Haustür ab, trete auf die Veranda und sehe Mac und Evan, die sich über irgendwas kaputtlachen, während sie auf mich warten. Sie wirken fröhlich. So, als würden sie sich schon ewig kennen.

Ich weiß immer noch nicht, wie oder wann sich alles verändert hat. Eines Tages hat Evan nicht mehr das Zimmer verlassen, wenn sie hereinkam, und er hat aufgehört, vor sich hin zu brummeln. Sie ist jetzt eine von uns. Praktisch Familie. Ein beängstigender Gedanke, wenn auch nur deshalb, weil ich nicht gewagt hatte, auf so viel zu hoffen. Aber so ganz traue ich der Sache immer noch nicht.

Evan und ich tragen die Kühlbox zum Truck und stellen sie hinten auf die Ladefläche. Mein Bruder steigt auch hoch und nimmt seinen Rucksack als Kissen, als er sich der Länge nach ausstreckt.

»Weck mich, wenn wir da sind«, meint er, und ich nehme mir vor, durch so viele Schlaglöcher zu fahren wie nur möglich auf dem Weg zur Strandpromenade, wo wir uns mit ein paar Freunden treffen. Vorhin hat Wyatt alle angerufen, um ein Volleyballturnier zu organisieren. Fast alle von uns haben zugesagt, um das gute Wetter auszunutzen, solange es noch andauert.

»Hey«, meint Mac, als ich mich hinters Lenkrad setze. »Ich habe für dich ein Buch aus deinem Regal mitgenommen, falls du zwischen den Spielen etwas lesen willst.«

Sie kramt in der übergroßen Tasche zu ihren Füßen. Zu meiner Enttäuschung hat sie ein Tanktop und Shorts angezogen, die diesen irre heißen Bikini verdecken.

»Danke. Welches?«

Sie hält das Taschenbuch hoch – *Vom Tellerwäscher zum Millionär: Zehn Superreiche, die aus dem Nichts kamen und alles erreicht haben*. Der Titel ist absolut abgedroschen, aber der Inhalt ist reines Gold.

»Nett von dir.« Ich nicke. »Das ist ein gutes.«

»Dein Bücherregal ist faszinierend«, meint sie. »Ich glaube, ich bin noch nie jemandem begegnet, der so viele Biografien liest.«

Ich zucke mit den Schulten. »Ich mag solche Geschichten.«

Ich steuere den Truck über die staubige Straße bis zu einem Stoppschild, an dem wir abbiegen müssen. Ich setze den Blinker, und als ich mich umdrehe, um sicherzugehen, dass der

Weg frei ist, fühle ich plötzlich Macs Fingerspitzen über meinen Nacken streifen. Hitze jagt sofort in die südliche Region meines Körpers. Eine übliche Reaktion auf ihre Berührung.

»Das fällt mir ja jetzt erst auf«, sagt sie überrascht. Ihre Finger streichen über mein neuestes Tattoo. »Hattest du diesen Anker schon immer?«

»Nein. Habe ihn mir vor ein paar Monaten machen lassen.«

Als sie die Hand wegnimmt, vermisse ich sie sofort. Wenn es nach mir ginge, könnte dieses Mädchen rund um die Uhr die Hände an mir haben.

»Gefällt mir. Es ist schlicht, klare Linien.« Sie lächelt mich an. »Du stehst wirklich auf alles, was mit Seefahrt zu tun hat, hm?«

Ich grinse. »Ich meine, ich lebe am Meer. Aber um ehrlich zu sein, ist es nur Zufall, dass viele meiner Tattoos damit zu tun haben. Und der Anker war ein Spontanentschluss, als ich schlechte Laune hatte.« Ich werfe ihr einen Blick zu. »Das war, nachdem du mir gesagt hast, dass du zu deinem Ex zurückgehst.«

»Der dümmste Fehler, den ich je gemacht habe.«

»Verdammt richtig.« Ich zwinkere ihr zu.

»Zum Glück habe ich den korrigiert.« Sie grinst und legt die Hand auf meinen Oberschenkel. »Also, wofür steht der Anker? Dafür, dass du sauer auf mich warst?«

»Für das Gefühl von Niedergeschlagenheit. Ich war gerade von dem coolsten, klügsten und witzigsten Mädchen abgewiesen worden, das ich je kennengelernt hatte. Weil sie mich nicht wollte.« Ich zucke mit den Schultern. »Ich kam mir vor, als wäre ich mein ganzes Leben lang nur runtergemacht worden. Von dieser Stadt. Der Erinnerung an meine Eltern. Dad war ein Verlierer. Mom ist eine Verliererin.« Noch ein Schulterzucken, diesmal begleitet von einem trockenen Lachen. »Ich habe die schlechte Angewohnheit, mir sehr unkomplizierte und nicht metaphorische Tattoos stechen zu lassen. Keine verkappten Botschaften auf diesem Körper.«

Darauf lacht sie. »Zufällig mag ich diesen Körper sehr.« Sie drückt meinen Oberschenkel, ganz und gar nicht subtil. »Und du bist kein Verlierer.«

»Auf jeden Fall versuche ich, keiner zu sein.« Ich deute auf das Buch auf ihrem Schoß. »Ich lese dieses Zeug – Biografien oder Memoiren von Männern und Frauen, die sich aus der Armut hochgearbeitet und etwas aus sich gemacht haben –, weil sie mich inspirieren. Zum Beispiel die Geschichte von diesem einen Typen. Seine Mutter war Witwe mit fünf Kindern, für die sie nicht alle sorgen konnte, also kommt er in ein Waisenhaus. Er ist arm, allein, arbeitet schon als Jugendlicher in einer Fabrik, macht Gussformen für Autoteile und Brillengestelle. Mit dreiundzwanzig gründet er sein eigenes Unternehmen für Gussformen.« Ich neige den Kopf zu Mac. »Und weißt du, welche Marke von ihm stammt? Ray-Ban.«

Mackenzies Hand wandert an mein Knie und drückt es, bevor sie meine Hand auf dem Schaltknüppel sucht. Sie verschränkt ihre Finger mit meinen.

»Du inspirierst mich«, sagt sie. »Und ich habe übrigens keinen Zweifel, dass eines Tages dein Name in einem Buch wie diesem stehen wird.«

»Wer weiß.«

Am Strand haben Wyatt und ein paar andere schon eins der Volleyballnetze erobert. In der Nähe sitzen die Mädchen unter einem Schirm im Sand. Steph liest ein Buch, Heidi bräunt sich den Bauch, und Alana schaut wie immer gelangweilt drein, während sie einen Cocktail trinkt, der zur Tarnung in einer Wasserflasche ist.

Evan und ich grüßen die Jungs mit Faustcheck. Wir haben uns kaum Hallo gesagt, als Wyatt allen zuruft, sich in Teams aufzuteilen.

»Seit er in die Wüste geschickt wurde, ist er ein richtiger Diktator geworden, hm?«, brummt Tate, während wir zusehen, wie unser Kumpel uns herumkommandiert wie ein Drill Sergeant.

Ich lache. »Sie hat ihn immer noch nicht zurückgenommen?«

»Nein. Ich denke, diesmal könnte es tatsächlich vorbei sein …« Tate verstummt und macht schmale Augen.

Ich schaue hinüber und sehe, dass Wyatt Alana aus ihrem Strandstuhl zieht. Sie seufzt, lässt es aber zu. Ich schätze, sie ist in seinem Team. Obwohl, warum flüstert er ihr jetzt etwas ins Ohr?

»Worum geht es denn da?«, frage ich Tate.

»Keine Ahnung.« Er hat die Zähne zusammengebissen.

Okay, na dann.

Das erste Volleyballspiel beginnt. Und da wir hier in der Bay alle ein wettkampforientierter Haufen sind, wird es schnell intensiv. Mac spielt in meinem Team, und ich bin überrascht zu entdecken, dass sie einen mörderischen Aufschlag hat. Dank ihr gehen wir früh in Führung und gewinnen so den ersten Satz. Wyatts Mannschaft gewinnt den zweiten. Für den Tiebreak bittet Mac Steph, sie zu ersetzen, und geht zum Wasser.

»Ich komme gleich wieder zurück«, ruft sie mir zu. »Muss mich nur ein wenig abkühlen.«

Ich nicke und kehre zurück zu der Aufgabe, das Team von Wyatt und Evan in den Sand zu schmettern. Erst nach einer Stunde wird mir bewusst, dass Steph immer noch auf Macs Position spielt.

»Mann!«, meckert Tate, als ich einen Schmetterball verfehle.

Aber das ist mir egal, ich muss unbedingt Mac finden. Mein Blick gleitet suchend über den Strand, bis ich sie endlich sehe. Sie steht am Wasserrand und redet mit jemandem.

Und trotz der Sonne, die mir auf Kopf und freien Oberkörper brennt, gefriert mir das Blut zu Eis, als ich erkenne, mit wem sie da steht.

Kincaid.

33

Cooper

»Coop, du hast Aufschlag!«, ruft Steph mir zu.

»Ich bin raus«, sage ich zu den anderen, hebe die Hände und suche den Blick meines Bruders auf der anderen Seite des Netzes.

»Evan.« Mehr muss ich nicht sagen, damit er zu mir kommt. Als ich in Macs Richtung nicke, wird sein Gesicht finster.

»Fuck«, schimpft er.

»Genau.«

Wir versuchen nicht so auszusehen, als hätten wir es besonders eilig, als wir unter dem Protest unserer Teams losgehen. Pfeif auf das Spiel. Mein Hintern wird ganz tief in der Scheiße stecken, wenn das hier danebengeht.

»Wie gehen wir vor?«, brummt Evan.

»Weiß noch nicht. Folge meinem Beispiel.« Als wir uns dem Wasserrand nähern, kommt mir der Gedanke, dass es vielleicht besser gewesen wäre, so zu tun, als würde ich Kincaid nicht bemerken, und auf Abstand zu bleiben, getarnt in der Gruppe Volleyballspieler. Aber auf keinen verdammten Fall lasse ich Mac mit diesem Arsch allein.

»Gibt es ein Problem?« Ich lege den Arm um Macs Schulter und nehme Kincaid ins Visier, der offenbar allein hier ist.

Kurz huscht Verunsicherung über sein Gesicht, als er mich

erkennt. Wahrscheinlich war es zu viel zu hoffen, dass er mich ganz vergessen hat.

Seine Augen werden schmal, als er im Kopf eins und eins zusammenzählt.

»Moment, das ist der Typ?«, will er wissen und wendet sich Mackenzie zu.

Mac wirft mir einen frustrierten Blick zu. Sie bemerkt Evan, der in der Nähe steht, und seufzt. »Ja, das ist der Typ. Und jetzt gehen wir. Genieß den Rest des Nachmittags, Pres.«

»Warte eine Minute.« Er klingt sauer. »Das passt ja. Ich kenne den Loser.«

Ich spüre, dass Mac sich etwas versteift. Sie bleibt stehen und dreht sich zu ihrem Ex um. »Wovon redest du da?«

Kincaid begegnet meinem Blick mit einem herablassenden Grinsen. »Sie hat keine Ahnung, richtig?«

Ich habe den Bruchteil einer Sekunde, um eine Entscheidung zu treffen. Aber im Grunde weiß ich, dass ich keine Wahl habe, zumindest nicht, solange Kincaid dabei ist. Also sage ich nur: »Sollte ich dich kennen?«

Niemand spielt besser den Ahnungslosen als jemand, der als Kind bei fast jedem Algebratest in der Schule die Zwillingsnummer abgezogen hat.

»Ja, netter Versuch, Bro.« Er richtet seine Aufmerksamkeit wieder auf Mac. »Lass mich raten, der Typ ist aufgetaucht, direkt nachdem du hierhergekommen bist? Irgendein freundlicher Townie, dem du ganz zufällig beim Ausgehen mit den Mädels begegnet bist. Unterbrich mich, falls das vertraut klingt.«

Sie kräuselt die Lippen. »Cooper, wovon redet er?«

»Keine Ahnung«, lüge ich.

Es macht mir Angst, wie einfach ich sie belügen kann. Wie überzeugend die Worte aus meinem Mund kommen. Nicht das kleinste Zucken.

»Mackenzie, Babe, hör mir zu.« Kincaid streckt die Hand aus, um sie zu berühren, und es kostet mich echt Anstrengung, ihm nicht die Finger zu brechen, als ich mich zwischen sie stelle. Seine Lippen werden schmal, als er den Arm sinken lässt. »An dem Wochenende, bevor der Unterricht losging, hat dieser Typ einen Streit mit mir in einer Bar angefangen, und ich habe ihn auf der Stelle feuern lassen. Weißt du noch? Ich hatte ein blaues Auge, als ich dir beim Einzug ins Wohnheim geholfen habe.«

»Du hast mir erzählt, das hättest du dir beim Basketball geholt«, wirft sie ihm mit ganz schön viel Gift in der Stimme vor.

»Ja, okay, da habe ich gelogen«, räumt er grummelnd ein und beeilt sich, seinen Fall darzulegen, während Macs verschränkte Arme und abgewandter Blick verraten, dass sie eigentlich gar nichts mehr hören will. »Aber jetzt lüge ich nicht.«

»Woran soll ich den Unterschied erkennen?« Niemand kann Mac in einem Zermürbungskampf das Wasser reichen. Sie würde den ganzen Tag lang über die Anzahl der Wolken am Himmel debattieren, nur um am Ende recht zu haben.

»Ist das nicht offensichtlich?« Er verliert die Geduld und wirft die Hände in die Luft. »Er schläft nur mit dir, um sich an mir zu rächen.«

»In Ordnung, das reicht.« Wenn ich ihm schon nicht das Gesicht in den Sand drücken und das hier beenden kann, werde ich auch nicht hier stehen und zulassen, dass er mein Leben in die Luft jagt. »Du musst echt gehen, Mann. Lass sie in Ruhe.«

»Mackenzie, komm schon«, bettelt er. »Du fällst doch nicht ernsthaft auf diesen Typen rein, oder? Ich weiß, dass du noch jung bist, aber du kannst doch nicht derart dumm sein.«

Das war's. Diese Beleidigung bringt auch bei Mac das Fass zum Überlaufen. Wütend funkelt sie ihn an. »Das Dümmste, was ich je gemacht habe, war, so lange mit dir zusammen zu sein«, kontert sie. »Glücklicherweise war das keine Entscheidung, mit der ich ein Leben lang leben muss.«

Damit marschiert sie an Evan vorbei und zurück zu unserer Gruppe. Als wir zwei hinter ihr hertrotten, erinnere ich mich an die vielen Male, die wir von unseren Lehrern zum Büro des Rektors eskortiert wurden. Evan fragt mich, ob alles in Ordnung sei, aber ich habe keine Antwort darauf. Als wir wieder bei den anderen sind, dreht sich Mac zu mir um.

»Raus damit«, befiehlt sie.

»Womit?«

Noch während ich mauere, frage ich mich, ob dies der Augenblick ist, in dem ich reinen Tisch machen sollte. In dem ich zugeben sollte, dass ich zuerst alles andere als ehrenvolle Absichten hatte, aber dass sich das alles geändert hat, nachdem wir uns begegnet sind.

Sie würde es verstehen. Vielleicht sogar ihren Spaß daran haben. Wir würden herzlich darüber lachen, und am Ende würde eine witzige Geschichte daraus, die wir auf Partys erzählen.

Oder sie würde nie wieder mit mir reden, bis ich eines Tages nach Hause komme, das Haus steht in Flammen, und im Boden steckt ein Schild, auf dem mit Asche geschrieben steht: *Wir sollten uns mit jemand anderem treffen.*

»Komm mir nicht blöd.« Mac bohrt mir einen Finger in die Brust. »Wovon hat er da geredet? Ihr zwei kennt euch?«

Einmal mehr haben wir ein Publikum, und als ich die Blicke unserer Freunde spüre, verlässt mich einmal mehr der Mut. Wenn ich ihr die Wahrheit sage, wenn wir unter uns sind, besteht die Gefahr, dass ich sie verliere. Wenn ich ihr die Wahrheit in Anwesenheit von einem Dutzend Leuten sage, verliere ich sie garantiert. Sie wäre vor allen gedemütigt. Sie würde mir nie verzeihen.

Dieses Mal brennen mir die Lügen auf der Zunge. »Alles, was ich über ihn weiß, habe ich von anderen gehört oder von dir. Bei einer Gegenüberstellung hätte ich ihn nicht erkannt.«

Sie wird unheimlich still und atmet kaum, während sie mich anstarrt.

Panik dreht mir den Magen um, aber ich lasse mir nichts anmerken. Ich bleibe bei meiner Geschichte. Ich habe schon vor langer Zeit gelernt, dass die, die einknicken, diejenigen sind, die erwischt werden. Der Schlüssel zu einer erfolgreichen Lüge ist, daran zu glauben. Und dann leugnen, leugnen, leugnen.

»Gab es einen Streit?« Mac legt den Kopf schief, als hätte sie mich in der Falle.

»Mac, man könnte ganze Footballstadien mit Idioten füllen, die sich betrinken und dann Blödsinn anfangen. Wenn er einer von denen war, würde ich mich echt nicht daran erinnern.«

Sichtbar frustriert wendet sie sich an Evan. »Wurde Cooper wirklich gefeuert?«

Für den Bruchteil einer Sekunde mache ich mir Sorgen, ob ihre neue platonische Romanze mein Untergang ist.

»Er hatte im Sommer einen Job in Stephs Bar.« Evans Schulterzucken überzeugt sogar mich. Schätze, wir stehen immer noch auf derselben Seite, wenn es darauf ankommt. »Aber der war sowieso vorbei.«

Sie schaut an Evan vorbei zu Steph, die wieder auf ihrem Stuhl sitzt und ein Buch in der Hand hat. »Steph?«, fragt Mac. »Ist das wahr?«

Ohne von ihrem Buch aufzusehen, nickt Steph hinter ihrer großen schwarzen Sonnenbrille. »Es war ein Sommerjob.«

Ich spüre große Erleichterung, doch die löst sich auf, als ich sehe, wie Heidi auf uns zukommt.

Verdammt.

Ich kenne diesen Blick. Unheil um des Unheils willen. Heidi

ist die, die nie eine Gelegenheit auslässt, um ein Feuer zu legen, nur um die Schreie zu hören. Dazu kommt, dass sie in letzter Zeit öfter wütend auf mich ist und dass sie weder ein Fan dieser Übereinkunft ist noch von Mac. Als unsere Blicke sich kurz treffen, flehe ich sie wortlos an, nichts zu sagen.

»Im Ernst, Leute, ich bin am Verhungern«, meint sie beiläufig. »Können wir uns jetzt endlich mal auf den Weg machen?«

Um Haaresbreite schaffe ich es lebendig da raus.

Danach halte ich jeden Tag den Atem an und warte darauf, dass das dicke Ende kommt. Schaue ständig über die Schulter, ob Kincaid uns irgendwo auflauert. Mac scheint es dabei bewenden zu lassen, und Evan und ich umgehen das Thema weiträumig. Aber es war knapp. Zu knapp. Eine Mahnung, wie zerbrechlich unsere Beziehung ist und wie leicht mir alles genommen werden kann. Diese Erkenntnis trifft mich härter, als ich es für möglich gehalten hätte. Ich empfinde so viel für sie, und diese Gefühle werden immer stärker.

An dem Abend unserer Begegnung mit Kincaid, nachdem Mac zu Bett gegangen war, bin ich in meine Werkstatt gegangen und habe wie ein Irrer eine Zigarette nach der anderen geraucht, in der Hoffnung, das Nikotin würde die Schuldgefühle, den Stress und die Angst lindern. Für gewöhnlich rauche ich nur, wenn ich trinke, und auch das ist keine verbindliche Regel. Aber dass ich Mackenzie belogen habe, hat mich fertiggemacht.

Evan fand mich da um ein Uhr nachts, mit fast zehn Zigarettenkippen im Aschenbecher auf der Werkbank.

»Ich muss ihr die Wahrheit sagen«, sagte ich unglücklich.

Er war dagegen. »Bist du verrückt? Was soll das bringen, Mann? Der Plan wurde aufgegeben. Du bist mit ihr zusammen, weil du sie magst.«

»Aber es fing an, um es Kincaid heimzuzahlen. Ich und sie, diese ganze Beziehung ist auf schlechten Absichten gegründet.«

Am Ende überzeugte Evan mich, den Mund zu halten. Obwohl – wem will ich etwas vormachen, viel Überzeugungsarbeit war nicht nötig. Der Gedanke, Mackenzie zu verlieren, zerfetzt mein Inneres. Ich kann sie nicht verlieren. Und Evan lag falsch – ich bin nicht mit ihr zusammen, weil ich sie mag.

Ich liebe sie.

Und so verbanne ich die Schuldgefühle in die hintersten Winkel meines Inneren. Ich arbeite hart daran, der Mann zu sein, den Mac braucht und verdient. Und dann, eines Morgens, liegen wir im Bett, und ich atme zum ersten Mal seit fast einem Monat tief durch. Sie ist noch kaum wach, als sie sich zu mir rollt und ihr Bein über meine Hüfte legt. Ein überwältigendes Gefühl von Ruhe, das ich nie gekannt habe, hüllt mich ein, als sie sich an meine Brust kuschelt.

»Morgen!«, flüstert sie. »Wie spät ist es?«

»Weiß nicht. Zehn vielleicht?«

»Zehn?« Sie setzt sich abrupt auf. »Mist! Dein Onkel kommt gleich. Wir müssen noch aufräumen.«

Niedlich, dass sie denkt, Levi könnte das interessieren.

Sie geht ins Bad, um zu duschen, und kommt dann zehn Minuten später mit nassen Haaren und gerötetem Gesicht zurück.

»Ich kann mein blaues Kleid nicht finden«, brummelt sie, während sie vor dem Schrank steht, der inzwischen zur Hälfte mit ihren Sachen gefüllt ist.

Es ist Wochen her, seit sie zu uns gezogen ist, und trotzdem hat noch niemand die Möglichkeit angesprochen, dass sie ausziehen könnte. Ich ignoriere das Thema mit Freuden. Sicher, wir mussten uns erst mal aneinander gewöhnen. Und vielleicht sind wir immer noch dabei, zu lernen, unsere Eigenarten gegenseitig zu respektieren. Aber mit ihr fühlt sich dieses

Haus wieder warm an, eher wie ein Heim und nicht nur wie ein Haus. Sie verleiht ihm Leben, nach Jahren voll schlechter Erinnerungen und leerer Zimmer.

Sie passt einfach hier rein.

»Dann zieh etwas anderes an. Oder lass es und komm zurück ins Bett.«

»Das ist mein *Nehmt mich ernst*-Kleid«, ruft sie, während ihr Kopf zwischen lauter Kleiderbügeln steckt.

Sie hat keinen Grund, wegen des Treffens mit Levi nervös zu sein. Er mag ja einschüchternd aussehen, aber er ist der freundlichste Mensch, den man sich nur denken kann. Und ja, es spricht viel dafür, Arbeit und Vergnügen zu trennen, aber ich sehe die mögliche Zusammenarbeit der beiden durchaus optimistisch.

»Wie wäre es damit?« Sie dreht sich zu mir mit einem grünen Top, das zu ihren Augen passt, und einer dunkelblauen Hose, die ihren Hintern auf eine Weise umschmeichelt, die nicht gerade hilfreich ist, was meinen halb steifen Schwanz angeht.

»Du siehst toll aus.«

Ihr Lächeln. Wie sie den Kopf schief legt und ihre Augen glänzen. Dieser Blick ist nur für mich. Er trifft mich direkt ins verdammte Herz.

Ich habe wegen dieses Mädchens absolut den Kopf verloren.

»Was ist?«, fragt sie, bleibt am Fußende des Bettes stehen und dreht ihr Haar zu einem Knoten hoch.

»Nichts.« Ich kann sie nur anlächeln und hoffen, dass ich das hier nicht vermassle. »Ich denke, ich bin glücklich, das ist alles.«

Mac kommt zu mir und drückt mir einen Kuss auf die Wange. »Ich auch.«

»Ja? Obwohl deine Eltern dich – wie soll ich sagen? – verstoßen haben?«

Schulterzuckend geht sie ins Badezimmer. Ich ziehe mich an, folge ihr und betrachte sie im Spiegel, während sie Make-up auflegt.

»Es gefällt mir nicht, dass zwischen uns Funkstille herrscht«, räumt sie ein. »Aber sie sind hier die Sturköpfe. Dass ich beschlossen habe, mein eigenes Leben zu führen, ist wohl kaum ein Grund für Exkommunikation.«

Ich war besorgt, dass sie, je länger dieser Streit mit ihren Eltern anhält, es doch bereuen wird, das College verlassen zu haben. Dass sie den Hotelkauf bereuen wird. Die Beziehung mit mir. Aber bisher habe ich bei ihr nicht mal den Anflug von Reue bemerkt.

»Sie werden letztendlich darüber hinwegkommen müssen«, sagt sie, dreht sich um und sieht mich an. »Ich mache mir keinen Stress deswegen, weißt du? Diese Genugtuung gönne ich ihnen nicht.«

Ich forsche in ihrem Gesicht nach irgendwelchen Anzeichen von Unaufrichtigkeit, finde aber keine. Soweit ich sehen kann, *ist* sie glücklich. Ich versuche, nicht in Paranoia zu versinken. Ich habe einen Hang dazu, mich in Vorahnungen einer Katastrophe hineinzusteigern. So war das schon immer in meinem Leben. Da scheint endlich mal etwas gut zu laufen, und dann fällt ein Haus vom Himmel.

Ich hoffe, dass sie dieses Mal den Fluch gebrochen hat.

34

Mackenzie

Nun ja, es ist nicht Winter wie in Jackson Hole oder Aspen – die Temperaturen lagen das ganze Wochenende um die zwanzig Grad, als würde Carolina im Herbst feststecken –, aber mit Cooper und Evan einen Weihnachtsbaum kaufen zu gehen, war bisher ein Abenteuer. An drei Verkaufsständen sind wir schon rausgeflogen, weil diese Rüpel unfähig sind, sich in der Öffentlichkeit zu benehmen. Nachdem sie sich gegenseitig herausgefordert haben, wer den größten Baum hochstemmen kann, und mitten auf dem Parkplatz eines Supermarktes ein Lanzenstechen abhalten wollten, wird es langsam schwierig, einen Baum zu finden, ohne dafür in einen anderen Bundesstaat fahren zu müssen.

»Wie wäre der hier?«, fragt Evan, der irgendwo mitten in dem künstlichen Wald steht.

Um fair zu sein: An einem Verkaufsstand mussten wir gehen, weil Cooper und ich dabei erwischt wurden, wie wir hinter den Douglastannen herummachten. Cooper scheint daraus nicht gelernt zu haben, denn er schleicht sich von hinten an mich ran und gibt mir einen Klaps auf den Hintern, während ich versuche, mich zu seinem Bruder durchzuarbeiten.

»Sieht aus wie deine Freundin in der achten Klasse«, bemerkt Cooper, als wir Evan neben einer runden Fichte stehen sehen, die oben und unten üppig ist, aber keine Zweige in der Mitte hat.

Evan grinst. »Eifersüchtig?«

»Der hier ist hübsch.« Ich deute auf einen anderen Baum. Er ist gut gewachsen, die Zweige grün und nicht zu dicht, sodass man ihn wunderbar schmücken kann.

Cooper mustert den Baum. »Denkst du, wir kriegen ihn durch die Tür?«

»Wir können ihn durch die Hintertür hineinbringen«, antwortet Evan. »Aber er ist ziemlich hoch. Könnte sein, dass wir ein Loch in die Decke machen müssen.«

Ich grinse. »Das ist es wert.«

Ich war schon immer ein Fan von hohen Bäumen, obwohl ich mir nie selbst einen aussuchen durfte. Für so etwas hatten meine Eltern Personal. Jeden Dezember tauchte ein Lkw auf und lud ein ganzes Kaufhaus voll Dekoration ab. Einen riesigen, perfekten Baum für das Wohnzimmer und kleinere für fast jedes andere Zimmer. Girlanden, Lichterketten, Kerzen und das alles. Danach hat dann ein Innendekorateur mit einer kleinen Armee von Hilfskräften das Haus verwandelt. Nicht ein Mal habe ich mit meinen Eltern die Bäume geschmückt; wir haben nie für die besonderen Teile des Baumschmucks den perfekten Zweig gesucht, wie es bei anderen Familien üblich war. Wir hatten immer nur einen Haufen teures, gemietetes Zeug, alles zu einem bestimmten Thema, für das sich meine Mutter in dem Jahr entschieden hatte. Das Ganze wirkte wie eine Kulisse, in der dann mit einflussreichen Leuten oder Wahlkampfspendern Partys gefeiert wurden. Ein komplett steriles Weihnachten.

Und doch, trotz alledem, stelle ich fest, dass mich der Gedanke, dass ich meine Eltern zu Weihnachten nicht sehen werde, etwas emotional werden lässt. Wir reden immer noch kaum miteinander, obwohl mein Vater mir doch tatsächlich einen Stapel Weihnachtskarten per Kurier geschickt hat, die ich unter seinem und dem Namen meiner Mutter unterschreiben soll. Offenbar werden die Karten an Krankenhäuser und Wohltätigkeitsorganisationen in Dads Wahlkreis geschickt, mit freundlichem Gruß der perfekten Familie Cabot, die ja so um das Wohl der Menschheit besorgt ist.

An diesem Abend, nach dem Essen, durchstöbern wir den Dachboden nach Dekoration und Lichtern, die wir schließlich in völlig verstaubten Kartons finden.

»Wie lange haben wir schon nicht mehr für Weihnachten dekoriert?«, fragt Cooper seinen Bruder, als wir die Kartons ins Wohnzimmer tragen. »Drei, vier Jahre?«

»Ernsthaft?« Ich stelle meinen Karton auf den Boden und setze mich vor den Baum.

Evan öffnet einen anderen und holt ein paar verhedderte Lichterketten heraus. »So in etwa. Auf jeden Fall nicht mehr seit der Highschool.«

»Das ist aber traurig.« Selbst ein Plastikweihnachtsbaum ist besser als nichts.

»In dieser Familie haben Feiertage nie eine große Rolle gespielt.« Cooper zuckt mit den Schultern. »Manchmal machen wir was bei Levi zu Hause. Thanksgiving für gewöhnlich, denn jedes zweite Jahr fahren sie zu Weihnachten nach Maine, um dort Tims Familie zu besuchen.«

»Tim?«, frage ich verständnislos.

»Levis Mann«, erklärt Evan.

»Partner«, korrigiert Cooper. »Ich glaube nicht, dass sie verheiratet sind.«

»Levi ist schwul? Wie kommt es, dass ich das jetzt zum ersten Mal höre?«

Die Zwillinge zucken synchron mit den Schultern, und in

dem Moment verstehe ich, warum ihre Lehrer es schwer hatten, sie auseinanderzuhalten. »Er redet so gut wie nie darüber«, meint Cooper. »Sie sind seit ungefähr zwanzig Jahren zusammen, aber sie tragen ihre Beziehung nicht nach außen.«

»Die meisten in der Stadt wissen Bescheid«, fährt Evan fort. »Oder sie vermuten es. Für alle anderen sind es einfach zwei Männer, die zusammen wohnen.«

»Wir könnten sie doch mal zum Abendessen einladen.« Wenn ich in Avalon Bay und bei den Zwillingen bleiben sollte, wäre es schön, auch zu anderen Verbindungen aufzubauen.

Es ist seltsam. Obwohl wir in grundverschiedenen Welten aufgewachsen sind, sind Cooper und ich uns gar nicht so unähnlich. In vielerlei Hinsicht haben wir vergleichbare Erfahrungen gemacht. Je mehr ich ihn verstehe, umso mehr wird mir klar, dass wir beide stark davon geprägt sind, wie vernachlässigt wir uns als Kinder gefühlt haben.

»Mann, ich glaube, ein paar von diesen Dekorationen sind noch von Grandma und Grandpa.« Evan zieht einen Karton näher zum Baum. Die Jungs stöbern darin und holen kleine, handgefertigte Schmuckstücke mit Fotos darin heraus. Versehen mit den Jahreszahlen 1953 und 1961. Souvenirs von Reisen durchs ganze Land. Evan hält eine kleine Wiege hoch, die irgendwann einmal zu einer Krippe gehört haben muss. »Was in aller Welt ist denn das?«

Er zeigt uns ein Jesuskind in Windeln, das eher einer kleinen Ofenkartoffel in Alufolie ähnelt, mit zwei schwarzen Punkten als Augen und einem rosa Strich als Mund.

Ich werde blass. »Das ist verstörend.«

»Ich wusste gar nicht, dass die hier waren.« Cooper schaut ein Foto an, das, so vermute ich, seinen Dad als kleinen Jungen zeigt. Dann legt er es zurück auf den Boden des Kartons.

Einmal mehr schnürt sich mir vor Rührung die Kehle zu. »Ich wünschte, wir hätten zu Hause auch solche Kartons gehabt, voll mit alten Fotos und Krimskrams, zu denen mir meine Eltern interessante Geschichten hätten erzählen können.«

Cooper steht auf, um einen großen Karton zurück in den Flur zu wuchten. »Na ja ... einen Haufen Angestellte zu haben, die das schwere Zeug tragen, kann nicht ganz so übel gewesen sein«, ruft er über die Schulter.

»Gar nicht zu reden davon, dass man aufwacht und eine Tonne Geschenke bekommt«, wirft Evan ein.

»Klar«, sage ich, während ich den Baumschmuck heraussuche, der noch in gutem Zustand ist und nicht allzu viele Emotionen wecken dürfte. »Das *klingt* toll. Es war, als würde man in Santas Werkstatt aufwachen. Bis man alt genug ist, um zu erkennen, dass all die Karten auf den Geschenken nicht von deinen Eltern geschrieben sind. Und statt Elfen sind es in Wirklichkeit echte Menschen, die von deinen Eltern bezahlt werden, um so viel Distanz wie möglich zu schaffen zwischen ihnen und allem, was auch nur annähernd sentimental ist.«

»Aber ich wette, die Geschenke waren toll«, meint Evan zwinkernd. Diese Witze wie *Wie viele Ponys hast du zum Geburtstag bekommen?* haben wir gut hinter uns gelassen, aber die eine oder andere Stichelei kann er sich immer noch nicht verkneifen.

Ich zucke traurig mit den Schultern. »Ich würde sie alle wieder hergeben, wenn meine Eltern auch nur ein einziges Mal den Wunsch hätten, gemeinsam mit mir Zeit zu verbringen. Wenn sie sich mal verhalten würden, als wären wir eine Familie und kein Geschäftsprojekt. Mein Dad hat immer gearbeitet, und Mom hat sich mehr um ihre Wohltätigkeitsarbeit gekümmert – was ja an sich in Ordnung ist. Es gibt Schlimmeres, als Spenden für ein Kinderkrankenhaus zu sammeln. Aber ich war auch ein Kind. Hätte ich nicht auch ein wenig von diesen weihnachtlichen Gefühlen abhaben können?«

»Ooh, komm her, du kleiner Scheißer.« Evan wirft die Arme um mich und drückt mir einen Kuss auf den Scheitel. »Ich veralbere dich doch nur. Eltern sind verdammt blöde. Selbst reiche. Auf die eine oder andere Art sind wir alle verkorkst.«

»Ich meine nur, dass wir das hier machen, wir drei, das bedeutet mir eine Menge«, sage ich ihnen, überrascht über mich selbst, als meine Augen zu brennen beginnen. Wenn ich jetzt vor den Jungs losheulen würde, müsste ich mir das ewig anhören. »Das ist mein erstes echtes Weihnachten.«

Cooper zieht mich auf seinen Schoß und nimmt mich in die Arme. »Wir sind froh, dass du hier bist.«

Evan verschwindet einen Moment lang und kommt mit einem kleinen Päckchen wieder. »Okay. Also, eigentlich wollte ich das später in deinen Strumpf schmuggeln, aber ich denke, du solltest es jetzt haben.«

Ich betrachte das Päckchen. Beim Verpacken hat er einen absolut schlechten Job gemacht, das Papier ist ganz knittrig, und er hat es mit Unmengen an Klebeband umwickelt.

»Keine Sorge«, meint er, »es ist nicht geklaut.«

Ich muss lächeln, als ich das Geschenk mit der Anmut eines zickigen Vorschulkindes aufreiße. Darin finde ich eine Plastikfigur, ein Mädchen in einem pinken Kleid. Ihr Haar ist mit Permanentmarker schwarz angemalt, und auf ihren Kopf ist eine winzige gelbe Krone aus Papier geklebt.

»Ich schwöre, ich habe in ganzen sechs Läden nach einer Prinzessin gesucht. Du hast keine Ahnung, wie verdammt schwer es ist, eine zu finden.« Er grinst. »Also habe ich selbst eine gemacht.«

Meine Augen werden feucht, und ich habe schon wieder einen Kloß im Hals.

»Ich wollte dir etwas schenken. Etwas Persönliches.«

Meine Hände zittern.

»Ich meine, es sollte lustig gemeint sein. Ich wollte bestimmt kein Mistkerl sein.«

Ich krümme mich und fange hysterisch zu lachen an. So heftig, dass mir die Rippen wehtun. Cooper lässt mich los, und ich poltere auf den Boden.

»Lacht sie, oder weint sie?«, fragt Evan seinen Bruder.

Es ist ganz ehrlich das Süßeste, was jemals irgendwer für mich getan hat. Und umso bedeutsamer ist, dass Evan sich so viel Mühe mit dem Geschenk gegeben hat. Sein Bruder wird sich anstrengen müssen, wenn er da mithalten will.

Sobald ich mich wieder gesammelt habe, stehe ich auf und umarme Evan, der erleichtert wirkt, dass ich ihm nicht in den Hintern trete. Wahrscheinlich hatte er Sorge, dass dieses Geschenk auch nach hinten losgehen könnte, aber dazu verstehen wir uns mittlerweile viel zu gut.

»Wenn ihr zwei fertig seid, können wir dann mal diesen verdammten Baum schmücken?«, fragt Cooper, der sich offenbar ausgeschlossen fühlt, schmollend.

»Mach so weiter, und du bekommst heute Abend kein Geschenk«, warne ich ihn.

»Aber bitte«, meint Evan und legt mahnend den Finger auf die Lippen. »Kartoffel-Jesuskind kann euch hören.«

Ein paar Tage später, nach dem schlichtesten – und besten – Weihnachten, das ich je hatte, bin ich mit Cooper in seiner Werkstatt und helfe ihm dabei, ein paar Möbelstücke abzustauben, zu polieren und zu verpacken. Ich denke, zu sehen, wie ich die Hotelrenovierung organisiere, war für ihn wie ein Tritt in den Hintern, um sich mehr um sein eigenes Geschäft zu kümmern. Er hat Klinken geputzt und sich umgehört, und diese Woche haben sich ein paar Läden gemeldet, die seine Möbel verkaufen wollen. Heute Morgen haben wir ihnen Fotos für ihre Websites geschickt, und jetzt machen wir alles fertig für den Transport.

»Meine Sachen verkaufst du aber nicht, oder?«, frage ich beklommen.

»Die, die du nie bezahlt hast?« Er zwinkert mir zu.

»Das habe ich in der ganzen Hektik völlig vergessen. Du hast recht, ich schulde dir noch einen Scheck.«

»Vergiss es. Ich nehme kein Geld von dir.« Er zuckt hinreißend mit den Schultern. »Diese Möbel gehören dir, ob du sie gekauft hast oder nicht. Nachdem du sie auch nur berührt hast, hätte es sich falsch angefühlt, sie jemand anderem zu geben.«

Mein Herz schlägt Purzelbäume. »Erst einmal ist das eins der liebsten Dinge, die du je gesagt hast. Und zweitens kannst du sehr wohl mein Geld nehmen. Denn so ist das nun mal mit Geld. Es funktioniert überall.«

»Gesprochen wie ein wahrer Klon.«

Dafür verpasse ich ihm eine mit dem Poliertuch.

»Hände weg, Cabot.«

»Nix da, Hartley.«

»Und jetzt?« Mit einem Grinsen zieht er mich an sich und drückt seine Lippen auf meine.

Seine Zunge gleitet gerade über meine, als eine unbekannte weibliche Stimme von der offenen Tür her zwitschert:

»Klopf, klopf!«

35

Cooper

Ich erstarre, als ich die Stimme hinter mir höre. Das Blut gefriert mir in den Adern. Und als ich mich umdrehe, hoffe ich, dass es nur eine Einbildung war.

Aber so viel Glück habe ich nicht.

In der Tür steht Shelley Hartley und winkt.

Gottverdammt.

Ich weiß nicht, wie lange es her ist, seit sie zuletzt in die Stadt geschneit kam. Monate. Vielleicht sogar ein Jahr. Das Bild von ihr in meinem Kopf ist verzerrt und ändert sich ständig. Aber sie sieht noch genauso aus wie beim letzten Mal, schätze ich. Schlecht gefärbte blonde Haare. Zu viel Make-up. Angezogen wie eine Zwanzigjährige, die auf ein Konzert von Jimmy Buffet gegangen und nie wieder von da weg ist. Aber es ist vor allem das Lächeln, mit dem sie in die Werkstatt stolziert, das mich in Rage bringt. Das steht ihr nicht zu.

Mein Verstand setzt aus. Jemand hat den Stift gezogen und mir eine scharfe Granate in die Hand gedrückt, und jetzt bleiben mir nur Sekunden, um zu verhindern, dass sie mir um die Ohren fliegt.

»Hey, Baby«, sagt sie und wirft die Arme um mich. Der üble Geruch von Gin, Zigaretten und Fliederparfüm treibt mir die Übelkeit in die Kehle. Nur wenige Gerüche werfen mich so gewaltsam in meine Kindheit zurück. »Mom hat dich vermisst.«

Oh ja, darauf möchte ich wetten.

Es dauert ungefähr sechs Sekunden, bis ihr Blick auf Mac und das Diamantarmband um ihr Handgelenk fällt, das Macs Urgroßmutter gehörte. Shelley schubst mich fast schon aus dem Weg, um unter dem Vorwand, ihr die Hand geben zu wollen, nach Macs Handgelenk zu greifen.

»Wer ist denn diese hübsche junge Dame?«, fragt sie mit strahlendem Lächeln.

»Mackenzie. Meine Freundin«, sage ich ausdruckslos. Macs Blick huscht fragend zu mir. »Mac, das ist Shelley. Meine Mutter.«

»Oh.« Mac blinzelt und fasst sich schnell wieder. »Freut mich, äh, Sie kennenzulernen.«

»Also, dann kommt mal ins Haus und helft mir«, sagt Shelley und hält Mac dabei weiter fest. »Ich habe Abendessen mitgebracht. Hoffe, ihr habt alle Hunger.«

In der Einfahrt steht kein Auto. Nur ein Haufen Papiertüten auf den Stufen der Veranda. Keine Ahnung, wie sie hierhergekommen ist oder was für ein grässlicher Wind sie in die Stadt geblasen hat. Wahrscheinlich ist sie wieder einmal bei irgendeinem armseligen Trottel rausgeflogen, den sie bis auf den letzten Cent ausgesaugt hat. Oder sie hat ihn mitten in der Nacht verlassen, bevor er entdecken konnte, dass sie ihn bis aufs Hemd ausgezogen hat. So viel weiß ich mit Sicherheit: Es wird nicht gut ausgehen. Shelley ist eine Katastrophe auf zwei Beinen. Sie lässt immer ein Trümmerfeld zurück. Ich habe schon vor langer Zeit gelernt, dass bei ihr nichts je so ist, wie es scheint. Sie lügt schon, wenn sie nur Luft holt. Und wenn sie dich anlächelt, pass gut auf deine Brieftasche auf.

»Evan, Baby, Momma ist daheim«, ruft sie, als wir reingehen.

Er kommt aus der Küche, als er ihre Stimme hört, und als ihm klar wird, dass ihm seine Fantasie keinen Streich spielt, wird er so blass wie ich. Er steht stocksteif da, fast als würde er damit rechnen, dass sie sich doch noch in Luft auflöst.

Es ist so wie jedes Mal.

»Komm her, lass dich in die Arme nehmen«, sagt Shelley zu ihm.

Während er mich ansieht, als könnte ich ihm eine Erklärung geben, die ich nicht habe, erwidert er die Umarmung tatsächlich.

Missbilligung lodert in mir auf. Evan scheint dieser Frau immer wieder zu vergeben, etwas, das ich nie verstehen werde. Er wollte die Wahrheit nie sehen. Er denkt jedes Mal, wenn unsere Mom wieder zur Tür hereinspaziert, dass sie bleibt und wir dieses Mal eine Familie werden, trotz all der Jahre voller Enttäuschung und Schmerz, die sie uns zugemutet hat.

»Was gibt's?«, fragt er.

»Abendessen.« Sie hebt ein paar der Lebensmitteltüten auf und gibt sie ihm. »Lasagne. Dein Leibgericht.«

Mac bietet an, zu helfen, weil sie so ein verdammt höflicher Mensch ist. Ich will ihr sagen, dass sie sich die Mühe sparen soll. Sie muss niemanden beeindrucken. Aber stattdessen beiße ich mir auf die Zunge und bleibe in der Nähe, denn auf keinen Fall lasse ich Mac mit dieser Frau allein. Shelley würde ihr wahrscheinlich sogar den Kopf rasieren, um die Haare an einen Perückenmacher auf dem Schwarzmarkt zu verhökern.

Später, als Shelley und Evan in der Küche sind, nutze ich die Gelegenheit, um Mac unter dem Vorwand, den Tisch zu decken, beiseitezunehmen.

»Tu mir einen Gefallen«, sage ich. »Erzähl nicht von deiner Familie, wenn sie dich danach fragt.«

Sie runzelt die Stirn. »Warum nicht?«

»Bitte.« Meine Stimme ist gedämpft. Eindringlich. »Rede nicht von Geld oder davon, was dein Vater tut. Nichts, was darauf hindeutet, dass sie wohlhabend sind. Oder du.«

»Ich würde nie wollen, dass deine Mom sich unbehaglich fühlt, falls du das damit meinst.«

Mac ist gut darin, ihren Reichtum nicht jedem unter die Nase zu reiben, aber darauf will ich nicht hinaus. »Das ist es nicht, Babe. Lüg einfach, wenn es nicht anders geht. Vertrau mir.« Dann fällt mir ihr Armband wieder ein, und ich nehme ihr Handgelenk, öffne es und stecke es in die Tasche ihrer Jeans.

»Was tust du da?« Sie sieht alarmiert aus.

»Bitte. Bis sie weg ist. Trag es nicht in ihrer Gegenwart.«

Ich habe keine Ahnung, wie lange Shelley zu bleiben gedenkt oder wo sie wohnen will. Ihr Zimmer ist noch genau so, wie sie es verlassen hat. Wir gehen da nicht hinein. Aber erfahrungsgemäß wird sie noch vor Mitternacht auf Männerfang gehen.

Beim Abendessen verhalten wir uns alle schmerzhaft wohlerzogen. Evan, der arme Kerl, scheint sich sogar zu freuen, dass Shelley da ist. Sie plaudern darüber, was sie so getrieben hat. Wie sich herausstellt, lebt sie in Atlanta mit einem Typen zusammen, den sie in einem Casino kennengelernt hat.

»Wir haben uns an einer Slotmaschine gestritten«, erzählt sie kichernd, »und uns am Ende total ineinander verliebt!«

Hm-hm. Ich bin sicher, sie werden glücklich leben bis an ihr Lebensende. Angesichts der Tatsache, dass sie hier ist, haben sie sich aber wahrscheinlich schon wieder getrennt.

»Wie lange bleibst du?«, unterbreche ich ihre Liebesgeschichte, und mein brüsker Tonfall veranlasst Mac dazu, unter dem Tisch nach meiner Hand zu greifen und sie beruhigend zu drücken.

Shelley sieht gekränkt drein, weil ich es gewagt habe, sie das zu fragen.

Evan wirft mir einen finsteren Blick zu. »Mann. Bleib cool. Sie ist doch gerade erst gekommen.«

Ja, und ich will wissen, wann sie wieder geht, will ich ihn anfahren. Es kostet mich immense Mühe, den Mund zu halten.

»Also, Mackenzie«, fängt Shelley nach dem angestrengten, zu langen Schweigen an, das sich über den Esstisch gesenkt hat. »Wie ist es dazu gekommen, dass du mit meinem Sohn zusammen bist? Wie habt ihr euch kennengelernt? Erzähl mir alles.«

In der nächsten Viertelstunde blockt Mac Dutzende bohrender Fragen ab, soweit sie kann, und denkt sich für den Rest Eins-a-Blödsinn aus.

Ich fange einen verstohlenen *Was soll das?*-Blick von Evan auf, der es aber schafft, die verdammte Klappe zu halten und mitzuspielen. Mein Bruder mag ein leichtes Opfer sein, wenn es um Shelley geht, aber er ist kein Idiot. Ich für meinen Teil rede so wenig wie möglich. Ich habe Angst, dass jeden Moment mein Filter versagt und ich die Tirade nicht mehr aufhalten kann, die unweigerlich folgen wird. Nur wenige Menschen bringen mich derart aus der Fassung wie Shelley Hartley.

Nach dem Abendessen stehe ich am Spülbecken und lasse Wasser über die Teller laufen, als sie mich allein erwischt.

»Du warst schrecklich still«, sagt sie und nimmt mir einen Teller ab, um ihn in die Spülmaschine zu stellen.

»Müde«, brumme ich.

»Oh, mein lieber Junge. Du arbeitest zu hart. Du brauchst mehr Ruhe.«

Ich gebe einen unbestimmten Laut von mir. Ich bekomme jedes Mal eine Gänsehaut, wenn sie versucht, Mutter zu spielen. Die Rolle passt einfach nicht zu ihr.

»Mackenzie scheint nett zu sein.« Aus dem Mund meiner Mutter klingt das alles andere als nett.

Ich gebe mein Bestes, um sie zu ignorieren, während ich spüle, Teller weiterreiche und dabei den Kopf gesenkt halte. »Ja. Sie ist cool.«

»Mir ist dieses Armband aufgefallen. Und die Handtasche im Wohnzimmer.«

Ich spanne mich automatisch an.

»Sehr teuer. Gut gemacht, Baby.«

Ich schmecke Blut innen an meiner Wange, als sie mich mit einem wissenden Grinsen ansieht. Es ist offensichtlich, was sie denkt – dass ich mir jemanden gesucht habe, der mich aushält. Sie treibt genau diesen Schwindel schon so lange, dass ich gar nicht weiß, ob sie sich noch vorstellen kann, anders zu leben.

»Also, hör mal, Baby …«

Jetzt kommt es. Na klar, verdammt! Es gibt immer eine Bitte. Einen Haken.

»Weißt du, ich hätte es fast nicht bis hierhergeschafft«, fährt sie fort, ohne meine zunehmende Wut zu bemerken. »Auf dem Highway hat mein altes Auto plötzlich angefangen zu qualmen. Musste es von einer Werkstatt abschleppen lassen. Stellt sich heraus, dass so eine kleine Plastikbox im Motor durchgebrannt ist.« Sie lacht dümmlich. »Also, ich habe den Typen zwar runtergehandelt, aber die Reparaturkosten sind trotzdem noch so hoch, dass ich sie nicht ganz bezahlen kann.«

»Was ist los?« Evan kommt gerade rechtzeitig in die Küche, um das Ende ihrer Lügengeschichte zu hören. Verdammt perfekt. »Dein Auto ist kaputt?«

»Mit dem Schrottding ist immer irgendwas, weißt du?«, sagt sie und spielt die Jungfrau in Nöten, denn Evan kann nie einer Chance widerstehen, ein Held zu sein. »Jedenfalls hatte ich da diesen Job, aber nach den Feiertagen wurde ich entlassen. Ist schwer, etwas Neues zu finden. Und die Reparatur wird alles aufbrauchen, was ich gespart habe.«

»Wir sind blank«, teile ich ihr mit einem Seitenblick zu Evan mit. »Wir haben alles in die Renovierung des Hauses gesteckt.«

»Und es sieht toll aus.« Sie will mir nicht in die Augen sehen. Nicht wenn sie mit Evan ein so leichtes Ziel hat. »Ich brauche nur ein paar Hunderter für das Auto. Dann kann ich mich nach einem neuen Job hier in der Gegend umsehen. Ich zahle es euch zurück.«

»Du bleibst hier?«, fragt Evan.

Armer, dummer Bastard. Die Hoffnung in seiner Stimme ist armselig. Ich würde ihm am liebsten einen Schlag auf den Hinterkopf verpassen.

Shelley geht zu ihm, umarmt ihn von der Seite und vergräbt den Kopf unter seinem Kinn. »Wenn ihr einverstanden seid. Ich vermisse meine Jungs.«

Evan greift direkt in seine Tasche und holt mehrere Scheine heraus. Wahrscheinlich alles, was von seinem letzten Lohn noch übrig ist. »Hier sind hundertfünfzig.« Er zuckt mit den Schultern. »Den Rest hole ich am Automaten.« Soll heißen, er geht an sein Sparkonto.

»Danke, Baby.« Sie küsst ihn auf die Wange und löst sich dann sofort aus seinen Armen. »Wer will Milchshakes? Ich brauche eh Zigaretten und bringe uns ein paar Milchshakes von der Strandpromenade mit.«

Ich würde mich wundern, wenn sie vor Sonnenaufgang zurück ist.

Später im Bett kann ich nicht schlafen. Ich bin total angespannt und zerbreche mir immer noch den Kopf wegen Shelley. Ich habe mir nicht die Mühe gemacht, abzuwarten, ob sie mit den Milchshakes auftauchen würde. Sobald sie weg war, haben

Mac und ich uns in mein Zimmer zurückgezogen. Oder besser gesagt, ich habe mich zurückgezogen, und sie ist gekommen, um mir Gesellschaft zu leisten. Jetzt rollt sie sich zu mir und macht die Nachttischlampe an.

»Ich kann spüren, wie du grübelst«, murmelt sie, als sie mich an den Deckenventilator starren sieht.

»Ja. Ich habe nur … Tut mir leid, dass ich dich vorhin gebeten habe, das zu tun. Meine Mutter brauchte nur einen Blick auf dich, dein Armband, deine Handtasche und wusste sofort, dass du Geld hast.« Bitterkeit schnürt mir die Kehle zu. »Shelley hat noch nie jemanden kennengelernt, den sie nicht benutzen konnte. Ich wollte nicht, dass sie weiß, dass deine Familie Geld hat, denn dann findet sie todsicher einen Weg, um sich welches davon unter den Nagel zu reißen.«

»Okay, aber das hat nichts mit uns zu tun.« Mac streichelt über meine Brust und legt den Kopf auf meinen Arm. »Ich würde auch nicht wollen, dass du mich nach meinen Eltern beurteilst.«

»Sie denkt, ich bin nur mit dir zusammen, weil du reich bist.«

»Ach ja? Tja, da irrt sie sich. Ich weiß, dass das nicht stimmt. Ich meine, Himmel, du solltest mich wahrscheinlich an ein Inkassobüro melden für diese Möbel, die ich immer noch nicht bezahlt habe.«

»Ich setze die Zinsen auf deine Rechnung.« Ich küsse sie auf den Scheitel und ziehe sie enger an mich. Sie in meinen Armen zu haben nimmt mir etwas von der Anspannung. »Aber im Ernst. Ich würde dich nie derart benutzen. Ich bin nicht wie diese Frau.«

»Cooper.« Ihre Stimme klingt sanft und beruhigend. »Mich musst du nicht überzeugen.«

Vielleicht. Anscheinend habe ich nie aufgehört, mich selbst überzeugen zu müssen.

Mac kuschelt sich enger an mich. »Was denkst du, wie lange wird sie bleiben?«

»Ich tippe auf vierundzwanzig Stunden. Vielleicht achtundvierzig.«

»Das ist echt traurig.«

Ich lache leise. »Das ist es wirklich nicht. Vielleicht war es irgendwann einmal traurig, aber inzwischen wünschte ich, sie würde für immer wegbleiben. Jedes Mal wenn sie wiederkommt, spielt sie mit Evans Gefühlen. Sie stresst mich, und am Ende blaffe ich alle um mich herum an. Ich verbringe die ganze Zeit damit, den Atem anzuhalten, darauf zu warten, dass sie wieder geht, und zu beten, dass es dieses Mal für immer ist.«

»Aber sie kommt immer wieder zurück. Das muss doch etwas bedeuten, oder?« Offensichtlich versucht Mac, gesegnet sei sie, Shelleys Besuche damit zu begründen, dass eine liebende Mutter das Bedürfnis hat, ihre Söhne wiederzusehen.

»Es bedeutet, dass entweder ihre letzte Beziehung den Bach runtergegangen ist oder dass sie pleite ist oder beides«, sage ich nüchtern. »Glaub mir, Prinzessin. Wir haben die Nummer immer wieder erlebt, seit ich vierzehn war. Shelley ist nicht unseretwegen hier. Nur ihretwegen.«

Ich fühle Macs warmen Atem auf meinem Schlüsselbein, als sie sich auf den Ellbogen stützt. »Es tut mir leid, Cooper. Du verdienst so etwas nicht.«

»Es ist, wie es ist.«

»Hör auf«, tadelt sie mich. »Akzeptiere einfach mein Bedauern, und jetzt lass mich dir dabei helfen, für eine Weile zu vergessen.« Sie drückt mir Küsse auf den Leib von oben nach unten und greift dann in meine Boxershorts.

Ich schließe die Augen, stöhne leise und gebe mich dem Vergessen hin.

Achtundvierzig Stunden.

Ich hätte ja auf vierundzwanzig gewettet, aber hey, ich lag nicht falsch. Exakt zwei Tage nach ihrer plötzlichen Ankunft erwische ich Shelley dabei, wie sie mit einer Reisetasche über der Schulter zur Hintertür schleichen will.

Es ist noch nicht mal sieben Uhr, und ich bin als Erster auf. Ich habe gerade eine Kanne Kaffee aufgesetzt, nachdem ich Daisy hinausgelassen habe, als Shelley in die Küche kommt.

»Machst du dich schon vom Acker?«, frage ich vom Küchentresen aus.

Sie dreht sich um, ertappt, kaschiert das aber mit einem Lachen. »Baby. Du hast mich erschreckt. Ich wollte niemanden wecken.«

»Wolltest du dich nicht mal verabschieden?« Mir persönlich ist das ja scheißegal. Aber Evan einfach so zurückzulassen, bricht ihm das Herz, und das hat er nicht verdient.

»Wieso mache ich uns nicht ein paar Pancakes?« Sie lässt ihre Tasche neben der Tür fallen und tänzelt mit ihrem typisch gespielten Lächeln herüber. »Wir gönnen uns ein nettes Frühstück zusammen.«

Na schön. Ich schätze, wir spielen ein letztes Mal. Und ich spiele mit, wenn das bedeutet, dass sie im Anschluss verschwindet.

Mac und Evan stehen kurz danach auf, sodass Shelley auch ihnen Frühstück servieren kann. Ich stopfe mir eine Gabel Pancake in den Mund und kaue langsam, lehne mich dann auf meinem Stuhl zurück und warte darauf, dass die Märchenstunde anfängt. Aber Shelley meidet sorgsam meinen erwartungsvollen Blick und erfreut Mackenzie mit irgendeiner dummen Geschichte über unsere Kindheit. Wir sind fast fertig, als mir klar wird, dass Shelley ohne ein wenig Nachbohren nicht damit herausrücken wird.

»Also, wo willst du jetzt hin?«, frage ich mit ausdruckslosem Gesicht und unterbreche damit eine weitere Geschichte aus Evans und meiner Kindheit, die meiner Überzeugung nach vollkommen erfunden ist, damit sie bloß nicht als schlechte Mutter dasteht.

Shelley verstummt und kann ihren ärgerlichen Blick kaum verbergen. Sie wischt sich über den Mund und trinkt dann ihren Orangensaft aus. »Es war so schön, euch Jungs zu sehen«, sagt sie zu Evan und setzt einen traurigen Tonfall auf. »Ich wünschte wirklich, ich könnte länger bleiben, aber ich fürchte, ich muss gleich los.«

Er kräuselt die Lippen. »Wieso?«

»Die Sache ist die, du weißt ja, im Moment gibt es hier in der Gegend keine Arbeit für mich. Aber ich kenne da diesen Typen aus dem Baton Rouge. Er hat mich praktisch angebettelt, wiederzukommen und den Laden zu schmeißen.« Sie schiebt die Unterlippe vor. »Du weißt, dass ich meine Jungs nicht verlassen will, aber ich muss ein bisschen Geld verdienen. Ich will euch beide bei der Renovierung des Hauses helfen.«

So macht sie noch eine Weile weiter. Wirft Nebelkerzen. Redet sich selbst ein, dass es einen noblen Zweck für ihre ständige Vernachlässigung und gebrochenen Versprechen gibt. Sie redet totalen Mist – gestern habe ich mindestens fünf Schilder in der Bay gesehen, auf denen AUSHILFE GESUCHT steht. Und ich bin mir ziemlich sicher, dass dieser *Typ* ihr Ex ist, den sie wahrscheinlich bezirzt hat, damit er ihr eine zweite Chance gibt. Oder vielleicht waren sie lange genug auseinander, dass sie ihn für Runde zwei anschnorren kann. Spielt keine Rolle. Wenn es nicht die eine Ausrede ist, dann ist es eine andere. Sie würde uns für ein Wurstsandwich verlassen, wenn es nur weit genug weg von hier ist.

»Sobald ich mich eingerichtet habe, müsst ihr mich mal besuchen«, meint Shelley eine Viertelstunde später, als sie Evan zum Abschied umarmt. »Ich werde mir ein neues Telefon besorgen müssen. Das letzte wurde gesperrt. Ich rufe euch an, sobald ich ein neues habe.«

Wird sie nicht. Es wird keine Anrufe oder Nachrichten geben. Keine Familienurlaube. An diesem Punkt ist alles Routine, die verlogenen Abschiede und unehrlichen Beschwichtigungen. Mich bringt das alles nicht mehr aus der Fassung, aber verdammt soll sie sein, weil sie Evan das wieder einmal durchmachen lässt.

»Ja, sieh zu, dass du uns die neue Nummer gibst, wenn du sie hast«, sagt Evan und nickt ernst. »Wir müssen eine Möglichkeit haben, dich zu kontaktieren.«

Wieso? Fast hätte ich gefragt, aber ich unterdrücke den Drang. Wenn Evan in einer Scheinwelt leben will, in der seine Mutter ihn liebt, wer bin ich, darüber zu urteilen?

»Bye, Baby.« Shelley drückt mich an sich, trotz meines sichtbaren Widerwillens. Sie gibt mir sogar einen Kuss auf die Wange. Jemand soll ihr einen Preis für die *Mutter des Jahres* geben, aber schnell. »Wir sehen uns bald wieder, versprochen.«

Und dann, so plötzlich, wie sie hereingeschneit ist, ist Shelley auch wieder weg. Zum Glück mit nur einem Minimum an angerichtetem Schaden.

Denke ich jedenfalls.

Erst etwa eine Woche später, eines Abends nach der Arbeit, entdecke ich das wahre Ausmaß des Schadens, den meine Mutter mit ihrem Besuch angerichtet hat. Macs Geburtstag steht bevor. Wie sich herausstellt, hat sie einen Tag vor mir Geburtstag – und obwohl sie gesagt hat, ich solle ihr nichts schenken, bin ich entschlossen, ihr etwas Tolles zu kaufen. Mac lässt mir so wenige Chancen, sie zu verwöhnen, dass ich nicht auf sie höre.

In meinem Zimmer, unter einer losen Bodendiele unter der Kommode, ziehe ich die alte Bonbondose hervor, in der ich schon als Kind Sachen aufbewahrt habe und in der ich nun mein schwarz verdientes Geld verstecke. Ich öffne den Deckel und erwarte darin das Geld zu finden, das ich dort gebunkert habe. Zwölf Riesen, zusammengehalten von zwei Gummibändern. Die *Wenn alle Stricke reißen*-Reserve.

Aber das Geld ist nicht da.

Bis auf den letzten Cent.

Weg.

36

Mackenzie

Ich sitze im Wohnzimmer und höre, wie in Coopers Zimmer irgendwas gegen die Wand knallt und dann polternd zu Boden fällt. Gleich darauf stürmt Cooper in den Flur.

Daisy bellt sich die Seele aus dem Leib, denn etwa eine Stunde bevor es Zeit für ihr Futter ist, wird sie immer ausgelassen, und als Cooper durchs Wohnzimmer rennt, jagt sie hinter ihm her.

»Hey, alles okay?« Ich springe von der Couch auf.

»Alles prima«, antwortet er – knurrend durch zusammengebissene Zähne. Er hält nicht einmal kurz inne, um mich anzusehen.

»Was ist los?«

Ich bekomme keine Antwort, sondern sehe, wie er die Tür aufreißt und hinausmarschiert. Er schlägt Daisy die Tür vor der Schnauze zu und verfehlt sie nur knapp, aber sie scheint nur enttäuscht darüber zu sein, dass er ohne sie nach draußen geht.

Um sie zu beruhigen, stelle ich ihr das Futter hin und schnappe mir dann meine Schuhe, um mich auf die Suche nach Cooper zu machen. Ich finde ihn etwa hundert Meter weiter den Strand runter, wo er kleine Stücke Treibholz in die Wellen wirft. Als ich ihn erreiche, bereue ich, dass ich keinen

Pulli oder wenigstens eine lange Hose angezogen habe, statt in Shorts und T-Shirt hinauszurennen. Es ist fast dunkel, und ein beständiger Wind macht mir in Minutenschnelle Gänsehaut.

»Was ist passiert?«, frage ich.

»Geh wieder zurück.« Seine Stimme klingt erschreckend ausdruckslos, ein krasser Gegensatz zu seinen wütenden, heftigen Gesten.

»Okay, nein. Warum erzählst du mir nicht einfach, was los ist?«

»Verdammt, Mac, nicht jetzt, okay? Lass mich in Ruhe.« Er kickt Sand auf, sucht nach irgendetwas, das er noch werfen kann, und wird immer frustrierter, als er nichts findet.

»Würde ich ja, wenn ich denken würde, dass es hilft. Aber das denke ich eben nicht, also …«

Er rauft sich die Haare. Er würde seinen eigenen Kopf in die Wellen schleudern, wenn er ihn nur vom Hals kriegen könnte. »Wieso musst du so verdammt …« Der Rest kommt nur unverständlich heraus.

»Liegt in meiner Natur, schätze ich.« Ohne seinen Frust zu beachten, setze ich mich hin und fordere ihn auf, sich zu mir zu setzen.

Er schweigt eine Weile, dann gibt er endlich nach und lässt sich in den Sand fallen.

»Was ist los?«, frage ich leise.

»Sie hat es geklaut.«

»Was?«

Cooper sieht mich nicht an, sondern hat den Blick aufs Wasser fixiert. »Meine Notfallreserve. Bis auf den letzten Dollar.«

»Moment, deine Mom?« Ich bin bestürzt. »Bist du sicher?«

Er gibt ein schnaubendes, freudloses Lachen von sich. »Positiv. Nicht einmal Evan weiß, wo ich meine Reserve aufbewahrt habe.«

Verdammt. Das ist übel.

»Ich hätte es noch besser verstecken sollen, in der Sekunde, als sie aufgetaucht ist«, sagt er stöhnend. »Als ich dreizehn war, hat sie mein Gras gefunden und alles geraucht, während ich in der Schule war. Ich hatte das vergessen, bis es mir vorhin wieder einfiel. Ich hatte vergessen, dass sie das Versteck kennt. Oder vielleicht habe ich ihr auch nur nicht zugetraut, dass sie ihre eigenen Kinder beklaut.«

»Das tut mir leid«, sage ich, auch wenn es ziemlich schwach klingt. Aber was kann man in solch einer Situation zu jemandem sagen, der schon sein Leben lang unter seiner Mutter leidet? »Wie viel hat sie genommen?«

»Zwölf Riesen«, brummt er.

Ach du meine Güte. Okay. Mein Gehirn schaltet in Lösungsmodus, denn so funktioniere ich. Immer wenn es ein Problem mit einer meiner Websites oder bei der Hotelrenovierung gibt, werde ich analytisch. Ich schätze das Problem ein und versuche einen Weg zu finden, um es zu lösen.

»Das ist übel, ganz ehrlich. Ich weiß, dass du sauer bist und dich verraten fühlst, und du hast jedes Recht, dich so zu fühlen.« Ich verschränke meinen Arm mit seinem und lege den Kopf an seine Schulter. Um ihm zu zeigen, dass ich für ihn da bin. Und weil ich am Erfrieren bin. Cooper ist immer warm, eine beständige Quelle der Wärme. »Aber wenigstens ist es nur Geld, richtig? Ich kann dir helfen. Ich kann dir die Summe geben.«

»Wie kommst du denn auf diese Idee?« Er entzieht mir seinen Arm. »Wieso solltest du …« Ohne den Satz zu beenden, springt Cooper auf. »Was zum Teufel soll das, Mac? Wieso fällt dir immer nur das eine ein? Das Problem mit Geld lösen.«

»Ich dachte, Geld wäre das Problem«, wende ich ein.

Wieso flippt er jedes Mal aus, wenn ich anbiete, etwas Nettes für ihn zu tun?

»Wie oft muss ich es denn noch sagen?«, schreit er mich an. »Ich will dein gottverdammtes Geld nicht. Hast du überhaupt eine Ahnung, was das für ein Gefühl ist, wenn dir deine Freundin ständig mit offener Geldbörse nachläuft?«

»Das mache ich doch gar nicht«, antworte ich angespannt. Der Typ stellt echt meine Geduld auf die Probe. Er ist wütend auf seine Mutter – gut. Er braucht ein Ventil – auch gut. Aber ich bin hier nicht die Böse. »Ich versuche nur, dir zu helfen. Du brauchst Geld. Ich habe mehr als genug davon. Wieso ist das falsch? Das Geld bedeutet mir nichts.«

»Wissen wir.« Gefolgt von einem langen, mürrischen Seufzen. »Das ist ja genau der verdammte Punkt. Ihr Klone werft mit Scheinen nur so um euch, als wären sie Partybändchen, und erwartet, dass der Rest von uns dankbar für die Einladung ist. Ich bin aber kein Dienstbote, der euch die Füße leckt, um Trinkgeld zu kriegen, verdammt.«

Ach, so ist das. Ich bin also wieder der »Klon«. Schön.

»Weißt du was, Coop? Wie wäre es, wenn du mal mit dir selbst klarkommst, statt deinen Minderwertigkeitskomplex an mir auszulassen? So langsam habe ich es echt satt, die Mikroaggressionen jedes kleinen Townies hier aushalten zu müssen. Komm damit klar. Denn eins kann ich dir aus Erfahrung sagen: Ob reich oder arm, schlechte Eltern sind einfach nur schlechte Eltern. Deine Mom ist beschissen. Willkommen im Club. Geld zu haben hätte sie nicht dazu gebracht zu bleiben.«

Ich bereue die Worte schon, kaum dass ich sie ausgesprochen habe.

Wir beide stehen nur da, als wären wir überrascht über das, was da gerade passiert ist. Wie schnell wir auf hundertachtzig waren. Jedes aufgestaute Gefühl in mir, seit meine Eltern mich verstoßen haben, drängte mit aller Macht an die Oberfläche, und ich habe Cooper alles an den Kopf geworfen, als wäre es seine Schuld – genau das, was ich ihm noch Sekunden zuvor vorgeworfen habe.

Voller Reue will ich mich auf der Stelle entschuldigen. Aber er stürmt schon davon und ruft über die Schulter, dass ich ihm ja nicht folgen soll, es sei denn, ich wollte, dass dies unser letztes Gespräch sein wird. Und dieses Mal nehme ich ihn beim Wort.

Stunden später jedoch, als er noch nicht wieder zurück ist und Evan fragt, ob ich wüsste, wieso Coopers Handy direkt auf Mailbox schaltet, fange ich an, mir Sorgen zu machen. Wenn er nur wütend auf mich wäre, okay, aber die Art, wie er hier davongestürmt ist … die Wut in seinen Augen … Es gibt tausend Möglichkeiten, wie ein Typ wie Cooper sich in Schwierigkeiten bringen kann.

Und es braucht nur eine.

37

Cooper

Etwa eine Autostunde westlich von Avalon Bay gibt es eine Kneipe. Ein Schuppen, wenn man es überhaupt so nennen kann, gelegen an einer zweispurigen Landstraße, die durch nichts als Felder und Sumpfgebiete führt. Auf dem Parkplatz, der nicht mal asphaltiert ist, kann man das Dröhnen von Motorradmotoren im Leerlauf für gewöhnlich eine halbe Meile weit hören. Ich parke meinen Truck dort, mache den Motor aus, gehe rein und stelle fest, dass hier bis auf ein paar gefährlich aussehende Biker am Billardtisch und ein paar alte Knacker an der Bar tote Hose ist. Ich setze mich auf einen Hocker und bestelle mir einen doppelten Whiskey. Beim zweiten Glas fängt ein Typ ein paar Sitze weiter an, an niemand Speziellen gerichtet zu quasseln. Er schwadroniert über Football und gibt zu allem, was der Sportreporter auf dem einsamen Fernsehbildschirm über unseren Köpfen sagt, seinen Senf dazu. Ich versuche ihn zu ignorieren, bis er sich zu mir herüberlehnt und die flache Hand auf den Tresen knallt. Das beschert mir einen Flashback in meine Zeit als Barkeeper, und ich muss mich zurückhalten, um ihn nicht anzublaffen.

»Für wen bisstu?«, will er lallend wissen. Als ich ihn ignoriere, unternimmt er einen neuen Versuch, diesmal lauter und langsamer. »Der Superbowl. Für wen bisstu, Junge?«

Ich werfe einen kurzen Blick zu ihm. »Ich kaufe dir was zu trinken, wenn du dann abhaust.«

»Ohhh.« Er lacht spöttisch. »Hört euch den mal an, hä? Psch …« Er legt den Finger an die Lippen und schaut sich um. »Seid mal alle ganz leise. Der Junge will seinen verdammten Frieden und seine Ruhe, kapiert?«

Ich bin hergekommen, um abzutauchen und meine Ruhe zu haben. Keine Chance, dass Mac mich hier findet, und dies hier ist der einzige Ort, von dem Evan nicht weiß. Während er sich nach dem Tod unseres Dads immer noch an Shelley geklammert hat, ist mein Onkel mit mir hierhergekommen, um beim Dart etwas Dampf abzulassen. Ich will allein sein, aber ich werde den Typen hier blamieren ohne Ende, wenn er daraus ein Ding machen will. Verdammt, vielleicht sollte ich Evan nacheifern und eine Kneipenschlägerei anfangen. Ich meine, wieso zur Hölle nicht?

Gerade als ich mich mit der Idee anfreunde, legt sich von hinten eine Hand auf meine Schulter.

»Bring mir doch mal zwei Bier«, sagt eine vertraute Stimme zu dem Barkeeper.

Ich werfe einen Blick über die Schulter und sehe meinen Onkel, der sich auf den Hocker neben mir setzt. Verdammte Hölle.

»Gary«, sagt er zu dem Betrunkenen, der sich mit mir anlegen wollte, »wieso gehst du nicht heim zu deiner besseren Hälfte?«

»Superbowl läuft«, lallt Gary streitlustig und deutet zum Fernseher. »Kannst nicht erwarten, dass ich abhaue, wenn Superbowl läuft.«

»Das ist eine Wiederholung vom Spiel letztes Jahr«, sagt Levi mit der Geduld eines Heiligen. »Der Superbowl ist nächsten Monat, Gary. Und du gehst jetzt besser heim zu Mimi, ja? Sie ist drauf und dran, die Hunde auf dich zu hetzen.«

»Dieses verdammte Weib.« Gary grummelt die ganze Zeit

vor sich hin, während er seine Geldbörse öffnet und ein paar Dollar auf den Tresen wirft. Er sagt noch was wie »Warum lässt man einen Mann nicht in Ruhe trinken« und wankt dann hinaus.

Obwohl ich ihm noch vor ein paar Sekunden die Zähne einschlagen wollte, schaue ich ihm jetzt doch ein bisschen besorgt nach.

»Keine Sorge, dem passiert nichts. Der kommt zu Fuß etwa einen halben Kilometer weit, und dann findet seine Frau ihn weggetreten irgendwo im Gras«, mein Levi.

Ich sehe meinen Onkel misstrauisch an. »Hat Mac dich geschickt?«

»Evan hat mir geschrieben. Meinte, du wärst ohne ein Wort von zu Hause weg.«

Natürlich hat er das. Denn Mac ist bestimmt direkt zu ihrem neuen besten Freund gerannt, damit sie über mich lästern konnten. Ich habe es bis obenhin dicke, wie die beiden immer zusammenhocken.

»Ich will nicht darüber reden«, brumme ich entschieden.

»Gut«, meint er schulterzuckend, »ich bin auch nur hier, um zu trinken.«

Levi trinkt sein Bier und richtet den Blick auf den Fernseher, ohne auch nur in meine Richtung zu schauen. Es ist eine Erleichterung. Zuerst. Dann vergeht eine Stunde. Und noch eine. Und bald bin ich so betrunken, wie Gary war, als er ging, und mein Verstand quält mich mit dem ganzen Mist, der heute Abend gewesen ist, angefangen mit der Entdeckung, dass meine gesamten Ersparnisse gestohlen wurden, bis hin zu dem Streit mit Mac am Strand. Ich gehe Teile des Gesprächs in meinem Kopf noch einmal durch und kann mich nicht recht erinnern, was ich zu ihr gesagt habe, aber ich bin sicher, es war nichts Gutes.

»Shelley war wieder da«, sage ich schließlich, als der Alkohol meine Zunge löst. »Zwei Tage. Und dann ist sie abgehauen mit meinen ganzen Ersparnissen.«

Levi dreht den Kopf und schaut mich von der Seite an.

»Zwölf Riesen.« Ich male mit meinem Bierdeckel Kreise in das Kondenswasser auf dem Tresen. »Puff. Alles weg. Direkt vor meiner Nase.«

»Herr im Himmel. Irgendeine Idee, wo sie hin ist?«

»Nein. Baton Rouge vielleicht. Aber das war wahrscheinlich gelogen. Ist auch egal. Dieses Mal kommt sie nicht wieder. Auf keinen Fall.«

»Tut mir leid, Coop, aber die Frau taugt nichts.« Levi leert sein Bierglas und stellt es hin. »Ich hatte es schon vor langer Zeit satt, mich für meinen Bruder zu entschuldigen. Ich will keine Entschuldigungen für ihn finden. Er hat euch Jungs in einer schlimmen Situation zurückgelassen, mit all den Schulden. Aber diese gottverdammte Shelley hat in all den Jahren nicht einen Finger gerührt, um euch zu helfen.« Bitterkeit liegt in seinem Tonfall. »Du und Evan, ihr habt so hart gearbeitet, um euch aus dem Sumpf zu ziehen. Und jetzt kommt sie anstolziert und klaut dir dein Geld? Zur Hölle, nein. Nicht mit mir.« Er schlägt mit der Hand so hart auf den Holztresen, dass unsere Gläser klirren.

Noch nie habe ich meinen Onkel derart aufgebracht erlebt. Er ist ein stiller Typ. Ausgeglichen. Jahrelang hat er nichts gesagt, wenn Shelley auftauchte und wieder abhaute, ganz wie sie wollte. Nachdem er schließlich unser Vormund wurde, hat er uns nie auch nur einmal das Gefühl gegeben, dass wir eine Last für ihn wären. Jetzt macht er zum ersten Mal keinen Hehl daraus, dass er stinksauer ist. Auch wenn uns das nichts nützt.

»Was kann man da machen?«, sage ich resigniert, auch wenn

ich genauso wütend bin wie er. »Keine Chance, sie irgendwo aufzuspüren. Wenn sie nicht gefunden werden will, findet man sie auch nicht.«

Ich habe eine Mordswut im Bauch. Wegen des Geldes, klar, aber noch mehr wegen des Verrats. Weil die Frau uns über Jahre zum Narren gehalten hat. Und wir haben es hingenommen. Weil Evan immer noch denkt, dass es vielleicht – obwohl er es besser wissen müsste –, vielleicht dieses Mal echt ist. Gottverdammte Shelley.

»Wir geben uns noch nicht geschlagen«, erklärt mir Levi. »Und wir hören endlich auf damit, dieser Frau ihr schlechtes Verhalten durchgehen zu lassen, hörst du mich?«

Bevor ich antworten kann, gibt er jemandem am anderen Ende der Bar ein Zeichen. »Steve, hey, ich muss dich was fragen«, dröhnt Levi.

Ich folge dem Blick meines Onkels und sehe den Cop außer Dienst, dessen Uniformhemd offen ist und ein weißes Unterhemd voller Schweißflecken enthüllt.

»Was brauchst du, Levi?«, dröhnt Steve zurück, denn in der Bay kennt jeder jeden.

»Wie können wir Anzeige erstatten gegen jemanden, der aus der Stadt abgehauen ist?«

Was? Verblüfft sehe ich meinen Onkel an, aber der ist auf den Cop konzentriert.

Steve schüttelt kurz den Kopf und richtet sich mit nun klarem Blick auf. »Worum geht es?«

Levis Tonfall ist grimmig. Sogar bedrohlich. »Schwerer Diebstahl.«

38

Mackenzie

Sogar Daisy hat mich abgeschrieben. Zuerst ist sie um meine Füße herumgeflitzt, während ich im Haus hin- und hergetigert bin und Nachrichten an Cooper getippt und dann wieder gelöscht habe. Danach saß sie mit ihrem Kauspielzeug neben dem Kühlschrank, während ich wie besessen die Küche geputzt habe. Was echt verkorkst ist, denn ich war noch nie jemand, der bei Stress putzt. Wie auch? Ich bin in einem Haus voll mit Hausangestellten aufgewachsen. Als ich den Staubsauger hervorhole, ergreift Daisy die Flucht. Kann ich ihr nicht verübeln. Im Moment bin ich sowieso ganz schlechte Gesellschaft. Als auch blitzsaubere Fußböden meinen unruhigen Verstand nicht beruhigen können, gehe ich schließlich in Evans Zimmer, wo Daisy sich zu seinen Füßen eingerollt hat, während er ein Videospiel spielt.

»Hey«, sage ich.

Er sieht von seinem Spiel auf. »Was gibt's?«

»Nichts.«

Evan beantwortet die Frage, die unausgesprochen in der Luft liegt. »Mir hat er auch nicht zurückgeschrieben.«

»Ja, dachte ich mir.« Ich lehne mich an den Türrahmen und weiß gar nicht, weswegen ich hergekommen bin, aber ich habe es satt, allein zu schmoren. Ich bin jemand, der macht, nicht auf etwas wartet. Ich hasse es stillzusitzen. Wenn Cooper mich für unseren Streit bestrafen wollte, dann ist ihm das gelungen.

»Komm her.« Evan dreht den Kopf und hebt den zweiten Controller für seine Konsole auf. Die ist schon etwas älter und läuft auf einem Flachbildschirm, der aussieht, als wäre er im Pfandhaus gelandet, nachdem ihn irgendwer aus dem Fenster geworfen hat. Der Bildschirm funktioniert nicht mehr richtig, und der Rahmen hat einen Sprung, der mit schwarzem Klebeband notdürftig geflickt ist.

Mein erster Gedanke ist, dass Evan einen neuen braucht. Als wüsste er genau, was in meinem Kopf vorgeht, sieht er mich mit einem Grinsen an, das mir sagt, dass ich mir darum keine Sorgen machen soll.

Richtig. Grenzen. Daran muss ich arbeiten. Nicht jeder will meine Hilfe.

»Du bist der Typ da«, erklärt er mir und gibt mir dann eine schnelle Erklärung des Spiels, während wir auf dem Bettrand sitzen. »Verstanden?«

»Ja.« Das Wesentliche hab ich kapiert, denke ich. Ich meine, mein Ziel, und wie ich mich fortbewege. Im Grunde genommen. Irgendwie.

»Folge mir«, befiehlt er und beugt sich vor.

Es geht nicht gut. Wir geraten in einen Hinterhalt, und statt auf die Bösen zu schießen, zünde ich eine Granate und töte uns beide.

Evan schnaubt laut.

»Mir gefallen die Autorennen besser«, gestehe ich mit einem entschuldigenden Schulterzucken. »In denen bin ich gut.«

»Oh ja, Prinzessin. Ich habe dich fahren sehen.«

»Quatsch. Ich bin eine tolle Fahrerin. Ich bevorzuge nur einen etwas flotteren Fahrstil.«

»Wenn du es so nennen willst.«

Ich knuffe ihn mit dem Ellbogen, als sich das Level für einen neuen Versuch zurücksetzt. Diesmal versuche ich mich zu konzentrieren. Wir kommen ein klein wenig weiter, bevor ich wieder in die Luft gejagt werde.

»Es klappt nicht, oder?«

Ich beiße mir auf die Lippe. »Nicht wirklich.«

Ich weiß nicht, wieso ich dachte, dass es mich von Cooper ablenken könnte, wenn ich neben seinem Ebenbild sitze. Es ist komisch, aber ich finde, dass Evan und Cooper sich fast nie ähnlich sehen, weil sie so unterschiedliche Persönlichkeiten sind. Aber wenn ich ehrlich bin, gibt es Momente, in denen ich mir vorstelle, wie anders alles gekommen wäre ohne Bonnies unberechenbare Libido.

Was auch immer er in meinem Gesicht liest – Evan beendet das Spiel und legt unsere Controller zur Seite. »Also dann, raus damit. Was geht dir im Kopf herum?«

Auch wenn unsere Beziehung in den letzten Monaten immer enger geworden ist, ist Evan kaum der erste Mensch, an den ich mich wenden würde, um mein Herz auszuschütten. Die meiste Zeit über demonstriert er eine emotionale Tiefe, die Daisys Wassernapf entspricht. Aber in diesem Moment ist er nach seinem Bruder der Zweitbeste.

»Was, wenn er nicht zurückkommt?«, frage ich kleinlaut.

»Er muss zurückkommen. Er wohnt hier.«

Ich atme hörbar aus. »Ich meine, zu *mir*. Was, wenn er nicht zu mir zurückkommt?« Mein Puls wird schneller bei der schrecklichen Idee. »Es ist nur … Ich werde das Gefühl nicht los, dass es diesmal vorbei ist. Ein Streit zu viel und keine Chance, es wiedergutzumachen. Was, wenn Cooper genug von mir hat?«

»Okay.« Evan scheint kurz darüber nachzudenken. Auch nach all der Zeit ist es immer noch unheimlich, wie seine

Eigenheiten genau zu denen von Cooper passen, aber zugleich sind sie wie eine Aufnahme, wo der Ton nicht ganz synchron zum Video läuft. Alles weicht um eine halbe Sekunde voneinander ab. »Ich will echt kein Mistkerl oder so sein, aber das ist dumm.«

»Was genau ist dumm?«

»Alles. Du weißt doch noch, wie mein Bruder mir einmal fast die Zähne ausgeschlagen hätte, weil ich mich dir gegenüber wie ein Arsch benommen habe, oder?«

»Einmal?«, wiederhole ich mit hochgezogener Augenbraue.

Evan grinst. »Nun ja. Der Punkt ist, es würde eine Menge mehr brauchen als nur ein paar Streitereien, um ihn von dir wegzutreiben. Es gab mal einen Sommer, in dem Coop und ich uns andauernd an die Kehle gegangen sind, keine Ahnung mehr weswegen, und wir haben uns fast jeden zweiten Tag geprügelt.« Er zuckt mit den Schultern. »Das bedeutet gar nichts. Auf die Art haben wir alles geklärt.«

»Aber ihr seid Brüder«, erinnere ich ihn. »Das ist ein riesiger Unterschied.«

»Was ich nur sagen will, du bist Coop echt wichtig. Du wohnst nicht hier, weil du Miete zahlst oder weil er deine Kochkünste mag.«

Da ist was dran. Ich koche nämlich nicht. Nie. Nicht ein Mal. Und was die Miete angeht, habe ich jeden Monat, seit ich hier bin, einen Scheck auf Coopers Kommode gelegt, über einen Betrag, den ich für angemessen halte, aber er weigert sich, die Schecks einzulösen. Also lasse ich sicherheitshalber immer einen zweiten bei Evan.

»Aber …« Ich habe schon wieder die Zähne in der Unterlippe. »Du hast sein Gesicht nicht gesehen, als er abgehauen ist.«

»Ähm, ich habe schon jeden Gesichtsausdruck von ihm

gesehen.« Er zieht eine Grimasse, um mich zum Lachen zu bringen.

Na gut. Das war irgendwie witzig.

»Schau«, sagt er, »irgendwann wird Cooper sturzbetrunken hier reinstolpern und winseln, dass du ihm verzeihen sollst, sobald er wieder zur Vernunft gekommen ist. Er muss das alles Schritt für Schritt verarbeiten. Du musst ihn nur dabei in Ruhe lassen.«

Ich will ihm glauben. Dass Cooper und ich, trotz allem, was wir absolut nicht gemeinsam haben, eine Verbindung aufgebaut haben, die stärker ist als das, was uns trennt, tiefer als die Narben, die ihn nachts nicht schlafen lassen. Die Alternative ist zu schmerzvoll. Denn ich kann nicht ändern, woher ich komme, ebenso wenig wie er. Wenn dies die Distanz ist, die unsere Beziehung nicht überbrücken kann, bin ich nicht bereit, zu erwägen, wie mein neues Leben ohne ihn wäre.

Evan legt den Arm um meine Schulter. »Ich kenne Coop besser als jeder andere. Glaub mir, wenn ich sage, dass er verrückt nach dir ist. Und ich habe keinen Grund zu lügen.«

Evans Zuspruch holt meine Stimmung zumindest ein klein wenig aus dem Graben. So weit, dass ich, als mich ein Gähnen überwältigt, bereit bin, mich bettfertig zu machen.

»Versprichst du, mich zu wecken, falls er anruft?«, frage ich ihn.

»Versprochen.« Evans Stimme ist überraschend sanft. »Mach dir nicht zu viel Stress, Mac. Er wird bald wieder zu Hause sein, okay?«

Ich nicke schwach. »Okay.«

Aus »bald« wird am Ende Viertel nach zwölf. Ich wache aus unruhigem Schlaf auf, als das Bett sich neben mir senkt. Ich merke, wie Cooper unter die Decken schlüpft. Er ist noch warm vom Duschen und riecht nach Zahnpasta und Shampoo.

»Bist du wach?«, flüstert er.

Ich rolle mich auf den Rücken und reibe mir die Augen. Es ist stockdunkel im Schlafzimmer, bis auf das blasse Licht an der Seite des Hauses, das durch die Jalousien hereindringt.

»Ja.«

Cooper atmet lang durch die Nase aus. »Ich habe mit Levi geredet.«

Damit fängt er an? Ich bin nicht sicher, welche Bedeutung das für unseren Streit hat, und ich wünschte, er würde mir zuerst sagen, ob mit uns alles in Ordnung ist. Aber ich halte meine Ungeduld im Zaum. Evan sagte, sein Bruder hat einen Verarbeitungsprozess durchzumachen. Vielleicht gehört das dazu.

Also sage ich nur: »Ja?«

»Ja.« Ein langer Herzschlag. »Ich werde Anzeige gegen Shelley erstatten. Wegen Diebstahl.«

»Wow.« Auf den Gedanken bin ich gar nicht gekommen. Aber er hat recht. Mutter hin oder her, sie hat ihm zwölftausend Dollar gestohlen. »Wie fühlst du dich damit?«

»Ganz ehrlich? Beschissen. Sie ist immerhin meine Mom.« Ich bin bestürzt, als ich höre, wie seine Stimme brüchig wird. »Ich will nicht daran denken, dass sie ins Gefängnis kommen kann. Aber andererseits, was für ein Mensch bestiehlt sein eigenes Kind? Wenn ich das Geld nicht bräuchte, würde ich sagen, was solls? Zur Hölle damit. Aber das waren meine gesamten Ersparnisse. Ich habe Jahre dafür gebraucht.«

Er redet mit mir. Das ist ein gutes Zeichen.

Nur dann verstummt er, und wir liegen da, ohne uns zu berühren, und haben anscheinend beide Angst, zu viel Staub aufzuwirbeln. Aber was kann mich davon abhalten, nicht einfach den Anfang zu machen?

»Es tut mir leid«, sage ich. »Ich bin zu weit gegangen vorhin. Ich war in der Defensive und habe um mich geschlagen. Es war gemein, und das hast du nicht verdient.«

»Na ja …«, meint er, und ich glaube den Hauch eines Lächelns in seiner Stimme zu hören. »Ein bisschen hatte ich es schon verdient. Die Sache mit Shelley macht mir schwer zu schaffen, weißt du? Wenn sie kommt, will ich nichts lieber, als dass sie wieder abhaut. Und dann geht sie und klaut mein Geld …« Ich kann die Anspannung in ihm wachsen fühlen, die Anstrengung, die es ihn kostet, ruhig zu bleiben. Dann atmet er tief durch und entspannt sich wieder. »Eine Menge meiner Wut auf sie hast du abgekriegt, das war nicht okay. Und du hast recht. Ich habe einiges an Mist, das schon lange da war, bevor du aufgetaucht bist.«

»Das verstehe ich.« Ich drehe mich auf die Seite und sehe seine Silhouette im Dunkeln. »Ich dachte, dir das Geld anzubieten würde dir helfen, aber jetzt ist mir klar, dass das in dem Moment einen Nerv getroffen hat. Ich wollte nicht einfach ein Problem mit Geld zuschütten oder dich damit deiner Männlichkeit berauben, ganz bestimmt nicht. Es ist nur … so arbeitet mein Verstand eben. Ich gehe in Problemlösungsmodus – *Geld gestohlen? Hier ist Geld*. Dabei habe ich keine Sekunde lang an unsere jeweiligen Bankkonten gedacht.« Ich schlucke einen Ansturm von Schuldgefühlen hinunter. »In Zukunft, wenn es zu solchen Problemen kommt – Familie, Geld –, bin ich da, wenn du mich brauchst. Andernfalls halte ich mich raus.«

»Ich will aber nicht, dass du dich raushältst.« Er rollt sich zu mir herum. »Ich will nicht all diese Grenzen und Regeln und so Zeug.« Cooper findet im Dunkeln meine Hand und legt sie auf seine Brust. Er trägt nur Boxershorts. Seine Haut fühlt sich warm an. »Die Sache mit dem Geld wird immer da sein, und ich muss lernen, damit umzugehen. Ich weiß, dass du mir nicht so ein Gefühl geben willst.«

»Ich hatte Angst, dass du nicht zurückkommst.« Ich schlucke wieder. Schwerer. »Solange ich hier bin, meine ich.«

»Braucht mehr als das, um mich loszuwerden.« Er taucht die Finger in mein Haar ein und streicht mit dem Daumen über meinen Nacken. Es ist eine liebevolle, beruhigende Geste, die mich praktisch direkt wieder einschlafen lässt. »Ich habe mir vorhin etwas überlegt.«

»Und das wäre?«

»Ich saß in dieser schmutzigen kleinen Bar mit Levi und ein paar traurigen Gestalten, die sich vor ihren Frauen versteckten und nicht in ihre traurigen alten Häuser wollten. Typen, die nur doppelt so alt waren wie ich, aber im Grunde war ihr Leben schon gelaufen. Und ich dachte mir, verdammt, Mann, ich habe dieses irre heiße Mädchen zu Hause, und unser größtes Problem ist, dass sie mir immer Sachen kaufen will.«

Ich lächle in mein Kissen. Wenn er es so sagt, hört sich das an, als wären wir zwei Vollidioten.

»Und irgendwie hat mich da plötzlich dieser Blitz getroffen. Ich dachte, was, wenn sie nicht mehr da ist, wenn ich zurückkomme? Ich habe auf den Boden eines Glases gestarrt und mich bemitleidet. Was, wenn ich das Beste vertrieben habe, das mir je passiert ist?«

»Das ist süß, aber so weit würde ich nicht gehen.«

»Ich meine es ernst.« Seine Stimme ist sanft, aber beharrlich. »Mac, es war nie gut hier. Dann starb mein Dad, und es war klar, dass nichts je besser werden würde. Shelley ist abgehauen. Wir kamen zurecht. Haben uns nie beklagt. Und dann bist du aufgetaucht, und ich kam auf andere Gedanken. Dass ich mich vielleicht nicht mit ein bisschen besser als nichts zufriedengeben muss. Dass ich vielleicht sogar glücklich sein kann.«

Er bricht mir das Herz. Zu leben ohne Freude, ohne Vorfreude, dass das Morgen immer noch außergewöhnlich sein kann, saugt einem Menschen die Seele aus. Es ist die kalte, finstere, erstickende Unendlichkeit des Nichts, davon, von Verzweiflung verschluckt zu werden. Nichts kann wachsen an den leeren Orten, wo wir uns der Taubheit ergeben. Nie wirklich am Leben sind. Es ist derselbe lange Tunnel zur Bequemlichkeit, den ich immer näher auf mich zukommen sah, je genauer ich auf die Zukunft blickte, die Preston und meine Eltern sich für mich vorgestellt hatten.

Cooper hat mich davor bewahrt. Nicht weil er mich davon weggerissen hat, sondern weil die Begegnung mit ihm mir endlich die Möglichkeiten offenbart hat, die ich verpasst hatte. Das Hochgefühl der Unsicherheit. Leidenschaft und Neugier.

Ich befand mich in einem Dämmerzustand, bevor ich ihm begegnet bin.

»Ich dachte, ich wäre glücklich«, erzähle ich ihm und streiche mit den Fingerspitzen über seine Rippen. »Eine lange Zeit. Was gab es da zu klagen, richtig? Ich hatte alles, was ich mir wünschen konnte – nur keine Aufgabe. Eine Wahl. Auch die Möglichkeit zu scheitern, verletzt zu werden. Je etwas so sehr zu lieben, dass der Gedanke, es zu verlieren, mich innerlich zerreißt. Vorhin, als ich dachte, das mit dir und mir könnte wirklich vorbei sein, sind mir alle möglichen Dinge durch den Kopf gegangen. Ich habe mich selbst verrückt gemacht.«

Cooper dreht mein Kinn zu sich und drückt ganz leicht seine Lippen auf meine. Ich erwidere seinen Kuss.

Sein Atem ist ein warmes Flüstern über meine Lippen. »Könnte sein, dass ich mich gerade in dich verliebe, Cabot.«

Mein Herz macht einen Satz. »Oh-oh.«

»Du hast ja keine Ahnung.«

Er streicht mit den Fingerspitzen über meinen Rücken und

setzt jeden Nerv in Flammen. Ich beiße in seine Unterlippe, zupfe ein wenig daran, in unserer wortlosen Sprache, die sagt, dass ich ihn brauche. Jetzt. Damit er diesen Schmerz wegnimmt. Aber er ist frustrierend langsam dabei, mein Tanktop auszuziehen, bevor er eine Brust umfasst und an der anderen leckt. Er schiebt seine Boxershorts nach unten. Ich schäle mich aus meiner Unterwäsche, während er ein Kondom überzieht. Ein Schauer der Vorfreude jagt mir durch den Leib, als er in mich gleitet.

Er hält mich fest, während er sich in mir bewegt. Ohne Eile. Langsame, träge Stöße. Ich klammere mich an ihn und stöhne an seiner Schulter.

»Ich liebe dich auch«, sage ich und bebe in seinen Armen, als ich komme.

39

Cooper

Ein paar Tage nachdem ich Anzeige gegen Shelley erstattet habe, bekomme ich einen Anruf, dass ich auf die Polizeiwache kommen soll. Der Sheriff erzählt mir, dass die Cops sie in Louisiana aufgegriffen haben, wo sie einen unbezahlten Strafzettel ganz vergessen haben muss, nachdem ihr »Kumpel« sie in die Wüste geschickt hat. Als dann der Haftbefehl aus South Carolina auftauchte, hat der Sheriff in Baton Rouge veranlasst, dass sie zurück in die Bay gebracht wird.

Mac und mein Bruder kommen mit mir zur Polizei, aber ich bringe Evan dazu, draußen zu warten, während wir hineingehen, um mit Sheriff Nixon zu sprechen. Evan war genauso wütend wie ich, als er erfuhr, dass Shelley mich bestohlen hat, aber ich kenne meinen Bruder – er wird immer eine Schwäche für diese Frau haben. Und genau jetzt brauche ich einen klaren Kopf, ohne dass etwas mein Urteilsvermögen trübt.

»Cooper.« Sheriff Nixon schüttelt mir die Hand, bittet uns, Platz zu nehmen, setzt sich dann hinter seinen Schreibtisch und kommt gleich auf den Punkt. »Deine Mutter hatte etwa zehntausend Dollar in bar bei sich, als die Kollegen aus Baton Rouge sie hergebracht haben.«

Erleichterung überkommt mich wie ein Windstoß. Zehn Riesen. Das sind zwei weniger als das, was sie gestohlen hat, aber besser als nichts. Verdammt, es ist mehr, als ich erwartet hatte. Sie war vier Tage lang weg. Shelley schafft es locker, in der Zeit zwölf Riesen zu verprassen.

»Allerdings könnte es eine Weile dauern, bis du das Geld zurückbekommst«, fährt Nixon fort.

Ich sehe ihn stirnrunzelnd an. »Wieso das?«

Er fängt an zu schwadronieren über Beweislage und was noch alles, während ich versuche, all die Informationen aufzunehmen und zu verstehen. Das Wichtigste, Shelley muss vor Gericht. Mac stellt eine Menge Fragen, denn ich bin gerade in einer Art Schockstarre. Und sehe andauernd Shelley vor mir in einem orangen Overall und mit Handschellen. Es ist schlimm, was die Frau uns alles angetan hat, aber die Vorstellung, wie sie hinter Gittern sitzt, passt nicht. Was für ein Sohn schickt seine eigene Mutter in den Knast?

»Sie ist jetzt hier?«, frage ich Nixon.

»In Gewahrsam, ja.« Er streicht sich über den dicken Schnurrbart. Der Mann sieht von Kopf bis Fuß aus wie ein Kleinstadtsheriff. Er ist neu in der Stadt, daher bezweifle ich, dass er viel über mich und meine Familie weiß. Sein Vorgänger, Sheriff Stone, konnte uns auf den Tod nicht ausstehen. Er hat ganze Nachmittage damit verbracht, Evan und mir auf Zivilstreife an den Fersen zu kleben, um uns bei irgendwas zu erwischen.

»Was würde passieren, wenn ich es mir anders überlege?«

Mac schaut mich verdutzt an.

»Du willst die Anzeige zurückziehen?«, fragt der Sheriff und mustert mich eindringlich.

Ich zögere. »Kriege ich mein Geld dann heute noch wieder?«

»Dann gäbe es keinen Grund, es zu Beweiszwecken zurückzuhalten. Also ja.«

Und eigentlich geht es mir nur darum, um mein Geld.

»Was würde dann mit ihr passieren?«

»Falls du nicht an einer Strafverfolgung interessiert bist, wird sie freigelassen. Mrs Hartley wurde in Louisiana nur auf Antrag dieser Wache festgehalten. Die Vergehen, für die sie sich dort zu verantworten hat, haben damit nichts zu tun. Und ich wüsste nicht, dass ein weiterer Haftbefehl gegen sie vorliegt.«

Ich werfe einen Blick zu Mac. Natürlich kann sie die Entscheidung nicht für mich treffen, aber ich will von ihr die Bestätigung, dass ich das Richtige tue. Ich schätze, in dieser Situation ist jede Entscheidung beschissen.

Sie sieht mir forschend ins Gesicht und nickt dann leicht. »Tu, was du für richtig hältst«, sagt sie leise.

Ich richte den Blick wieder auf den Sheriff. »Ja, ich will die Anzeige zurückziehen. Bringen wir das hinter uns.«

Es dauert eine weitere Stunde, bis der ganze Papierkram erledigt ist und zu warten, bis ein Officer mir eine Plastiktüte mit meinem Geld darin aushändigt. Noch einmal überrollt mich eine riesige Welle der Erleichterung, als ich Mac das Geld gebe, damit sie es in ihre Tasche steckt. Und das Nächste, was ich tun werde, ist, meinen Stolz runterzuschlucken und das Geld zur Bank zu bringen, pfeif auf die Steuer.

Draußen wartet Evan beim Truck auf uns. »Alles okay?«, fragt er.

Ich nicke. »Alles okay.«

Wir wollen gerade in den Wagen steigen, als Shelley aus dem Gebäude spaziert und sich die Handgelenke reibt.

Shit.

Sie zündet sich eine Zigarette an, und als sie den Rauch ausstößt, fällt ihr Blick auf uns.

»Ich werde sie los«, sagt Mac und drückt meine Hand.

»Ist schon gut«, sage ich. »Warte im Truck.«

In typischer Shelleymanier kommt meine Mutter mit einem

fröhlichen Lächeln auf uns zu. »Tja, was für ein Tag, oder? Da hat bestimmt jemand Mist gebaut. Ich habe keine Ahnung, wo die auf der Leitung standen. Ich habe ihnen gleich gesagt, ruft meine Jungs an. Die werden euch sagen, dass ich nichts genommen habe, das nicht mir gehört.«

»Herrgott, hör auf, ja?«, fahre ich sie an.

Sie blinzelt. »Baby …«

»Oh nein, komm mir nicht mit *Baby.*« Ich halte ihren ganzen Mist und diese bescheuerten Ausreden keine Sekunde länger aus. An denen würge ich schon, seit ich fünf war, und ich habe es verdammt satt. »Du hast mein Geld gefunden und mich bestohlen, nur deshalb bist du aus der Stadt verschwunden. Ich hoffe, das war es wert.« Ich starre sie an. »*Mom.*«

»Baby, nein.« Sie streckt die Hand nach meinem Arm aus. Ich weiche einen Schritt zurück. »Ich habe mir nur ein wenig geborgt, um neu anfangen zu können. Ich wollte es gleich zurückschicken, sobald ich wieder auf eigenen Beinen stehe. Das weißt du doch. Ich dachte, dass es dir nichts ausmachen würde.«

Erstauntes Lachen kommt aus meinem Mund. »Ja, klar. Was auch immer du da erzählst, ich will es nicht mehr hören. Das war jetzt das letzte Mal. Ich will dich nicht mehr sehen. Was mich angeht, brauchst du nie wieder herzukommen. Du hast keine Söhne, Shelley.«

Sie zuckt zusammen. »Cooper, ich verstehe ja, dass du aufgebracht bist, aber ich bin immer noch eure Mutter. Und ihr seid immer noch meine Jungs. Man kehrt seiner Familie nicht den Rücken.« Sie sieht Evan an, der hinter mir steht und bisher nichts gesagt hat. »Richtig, Baby?«

»Nicht dieses Mal«, sagt er und wendet den Blick ab. Demonstrativ. Stoisch. »Coop hat recht. Ich denke, es ist besser, wenn du nicht mehr herkommst.«

Ich kämpfe gegen den Drang an, den Arm um meinen Bruder zu legen. Nicht hier. Nicht vor ihr. Aber ich weiß, welchen Schmerz er empfindet. Wie allein er sich fühlt. Heute hat Evan seine Mom verloren.

Ich habe meine schon vor langer Zeit verloren.

Shelley macht einen letzten Versuch, uns auf ihre Seite zu ziehen, bis ihr klar wird, dass sie keine Chance hat. Und im selben Moment bröckelt ihre Fassade. Ihr Lächeln erstirbt. Ihr Blick wird bösartig. Ihre Stimme bitter. Am Ende hat sie kaum Abschiedsworte für uns übrig. Kaum einen Blick, als sie uns Rauch ins Gesicht bläst und zu einem wartenden Taxi geht, das sie irgendwohin bringt, wo sie für jemand anderen zum Problem wird. Besser für uns alle.

Selbst wenn es sich in diesem Moment nicht so anfühlt.

Später, nachdem Mac für uns eine Pizza zum Abendessen bestellt hat, gehen Evan und ich mit Daisy spazieren. Wir reden nicht über Shelley. Wir reden sowieso nicht viel. Wir sind in düsterer Stimmung. Jeder ist in seinen eigenen Gedanken versunken, und doch weiß ich, dass wir genau an dieselben Dinge denken.

Als wir zurückkehren, sitzt Levi hinten auf der Veranda mit einem Bier. »Hey«, ruft er uns zu. »Bin vorbeigekommen, um zu hören, wie es bei der Polizei gelaufen ist.«

Evan geht ins Haus, um uns zwei Bier zu holen, während ich mich ans Geländer lehne und meinen Onkel auf den neuesten Stand bringe. Als ich erzähle, wie Shelley ohne Abschied im Taxi verschwand, nickt Levi in grimmiger Zufriedenheit.

»Denkst du, sie hat die Botschaft diesmal verstanden?«, fragt er.

»Bin mir nicht ganz sicher, aber so, wie sie aussah, denke ich schon.«

»Kann nicht sagen, dass sie mir leidtut.« Levi ist nie mit

Shelley ausgekommen. Kann ich ihm nicht verdenken. Das einzig Positive, das unsere Eltern uns gegeben haben, ist ein anständiger Onkel.

Evan kommt zurück auf die Veranda. »Jetzt sind wir Waisen«, sagt er und starrt hinaus auf die Wellen.

»Mist, Jungs, ich weiß, dass es nicht leicht ist. Aber ihr seid nicht allein damit. Falls ihr je etwas braucht …«

Er verstummt. Aber er muss den Satz nicht beenden. Levi hat sein verdammt Bestes getan, um uns das Gefühl zu geben, trotzdem eine Familie zu sein, und wenn man bedenkt, mit wem er es zu tun hatte, hat er einen ziemlich guten Job gemacht.

»Hey, ich weiß, dass wir es nicht oft genug sagen«, sage ich zu meinem Onkel, »aber wir stehen nur hier, weil du für uns da warst. Und es immer bist. Wenn du nicht gewesen wärst, wären wir ein Fall für die Behörden geworden und irgendwo als Pflegekinder gelandet, womöglich auch noch getrennt.«

»Wir lieben dich«, sagt Evan, und in seiner Stimme liegt Rührung.

Es schnürt Levi ein wenig die Kehle zu. Er hüstelt, seine Art, es zu kaschieren. »Ihr seid gute Jungs«, erwidert er brummig. Er ist kein Mann großer Worte. Aber wir wissen trotzdem, was er für uns empfindet.

Vielleicht hatten wir nie die Familie, die wir verdient hätten, aber am Ende haben wir die, die wir brauchen.

40

Mackenzie

Er ist total unvernünftig.

»Du hast gesagt, du bringst auf dem Heimweg Eis mit!«, rufe ich aus dem Garten, wo ich mit sechs Kühlboxen stehe, die mit Bierflaschen und Softdrinks gefüllt sind.

Mit dem Februar kam ein heftiger Wintereinbruch. Während ich mir hier draußen den Hintern abfriere, sind die Getränke warm, weil Evan die Boxen zu nahe an der Feuerstelle hat stehen lassen. Jetzt sitzt er da und chillt, und ich kämpfe mit einem Klapptisch, dessen Beine sich einfach nicht auseinanderklappen lassen. So etwas kann auch nur ein Sadist konstruiert haben.

»Die Tiefkühltruhe im Getränkemarkt war kaputt«, antwortet Cooper von der Veranda. »Heidi meinte, sie holt auf dem Weg hierher bei Publix welches.«

»Aber dann bekommen wir die Getränke nicht gekühlt, bis alle anderen kommen. Genau deshalb habe ich dich doch so früh losgeschickt!« Ich bin kurz davor, mir die verdammten Haare auszureißen. Das ist das dritte Mal, dass ich ihm das erkläre, und es ist immer noch so, als würde man mit einer störrischen Sandkrabbe diskutieren.

»Ich wäre ja selbst zu Publix gefahren, aber dann hätte ich einen Umweg machen müssen, und ich wollte schnell zurück, um beim Aufbauen zu helfen. Wäre es dir lieber gewesen, wenn du alles allein machen musst?«, ruft er zurück und wirft die Hände hoch.

»Ich war doch hier, um ihr zu helfen«, meint Evan von seinem Stuhl aus. In dem er auf seinem Hintern gesessen und das letzte kalte Bier getrunken hat, statt mir beim Aufbauen zu helfen. »Sie hat nicht unrecht, Coop«, fährt er fort und nickt mir gnädig zu, als wollte er sagen: *Siehst du, ich bin auf deiner Seite.*

»Halt du dich da raus«, sagt Cooper zu ihm.

Ich sehe beide finster an.

Es kann kaum etwas Schlimmeres geben, als nur einen Tag vor dem Geburtstag eines kaum stubenreinen Zwillingspaares selbst Geburtstag zu haben. Gestern Abend hatten sie diese brillante Idee, eine gewaltige Last-minute-Party zu schmeißen, während ich bereits ein Abendessen geplant hatte. Und so sind wir jetzt hektisch dabei, etwas auf die Beine zu stellen, nur dass Evan faul ist und Cooper die logistischen Fähigkeiten eines Herings hat.

»Vergiss es.« Ich wollte diese bescheuerte Party nicht einmal, aber sie bestanden darauf, dass es etwas ganz Großes sein müsse, da es ja mein einundzwanzigster Geburtstag ist. Aber natürlich bleibt die meiste Arbeit an mir hängen. »Ich fahre jetzt los, um das Essen vom einen Ende der Stadt zu holen, den Kuchen vom anderen Ende, dann besorge ich noch Eis und versuche, zurück zu sein, bevor es dunkel wird. Wünscht mir Glück.«

Cooper gibt ein genervtes Stöhnen von sich. »Ich rufe Heidi an und bitte sie, früher zu kommen. Okay? Zufrieden?«

Ich gebe dem Klapptisch einen Tritt und stürme die Stufen zur Verandatür hinauf, die gerade von Cooper blockiert wird. »Nicht nötig. Ich bin dankbar für jede Minute weniger, in der ich nicht ihre hämischen Kommentare und abfälligen Blicke ertragen muss. Schließlich ist das mein Geburtstag.«

»Ich hab mit ihr geredet, okay? Natürlich hab ich's nicht in der Hand, wie sie sich benimmt. Gib ihr einfach Zeit. Sie kommt drüber hinweg.«

»Weißt du, ich bin nicht mal wütend auf Heidi. Hätte man mich einen ganzen Sommer lang an der Nase herumgeführt, wäre ich auch ziemlich sauer.«

»So ist das nicht gewesen«, knurrt er.

»Für sie schon, und nur das ist wichtig. Vielleicht solltet ihr darüber mal reden.«

»Fuck, Mac. Könntest du mir mal zehn Minuten nicht auf den Wecker gehen?«

»Hey, Dumpfbacke!«, brüllt Evan aus dem Garten. »Sie hat recht!«

Cooper zeigt seinem Bruder den Mittelfinger und folgt mir ins Haus, während ich mir eilig meine Tasche schnappe und seine Schüssel suche. Als ich sie weder in der Küche noch im Wohnzimmer finde, marschiere ich ins Schlafzimmer. Er trottet hinter mir her und sieht so erschöpft aus, wie ich mich fühle.

»Weißt du was?« Ich drehe mich zu ihm um. »Ich glaube, das funktioniert nicht mehr.«

Unser ständiges Gezanke ist ermüdend. Und nervtötend, denn für gewöhnlich geht es nur um banales Zeug. Keiner ist bereit nachzugeben, und das geht so lange, bis wir völlig erschöpft sind und nicht mal mehr wissen, wie der Streit überhaupt angefangen hat.

»Was zur Hölle soll das heißen?« Er schnappt sich seine Schlüssel von der Kommode, bevor ich danach greifen kann.

Ich knirsche mit den Zähnen und stoße dann einen Seufzer aus. »Dass ich hier wohne, sollte nur eine vorübergehende Lösung sein. Und wenn ich sehe, wie wir uns ständig an die Kehle gehen, denke ich, dass ich deine Gastfreundschaft eindeutig überstrapaziert habe und ausziehen sollte.«

Und als hätte ein Windstoß ihn in die Seite getroffen, sackt Cooper in sich zusammen. Er legt die Schlüssel in meine offene Hand. »Das möchte ich nicht«, sagt er mit sanfter Stimme. »Wenn du so weit bist, dir etwas Eigenes zu suchen, verstehe ich das. Aber denke nicht, dass du meinetwegen ausziehen musst. Ich finde es schön, dass du hier bist.«

»Bist du sicher?« Mir ist aufgefallen, dass er sich über mein Eindringen in seinen Raum immer öfter beschwert, seit ich hier eingezogen bin. »Mir wäre es lieber, wenn du mir die Wahrheit sagst. Nicht das, von dem du denkst, dass ich es hören will.«

»Ich schwöre.«

Ich sehe ihm forschend ins Gesicht und er mir, und zwischen uns passiert etwas. Das, was immer passiert. Wenn unser ganzer Zorn und Frust nachlässt, wenn der Sturm vorüber ist und ich ihn wieder wahrnehme. Wie seine Tattoos sich über die Muskeln seiner Arme ziehen. Seinen breiten Brustkorb. Seinen Geruch nach Shampoo und Sägespänen.

Cooper legt seine Hände an meine Hüften. Er sieht mich mit halb geschlossenen Augen an, schließt die Tür und drückt mich dagegen.

»Ich liebe es, wenn du bei mir bist«, sagt er heiser. »Mit dir ins Bett gehen. Mit dir aufwachen. Mit dir schlafen.«

Seine Hände greifen nach dem Saum meines Kleids und ziehen es hoch, bis ich von der Taille abwärts entblößt bin. Ich spüre das Pochen meines Pulses am Hals. Er muss mich nur berühren, und schon windet sich mein Körper in Vorfreude.

»Mache ich dir denn keinen Stress?« Ich drücke die Hände an die Tür und kralle die Finger in die Rillen.

Er zwinkert, als wollte er sagen, was für ein Quatsch. Dann leckt er sich über die Lippen. »Sag mir, dass ich dich küssen soll.«

Darauf hat mein Verstand keine Antwort, aber mein ganzer Körper spannt sich an.

Er drückt seine Stirn an meine. »Wenn wir fertig sind mit Streiten, sag mir, dass ich dich küssen soll.«

Ich hasse es, mit ihm zu streiten. Aber das hier. Die Versöhnung. Nun ja, die ist der Bodensatz der Schokomilchflasche. Der Teil, den ich am liebsten mag.

»Küss mich«, flüstere ich.

Seine Lippen streifen leicht über meine. »Das …«, flüstert er, und sein Atem kitzelt meine Nase.

Er beendet den Satz nicht. Aber das muss er auch nicht. Ich weiß genau, was er meint. Das.

Einfach nur … *das*.

Wie sich herausstellt, bin ich gut bei Trinkspielen. Ich werde sogar immer besser, je mehr ich trinke. Vor heute Abend habe ich noch nie Flip Cup gespielt, aber nach ein paar Runden konnte ich nicht mehr verlieren. Ein Herausforderer nach dem anderen musste sich geschlagen geben. Danach habe ich drei Gegner beim Bier-Pong vernichtet und es dann noch geschafft, einen Typen mit tätowiertem Hals beim Dart total zu blamieren. Offenbar kann ich die Mitte der Zielscheibe gar nicht mehr *nicht* treffen, sobald ich mal eine Flasche Wein intus habe.

Jetzt stehe ich am Feuer und höre mir an, wie Tate ein Gedankenspiel darlegt, das allerdings meinem angeheiterten Hirn gewisse Probleme bereitet.

»Moment. Ich kapier das nicht. Wenn da Boote zur Insel kommen, wieso kann ich dann nicht in eins steigen und nach Hause segeln?«

»Weil das nicht der Punkt ist!« Tates blaue Augen sehen mich geradezu verzweifelt an.

»Aber so bin ich doch gerettet worden«, argumentiere ich. »Also, wieso kann ich nicht in ein Boot steigen? Warum darf ich das nicht, sondern muss zwischen Cooper und einem Haufen Vorräte wählen?«

»Aber das ist ja das eigentliche Dilemma! Nicht, wie du von der Insel wegkommst. Du musst wählen.«

»Ich wähle die Boote!«

Tate sieht aus, als wollte er mich ermorden, und das ist verwirrend, denn ich denke, die Antwort auf dieses bescheuerte Ding mit der verlassenen Insel ist völlig simpel.

»Weißt du was?« Er atmet hörbar aus und grinst dann, sodass man seine Grübchen sieht. »Du hast Glück, dass du niedlich bist, Mac. Denn was Gedankenspiele angeht, bist du echt schlecht.«

»Ooh.« Ich tätschle seinen Arm. »Du bist auch niedlich, Tate-Toffelchen.«

»Ich hasse dich«, seufzt er.

Nein, tut er nicht. Es hat etwas gedauert, aber ich denke, ich bin nicht mehr die, die außen steht, sondern ich habe endlich meinen Platz in Coopers Leben gefunden. Nein, nicht sein Leben – es ist unser Leben.

»Mir ist kalt«, verkünde ich.

»Im Ernst?« Tate deutet auf das lodernde Lagerfeuer vor uns.

»Nur weil da ein Feuer ist, heißt das nicht, dass nicht Februar ist«, entgegne ich.

Ich lasse ihn am Lagerfeuer zurück und gehe zum Haus, um mir einen Pulli zu holen. Gerade als ich die Treppe erreiche, höre ich meinen Namen, und ich will schon antworten, doch dann wird mir klar, dass Heidi gerade mit jemandem oben auf der Veranda redet. Ich lege den Kopf in den Nacken. Durch die Lücken zwischen den Latten kann ich Heidis blonden Kopf und Alanas Rotschopf ausmachen. Bei ihnen stehen ein paar andere Mädchen, die ich nicht kenne. Ich will gerade die erste Stufe hochsteigen, doch dann bleibe ich abrupt stehen.

»Ich kann ihr ja verzeihen, dass sie dämlich ist, aber sie ist so dermaßen langweilig«, meint Heidi lachend. »Und Cooper will überhaupt keinen Spaß mehr haben. Er macht nur noch einen auf Ehepaar. Er geht ja kaum noch vor die Tür.«

Kleine Wellen des Zorns laufen mir durch den Leib. Immer derselbe Mist. Nicht ein Mal habe ich Cooper davon abgehalten, sich mit Heidi zu treffen, oder ihn gebeten, sie nicht einzuladen, weil ich sie um seinetwillen zumindest ertragen kann. Ich verstehe nicht, warum sie mir gegenüber nicht dieselbe Höflichkeit an den Tag legen kann. Stattdessen kommt sie mir ständig mit bösen Blicken und diesem passiv-aggressiven Blödsinn. Und offenbar noch mit Dummgeschwätz hinter meinem Rücken.

»Ich weiß immer noch nicht, wie sie Cooper abkaufen konnte, dass er diesem Typen nie begegnet sei.« Heidi lacht wieder, diesmal selbstgefällig. »Ich meine, wach auf und riech die Verschwörung, oder?«

Moment, was?

Redet sie von Preston?

»Sie würde mir ja glatt leidtun, wenn sie nicht so leichtgläubig wäre.«

Scheiß auf Heidi. Sie weiß nicht, was sie da redet. Trotzdem würde ich gern wissen, was sie hinter meinem Rücken sonst noch so an Gift und Galle spuckt, also schleiche ich vorsichtig die Stufen hoch, und verstecke mich hinter den anderen Leuten, die in Gruppen herumstehen und plaudern.

»Okay, aber das geht jetzt schon eine ganze Weile«, sagt ein anderes Mädchen. »Da muss er schon auf sie stehen, denkst du nicht?«

»Welche Rolle spielt das?« Heidi zuckt abschätzig mit den Schultern, wie sie es immer tut. »Irgendwann wird sie erfahren, dass er sie von Anfang an belogen hat. Dass er nur aus Rache mit ihr zusammengekommen ist.«

»Lass die beiden in Ruhe«, sagt Alana. »Du hast es versprochen.«

Ich bleibe wie angewurzelt stehen. Habe ich das richtig gehört? Denn das klang gerade verdächtig danach, dass stimmt, was Heidi gesagt hat.

Was könnte es sonst bedeuten?

»Was?« In Heidis Stimme liegt ein koketter Unterton.

Ich bin inzwischen keinen Meter mehr entfernt. Und ich zittere.

»Ich habe nicht gesagt, dass ich es ihr sagen werde. Jedenfalls nicht mit Absicht.«

Mein Herz pocht unregelmäßig. Ich kann Alana sehen, sie steht da, den Mund geschlossen. Ohne Heidi zu widersprechen.

Wenn ich es richtig verstanden habe, bedeutet das also, dass Cooper mich seit dem Moment unserer ersten Begegnung belogen hat.

Noch schlimmer, er hat gelogen, als ich ihn direkt damit konfrontiert habe. Er hat mir ins Gesicht gelogen. Und er hat alle seine Freunde – *unsere* Freunde, dachte ich – dazu gebracht, die Lügen zu decken. Evan. Steph. Alana.

Ich fühle mich so klein, als könnte ich durch eine Ritze zwischen den Bodendielen fallen. Absolut gedemütigt. Wer wusste sonst noch davon? Haben sie alle die ganze Zeit hinter meinem Rücken über mich gelacht? Armer, dummer Klon.

»Na dann los«, sage ich und stürme vor, um die Konfrontation mit der Gruppe zu suchen. »Warte nicht darauf, bis es sich herumspricht oder etwas durchsickert – wieso sagst du es mir nicht ins Gesicht, Heidi?«

Alana hat noch den Anstand, zerknirscht auszusehen. Heidi dagegen tut nicht mal so, als wollte sie ihr Grinsen verbergen.

Im Ernst, die Frau bringt mich dazu, dass ich sie schlagen will. Ich habe es versucht mit ihr. Wirklich versucht. Unterhalte dich mit ihr. Sei höflich. Gib ihr Zeit. Aber egal, wie viel oder wenig ich ihr gebe, sie hat sich rundheraus geweigert, von ihrer totalen Verachtung abzurücken. Jetzt verstehe ich, wieso – sie und ich hatten keinen Waffenstillstand, sondern zwischen uns herrschte ein Krieg, der mir völlig entgangen ist. Das war mein Fehler.

»Ich habe schon verstanden, dass du mich nicht ausstehen kannst«, sage ich gereizt. »Such dir ein neues Hobby.«

Sie verengt die Augen zu schmalen Schlitzen.

Ich wende mich von ihr ab und sehe Alana an. »Ist das wahr? Es ging darum, Rache an meinem Ex zu nehmen? Cooper hat gelogen?«

Es laut auszusprechen bereitet mir ein mulmiges Gefühl. Der ganze Alkohol, den ich heute Abend getrunken habe, brodelt gefährlich in meinem Bauch, als ich die Ereignisse der letzten sechs Monate Revue passieren lasse. In meiner Erinnerung gehe ich ein Dutzend frühere Gespräche mit Cooper durch, während ich mich frage, welche offensichtlichen Hinweise ich ignoriert habe. Wie oft lag die Antwort direkt vor mir, aber ich war zu verliebt in seine unergründlichen Augen und sein schiefes Lächeln?

Rätselhaft wie immer, offenbart Alana keine Emotionen. Nur Zögern. Ich dachte, wir wären uns nahe gekommen, hätten die schwierige Phase hinter uns gelassen, um tatsächlich Freunde zu werden. Und doch steht sie hier, schweigend, mit verschlossener Miene, während Heidi mich zur Zielscheibe ihres Spotts macht. Ich schätze, ich bin wirklich dumm. Sie haben mich alle zum Narren gehalten.

»Alana«, dränge ich sie und krümme mich fast, als ich die Hilflosigkeit in meiner Stimme höre.

Es dauert unendlich lange, dann sehe ich ein Aufflackern von Reue in ihrem Gesicht.

»Ja«, sagt sie. »Es stimmt. Cooper hat gelogen.«

41

Cooper

Ich erhasche einen Blick auf Mac durch die Flammen des Lagerfeuers, nur ganz kurz, bevor mir eine Ladung Bier ins Gesicht klatscht.

»Mistkerl.«

Verwirrung packt mich. Ich taumle rückwärts von der Feuerstelle weg und reibe mir mit sandigen Fingern über die Augen. Ich blinzle einige Male und wische mir dann mit dem Unterarm übers Gesicht. Ich blinzle wieder, und Mac steht direkt vor mir mit einem leeren roten Becher in der Hand. Unsere Freunde stehen alle da und starren uns an, und ich habe Mühe zu begreifen, was zur Hölle gerade passiert.

»Verlogener Mistkerl«, wiederholt sie schäumend vor Wut.

Evan geht auf sie zu. »Wow, wofür war das denn?«

»Nein. Du kannst mich mal.« Sie zeigt warnend mit dem Finger auf ihn. »Du hast mich auch angelogen. Ihr beide.«

Hinter ihrer Schulter sehe ich Alana, die sich durch die Menge arbeitet, gefolgt von Heidi. Alana sieht schuldbewusst aus. Heidis Miene zeigt keinerlei Regung.

Und Macs Gesicht? Verrat, nichts anderes.

Und jetzt verstehe ich. Als ich sie ansehe, ist mir, als würde ich fallen. Es ist wie diese Sekunde, wenn dein Gehirn im Kopf zuckt und wir einen wie eingefrorenen Moment des Schreckens vor dem Absturz erleben, denn wir wissen: *Das wird wehtun*. Und es gibt nichts, woran ich mich klammern kann. Sie weiß es.

»Mac, lass mich erklären«, fange ich heiser an.

»Du hast mich *benutzt*«, ruft sie.

Ihr Arm schnellt vor, und der leere Becher prallt von meiner Brust ab. Die verblüfften Zuschauer stehen schweigend da und ziehen sich auf die andere Seite des Lagerfeuers zurück.

»Es ging die ganze Zeit nur um Rache.« Sie schüttelt immer wieder den Kopf, und auf ihrem Gesicht spiegeln sich sämtliche Emotionen von Scham über Wut bis zu Enttäuschung.

Ich denke an den ersten Abend, als ich auf sie zuging, und daran, wie bescheuert ich mir vorkam, weil ich Interesse an irgendeinem hochnäsigen Klon vortäuschen musste. Daran, wie sie mich mit ihrem Lächeln und ihrem Verstand für sich gewonnen hat.

Was zur Hölle hat sie nur in mir gesehen, dass es mit uns so weit kommen konnte?

»Am Anfang war das tatsächlich so«, gebe ich zu. Ich habe nur Sekunden, wenn überhaupt, um reinen Tisch zu machen, bevor sie davonläuft und nie wieder mit mir spricht, also rede ich Klartext. »Ja, ich habe dich gesucht, weil ich es ihm heimzahlen wollte. Ich war dumm und sauer. Und dann bin ich dir begegnet, und das hat mein ganzes Leben auf den Kopf gestellt, Mac. Ich habe mich in dich verliebt. Die letzten sechs Monate waren die besten meines Lebens.«

Auch die härtesten Monate. In denen sie es mit mir ausgehalten hat. Obwohl ich so bin, wie ich bin. Ich habe ihr so viel Mist an den Kopf geworfen, dass sie jederzeit einen Grund gehabt hätte, sich von mir zu trennen, aber sie hat einen Weg gefunden, mich trotzdem zu lieben. Natürlich würde ich das hier vermasseln. Wie konnte ich je etwas anderes denken?

Aber heilige Scheiße, der Gedanke, Mackenzie zu verlieren, der tut mehr weh, als ich mir je vorgestellt hätte. Mein Herz fühlt sich an, als würde es in einem Schraubstock zerquetscht.

»Und ja, ich hätte schon längst reinen Tisch machen sollen. Aber gottverdammt, ich hatte einfach Angst.« Meine Kehle wird immer enger, ich bekomme kaum noch Luft. »Ich hatte Angst vor genau diesem Moment. Ich habe einen schrecklichen Fehler gemacht, und ich dachte, wenn du nicht davon erfährst, wird es dir auch nicht wehtun. Ich wollte dich davor bewahren.«

»Du hast mich gedemütigt«, sagt sie unter Tränen und voller Zorn. Ich will sie in die Arme nehmen, ihr den Schmerz nehmen, aber ich bin derjenige, der ihr das antut, und ihr niedergeschlagener Blick, mit dem sie mich ansieht, zerreißt mir das Herz. »Du hast mich zu einer Idiotin gemacht.«

»Bitte, Mac. Ich tue alles.« Ich nehme ihre Hände und drücke sie, als sie sich abwenden will. Denn ich weiß, sobald sie den ersten Schritt gemacht hat, wird sie nicht mehr stehen bleiben. »Ich liebe dich. Lass es mich beweisen. Gib mir eine Chance.«

»Du hattest eine Chance.« Tränen laufen ihr über die Wangen. »Du hättest mir schon vor Monaten die Wahrheit sagen können. Du hattest unzählige Gelegenheiten, zum Beispiel an dem Tag, als ich dich direkt gefragt habe, ob du Preston kennst und ob er daran schuld ist, dass du gefeuert wurdest. Aber du hast mir nicht die Wahrheit gesagt. Stattdessen hast du zugelassen, dass alle hinter meinem Rücken über mich lachen.« Mac entzieht mir ihre Hände und wischt sich über die Augen. »Ich hätte dir vielleicht alles andere verzeihen können, wenn du mir nicht ins Gesicht gelogen hättest. Das muss ich dir lassen, Cooper, das hast du echt gut gemacht. Und dann hast du alle, die ich für meine Freunde gehalten habe, dazu gebracht, auch zu lügen. Du hast mich mit dieser Scheiße vor allen anderen bloßgestellt, und das zu deiner eigenen Unterhaltung.«

»Mackenzie.« Es kommt mir vor, als würde ich mich an einen Strohhalm klammern, der mir durch die Finger gleitet. Mit jedem Atemzug entfernt sie sich weiter von mir. »Lass mich das in Ordnung bringen.«

»Da gibt es nichts in Ordnung zu bringen.« Ihre Miene wird erschreckend ausdruckslos. »Ich packe jetzt meine Sachen, und dann gehe ich. Denn das ist das Einzige, was mir noch bleibt. Und versuch nicht, mich aufzuhalten.«

Dann dreht sie sich um und verschwindet aus dem Schein des Feuers.

Als sie weg ist, herrscht Stille.

»Hör nicht auf sie«, platzt Evan heraus und stupst mich an der Schulter. »Geh ihr nach.«

Ich starre vor mich hin. »Das will sie nicht.«

Ich kenne Mac gut genug, um zu wissen, wann ihr Entschluss feststeht. Alles, was ich jetzt tue, wird sie nur noch schneller vertreiben und den Hass verhärten. Denn sie hat recht. Ich war ein beschissener Typ, als ich ihr begegnet bin.

Nichts, was ich seitdem getan habe, hätte sie vom Gegenteil überzeugen können.

»Dann gehe ich«, knurrt Evan und schüttelt meine Hand ab, als ich versuche, ihn aufzuhalten.

Was auch immer er vorhat. Er wird ihre Meinung nicht ändern können. Sie geht.

Sie ist weg.

Alle anderen machen sich langsam auf den Weg, bis ich allein am Strand zurückbleibe. Ich sinke in den Sand. Ich sitze da, keine Ahnung wie lange – so lange, bis das Lagerfeuer nur noch ein Haufen kalter Asche ist. Evan kommt nicht zurück. Es hat keinen Sinn, mir zu sagen, was ich schon weiß. Bis ich durch die Überreste der abgebrochenen Party zurück zum Haus trotte, geht über den Wellen schon die Sonne auf.

Daisy kommt nicht angerannt, damit ich sie rauslasse, als ich ins Haus gehe. Ihr Wassernapf steht nicht in der Küche.

Der halbe Kleiderschrank in meinem Zimmer ist leer.

Ich lasse mich aufs Bett fallen und starre an die Decke. Ich fühle mich taub. Leer.

Ich wünschte, ich hätte damals schon gewusst, wie schwer es sein würde, Mackenzie Cabot zu vermissen.

42

Mackenzie

Ich habe mein ganzes bisheriges Leben ohne Cooper Hartley verbracht. Dann, sechs Monate zusammen, und ich weiß nicht mehr, wie es war, ihn nicht zu kennen. Sechs Monate, und dann genügen wenige Minuten, um alles kaputt zu machen.

Eine mitgehörte Unterhaltung.

Ein kurzes niederschmetterndes Geständnis.

Und so schnell, wie man ein brennendes Streichholz ausbläst, wurde mein Herz taub.

Nachdem ich Coopers Haus mutlos und benommen wie in einem Nebel verlassen hatte, saß ich mit Daisy hinten in einem Taxi und habe den Fahrer dafür bezahlt, dass er mich fast zwei Stunden lang durch die Stadt fährt. Irgendwann bat ich ihn, mich zum Wohnheim auf dem Campus zu bringen. Ich stand vor Bonnies Tür mit meiner Tasche in der einen und Daisys Leine in der anderen Hand, und mit mitfühlendem Gesichtsausdruck hieß sie mich willkommen. Zum Glück schläft ihre neue Mitbewohnerin die meisten Nächte auswärts. Weniger Glück hatte ich am nächsten Morgen, als die anderen Studenten auf dem Weg zum Unterricht schwatzend über die Flure gingen und Daisy bei dem ungewohnten Lärm zu bellen begann. Auf der Stelle war der Wohnheimbetreuer da und verlangte, dass wir gehen.

Damit Bonnie keinen Ärger bekommt, habe ich ihm erzählt, dass wir nur für ein paar Minuten vorbeigeschaut hätten, aber ich bin nicht sicher, ob er es mir abgekauft hat. Bis zum Nachmittag saßen Daisy und ich wieder auf dem Rücksitz eines Taxis und suchten nach einem Plan B. Wie sich herausstellte, gibt es kein Hotel in der Bay, das Haustiere erlaubt. Irgendwas war da mal mit einer Hundeschau vor Jahren, die wohl schrecklich schiefging.

Und so finde ich mich irgendwann vor dem Haus von Steph und Alana wieder und klingle. Daisy, die kleine Verräterin, hüpft direkt auf die Couch und auf Stephs Schoß. Ich bin ein wenig widerstrebender, als ich mich neben Steph setze, während Alana versucht, ihr Verhalten zu rechtfertigen. Die beiden hatten mir mindestens ein Dutzend Textnachrichten geschickt, nachdem ich von der Party abgehauen war. Es war nicht so sehr deren Inhalt als vielmehr ihre Beharrlichkeit, die mich von ihrer Aufrichtigkeit überzeugt hat.

»Zu unserer Verteidigung«, sagt Alana und bleibt mit verschränkten Armen stehen, »wir kannten dich nicht und wussten deshalb auch nicht, dass du ziemlich cool bist.«

Das muss ich ihr lassen, sie schont auch sich selbst nicht. Sie gibt sogar unumwunden zu, dass sie keinen geringen Anteil daran hatte, das Rachekomplott zu schmieden.

»Aber im Ernst«, fährt sie fort, »als Cooper uns gesagt hat, dass das mit euch beiden etwas Ernstes ist, schien es gemeiner zu sein, dir die Wahrheit zu sagen.«

»Nein«, entgegne ich. »Es war gemeiner zu lügen.«

Denn die Wahrheit ist zwar verletzend, aber die Lüge demütigend. Als ich erfuhr, dass Preston sich durch alle möglichen Betten geschlafen hatte, wurde mir klar, was es heißt, »die Freundin« zu sein. Jahrelang hatten unsere Freunde mir ins Gesicht gelächelt und die ganze Zeit gewusst, dass ich in meiner Naivität keine Ahnung hatte von seinen »Freizeitaktivitäten« – seiner ganzen Sammlung von Marilyns. Mir kam nie der Gedanke, dass Cooper mich ebenfalls belügen könnte. Oder dass wieder die Leute, die ich Freunde nenne, seine Komplizen spielen würden, um mich im Ungewissen zu lassen. Manche Lektionen muss man wohl zweimal lernen.

Nichtsdestotrotz bin ich nicht gänzlich ohne Gnade. Die Mathematik der Loyalität ist schließlich kompliziert. Sie waren zuerst Coopers Freunde. Ich kann das in der Gleichung nicht außer Acht lassen. Es wäre durchaus mein gutes Recht, die beiden für das, was sie getan haben, zu hassen, aber ich sehe auch, dass sie zwischen den Stühlen saßen. Sie hätten mir die Wahrheit sagen sollen, ja. Aber es war Cooper, der sie beschworen hat, nichts zu sagen. Es war sein Hintern, den sie gedeckt haben.

Wenn irgendwer schuld an der ganzen Sache ist, dann er.

»Wir haben ein schlechtes Gewissen deswegen«, sagt Steph. »Es war beschissen, so etwas mit jemandem zu machen.«

»Ja«, stimme ich zu.

»Es tut uns leid, Mac. Es tut *mir* leid.« Vorsichtig streckt sie die Hand aus und drückt meinen Arm. »Und falls du einen Platz zum Schlafen brauchst, kannst du gern in unserem freien Zimmer wohnen, okay? Nicht nur, weil wir dir etwas schuldig sind, sondern auch, weil du wirklich cool bist und ich, wir« – sie wirft Alana einen Blick zu – »dich als gute Freundin sehen.«

Trotz der ganzen Verwicklungen scheint es mir die beste Entscheidung zu sein, hierzubleiben, bis ich eine dauerhafte Lösung finde. Außerdem sieht es so aus, als würde Daisy sich hier schon wie zu Hause fühlen.

»Und wir reden nicht über Cooper, es sei denn, du willst es«, verspricht Alana. »Obwohl, wenn du mich fragst, ist er ziemlich kaputt wegen allem. Evan sagt, er hat die ganze Nacht am

Strand in der Kälte gesessen und bloß hinaus aufs Meer gestarrt.«

»Soll ich jetzt Mitleid mit ihm haben?«, frage ich stirnrunzelnd.

Steph lacht verlegen. »Nun ja, nein, du hast allen Grund dazu, sauer zu sein. Ich hätte volles Verständnis, wenn du seinen Truck abfackeln wolltest.«

»Der ganze Racheplan war kindischer Blödsinn«, meint Alana. »Aber dass er dich mag, hat er nicht vorgetäuscht. Wir haben ihm nämlich gesagt, dass er nicht nur so tun darf, als würde er sich in dich verlieben.«

»Und es tut ihm leid«, sagt Steph. »Er weiß, dass er Mist gebaut hat.«

Ich warte ein paar Sekunden ab, aber anscheinend sind sie fertig mit Argumentieren. Gut. Dann können wir jetzt ein paar Grenzen festlegen.

»Ich verstehe, dass ihr zwei zwischen den Stühlen sitzt, und das ist übel«, sage ich. »Also, wie wäre es, wenn wir eine Hausregel aufstellen: Ich werde nicht komisch, sobald jemand seinen Namen erwähnt, oder lästere in eurer Gegenwart über ihn, und ihr seid einverstanden, keinen Wahlkampf für ihn zu betreiben. Abgemacht?«

Steph schenkt mir ein trauriges Lächeln. »Abgemacht.«

In dieser Nacht gestatte ich mir, allein im Dunkeln zu weinen. Den Schmerz und Zorn zu spüren. Mich davon zerreißen zu lassen. Und dann verdränge ich beides und vergrabe es tief. Ich wache am Morgen auf und rufe mir ins Gedächtnis, dass es in meinem Leben eine Menge mehr gibt als Cooper Hartley. Das ganze letzte Jahr über habe ich mich über all die Dinge beschwert, die mich daran hindern, mich auf mein Unternehmen zu konzentrieren. Tja, jetzt hält mich nichts mehr auf. Ich habe den ganzen Tag Zeit und mehr als genug Arbeit mit meinen

Websites und dem Hotel. Zeit, die verschmierte Wimperntusche abzuwischen und die toughe Geschäftsfrau zu sein.

Pfeif auf die Liebe. Bau das Imperium auf.

43

Cooper

»Hey, Coop, bist du da?«

»Hier hinten.«

Heidi findet mich in der Werkstatt, wo ich mich die letzten sechs Stunden verschanzt habe. Über die Website, die Mac für mich eingerichtet hat, kommen jede Menge Bestellungen für neue Möbelstücke herein.

Sie hatte jemanden, der ihre Apps entwickelt hat, darum gebeten, die Website zu gestalten, und einer von ihren Marketingleuten hat auch noch einen Werbeaccount für mich auf Facebook eingerichtet. Nur ein Beispiel mehr, wie sie mein Leben zum Besseren verändert hat. Die Bestellungen kommen fast schneller, als ich sie abarbeiten kann, also bin ich jede Sekunde, die ich nicht auf einer von Levis Baustellen verbringe, hier drin und schufte mir den Hintern ab. Ich kann nicht sagen, dass mich die Ablenkung stören würde. Entweder ich bleibe beschäftigt, oder ich wälze mich in selbstzerstörerischer Trübsal.

Ich begrüße sie mit einem kurzen Nicken. Gerade bin ich dabei, ein grobes Stück Eichenholz von einem umgestürzten Baum zu einem Stuhlbein zu verarbeiten. Die immer gleichen Bewegungen – lange, gleichmäßige Striche mit dem Hobel – sind alles, was mich dieser Tage bei Verstand hält.

»Wieso sieht deine Veranda wie ein frisches Grab aus?«, fragt Heidi und setzt sich auf die Werkbank.

»Mac. Sie schickt alle meine Blumensträuße zurück.«

Seit zwei Wochen sende ich ihr Blumen, körbeweise. Und jeden Tag landen sie stattdessen auf meiner Veranda.

Am Anfang habe ich sie zum Hotel geschickt, da ich wusste, dass sie täglich dort ist, um nachzusehen, wie eine von Levis Mannschaften dort vorankommt. Doch dann habe ich Steph entlockt, dass Mac bei ihr und Alana wohnt. Ich dachte mir, dass ich doch bestimmt sie oder Alana dazu bringen kann, die Lieferung anzunehmen. Aber Fehlanzeige.

Die Beharrlichkeit, mit der die Frau sich weigert, meine Entschuldigung anzunehmen, ist echt lächerlich. Sie hat sogar unseren Hund mitgenommen. Ich wache immer noch mitten in der Nacht auf und denke, ich höre Daisy draußen bellen. Ich rolle mich hinüber und frage Mac, ob sie sie hinausgelassen hat – nur um festzustellen, dass keine von ihnen da ist.

Ich vermisse meine Mädchen, verdammt. Ich werde noch wahnsinnig.

»Schätze, das beantwortet die Frage, wie es um euch beide steht.« Heidi malt ein trauriges Gesicht in den feinen gelben Staub. »Na ja, ich hab ja gesagt …«

»Ich schwöre bei Gott, Heidi, bring den Satz zu Ende, und du solltest besser nie wieder hier auftauchen.«

»Wow, was soll das, Coop?«

Ich lege zu viel Kraft in den Hobel und verpasse dem Stuhlbein eine tiefe Schramme. Verdammt. Ich schmeiße den Hobel quer durch die Werkstatt, polternd landet er irgendwo auf dem Boden.

»Jetzt hast du doch, was du wolltest, oder, Heidi? Mac will nicht mit mir reden. Und jetzt was? Bist du hier, um deine Schadenfreude auszuleben? Lass mich in Ruhe, verdammt.«

»Du denkst, ich habe dir das angetan?«

»Ich weiß, dass du es warst.«

»Gott, Cooper, du bist so ein Arsch.« Mit zornroten Wangen wirft Heidi mir eine Handvoll Sägespäne ins Gesicht.

»Scheiße«, fluche ich. Ich habe Sägespäne im Mund und in der Nase.

Vor mich hin brummend gieße ich mir eine Flasche über den Kopf und spucke Späne auf den Boden. Mein Blick folgt Heidi, während sie aufgebracht in der Werkstatt auf und ab geht.

»Ich habe dich gewarnt, dass das eine schlechte Idee ist«, schäumt sie. »Ich habe gesagt, es ist grausam, so mit jemandem zu spielen. Aber du hast nicht auf mich gehört, weil, *Oh diese Heidi, die ist doch nur eifersüchtig.* Richtig? Das hast du doch gedacht?«

Ich verspüre leichte Schuldgefühle, denn ja, das war genau das, was ich dachte, als sie gegen Evans Racheplan protestierte.

»Tja, tut mir leid, dass dir das alles genau so um die Ohren geflogen ist, wie ich es vorausgesagt habe.« Sie zeigt mit dem Finger auf mich. »Schieb das nicht auf mich.«

Ich zeige mit dem Finger auf sie. »Nein, du hast Mac nur das Leben schwer gemacht, jede Sekunde, die sie da war, bis du endlich deine Chance hattest, sie in die Flucht zu schlagen.«

»Sie hat gelauscht. Spiel blöde Spiele, gewinn blöde Preise.«

Ich habe verdammt noch mal genug von Heidi und ihrem Verhalten. Sechs Monate lang habe ich mich gezwungen, zu lächeln und es auszuhalten, aber es gibt eine Grenze.

»Du hast ziemlich deutlich gemacht, dass du sie hasst, von der Sekunde an, als wir zusammenkamen. Ich habe dich gebeten, als Freund, mir diesen einen Gefallen zu tun. Stattdessen bist du mir in den Rücken gefallen. Ehrlich, ich dachte, ich könnte auf dich zählen.«

Heidi macht einen Satz nach vorn und wirft einen Schleifklotz nach mir, den ich abfangen kann, bevor er mein Gesicht trifft. »Jetzt komm mir bloß nicht mit diesem Loyalitätsscheiß. Seit letzten Sommer hast du die ganze Zeit so getan, als wäre ich die liebeskranke Psycho, die nicht von deinem Schwanz lassen kann, dabei warst du derjenige, der eines Tages betrunken und geil vor meiner Tür auftauchte, und einen Tag später behandelst du mich wie eine Stalkerin.«

»Was soll das denn jetzt?«

»Du Mistkerl.« Heidi geht um den Tisch herum. Jetzt steht sie gefährlich nah an meinen Meißeln und Hämmern. »Ja, okay, tut mir leid, ich habe den unverzeihlichen Fehler gemacht, Gefühle für dich zu entwickeln. Dann kreuzige mich doch. Ich erinnere mich nicht, dass du mir gesagt hättest, das mit uns wäre vorbei. Ich erinnere mich nicht an ein Gespräch, in dem du gesagt hast: *Hey, es ist nur Sex, und wir sind cool, oder?* Ich kriege nur eines Tages eine Abfuhr, und das war's.«

Ich zögere und zwinge mich, auf den vergangenen Sommer zurückzublicken. Meine Erinnerung ist ein wenig verschwommen, was die Details angeht. Ich bin nicht mal sicher, wie wir zum ersten Mal im Bett gelandet sind. Ich kann auch nicht sagen, dass ich mich an ein *Was sind wir?*-Gespräch erinnere. Keine Diskussion, bei der wir ein paar Grundregeln festgelegt hätten. Ich bin einfach nur davon ausgegangen.

Und genau jetzt, als ich merke, wie mir die Farbe aus dem Gesicht weicht und Schuldgefühle mir den Magen umdrehen, wird mir klar, dass vielleicht ich hier der Mistkerl war.

»Mir war nicht klar, dass du so empfunden hast«, gebe ich zu und bleibe auf Abstand, denn ein weiterer Gewaltausbruch ist nicht ausgeschlossen. »Ich dachte, wir wären der gleichen Meinung. Und dann, ja, ich schätze, ich habe mich wohl irgendwie in die Ecke getrieben gefühlt und den leichten Ausweg gewählt. Ich wollte nicht, dass es peinlich wird.«

Heidi seufzt und lässt sich auf einen Hocker sinken. »Du hast mir das Gefühl gegeben, als wäre ich nur irgendeine Affäre. Als würde ich dir gar nichts bedeuten, nicht einmal als Freundin. Das hat wirklich wehgetan, Coop. Und dann war ich echt wütend auf dich.«

Verdammt. Heidi hat mir immer den Rücken frei gehalten. Aber ich war so von mir selbst überzeugt, dass mir nicht einmal in den Sinn gekommen ist, wie sehr ich ihr unrecht getan habe.

»Komm her«, sage ich grummelig und breite die Arme aus.

Sie kommt tatsächlich zu mir und lässt sich von mir umarmen. Auch wenn sie mir noch einen Schlag in die Rippen verpasst, bevor sie die Arme hinter meinem Rücken verschränkt.

»Es tut mir leid«, sage ich. »Ich wollte dich nicht verletzen. Wenn ich mitbekommen hätte, dass jemand anders so mit dir umspringt, hätte ich den bewusstlos geprügelt. Das war absolut nicht cool.«

Sie blickt zu mir hoch, und in ihren Wimpern hängen Tränen. Hastig wischt sie sich über die Augen. »Ich schätze, mir tut es auch leid. Ich hätte meine Hosen für große Mädchen anziehen und dir wie eine Erwachsene die Bremsleitungen durchschneiden sollen, statt alles an deiner Freundin auszulassen.«

Oh, Heidi, verdammt. Bei ihr weiß man nie. Ich würde es ihr zweifelsohne zutrauen.

Ich drücke sie noch einmal und lasse sie dann los. »Vertragen wir uns wieder?«

Sie zuckt mit den Schultern. »Klar, das werden wir.«

»Falls ich noch ein wenig mehr zu Kreuze kriechen soll, musst du es nur sagen.« Ich sehe sie mit einem selbstironischen Grinsen an. »In den letzten Wochen bin ich darin echt gut geworden.«

Ihre Lippen zucken amüsiert. »Die Blumen auf deiner Veranda sagen etwas anderes. Aber klar, es wird ein bisschen Zu-Kreuze-Kriechen brauchen. Du kannst dich nicht wie ein Fuckboy benehmen und erwarten, damit durchzukommen.«

Ich zucke zusammen. »Du lieber Gott. Nein. Lass mich auf keinen Fall damit durchkommen.« Ein Stöhnen dringt über meine Lippen. »Mir ist gerade etwas klar geworden. Ich bin Evan. Ich habe mich dir gegenüber wie Evan verhalten.«

Heidi bricht in schallendes Gelächter aus und beugt sich vor, um sich die Seite zu halten. »Oh mein Gott, stimmt«, japst sie. Als sie sich wieder gefangen hat, sind ihre Wangen gerötet und voller Tränen, aber vor Lachen statt vor Schmerz. Sie grinst mich an und meint: »Ich habe fast das Gefühl, als wäre das Strafe genug.«

Ich kenne Heidi gut genug, um sicher zu sein, dass wir diese Sache klären, vor allem nach unserem vielversprechenden Gespräch in der Werkstatt. Die schwerere Mission jetzt ist Mac, deren Entschlossenheit, mich zu ignorieren, selbst meine pessimistischsten Erwartungen übertroffen hat. Zwei Wochen werden zu drei, und die sture Frau tut weiterhin so, als würde ich nicht existieren.

Ich bin dazu übergegangen, ihr zu schreiben, wenn ich Feierabend habe, eine Belohnung für mich selbst dafür, dass ich den ganzen Tag durchgehalten habe, ohne ihr ein Dutzend Sprachnachrichten zu schicken. Nicht dass sie je antwortet, aber ich klammere mich an die Hoffnung, dass sie es eines Tages doch tut.

Ich habe gerade auf Senden gedrückt nach meinem letzten *Bitte bitte ruf mich an*, und Evan und ich wollen gerade in meinen Truck steigen, als Levi uns bittet, ihn beim Büro seines Anwalts auf der Main Street zu treffen. Vor Kurzem hat er mal erwähnt, dass er sein Testament ändern will, also nehme ich an, dass es darum geht. Aber als wir dort sind, lässt er die Bombe platzen.

Nachdem wir in einen kleinen Konferenzraum geführt wurden und Platz genommen haben, schiebt Levi ein paar Dokumente über den Tisch.

»Für euch, Jungs«, sagt er.

»Was ist das?«, frage ich.

»Lies es dir kurz durch.«

Verwirrt überfliege ich die Dokumente. Meine Augen werden groß, als mein Blick auf die Worte *Hartley & Sons* fällt. »Levi, was ist das?«, wiederhole ich.

Evan greift nach den Dokumenten und beginnt ebenfalls zu lesen.

»Ich strukturiere die Firma um«, erklärt Levi und schiebt uns zwei Kugelschreiber zu. »Und falls du interessiert bist, Coop, wird dein Möbelgeschäft Teil der neuen *H & S*.«

»Moment.« Evan hebt den Kopf. »Du willst uns zu Eigentümern machen?«

Levi nickt mit einem Lächeln. »Gleichberechtigte Partner.«

»Ich …« Mir fehlen die Worte. Ich bin sprachlos. Das habe ich absolut nicht kommen sehen. »Ich verstehe das nicht. Warum machst du das?«

Levi räuspert sich und wirft seinem Anwalt einen Blick zu, woraufhin der sich aus seinem großen Ledersessel erhebt, um uns allein zu lassen. »An dem Tag, als Shelley endgültig die Stadt verlassen hat und ich zu euch gekommen bin, um nach euch zu sehen«, fängt er an. Dann verstummt er und räuspert sich wieder. »Was ihr Jungs gesagt habt, ist mir echt an die Nieren gegangen. Dass ihr jetzt ganz allein seid. Dass ihr euch wie Waisenkinder fühlt. Und, na ja, wenn ich ehrlich bin, seid ihr beide für mich immer wie Söhne gewesen.«

Levi war nie verheiratet und hat keine Kinder. Erst als wir in der Highschool waren, begriffen Evan und ich, dass sein Freund und Mitbewohner Tim sein Lebenspartner ist. Die beiden sind zusammen, seit ich denken kann, obwohl sie es nicht öffentlich machen. Die Bay, in der Levi aufwuchs, ist aus einer anderen Zeit, daher verstehe ich es. Er zieht es vor, sein Privatleben auch privat zu halten, und wir haben immer versucht, das zu respektieren.

»Ich dachte mir, na ja, machen wir es offiziell.« Er schluckt und rutscht verlegen auf seinem Stuhl herum. »Also, das heißt, wenn ihr damit einverstanden seid.« Noch ein Schlucken. »Ich will sichergehen, dass ihr Jungs ein Erbe in dieser Stadt habt, auf das ihr stolz seid.«

Ich kann ihn nur anstarren. Denn … Wow. Noch nie zuvor hat jemals irgendwer irgendwas für uns getan. Als wir aufwuchsen, haben die meisten uns als aussichtslose Fälle abgeschrieben, die unweigerlich so enden würden wie unsere Eltern. Säufer. Versager. Und alle haben auf den Tag gewartet, an dem sie mit dem Finger wedeln und sagen könnten: *Seht ihr, wir wussten es.* Aber nicht Levi. Vielleicht, weil er zu unserer Familie gehört, aber vor allem, weil er ein anständiger Kerl ist. Er sah uns als schützenswert an. Er wusste, mit einer Chance, mit ein klein bisschen Hilfe, würden wir es schaffen. Vielleicht mit ein paar Schrammen, aber doch in einem Stück.

»Also, was sagt ihr?«, fragt er.

Mein Bruder zögert keine Sekunde und schnappt sich einen Kuli. »Verdammt, jawohl«, sagt er, und seine brüchige Stimme verrät, dass ihm das alles ebenso nahegeht wie mir.

Ich wusste immer, dass wir unserem Onkel wichtig sind und dass er uns nie im Stich lassen würde, aber das ist mehr, als ich je erwartet hätte. Es ist eine echte Zukunft. Etwas, auf das man aufbauen kann. Es ist das Gefühl, dass Evan und ich endlich ein festes Fundament in dieser Welt haben. Etwas, das nicht vor unseren Augen zu Staub zerfällt.

Evan kritzelt seine Unterschrift unten auf die Seite. Dann springt er auf und schüttelt Levi zuerst die Hand und klopft ihm dann auf den Rücken. »Danke, Onkel Levi«, sagt er in einem sehr ernsten, Evan-untypischen Tonfall. »Wir werden dich nicht enttäuschen. Versprochen.«

Meine Hand zittert leicht, als ich meine Unterschrift auf die Seite setze. Dann stehe ich auf und umarme unseren Onkel und neuen Geschäftspartner. »Ich kann dir gar nicht genug danken«, sage ich ihm. »Das bedeutet echt eine Menge für uns.«

»Dankt mir noch nicht«, sagt er grinsend. »Ihr seid jetzt Miteigentümer. Das bedeutet früh aufstehen und lange Nächte. Ich muss euch noch eine Menge beibringen.«

»Ich freue mich darauf«, sage ich und meine jedes Wort davon ernst.

»Gut. Ich denke, das Erste, was wir machen müssen: einem von euch Jungs die Leitung des Abbruchtrupps in Mackenzies Hotel zu übertragen. Das hält mir den Rücken frei, um mich auf das Sanderson-Restaurant zu konzentrieren.«

Ich zucke zusammen. Es muss nur jemand ihren Namen aussprechen, und purer Schmerz erfüllt mich. »Ja. Vielleicht kann Evan das machen. Ich glaube nicht, dass Mac mich jeden Tag auf der Baustelle sehen möchte.«

Levi runzelt die Stirn. »Ihr zwei habt euch immer noch nicht wieder versöhnt?«

Ich schüttle unglücklich den Kopf. »Sie reagiert weder auf meine Anrufe, noch nimmt sie meine Geschenke an.«

»Geschenke?«, wiederholt er amüsiert.

Mein Bruder mischt sich ein und erzählt unserem Onkel mit großem Vergnügen von dem Meer von Blumen, das ich ihr bisher geschickt habe, den zahlreichen herzförmigen Pralinenschachteln, den vollgestopften Präsentkörben. »So viele Körbe«, sagt Evan. »Es ist grauenhaft.«

»Und vergeblich«, meint Levi nach einem leisen Lachanfall. »Junge, ein Mädchen wie sie gewinnst du nicht mit Süßkram und Blumen zurück.«

»Nicht?« Frust steigt mir in die Kehle. »Was soll ich denn sonst tun? Wie soll ich sie dazu bringen, mit mir zu reden?«

Mein Onkel legt mir eine Hand auf die Schulter. »Ganz einfach. Du musst größer denken.«

44

Mackenzie

Auf dem Rückweg vom Hotel zu Steph und Alanas Haus halte ich kurz, um von ihrem Lieblingschinesen Essen mitzunehmen. Erst vor ein paar Wochen haben Levis Jungs damit angefangen, alle alten Teppiche und Rigipswände herauszureißen und sämtliche beschädigte Möbelstücke, Einbauten und alles, was man nicht mehr retten kann, zu entsorgen, doch schon jetzt ist das Gebäude im Inneren fast nicht wiederzuerkennen.

Es ist wie eine leere Leinwand.

Ich bin schon dabei, Pläne für die Inneneinrichtung zu machen. Ich habe nach wie vor die Absicht, den Originalzustand des Hotels so weit wie möglich zu erhalten und es zugleich zu modernisieren. Ich will das Gebäude mehr öffnen, sodass natürliches Licht eindringt, und für Begrünung sorgen. Es soll ein Ort der Entspannung werden, und das für gehobene Ansprüche. Der Architekt hat schon langsam die Nase voll von mir, von meinen ganzen Anrufen und Mails, in denen ich die Pläne immer wieder ändere. Ich bin sicher, dass ich ruhiger werde, sobald es mit der Renovierung losgeht. Ich will nur, dass es perfekt wird. Immerhin ist es mein Vermächtnis, das ich hier aufbaue. Mit etwas Glück steht es noch einmal fünfzig Jahre.

Mit dem gebrauchten SUV, den ich letzte Woche gekauft habe, fahre ich in die Einfahrt. Ich habe mir endlich ein Auto angeschafft, als mir klar wurde, dass ich nicht den Rest meines Lebens in dieser Stadt auf der Rückbank von Taxis und Ubers verbringen kann.

Ich mache gerade den Motor aus, als ich eine Textnachricht von meiner Mutter bekomme.

Mom: *Mackenzie, ich leite dir den Namen meiner Designerin weiter, wie versprochen. Wenn du darauf bestehst, dieses kleine Projekt fortzuführen, dann musst du es auch richtig machen.*

Mein Kichern hallt durch den Wagen. Das ist das Äußerste an Billigung, wozu meine Mutter derzeit fähig ist. Nachdem ich monatelang das strafende Schweigen meiner Eltern erduldet habe, habe ich sie dann doch kontaktiert, eine Woche nach meinem Auszug bei Cooper. Ich schiebe es auf meinen emotional problematischen Zustand. Aber mal ehrlich, auch wenn sie überheblich und herablassend sind, sie sind immer noch meine Eltern. Die einzige Familie, die ich habe. Also bin ich über meinen Schatten gesprungen und habe ihnen den Olivenzweig gereicht, und zu meiner Überraschung haben sie das Friedensangebot angenommen.

Vor ein paar Tagen sind sie sogar zum Hotel gekommen – für etwa zehn Minuten. Lange genug, dass mein Dad oft das Gesicht verziehen und meine Mom mir einen Vortrag über Stoffmuster halten konnte. Ich kann nicht sagen, dass sie begeistert von dem Projekt waren, aber sie haben sich immerhin Mühe gegeben. Ein kleiner Schritt in Richtung Normalisierung unserer Beziehung.

Ich schicke eine kurze Nachricht zurück.

Ich: *Danke, Mom. Ich rufe sie morgen an.*

Mom: *Falls du noch eine Beraterin brauchst, wenn es an die In-*

neneinrichtung geht, kontaktiere Stacy, dann schaut sie in meinen Terminkalender, ob ich Zeit habe.

Ich verdrehe die Augen. Typisch Annabeth Cabot. Aber nichts, was ich ändern kann.

Ich bin kaum durch die Haustür, als meine Mitbewohnerinnen schon herausstürmen und mir die Tüten vom Chinesen aus den Händen reißen. Alana und ich decken den Tisch, während Steph den Fernseher einschaltet, denn nun beginnt ihre Lieblingsserie, in der paranormale Phänomene untersucht werden. Sechs Stunden lang rennen erwachsene Männer mit Nachtsichtbrillen durch ein verlassenes Einkaufszentrum und schreien los, wenn sie auf eine Ratte treffen, die mit einer weggeworfenen Lebensmittelverpackung Lärm macht. Aber was solls? Es ist ihr Ding.

»Also, Steph, du wolltest doch von irgendeinem Mist erzählen, heute in der Bar«, sagt Alana und pickt sich das ganze Schweinefleisch aus dem Lo Mein, bevor jemand anders ihr zuvorkommen kann.

»Oh, richtig«, entgegnet Steph, wobei sie ihre Essstäbchen schwingt, als würde sie ein Orchester dirigieren. »Also, Caitlynn erzählt Manny, dass seine Ex ihn auf *BoyfriendFails* heruntergemacht hat. Alle in der Bar reden jetzt darüber«, erzählt sie uns mit einem Grinsen.

»Woher wissen die, dass es um ihn ging?«, fragt Alana.

»Weil wir alle dabei waren, als es passiert ist. Kurz gesagt: Manny hat letzten Monat ein Mädchen in einer Bar kennengelernt und mit nach Hause genommen. Ein paar Tage später sieht er sie wieder und bittet sie um ein Date. Ein paar Wochen lang treffen sie sich, bis wir alle zusammen zum Bowling gehen und er sie offenbar beim falschen Namen nennt. Ich weiß nicht, wie er es geschafft hat, sie die ganze Zeit über nie mit

Namen anzusprechen, aber es stellt sich heraus, dass er in jener ersten Nacht mit ihrer älteren Schwester geschlafen hat, dann war er der jüngeren Schwester begegnet und hat die beiden miteinander verwechselt.«

»Autsch.« Immer wenn ich denke, ich hätte schon alles gehört, gibt es eine neue Geschichte, die noch irrer ist.

»Auf jeden Fall, Schnellvorlauf zu heute Abend: Caitlynn zeigt Manny den Post auf *BoyfriendFails*, als dieser Teenager reinkommt. Er marschiert direkt an die Bar. Und es ist Mittagszeit, also sind wir ziemlich beschäftigt. Der Junge schreit Manny irgendwas auf Spanisch zu, schnappt sich dann den Drink von irgendwem, schüttet ihn auf die Bar und wirft ein Streichholz darauf.«

Ich schnappe laut nach Luft. »Oh mein Gott, geht es ihm gut?«

Steph winkt ab. »Oh ja, ihm geht es gut. Joe verdünnt das Zeug schon seit Jahren.«

Und genau deswegen habe ich mir als Erstes einen Anwalt genommen, der sich um einen Haftungsausschluss für die Website gekümmert hat.

»Als die Bar nicht in Flammen aufgeht, ist er wütend und springt über den Tresen«, erzählt Steph weiter. »Der Junge war nicht viel größer als eins fünfzig und bestimmt nicht älter als fünfzehn. Kann nicht das erste Mal gewesen sein, dass Manny verfolgt wurde, denn ich habe noch nie gesehen, dass er sich so schnell bewegt hat.«

Alana kichert.

»Er duckt sich hinter der Bar weg und nimmt die Beine in die Hand. Der Junge hechtet über die Tische. Geht mit einem Stuhl auf ihn los, bis Daryl ihn zu fassen kriegt und hinauswirft. Daryl muss die Türen verbarrikadieren, bis der Junge endlich aufgibt und geht. Manny schleicht sich hinten raus.«

Steph fängt zu lachen an. »Es stellt sich heraus, dass er der kleine Bruder dieser Mädchen war und Manny vermöbeln wollte. Es war hinreißend.«

»Weißt du«, sage ich und verschlucke mich beinahe am Essen, »gut für den Jungen.«

»Nicht wahr?«

Ich greife nach einer Dose Diätcola. »Apropos verbitterte Exfreunde, ich bin heute Preston über den Weg gelaufen, als ich mich mittags mit Bonnie auf dem Campus getroffen habe.«

Steph zieht eine Augenbraue hoch. »Wie ist es gelaufen?«

»Gar nicht so schlecht«, gebe ich zu. »Er war mit seiner neuen Freundin da. Niedlich, typisches Garnet-Mädchen. Ihr Vater ist irgendein Hedgefondstyp, und ihre Mutter ist Erbin eines Vermögens, das die Familie mit Ventilatoren gemacht hat. Sie sind seit ein paar Monaten zusammen.«

Alana verzieht das Gesicht. »Armes Mädchen.«

Ich zucke mit den Schultern. »Mir scheint, dass sie Preston anbetet. Und das ist doch alles, was er wirklich will, schätze ich. Eine, die lächelt und ihm dafür dankt, dass er die Entscheidungen trifft.« Ich stecke mir noch ein Stück Hühnchen in den Mund und rede weiter, während ich kaue. »Wenn es sie beide glücklich macht, wer bin ich, darüber zu urteilen?«

»Oh hey, hast du das hier gesehen?« Alana nimmt sich das letzte Stück Frühlingsrolle, wischt sich dann Sauce von den Fingern und gibt mir ihr Handy. »Von heute.«

Ich schaue auf das Display und sehe einen neuen Post auf *BoyfriendFails*. Nur dass der mit einer Warnung anfängt. Das hier kommt nicht von einer verärgerten Freundin, die anonym ihren Ex runtermacht – es ist von einem Mann, der sämtliche seiner Missetaten vor der ganzen Welt gesteht.

Ich bin der #BoyfriendFail

Ihr habt die Überschrift richtig gelesen. Ich bin der Versagerfreund. Im Sinne von: Ich habe versagt. Total. Ich habe die Frau enttäuscht, die ich liebe, ich habe uns beide enttäuscht, und ich habe mich selbst enttäuscht.

Ich hebe den Kopf und werfe Alana einen misstrauischen Blick zu, doch sie tut so, als wäre sie ganz und gar auf ihr Essen konzentriert.

Ich habe das Beste versemmelt, das mir je passiert ist. Ich habe mein perfektes Mädchen verloren, weil ich ein egoistischer Mistkerl war. An dem Abend, als ich ihr begegnete, hatte ich Rache im Sinn. Ich hatte einen Streit mit ihrem Freund. Ich wollte ihn bestrafen, weil ich seinetwegen gefeuert wurde. Und dafür, weil ich mich seinetwegen minderwertig und wie ein Versager-Townie gefühlt habe, der hier festsitzt, ohne Aussichten auf etwas Besseres. Auf mehr.
Aber dann habe ich sie kennengelernt, und etwas ist passiert. Sie hat mich inspiriert. Sie hat mir gezeigt, dass mehr in mir steckt, dass ich keinen Anker um den Hals habe, der mich zu Boden zieht. Sie hat mich glauben lassen, ich wäre zu Großem fähig.
Sie hatte recht. Aber zugleich auch unrecht. Denn ich will nichts Großes, ich will keine helle, sonnige Zukunft – wenn sie nicht an meiner Seite ist, um sie zu genießen.

Mir wird beklommen zumute, als ich weiterlese. Es ist lieb und aufrichtig. Meine Finger werden taub, und meine Augen brennen.

Sie schuldet mir keine zweite Chance, das weiß ich. Sie schuldet mir gar nichts. Aber ich will sie trotzdem darum bitten.

Gib mir eine zweite Chance, Prinzessin, und wenn du es tust, verspreche ich dir eins: Ich werde dich nie wieder belügen. Ich werde es nie als selbstverständlich betrachten, dass wir zusammen sind. Ich werde niemals, für den Rest meines Lebens, vergessen, was für ein gottverdammter Schatz du bist.

Als ich zum Ende komme, kann ich fast nichts mehr sehen, alles ist ganz verschwommen vor lauter Tränen. Der Post endet mit der Bitte, ihn kommenden Samstag um sechs Uhr zu treffen, an dem Ort, wo wir unseren Hund gerettet haben.

»Verdammt«, brumme ich und lege das Handy auf den Tisch. »Ich dachte, wir hätten eine Abmachung.«

Alana gibt mir eine Serviette, damit ich mir das Gesicht abwischen kann. »Hatten wir auch. Aber er ist völlig fertig. Du bist unglücklich. Keiner von euch beiden kommt damit klar. Tut mir leid, dass ich dich damit überfallen habe, aber komm schon, was kann es schaden, ihn zu treffen?«

»Ich bin nicht unglücklich«, sage ich zu meiner Verteidigung. »Ich bin darüber weg.«

Steph wirft mir einen Blick zu, der sagt, dass sie anderer Meinung ist.

»Du willst es nicht wahrhaben«, korrigiert Alana. »Zehn Stunden am Tag im Hotel verbringen und dann noch fünf verschanzt in deinem Zimmer mit deinen Websites, so verhält sich niemand, der darüber weg ist.«

Okay, es war schwierig. Wenn alles andere außer Kontrolle gerät, ist Arbeit das, wo ich meine Mitte finde. Sie ist eine Ablenkung und die wirkungsvollste Methode, die ich gefunden habe, um nicht an Cooper zu denken.

Die Wahrheit ist: Er ist ein Mann, über den man nur schwer hinwegkommt. Es vergeht kaum ein Tag, an dem ich nicht aufwache und damit rechne, seinen Arm um mich zu fühlen.

Zehnmal am Tag bin ich kurz davor, ihm einen lustigen Witz zu schreiben oder ein aufregendes Update zum Hotel zu geben – bis mir wieder einfällt, dass er nicht mehr mein Cooper ist. Daisy sucht immer noch nach ihm. Wittert hier und da seinen Geruch. Liegt am Fußende auf seiner Seite des Bettes. Wartet an der Tür auf jemanden, der nie kommt.

Ich bin hier in dieser Stadt, und nichts fühlt sich ohne ihn richtig an.

Und nichts ändert die Tatsache, dass er mich belogen hat. Mehrmals. Er hat mir die Macht genommen, meine eigenen Entscheidungen zu treffen. Er hat mich getäuscht, und darüber kann ich nicht so einfach hinwegsehen. Wenn ich keinen Respekt vor mir selbst haben kann, kann es auch kein anderer.

»Triff ihn«, drängt Alana. »Hör dir an, was er zu sagen hat. Und dann hör auf dein Herz. Was kann schon Schlimmes passieren?«

Ein nicht wiedergutzumachender Schaden. Ein Riss im Deich, durch den eine Welle von Kummer strömt, die ich nicht bewältigen kann. Als ich Cooper verlassen habe, habe ich um mich herum dicke Mauern hochgezogen. Ich bin nicht dazu geschaffen, mich beliebig zu öffnen und zu schließen. Mehr als alles andere fürchte ich, dass ich dann nie aufhören werde, diesen schrecklichen Schmerz zu fühlen, wenn ich ihn wiedersehe. Dass ich wieder vernichtet werde, wenn ich ihm verzeihe. Und ich habe keine Ahnung, wie ich Cooper Hartley noch einmal verlassen soll.

Könnte sein, dass ich das nicht überlebe.

45

Cooper

Es ist sieben Uhr.

Ich komme mir vor wie ein Idiot. Ich hätte mich besser anziehen sollen. Ihr Blumen mitbringen sollen. Ich bin den ganzen Nachmittag durchs Haus getigert und habe so sehr versucht, mich nicht da hineinzusteigern, dass ich total durchgedreht bin. Dann habe ich das Haus verlassen in meinen Cargoshorts und einem T-Shirt und sah wie ein totaler Penner aus, der diese bezaubernde Frau darum bitten will, ihm zu verzeihen, dass er ein elender Bastard war, seit dem Tag, an dem sie ihm begegnete.

Was zum Henker mache ich hier?

Mein rechtes Auge zuckt. Das macht es schon seit zwei Tagen. Alana hat mir erzählt, dass sie Mac den Post geschickt hat, den ich geschrieben habe, aber sie hat mir nicht gesagt, wie Mac reagiert hat, nur dass sie das Handy nicht auf die Straße geschleudert hat. Jetzt warte ich schon eine Stunde auf sie, und mit jeder Sekunde, die verstreicht, wird meine Hoffnung geringer, dass sie überhaupt noch kommt. Irgendwie hatte ich gedacht, dass dieser Plan narrensicher wäre. Dass Mac erkennen würde, dass ich es ehrlich meine, und sie mir natürlich verzeihen würde.

Es war ein dummer Plan. Wieso habe ich gedacht, es wäre

romantisch, wenn ich ihr mein Herz auf einer Website ausschütte, die sie aufgebaut hat, um über Trottel wie mich herzuziehen? Ich bin ein Idiot. Wenn ich ihr am Abend der Party gefolgt wäre, dann würde ich jetzt vielleicht nicht hier stehen mit den Möwen, die mich umkreisen, als würden sie sich für einen Angriff formieren. Ich bewerfe sie mit Sand, um sie an ihren Platz in der Nahrungskette zu erinnern.

Viertel nach sieben.

Sie kommt nicht.

Vielleicht hätte ich nicht erwarten sollen, sie mit einer einzigen großen Geste zurückzugewinnen, aber ich hätte nie gedacht, dass sie überhaupt nicht kommt. Es raubt mir die Luft, als hätte ich einen Schlag gegen die Brust bekommen. Die Laternen an der Strandpromenade gehen an, als die Sonne hinter der Stadt untergeht.

Sie kommt wirklich nicht.

Ich akzeptiere mein Schicksal und drehe mich langsam um, um zurückzugehen – und da sehe ich eine einsame Gestalt, die sich mir nähert.

Der Anblick von Mac, die auf mich zukommt, versetzt mich in absolute Panik. Jetzt ist sie nur noch zehn Meter von mir entfernt. Fünf. Sie sieht umwerfend aus, ihr hochgewachsener, schlanker Körper gehüllt in ein knöchellanges blaues Kleid mit tiefem V-Ausschnitt. Ich habe nicht eine Sommersprosse vergessen oder die kleinen blauen Flecken in ihren tiefgrünen Augen. Wie ihre Lippen sich bewegen, wenn sie meinen Namen sagt. Und trotzdem, sie jetzt wiederzusehen, ist so, als hätte jemand den Staub vom Fenster gewischt.

»Ich dachte schon, du kommst nicht«, sage ich und versuche ruhig zu bleiben. Sie ist hier. Auf keinen Fall will ich sie verschrecken, auch wenn ich sie in diesem Moment am liebsten in die Arme nehmen würde.

»Wäre ich auch fast nicht.«

Sie bleibt stehen, etwa einen Meter entfernt von mir. Dieser eine Meter fühlt sich unüberwindlich an. Es ist seltsam, dass ich sie jetzt weniger lesen kann als bei unserer ersten Begegnung. Sie ist undurchschaubar. Lässt nichts erkennen.

Zu viel Zeit vergeht, in der ich ratlos bin und mich daran erinnere, wie es war, ihr Haar zwischen meinen Fingern zu spüren, und sie wird ungeduldig.

»Also … was gibt's?«, fragt sie.

Tagelang habe ich einstudiert, wie ich das hier mache. Und jetzt bin ich hier, und alles, was ich ihr sagen wollte, hört sich an wie abgedroschener Mist. Ich sterbe gleich.

»Die Wahrheit ist, dass ich schlecht darin sein werde, egal wie ich es sage, also sage ich es einfach.« Ich hole tief Luft. *Jetzt oder nie, Trottel.* »Ich habe es jeden Tag bereut, dass ich zu feige war, dir die Wahrheit zu sagen. Ich war egoistisch und dumm, und du hast jedes Recht, mich zu hassen. Ich hatte genug Zeit, um darüber nachzudenken, wie ich dich davon überzeugen kann, dass es mir leidtut und warum du zu mir zurückkommen sollst. Aber um ehrlich zu sein, ich habe keinen guten Grund.«

Mac wendet den Blick ab, und ich weiß, dass ich sie verlieren werde, denn das alles kommt ganz falsch heraus, aber anscheinend kann ich die Worte nicht davon abhalten, aus meinem Mund zu sprudeln.

»Was ich sagen will, ist: Ich weiß, dass das, was ich getan habe, falsch war. Ich weiß, dass ich dein Vertrauen zerstört habe. Dass ich dich hintergangen habe. Ich war achtlos mit etwas sehr Wertvollem. Aber verdammt, Mac, ich liebe dich so sehr, und es macht mich total fertig, dass du immer noch da draußen bist, außer Reichweite, während ich tief in meiner Seele weiß, dass ich dich wieder glücklich machen kann, wenn du mich lässt. Ich war ein Bastard und will, dass du mich trotzdem liebst. Es ist nicht fair. Ich müsste leiden dafür, dass ich dich verletzt habe. Und ich leide auch. Aber ich flehe dich an, mich aus meinem Elend zu erlösen. Ich weiß nicht mehr, wie ich ohne dich leben soll.«

Ich bin außer Atem, als ich den Mund schließe und die Botschaft mit Verzögerung endlich den Weg in mein Hirn schafft: *Halt verdammt noch mal die Klappe.* Mac wischt sich über die Augen, und ich muss mich total zusammenreißen, um nicht die Hände nach ihr auszustrecken. Sekunden vergehen, während ich auf ihre Antwort warte. Aber sie sagt nichts. Sie schweigt.

»Ich will dir etwas zeigen«, platze ich heraus, als ich ahne, dass sie gleich abhauen wird. »Würdest du ein Stück mit mir gehen?«

Sie rührt sich nicht vom Fleck. »Was ist es?«

»Es ist nicht weit. Bitte. Es dauert nur eine Minute.«

Sie scheint nachzudenken, und ich halte es kaum noch aus. Dann nickt sie endlich.

Ich reiche ihr die Hand, doch sie geht einfach los.

Wir gehen ein Stück den Strand entlang bis zu der Stelle, wo oben an der Strandpromenade ihr Hotel steht. Es ist immer noch eine leere Muschel, aber der ganze Schutt ist weg. Auf dem, was von der Veranda noch übrig ist, stehen zwei Schaukelstühle mit Blick auf das Wasser hinaus. Kerzen flackern auf dem Geländer.

Mac stockt der Atem. Langsam dreht sie sich um und begegnet meinem ernsten Blick. »Was ist das?«, flüstert sie.

»Als du mich das erste Mal hierher mitgenommen hast, hast du mir erzählt, dass du dir vorstellst, wie Gäste hier draußen sitzen in Schaukelstühlen, Wein trinken und den anrollenden Wellen zusehen.«

Sie blickt zu mir auf, und die Lichter der Strandpromenade schimmern in ihren Augen. »Dass du dich daran noch erinnerst.«

»Ich erinnere mich an jedes Wort, das du je zu mir gesagt hast.«

Ihr Blick richtet sich wieder auf die Veranda. Ich kann spüren, wie sie sich allmählich entspannt.

»Mac, wenn ich mir meine Zukunft vorstelle, dann sehe ich mich selbst, alt und grau, wie ich in einem Schaukelstuhl auf einer Veranda sitze. Und du sitzt neben mir. Das ist mein Traum.«

Bevor ich Mac begegnet bin, habe ich mir nie die Mühe gemacht, auch nur fünf Jahre in die Zukunft zu blicken. Ich dachte immer nur, ich verbringe meine Tage damit, mich durchs Leben zu wursteln und mich damit zu begnügen. Ich hatte es nie für möglich gehalten, dass jemand verrückt genug sein könnte, mich zu lieben. Aber Mac *hat* mich geliebt, und ich habe sie vertrieben.

»Ich kann nicht versprechen, dass ich nie wieder Mist baue«, bringe ich mühsam hervor, denn ein dicker Kloß sitzt in meiner Kehle. »Ich habe nicht viel zu bieten, und ich kann nicht beweisen, dass eine Beziehung mit mir auch funktioniert. Manchmal bin ich zu sehr mit mir selbst beschäftigt oder stecke zu tief in meinen eigenen düsteren Gedanken fest. Aber ich kann versprechen, dass ich alles tun werde, um der Mann zu sein, den du verdienst. Jemand zu sein, auf den du stolz sein kannst. Und ich werde dich nie wieder belügen.« Meine Stimme wird mit jedem Satz heiserer. »Bitte, Mac. Komm zurück zu mir. Ich weiß nicht, wer ich bin, wenn ich dich nicht lieben kann.«

Sie starrt auf ihre Füße und knetet die Hände. Ich mache mich auf das Schlimmste gefasst, je länger sie nichts sagt, aber dann holt sie endlich Luft.

»Du hast mir das Herz gebrochen«, sagt sie, so leise, als hätte ein leichter Windhauch die Worte zu mir getragen. »Ich bin noch nie im Leben so sehr von jemandem verletzt worden. Das ist etwas, das man nicht so einfach vergessen kann, Cooper.«

»Ich verstehe.« Mein Herz rast, und ich überlege, ob ich vielleicht noch vor ihr auf die Knie fallen sollte.

»Du müsstest mir noch etwas versprechen.«

»Sag es.« Ich würde mir eine Niere einfrieren lassen, wenn sie es will.

Ein leichtes Lächeln spielt um ihre Lippen. »Du musst anfangen, meine Schecks für die Miete einzulösen.«

Mein Hirn hat Probleme, ihr zu folgen. Dann wird ihr Lächeln breiter, und sie packt mich am Shirt und zieht mich an sich. Überwältigt von Erleichterung hebe ich sie hoch, lege ihre Beine um meine Hüften und küsse sie, bis wir beide keine Luft mehr bekommen. Ich habe noch nie jemanden mit mehr Überzeugung oder Absicht geküsst. Und ich habe noch nie etwas so sehr gebraucht, wie ich es gebraucht habe, sie wieder in meinen Armen zu spüren.

»Ich liebe dich«, flüstere ich. Es reicht nicht, es nur zu sagen, und doch kann ich die Worte gar nicht schnell genug aussprechen. »So sehr.« Das hier war so knapp, wie knapp nur sein kann. Um Haaresbreite hätte ich sie verloren – das hier verloren.

Sie hält sich an mir fest und presst ihre Lippen auf meine. Und mein Herz ist voller Liebe, voller aufrichtiger Liebe, zu der ich mich nie für fähig gehalten hatte. Die ich nie zu finden gedacht hatte. In den letzten Monaten habe ich eine Menge über mich selbst gelernt. Und dazu gehört nicht zuletzt, mich besser um die Menschen zu kümmern, die ich liebe.

Mac löst sich ein wenig von mir und schaut mich mit ihren bezaubernden Augen an. »Ich liebe dich auch«, flüstert sie.

Und in diesem Augenblick schwöre ich, diesem Mädchen zu beweisen, dass sie ihr Herz nicht an mich verschwendet hat, und sei es für den Rest meines Lebens.

Danksagung

Wie alle, die mich kennen, bestätigen können, bin ich schon seit Ewigkeiten ein großer Fan von idyllischen Städtchen am Meer. Avalon Bay ist zwar eine erfundene Stadt, aber sie besteht aus all meinen Lieblingsorten in jenen Küstenstädten, die ich über die Jahre besucht habe, und es hat mir großen Spaß gemacht, mich in dieser Welt zu verlieren. Natürlich wäre das nicht möglich gewesen, hätten mich nicht ein paar großartige Menschen unterstützt. Mein großer Dank gilt meiner Agentin Kimberly Brower und meiner Lektorin Eileen Rothschild, die sich für diese Geschichte begeistert und mich dadurch motiviert haben; Lisa Bonvissuto, Christa Desir und dem übrigen großartigen Team bei SMP und Jonathan Bush für das tolle Cover!

Danken möchte ich auch den Testleser:innen und Schriftstellerkolleg:innen, die mir Feedback gegeben und wundervolle Quotes geschrieben haben, Natasha und Nicole, weil sie die tüchtigsten Menschen auf diesem Planeten sind, sämtlichen Rezensent:innen, Blogger:innen, Instagrammer:innen, Booktoker:innen und Leser:innen, die dieses Buch geteilt, unterstützt und geliebt haben.

Und wie immer ein großes Dankeschön an meine Familie und meine Freunde, weil sie mich auch dann aushalten, wenn der Abgabetermin naht. Ich liebe euch alle.

*Sie möchte endlich nach vorne blicken.
Er macht es ihr unmöglich*

Sarah Sprinz
WHAT IF WE DROWN

400 Seiten
ISBN 978-3-7363-1448-1

Ein Neuanfang – das ist Lauries sehnlichster Wunsch, als sie nach dem tragischen Tod ihres Bruders an die Westküste Kanadas zieht. Noch vor der ersten Vorlesung ihres Medizinstudiums an der University of British Columbia lernt sie Sam kennen und spürt sofort, dass er sie auf eine nie gekannte Weise versteht. Unaufhaltsam schleicht sich der attraktive Jungmediziner in ihr Herz. Bis Laurie erkennt, wie tief er in die Ereignisse der Nacht verstrickt war, die ihren Bruder das Leben kostete ...

LYX

Ein Bad Boy erobert die High Society

Vi Keeland / Penelope Ward
REBEL SOUL
Aus dem amerikanischen
Englisch von
Antje Görnig
ISBN 978-3-7363-1099-5

Rush ist reich, kalt und abweisend. Als er merkt, dass die junge Frau hinter der Theke seiner Bar in den Hamptons keine Ahnung von Cocktails, Wein oder Whiskey hat, will er sie feuern. Doch Gia rührt etwas in seinem Inneren. Sie ist die Einzige, die hinter Rushs Fassade schaut und den verletzlichen Mann sieht. Schnell entwickeln sich Gefühle zwischen den beiden. Doch eine falsche Entscheidung in Gias Vergangenheit holt sie ein und droht ihr Glück zu zerstören …

»*Rebel Soul* macht süchtig! Ich konnte nicht genug von Gia und Rush bekommen!« KINDLE CRACK

LYX

Was, wenn dein Traum der großen Liebe im Weg steht?

Yvy Kazi
THE DREAM OF US

448 Seiten
ISBN 978-3-7363-1662-1

July ist Cheerleaderin mit Leib und Seele. Daher ist es auch ihr Traum, einen Platz bei den Cheerleadern eines NFL-Teams zu ergattern. Doch dort gilt eine strenge Regel: Wer einen Footballspieler datet, fliegt raus! Bisher war diese Vorschrift kein Problem – bis sie den neuen Quarterback Andrew kennenlernt. Drew löst mit nur einem Blick Gefühle in ihr aus, die sie so noch nie empfunden hat, und jedes Mal, wenn die beiden sich treffen, wird das Prickeln zwischen ihnen stärker. Aber ist Drew es wert, ihren Traum aufzugeben?

»Wenn ihr humorvolle und gleichzeitig emotionale New-Adult-Romane mögt, werdet ihr diesen hier lieben!« KIM NINA OCKER

LYX